Die Erfüllten

Schönheit hat ihren Preis

Amber Morgan

1

Die Erfüllten

AMBER MORGAN

Bibliografische Information der Deutschen Nationalbibliothek:
Die Deutsche Nationalbibliothek verzeichnet diese Publikation in der Deutschen Nationalbibliografie; detaillierte bibliografische Daten sind im Internet über http://dnb.dnb.de abrufbar.

Lektorat: Leonie Ritz
Covergestaltung: Selkkiedesigns

Herstellung und Verlag: BoD – Books on Demand, Norderstedt

ISBN: 9783758306259

Für all diejenigen, die einen Blick hinter den Schleier werfen wollen. Unser Wert hängt nicht von dem Schatten ab, den andere durch die Brille ihrer eigenen Vorstellungen auf uns werfen, sondern von dem Licht, das wir selbst in uns zum Leuchten bringen.

Amber Morgan

Prolog

«Die Luft ist rein. Beeilt euch.» Die gehetzte, flüsterleise Stimme des Wachmannes erfüllte die Nacht.

Sein Freund nickte ihm knapp und dankbar zu, bevor er sich mit seiner Gruppe, die, ebenso wie er, in dunkle Umhänge gehüllt war, in Bewegung setzte.

Heute Abend war es besonders ruhig im Reich der Erfüllten. Weder vernahm man das laute Gelächter ausgelassener Partygäste noch zeugte glitzerndes Konfetti, das sonst regelmäßig den edlen Boden zierte, von einem der wilden Feste, welche die Obigen in den letzten Wochen so oft veranstaltet hatten.

Sie hatten sich den perfekten Zeitpunkt ausgesucht. Wenn es heute nicht klappte ... Es musste gut gehen. Sie mussten es schaffen.

«Jetzt wird alles gut, Kaita.» Der andere Mann der Gruppe nahm die feingliedrige Hand seiner Frau fest in seine eigene und animierte sie so dazu, endlich das Gebiet zu verlassen.

Der Umhang verhüllte den Großteil ihres Körpers, doch ihr schmales Gesicht lugte unter der Kapuze hervor. Ihre Haut war fahl, gezeichnet von den grauenhaften Tagen, Wochen, nein, Jahren in dieser Welt. Doch obwohl ihre Freiheit in diesem Moment zum Greifen nah war, waren ihre tiefblauen Augen über und über mit Tränen gefüllt. Sie warf einen letzten hastigen Blick auf ihr Zuhause. Auf die prunkvollen Gebäude. Die farbenprächtigen Blumenbeete. Eine Welt, deren

7

unbestreitbare Schönheit wie ein Schleier über den Grausamkeiten lag, die sich hier abspielten.

Der kräftige Mann, der eben noch kurz mit der Wache gesprochen hatte, war mit einer weiteren schmächtigen Gestalt bereits aus dem Tor getreten und hielt ein kleines Mädchen fest in seinen Armen.

Ein spitzer Schrei von Kaita ließ ihn zusammenfahren. «Bikarus, was ist los?», rief er ihrem Mann alarmiert zu.

Der kleine blonde Junge, der bis eben die Hand seiner Mutter gehalten hatte, hatte sich von ihr losgerissen und war durch den kleinen Schlitz unterhalb des sich bereits schließenden Tores hindurch gerutscht.

«Nein!», kreischte sie. «Ihr müsst das Tor öffnen. Öffnet es wieder!»

Doch bevor eine der Wachen reagieren konnte, geschahen zwei Dinge gleichzeitig. Im Gebiet der Erfüllten näherte sich ein Dutzend Männer in blutroten Uniformen im schnellen Laufschritt dem Tor. Ihre Waffen waren gezückt und aus ihren Mienen sprach Entschlossenheit.

Außerhalb der Mauer, dort, wo sich die fünf Gestalten befanden, ertönten Schüsse. Ein Schuss, zwei Schüsse. Mehrere Waffen mussten im Einsatz sein.

Panik befiel die Gruppe. Schmerzvolle und angsterfüllte Schreie ertönten aus der Ferne, wechselten sich ab und erinnerten an eine düstere Kriegsszene aus einer früheren Zeit.

Der Anführer rannte, so schnell er konnte, mit dem kleinen Mädchen durch die Dunkelheit. So weit weg wie möglich von den Schüssen, die nichts Gutes verhießen. Seine Frau war direkt hinter ihm und schnaufte schwer. Immer wieder blickte sie zurück zu dem Tor. Zurück zu der Mauer. Dort standen die anderen beiden. Sie wirkten wie angewurzelt. Konnten sich nicht losreißen. Ihr Sohn war von ihnen getrennt und sie konnten ihn nicht verlassen, brachten es nicht über sich, ohne ihn zu fliehen.

Die stechend blauen Augen des blonden Jungens strahlten

eine Angst aus, wie sie kein Kind empfinden sollte. Er kniete vor dem Tor. Eine Hand an den massiven goldenen Gitterstäben. Die andere hielt krampfhaft den Kristallstein, wegen dem er zurückgelaufen war. Der Stein bedeutete ihm alles. Er hatte ihm immer Kraft gespendet. War sein Anker gewesen. Doch an diesem Abend war er der Grund, weshalb er seine Eltern nie wieder sehen sollte.

Kaita umklammerte seine Hand mit ihrer und blickte mit tränenüberströmten Wangen in das Gesicht ihres Sohnes. «Macht das Tor auf!», rief sie, zutiefst verzweifelt. «Ich kann nicht ohne ihn gehen.»

Ihr Mann hatte bereits begriffen, dass ihnen keiner helfen würde. Dafür machte er sich vergeblich an dem Tor zu schaffen, das er allein niemals in die Höhe stemmen konnte.

Seine Frau wurde ein letztes Mal von Kampfgeist erfüllt. Sie wendete all ihre Energie auf, um das Kind nach oben zu hieven. «Hilf mir!», schrie sie ihrem Mann panisch zu.

Er griff nach den Beinen seines Sohnes. Beide zogen und zerrten sie an dem Jungen.

«Gleich bist du bei uns», krächzte Kaita.

Erneut ertönten Schüsse. Näher. Viel näher. Zu nah.

Der Junge riss seine wunderschönen Augen weit auf. Der leidvolle Schrei des Kindes, das Zeuge davon wurde, wie seine Eltern erschossen wurden, musste kilometerweit zu hören sein. Ein unbeschreiblicher Verlust, unbeschreibliche Bilder, die es in seinem ganzen Leben nie wieder loslassen würden.

Grobe Hände griffen nach dem Jungen. Doch er hielt sich fest. Er wendete seine ganze Kraft auf, um nicht von den Gitterstäben abzulassen.

Als einer der Krieger den Jungen gepackt hatte und ihn ohne Vorwarnung k.o. schlug, fiel ihm der schimmernde Kristall aus der Hand. Die einzigen Bilder, die sich in diesem Moment noch in seinen Geist bohrten, waren die ausdruckslosen Gesichter, aus denen alles Leben gewichen war, und die Blutlachen, die sich wie Pfützen nach einem prasselnden Regenschauer unter seinem Vater und seiner Mutter bildeten.

Der betörende Duft des Blütenmeers vermischte sich mit dem metallischen Geruch, der nun die Luft schwängerte, und begleitete die Schritte des Kriegers, der den regungslosen Körper in die Schwärze der Nacht davontrug.

Gefährliche Gefilde

«Wie … Wie schön diese Menschen sind», hauchte meine kleine Schwester Lamirah überwältigt. Ich schnaubte abfällig. Es war das erste Mal, dass ich heute mit ihr am Rand des Gebiets der Erfüllten unterwegs war. Schön. Ja, das waren sie. Zumindest, wenn man dem äußeren Schein glauben und nicht hinter die vermeintlich makellose, perfekte Fassade blicken wollte. Ich hatte es lange vermieden, mit Lamirah auch nur in ihre Nähe zu kommen, aber da es in der letzten Zeit zu viele Einbrüche gab, nahm ich sie in den Ferien lieber mit, wenn ich Einkäufe erledigen musste, anstatt sie allein in unserem Loch zurückzulassen.

Loch war genau die richtige Bezeichnung für unsere Einzimmerwohnung. So hatte unsere Vermieterin hingegen unser neues Zuhause betitelt. Eine schmeichelhafte Umschreibung für eine Wohnfläche, die eher der Größe eines Schuhschranks glich. Die Erfüllten hatten wahrscheinlich Schuhschränke, die fünfmal so groß wie unsere Bruchbude waren. Ich schnaubte erneut.

Meine Schwester schien den abfälligen Laut allerdings nicht zu bemerken, da sie zu fasziniert von den schillernden Wesen war, die einige Meter von uns entfernt über ihren Hof *schwebten.*

Nachdem unsere Eltern vor einigen Monaten bei einem Brand in ihrer ehemaligen Backstube ums Leben gekommen waren, hatten wir ihre letzten Ersparnisse zusammengekratzt

11

und uns im sichersten Teil der Stadt niedergelassen. Das war das einzig Positive an unserer kleinen Koje. Die Wahrscheinlichkeit, dass uns hier etwas passierte, war zumindest ein paar Prozentpunkte geringer als dort, wo wir mit unserer Mutter und unserem Vater gelebt hatten. Wir hielten uns, so gut es ging, nur in unserem Zuhause auf und ich war froh, dass wir den Erfüllten somit weniger Angriffsfläche boten. Die Stadt, in der ich seit meiner Geburt lebte, hatte sich in den letzten Jahren in ein Schlachtfeld verwandelt. Auf der einen Seite standen die Erfüllten und auf der anderen Seite die *niederen Bürger*. So nannten uns zumindest diese *wunderschönen* Menschen, die Lamirah gerade mit offenem Mund und großen Augen anstarrte.

Sie ist mit ihren elf Jahren noch zu jung und kann nicht hinter den Schleier schauen, führte ich mir vor Augen, um ihr keinen Vorwurf zu machen.

Es war fast neun Jahre her, seit ich in ihrem Alter gewesen war, und damals hatte ich die Erfüllten trotz der Vorsicht meiner Eltern zugegebenermaßen auch nicht als bedrohlich angesehen.

Wir dienten diesen künstlich zurechtgemachten Wesen nur zu zweierlei Zwecken. Die *optisch Benachteiligten* von uns, die ihnen treu ergeben waren oder sich ihnen aufgrund von Geldnöten anschlossen, kamen mit ein bisschen Glück in den *Genuss*, für sie zu arbeiten. In ihren Palästen gab es sicherlich auch allerhand zu tun. Ich hatte zwar noch nie einen von ihnen betreten, aber wenn man von dem prunkvollen äußeren Erscheinungsbild ausgehen durfte, ging es in ihren Gemächern vermutlich nicht weniger herrschaftlich zu. Da brauchte man gewiss das ein oder andere Hausmädchen, das einem die feinen Gewänder wusch und das Bett piekfein herrichtete, damit die königlichen Herrschaften auch nichts zu beklagen hatten.

Ich ballte die Hände zu Fäusten. Sie lebten vor den Augen aller in Saus und Braus und wir, wir mussten ums nackte

Überleben kämpfen. Wer von den normalen Bürgern in ihren Augen hingegen *schön genug* war, wurde oft Teil ihrer Welt und musste sein Leben voll und ganz der eigenen Optik widmen.

«Allegra, schau.» Die aufgeregte Stimme meiner kleinen Schwester riss mich aus meinen dunklen Gedanken. «Können wir nicht zu ihnen gehören? Ich will nicht mein ganzes Leben in dieser Bruchbude verbringen!» Sie zeigte auf eine zugegebenermaßen ausgesprochen attraktive Frau, die durch die Parkanlage gegenüber dem Palast im Hauptquartier der Erfüllten stolzierte.

Die junge Frau hatte ihren makellosen Körper in ein fließendes langes Sommerkleid aus einem chiffonartigen Stoff gekleidet, der mit einem zarten Blütenmuster bedruckt war. Bei jedem anmutigen Schritt flatterten die pfirsichfarbenen Blumen im Wind und umspielten ihre Füße, die in goldenen Riemchensandalen steckten. In Kombination mit ihrer blonden Lockenpracht wirkte ihr Gesamterscheinungsbild fast überirdisch.

«Erde an Lamirah.» Ich schüttelte sie an den Schultern, damit sie ihren Blick von der künstlichen Puppe löste. Ich atmete tief ein und aus. «Ich verstehe dich. Mir gefällt unser kleines Zuhause auch nicht.»

Lamirah lachte auf. «Klein? Wir leben in einer verdammten Konservendose.» Sie stampfte mit ihren kleinen Füßen auf den unbefestigten Boden.

«Okay, du hast ja recht. Es ist aber immerhin unsere eigene Konservendose, oder?» Ich grinste sie an und hoffte, dass ich sie so etwas besänftigen konnte.

Meine Schwester schenkte mir kein Lächeln, seufzte aber ergeben. «Ich weiß, Allegra. Aber all die Geschichten, die du erzählst, kann ich gar nicht glauben, wenn ich diese schönen Menschen sehe. Sie wirken so glücklich und sie haben alles, was wir nicht haben.» Sie zählte mir mit ihren Fingern die verschiedensten Dinge auf. «Schöne Klamotten, ein

13

traumhaftes Zuhause, Geld ...» Sie legte eine kurze Pause ein, bevor sie weitersprach. «Und selbst die Natur bei ihnen ist schöner. Wie unfair ist das denn?»

Alles, was sie sagte, stimmte. Natürlich waren ein schönes Zuhause, ordentliche Kleidung und Freiheit – das war zumindest meine Auffassung von Geld – nicht zu verachten. Für mich war die Natur aber mit Abstand der schlimmste Punkt. Sie hatten all die Wiesen und Felder in unserem Teil der Stadt einfach abgefackelt. «Du darfst dich nicht in ihren Bann ziehen lassen. Vergiss nicht, was sie den Menschen antun, Luna.» Diesen Kosenamen, den ich ihr gegeben hatte, weil sie in einer Vollmondnacht geboren worden war, konnte sie eigentlich nicht leiden, aber ich holte ihn immer aus meinem Repertoire, wenn ich verzweifelt war. Und das war ich gerade. Nicht selten machte ich mir Sorgen um Lamirah, denn sie war, genauso wie ich, mit ausgeprägten Wangenknochen zur Welt gekommen.

Niemals würden sie unsere Seelen bekommen. Dafür würde ich alles in meiner Macht Stehende tun, und wenn wir dafür in unserem Loch versauern mussten.

Lamirah schaute mich leicht genervt an, was vermutlich der Verwendung des Spitznamens galt. Kurz darauf zog sie einen Schmollmund. «Woher weißt du das eigentlich? Dass sie es waren?», zweifelte meine Schwester meine Worte allzu offensichtlich an.

«Dass sie unsere Grünflächen zerstört haben?»

Sie nickte eifrig.

«Sowas spricht sich herum, Lamirah. Du wirst mir doch mehr Glauben schenken als diesen Unmenschen, oder?» Ich konnte es nicht vermeiden, die Verachtung für dieses Volk in meiner Stimme mitschwingen zu lassen.

Meine Schwester musterte mich mit einer Prise zu viel Skepsis, zog es aber vor, nichts mehr zu erwidern. Stattdessen konzentrierte sie sich wieder voll und ganz auf das, was sich auf dem Gebiet der Erfüllten abspielte.

Auch ich wusste nicht mehr, was ich noch hinzufügen sollte. Lamirah hatte im Vergleich zu mir glücklicherweise noch keine Situation erlebt, in der diese schrecklichen Menschen ihre Maske absetzten. Im Gegenteil, in den letzten Jahren hatten sie ihre Gehirnwäsche-Methoden weiter verfeinert und tauchten nun sogar regelmäßig mit teuren Geschenken in Kindergärten und Schulen auf. So ebneten sie den Weg für neue zukünftige Mitglieder, denn in der Regel zwangen sie die niederen Bürger nicht dazu, Teil ihrer Welt zu werden. Vielmehr zogen sie es vor, sie zu überzeugen, ihnen aus freien Stücken zu folgen. Und wie konnte das besser gelingen, als Menschen bereits in jungen Jahren zu manipulieren?

Natürlich zog ihre Masche nicht bei allen. Bei denjenigen von uns, die sich gegen sie auflehnten oder die sie als besonders schön erachteten, schreckten sie vor nichts zurück.

Ein schreckliches Erlebnis, dessen Zeuge ich vor noch nicht allzu langer Zeit geworden war, drängte in meinen Geist.

«Neeein! Bitte nicht. Wieso hilft mir denn keiner? Hiiilfe!» Der Schrei des jungen Mannes ging mir durch Mark und Bein. Er hallte durch die verdreckten Gassen, ertönte immer und immer wieder und klang von Sekunde zu Sekunde flehentlicher. Verzweifelter.

Wie angewurzelt blieb ich stehen, verharrte in meiner Bewegung. So wie all die anderen, die mit ihren spärlich gefüllten Einkaufstüten fassungslos vor dem Supermarkt innehielten. Die vor Schreck geweiteten Augen in den Gesichtern um mich herum nahmen mir die Luft zum Atmen.

Keiner von uns rührte sich. Keiner machte Anstalten, dem schönen Mann mit dem vollen schwarzen Haar zu Hilfe zu eilen. Zwei stämmige Soldaten des Heers der Erfüllten hatten ihn an den Armen gepackt und schleppten ihn davon.

«Bitte sagt meiner Frau und meinem Sohn, dass ich sie liebe. Bitte. Irgendwer von euch.» Seine Worte waren kaum noch zu verstehen, waren nicht mehr als ein Wimmern. Sein Schluchzen

wurde immer weiter davon getragen. Irgendwann waren nur noch zwei rote Punkte in der Ferne zu erkennen. Die Uniformen der beiden erbarmungslosen Krieger. Der Schachfiguren des gnadenlosen Regimes unserer Insel.

«Komm, Lamirah, wir müssen noch einkaufen.» Ich schüttelte die Erinnerung vehement ab und animierte meine Schwester, sich von den wandelnden Marionetten loszureißen. Wir hatten die letzte halbe Stunde hinter der Mauer gestanden. Jener Mauer, die das Gebiet der Erfüllten von unserem trennte. An vereinzelten Stellen war sie marode und die kleinen Löcher, die in ihrer Gesamtheit an einen Schweizer Käse erinnerten, ermöglichten es uns, einen versteckten Blick auf ihr fürstliches Zuhause zu werfen. Im belebteren Teil unserer Stadt hatten die Schönen Glaswände in das Gemäuer eingesetzt, damit die Niederen auch sehen konnten, was für ein *wundervolles* Leben sie führten. Aber da ich es tunlichst vermied, sie auf uns aufmerksam zu machen, hatte ich eine Stelle für uns ausgesucht, wo wir nicht auf dem Präsentierteller saßen.

Ich hatte es Lamirah versprochen, hierherzukommen. Sie hatte mich in den letzten Wochen so oft angebettelt, wollte unbedingt wissen, wie es auf dem Gebiet der Erfüllten aussah. Erst hatte ich abgelehnt und nicht mit mir reden lassen, aber irgendwann hatte ich meine Entscheidung revidiert. Aus diesem Grund machten wir heute diesen kleinen Abstecher. Lamirah war eine kleine Rebellin und bevor sie irgendwann auf die Idee kam, ihrer Neugierde im Alleingang nachzugeben, hatte ich beschlossen, ihr den kleinen Wunsch zu erfüllen.

«Wir können demnächst noch mal herkommen, okay?» Sofort hatte ich ihre Aufmerksamkeit. Ihr ein Versprechen zu machen, das ich möglicherweise nicht so schnell erfüllen würde, war zwar nicht die moralischste Methode, aber doch die wirksamste.

Lamirah schenkte mir heute das erste Mal ein Lächeln.

Ich lächelte geschlagen zurück, spürte aber gleichzeitig eine tiefe Traurigkeit in mir. Ja, es gab nicht viel zu lächeln, seit wir allein waren, aber dass gerade die Erfüllten der Auslöser ihrer erheiterten Miene waren, frustrierte mich. Luna griff nach meiner Hand und bedeutete mir, dass wir loskonnten.

Na endlich! Ich hielt ihre Finger fest umschlossen und führte uns an der alten terrakottafarbenen Steinmauer entlang bis zum Wochenmarkt.

Der Marktplatz war heute überraschenderweise nicht allzu belebt. Da die Erfüllten den Großteil der Lieferketten kontrollierten, war die Auswahl, die unsere Supermärkte boten, eher spärlich. Auf dem Wochenmarkt, den es jeden Dienstagvormittag gab, war die Produktvielfalt deutlich größer. Irgendwie mussten ihre zukünftigen Diener oder Mitglieder ja auch ernährt werden, denn wenn sie vom Fleisch fielen und wegstarben wie die Fliegen, hatten sie schließlich keinen Nutzen mehr.

Als mein Blick über die verschiedenen Händler glitt und bei dem Fischstand hängen blieb, dachte ich an die Zeiten, in denen wir als Familie an unserem kleinen ehemaligen Fischerhafen entlang spaziert waren. Mein wehmütiges Seufzen ließ ich im Stillen verklingen. Das kleine Fischerdorf gab es schon lange nicht mehr. Der einzige Hafen, der noch in Betrieb war, gehörte zum Gebiet der Erfüllten und war für uns Niedere unerreichbar. So hatten sie uns jegliche Möglichkeit genommen, zu fliehen und ihrer Unterdrückung zu entkommen.

«Allegra?»

Lamirah und ich steuerten auf den Gemüsestand zu, als eine fragende Stimme mich innehalten ließ. Ich schaute mich suchend um. Meine Augen fielen auf eine blutrote Uniform, deren Träger immer näher auf uns zukam. Automatisch verstärkte sich mein Griff um Lamirahs Handgelenk. Mein Herz schlug wie wild. Das Blut rauschte in meinen Ohren. Ein

Krieger des Heers der Erfüllten war nur wenige Schritte von uns entfernt. Ich konnte mich nicht mehr auf meine Umgebung fokussieren, starrte wie hypnotisiert auf das leuchtende Rot, das alles andere in meinem Blickfeld stumpf und farblos erscheinen ließ.

«Allegra, du kennst mich doch noch?»

Jetzt sah ich auch die Person, zu der die Stimme gehörte. Mein inneres Alarmsystem fuhr wieder runter. Meine Muskeln lockerten sich. Es war Zara, eine meiner ehemaligen Schulfreundinnen. Sie war gemeinsam mit dem Mann, der diesem grauenhaften Volk diente, vor uns zum Stehen gekommen. Der Krieger schien sie lediglich zu begleiten, um für ihre Sicherheit zu garantieren, und schenkte Luna und mir glücklicherweise keine Aufmerksamkeit.

«Zara, was für eine Überraschung», sagte ich erleichtert. Eine Überraschung, das war es wirklich. Nur keine schöne. Hätte sie mich nicht direkt angesprochen, ich hätte sie nicht mehr erkannt. Ihre Nase war schmaler als in meiner Erinnerung. Ihre Lippen aufgeplusterter und ihre kleinen Sommersprossen weggelasert oder unter der dicken Schicht Make-up begraben, das sie wie eine Porzellanpuppe aussehen ließ.

«Wie lange ist es her? Mindestens drei Jahre, oder? Hach, die Zeit bei den Erfüllten vergeht so schnell, das kannst du dir gar nicht vorstellen. All die persönlichen Optimierungen und die anderen Annehmlichkeiten, die wir genießen dürfen, können die Tage schon gut füllen. Schau dir doch mal an, wie toll sie meine Lippen hinbekommen haben und mein Blick ist nach der Lidstraffung auch viel offener, findest du nicht?», sprach sie affektiert.

Nur mit einer immensen Willenskraft konnte ich meine Kinnlade davon abhalten, dass sie sich nach unten verabschiedete. All ihre Schönheits-OPs hatten sie in eine gekünstelte Figur verwandelt. Und sie bezeichnete sie als *persönliche Optimierungen*? Am liebsten hätte ich sie auf der

Stelle geschüttelt, um sie aus dem Wachskabinett zu befreien, in dem sie sich offensichtlich verirrt hatte. Aber es würde nichts bringen. Sie hatte den Erfüllten ihre Seele verkauft und sie hatten keine Faser der herzlichen, natürlich schönen Zara, die einst meine Freundin gewesen war, mehr übrig gelassen. An dem Tag, als sie ein Teil dieses oberflächlichen Regime geworden war, hatte sie einen Pakt mit dem Teufel geschlossen.

«Du hast dich wirklich verändert, seit wir uns das letzte Mal gesehen haben», gab ich so neutral wie möglich zurück.

Zara lächelte selbstzufrieden und fuhr sich durch ihre blondgesträhnte Mähne. «Euch beide würde man sicher mit Kusshand aufnehmen. Hast du schon mal mit dem Gedanken gespielt, dich uns anzuschließen?», fragte sie, während sie interessiert ihre perfekt manikürten Fingernägel betrachtete.

Alles in mir versteifte sich. Ein von Angst gezeichnetes Kribbeln breitete sich in meinen Armen und Beinen aus. Hatte sie mich etwa angesprochen, weil sie nun zu der Art von Erfüllten gehörte, die neue Mitglieder anwarben? O Gott. Was sollte ich nur antworten? Schließlich wären Lamirah und ich nicht die ersten, die am helllichten Tag verschleppt würden. Wirkte der Krieger neben Zara nur desinteressiert, wartete aber eigentlich auf seinen Einsatz? Meine Gedanken überschlugen sich.

«Es ist wirklich schön bei euch», meldete sich Luna an meiner Stelle zu Wort.

Meine ehemalige Freundin trat direkt vor sie und strich ihr zaghaft durch das Haar. Bei dem fanatischen Blick in ihren Augen zogen sich meine Eingeweide zusammen. Ich wollte meine Schwester von ihr wegzerren, aber ein Klingeln, das von Zaras Handy auszugehen schien, hielt mich davon ab und lenkte die Aufmerksamkeit der Erfüllten von Lamirah weg.

«Ich muss dringend wieder zurück», sagte sie knapp.

«Denk darüber nach, Allegra. Wir sehen uns bestimmt ganz bald wieder.» Mit einem strahlenden Lächeln verabschiedete

19

sie sich von Luna. «Hat mich sehr gefreut, dich mal wieder zu sehen, Lamirah.»

«Mich auch», murmelte meine Schwester eine Spur zu ehrfürchtig.

Meine ehemalige Schulfreundin nickte ihrem Begleiter zu und beide machten sie auf dem Absatz kehrt.

Mit rasendem Herzschlag schaute ich der blonden Erfüllten in dem rückenfreien Kleid, das den Blick auf ihre knochige Figur freigab, nach. Eine Welle der Erschütterung rauschte durch mein Inneres. Der Schönheitswahn hatte ihre Menschlichkeit verschluckt und sie konnte es selbst nicht sehen.

Wortlos machte ich mich mit Luna auf den Weg zum Gemüsemann. Zu aufgewühlt war ich von der Begegnung mit dem Menschen, den ich einst gekannt hatte. Zaras letzte Worte an mich hatten nach einer Drohung geklungen. Nicht nach einer belanglosen Floskel, mit der man sich von jemandem verabschiedete.

Ein älterer Herr, den ich vorher noch nie gesehen hatte, machte mit einem ungeduldigen Räuspern auf sich aufmerksam. Ich hatte gerade frisches Obst und Gemüse bei ihm bestellt.

Meine Schwester blickte währenddessen wie hypnotisiert in Richtung der Stadtmauer. Obwohl wir mittlerweile ein gutes Stück von dem Gebiet der Erfüllten entfernt waren, ragten ihre futuristischen schneeweißen Klinikgebäude meilenweit in den Himmel. Sie wirkten wie Luxushotels, aber der Schein trog. Um sich all ihren optischen Optimierungen zu unterziehen, hatten sie sich eigene Schönheitskliniken errichten lassen. Für sie war eine Brust- oder Nasen-OP wahrscheinlich so etwas Alltägliches wie für uns der ständige Kampf ums Überleben.

«Lamirah», tadelte ich meine Schwester, «setz deinen Sonnenhut wieder auf!»

Sie verdrehte die Augen, was ich problemlos durch die leicht transparenten Gläser ihrer Sonnenbrille wahrnehmen konnte, tat aber wie geheißen.

Meine Stimme hatte härter geklungen als beabsichtigt, aber die Aufmerksamkeit weiterer Erfüllter zu erregen, fehlte mir gerade noch. Das Aufeinandertreffen mit Zara, das ich immer noch nicht richtig einordnen konnte, hätte auch ganz anders für uns ausgehen können. Diese Menschen waren gefährlich. Und es war allzeit unabdinglich, Vorsicht walten zu lassen. Aus diesem Grund verließen wir das Haus auch immer mit Kopfbedeckung. Im Sommer taten wir mit Sonnenbrillen und Hüten so, als würden wir uns vor den Sonnenstrahlen schützen, und im Winter trugen wir Mützen, um vermeintlich die Kälte abzuhalten. Wenn wir unsere Haare dann mit den Händen noch etwas mehr ins Gesicht nahmen und unsere Wangen mit Dreck einschmierten, konnten wir uns zumindest ein kleines bisschen unsichtbar machen und unsere auffälligen Wangenknochen kaschieren.

Der Gemüsehändler hielt leicht genervt die Papiertüte mit meiner Bestellung in der Hand. Ich dankte ihm und bezahlte unsere Vorräte. Zusätzlich ließ ich eine Münze mehr in seine Hand fallen, auch wenn wir es uns eigentlich nicht leisten konnten.

Als Nächstes machten wir uns auf den Weg zu der älteren Dame mit den Backwaren.

Ich freute mich, Leandra zu sehen. Sie war eine ehemalige Freundin unserer Mutter und gab uns ab und an umsonst etwas Frischgebackenes mit, das wir dann in unserem kleinen Zuhause ritterlich teilten und zelebrierten.

«Hallo, ihr zwei», rief uns die gütige Frau lächelnd zu.

«Hallo Leandra, wie läuft die Woche?», wollte ich von ihr wissen.

«Leider nicht so gut, Kindchen. Die Erfüllten sind zurzeit wieder vermehrt auf Akquisitionsmission. Da trauen sich viele nicht aus dem Haus.» Die Niedergeschlagenheit in ihrem Gesicht war nicht zu übersehen.

«Schon wieder?», entgegnete ich erschrocken. «Aber sie

waren doch erst vor einer Woche unterwegs. Wie kann das sein?»

Leandra zuckte mit den Schultern. «Ich weiß es nicht genau. Es wird gemunkelt, dass sie ihr Gebiet noch weiter erschließen möchten und dafür brauchen sie natürlich wieder neue Gefolgsleute und Diener.»

Ich schüttelte fassungslos den Kopf. Ein Schauer lief mir über den Rücken und meine Vermutung, was Zara betraf, verstärkte sich.

«Haltet euch nicht so lange draußen auf, Allegra. Sicher ist sicher.»

«Machen wir nicht. Nach dir haben wir nur noch einen Stopp, Leandra», versicherte ich ihr. «Hast du denn wenigstens mit deiner anderen Tätigkeit genug zu tun?», fragte ich sie, nachdem ich mir die Gewissheit verschafft hatte, dass uns niemand belauschte.

Es tat gut, wenigstens ein paar Worte mit einem der wenigen Menschen zu wechseln, die mir am Herzen lagen.

«Ja, zum Glück. Allein mit dem Stand auf dem Wochenmarkt könnte ich nicht mehr überleben.»

Bevor ich noch etwas erwidern konnte, schaute Leandra panisch an mir vorbei. Was war denn ...? Ich drehte mich um und blickte in die Richtung, die sie anvisiert hatte.

Stahlblaue Augen trafen auf meine. Sein Gesicht sah aus wie aus einem dieser Hochglanzmagazine, die hier in jedem Kiosk großzügig verschenkt wurden.

Was will der Typ?, dachte ich angespannt, während ich den Erfüllten, den ich auf Mitte zwanzig schätzte, weiter musterte.

Seine Haare waren dunkelblond und lagen so perfekt, dass man davon ausgehen musste, dass er jede einzelne Strähne einer besonderen Legetechnik unterzogen hatte. Die Proportionen seines Gesichts waren ebenso maßgeschneidert wie die seines stattlichen Körpers.

Der Erfüllte richtete seine intensiv blauen Augen auf meine kleine Schwester, die schon wieder ihren Hut abgenommen hatte. Sein eindringlicher Blick verschlug mir die Sprache. Verdammt, Lamirah! Vielleicht hätte ich sie doch lieber zu Hause lassen sollen. Innerlich zitterte ich vor Angst. Aber ich fuhr meine Schutzmauer hoch, die ich mir nach dem Tod unserer Eltern sorgfältig errichtet hatte.

«Hallo, schönes Kind», sprach der Erfüllte Lamirah direkt an. «Wie heißt du denn?»

Sie schaute erstaunt nach oben und betrachtete den attraktiven Mann.

Ich wusste, dass sie von seiner Schönheit geblendet war. *Lamirah, denk an meine Worte*, betete ich innerlich.

«Ich bin Lamirah, und du?», antwortete sie stattdessen interessiert.

Er schenkte meiner Schwester sein überirdisches Lächeln. «Ich bin Lexian. Freut mich, dich kennenzulernen. Bist du ...?»

Doch ich ließ ihn nicht weitersprechen. Ob es klug war, dass ich so reagierte, war fraglich, aber mein Beschützerinstinkt übernahm meinen Körper, ohne dass ich darüber nachdenken konnte. «Lass sie in Ruhe», fauchte ich ihn an, während ich mich schützend vor meiner Schwester aufbaute.

Der Erfüllte heftete seinen Blick unmittelbar auf mich und musterte mich abschätzig. Wenn Blicke töten könnten. «Kein Grund, gleich unhöflich zu werden, meine Schöne.» Seine Stimme war schneidend. Wäre sie ein Messer, hätte er mir mit ihr in Sekundenschnelle meine Kehle durchtrennen können.

Ich tat mein Bestes, um mich nicht verunsichern zu lassen. «Geh einfach weiter, ja?» Meine Stimme zitterte kaum merklich.

Der Erfüllte kam mir gefährlich nah und flüsterte mir ins Ohr: «Pass auf, wie du mit mir sprichst. Ich kann dich sofort zu meiner Dienerin machen und dann hast du gar nichts mehr zu melden.» Nach dieser Drohung trat er ein Stück zurück, zwinkerte meiner Schwester zu und ließ uns stehen.

Sobald er außer Hörweite war, vernahm ich Leandras

Stimme. «Allegra, geht es dir gut? Was wollte er von dir?», fragte sie verängstigt.

Ich winkte ab. «Alles in Ordnung. Er wollte sich nur wichtigmachen.»

Sie nickte mir wenig überzeugt zu und reichte mir unsere Wochenration Brot sowie zwei kleine Stückchen Honigbrot. «Das Honigbrot geht auf mich. Das kannst du nach dem Schock gut gebrauchen.»

«Danke, Leandra.» Ich verabschiedete mich von ihr und zog Lamirah hinter mir her.

Wir holten noch drei Tüten Milch und machten uns dann direkt auf den Heimweg. Der Kontakt mit der Außenwelt reichte mir für heute.

Als wir die größtenteils renovierungsbedürftigen Häuser passierten, schimpfte ich mit meiner Schwester. «Was, zum Teufel, ist in dich gefahren? Ich habe dir doch schon so oft gesagt, wie gefährlich die Erfüllten sind. Du musst immer deinen Hut tragen. Das weißt du doch!» Ich atmete schwer, so aufgebracht war ich.

«Auf mich hat er aber überhaupt nicht gefährlich gewirkt. Ich fand ihn sogar ziemlich nett.»

Damit brachte sie mein Blut noch mehr in Wallung. Wie sollte ich ihr nur klarmachen, dass sie uns mit ihrem Verhalten in eine gefährliche Situation brachte? Und so blieb mir nichts anderes übrig, als wieder die unmoralische Karte auszuspielen. «Versprich mir, dass du ihn das nächste Mal nicht abnimmst. Sonst kann ich dich nicht mehr mitnehmen.»

Lamirah zog eine Schnute, sagte aber nichts weiter. Sie schien sich fürs Schmollen entschieden zu haben.

Auch gut. Dann konnte ich mich darauf konzentrieren, die Begegnung mit diesem *wunderhübschen* Menschen abzuschütteln.

Wir schwiegen uns auf dem ganzen Nachhauseweg an. Man sollte meinen, dass ich den Anblick der vielen Obdachlosen, die am Wegrand vor sich hin vegetierten, gewöhnt war. Aber bei ihrem Anblick zog sich mein Herz jedes Mal schmerzhaft zusammen. Die Situation außerhalb der Mauer war erdrückend. Die nicht vorhandenen Mittel hielten die Bürger davon ab, sich um ihr Zuhause zu kümmern. Kredite gewährten die Erfüllten schon lange nicht mehr und da der überwiegende Teil der reichen Bürger in ihrem Gebiet lebte, war es kaum einem der Niederen möglich, das eigene Haus instand zu halten. Unzählige hatten keine Arbeit mehr oder mussten sich mit mehreren Jobs über Wasser halten, denn viele Berufe wurden nicht mehr gebraucht. So machte sich immer mehr Verzweiflung in den Gemütern der Menschen breit und nahm ihnen jegliche Energie. Die Energie, Hoffnung zu schöpfen. Ein Ende der prekären Zustände war nicht absehbar und das schürte ein unüberwindbares Gefühl tiefen Kummers in den Seelen der Bewohner meiner Heimat.

Glücklicherweise kamen meine Schwester und ich ohne weitere Zwischenfälle in unserem Zuhause an.

Ich kramte den Haustürschlüssel aus meiner Umhängetasche, während Lamirah vor Ungeduld schnaufend hinter mir wartete. Langsam hielt ich die angespannte Stimmung zwischen uns nicht mehr aus. «Lamirah», seufzte ich. «Bitte sei mir nicht böse. Ich habe einfach nur Angst um dich. Du bist der wichtigste Mensch in meinem Leben.» Ich war hin- und hergerissen zwischen Wut und Mitgefühl. Jetzt, da ich wieder ein bisschen Abstand zu der Situation von eben hatte und uns mehr in Sicherheit wog, kam meine verständnisvolle Seite durch. Wie sollte ich es einem jungen Mädchen vorwerfen, dass es sich ein besseres Leben wünschte? Wir kämpften uns durch eine Welt voller Armut und waren täglich Zeuge von einer Gesellschaftsschicht, die im Paradies lebte. Das war zumindest der Begriff, den die Erfüllten verwendeten. Es war wahrlich paradiesisch, wenn man Menschen manipulierte oder sie gegen ihren Willen zu sich holte ...

Ich würde Lamirah nie das bieten können, was sie sich

wünschte, aber ich gab mein Bestes.

Ihre Umarmung überraschte mich. Sie schaute mir mit ihren haselnussbraunen Augen traurig ins Gesicht. «Ich weiß, Allegra, es tut mir leid. Es tut mir leid, dass ich meinen Hut nicht aufhatte», sagte sie stockend und nahm ihre Kopfbedeckung behutsam ab.

Ich streichelte ihr über den Haaransatz und schenkte ihr mein zuversichtlichstes Lächeln. «Ich werde bald eine Arbeit finden und wenn ich ein bisschen was gespart habe, können wir bestimmt in eine größere Wohnung ziehen. Was meinst du?»

Obwohl sie lächelte, konnte ich in ihren Augen erkennen, dass sie mir nicht ganz glaubte.

«Danke, dass du so tapfer bist. Ich werde alles dafür tun, damit wir nicht in diesem Loch versauern. Versprochen.»

Sie nickte und ließ mich wieder los.

Wir hatten bis eben im Hausflur gestanden und liefen nun über die alte Holztreppe, die an einigen Stellen schon morsch war, bedächtig in den ersten Stock. Lamirah und ich hatten die Einzimmerwohnung auf der rechten Seite der Etage. Neben uns gab es noch eine weitere Konservendose, in die kürzlich ein junger Mann mit vollem Bart und fast kahl rasiertem Kopf eingezogen war, den ich bis jetzt nur flüchtig gesehen hatte.

«Hast du Hunger?»

Während ich unseren Wocheneinkauf in der kleinen braunen Küchennische verstaute, saß Lamirah auf unserem in die Jahre gekommenen, aber immer noch gemütlichen Ledersofa.

«Mhm», gab sie nur von sich. Sie war in ihr altes Handy vertieft, auf das unsere Eltern lange hingespart hatten. Es war ihnen wichtig gewesen, dass meine Schwester und ich allzeit erreichbar waren, auch wenn sie es sich eigentlich nicht hatten leisten können. Ihre Angst, dass uns die Erfüllten abgreifen könnten, war groß gewesen. Deshalb hatte unsere Mutter uns auch immer von der Schule abgeholt und dafür gesorgt, dass wir so wenig Kontaktpunkte wie möglich mit ihnen hatten.

Ob Lamirah so gern Zeit mit dem alten Gerät verbrachte, weil es sie an sie erinnerte oder weil es eine willkommene Ablenkung von unserem Alltag bot, da war ich mir nicht sicher. Am Ende war es auch nicht wichtig. Ich war einfach froh, wenn sie etwas tat, was ihr Abstand zu dieser schrecklichen Welt bot.

Mit meiner nachmittäglichen Tasse Kaffee und den beiden Stücken Honigbrot bewaffnet, ließ ich mich neben Lamirah vor unserem Fernseher nieder, den meine Mutter und ich vor einigen Jahren nach ewigem Betteln meinerseits besorgt hatten. Mein Vater war nie gern unter Menschen gewesen, weshalb ich Besorgungen immer mit ihr gemacht hatte.

Während wir unsere Mägen mit der Backkunst von Leandra füllten, ließen wir uns von dem TV-Programm berieseln. Beim Essen sprachen wir nicht viel miteinander.

Mich kostete es jedes Mal einiges an Kraft, unseren vermeintlich sicheren Zufluchtsort zu verlassen. Wenn ich durch die Straßen wanderte, war jeder Muskel meines Körpers zum Zerreißen gespannt.

Es tat gut, mit Lamirah entspannt auf dem Sofa zu sitzen und durchzuatmen. Fast fühlte es sich so an wie früher, als unsere Eltern noch gelebt hatten. Da sie es uns selten erlaubt hatten, außerhalb der Schulzeit durch die Stadt zu ziehen, waren gemeinsame Fernsehabende zu viert unser allabendliches Ritual gewesen.

Allerdings hatte auch das TV-Schauen seinen Preis. Natürlich ermöglichten die Erfüllten uns niederen Bürgern die kostenlose Art der Unterhaltung nur, weil sie hofften, uns mit ihren Hochglanz-Werbespots, die gefühlt alle zehn Minuten über die Mattscheibe flimmerten, zu ködern. Genau aus diesem Grund waren unsere Eltern auch alles andere als begeistert gewesen, ihre vermeintlichen Almosen anzunehmen. Aber da es Lamirah und mir in den eigenen vier Wänden oft langweilig gewesen war, hatten sie sich irgendwann überreden lassen, denn so hatten sie uns wenigstens im Blick gehabt.

Die kurzen Werbesequenzen, die mein Blut jedes Mal zum Kochen brachten, wenn ich mich in einem interessanten Film verlor, hatten alle etwas gemeinsam: Jede Werbung, die sie schalteten, zeigte einen der ihren. Einen dieser schönen Menschen. Oder auch zwei oder drei. Mal saßen sie in einem ihrer Wellnesstempel und ließen sich von oben bis unten verwöhnen. Mal waren sie bei Dr. Bleach und kamen nach ihrem Besuch mit einem dieser Zahnpasta-Lächeln aus der Praxis und das andere Mal strahlten sie über ihre prächtige Lockenmähne, die ihnen einer der Starfriseure gezaubert hatte.

Es war zum Haare raufen. Manchmal würde ich den Fernseher am liebsten aus dem Fenster werfen, aber da wir sonst so wenig Unterhaltungsmöglichkeiten hatten, hielt ich mich zurück.

Was würde nur aus unserer Welt werden, wenn einige von uns irgendwann nur noch künstliche Puppen waren, die von morgens bis abends nichts anderes taten, als sich der äußeren Schönheit zu widmen? Und der Rest Diener, die eben diesen Puppen dienten?

Jedes Mal, wenn ich es mir erlaubte, über die Zukunft nachzudenken, landete ich in dieser Gedankensackgasse. Das Gefühl der allumfassenden Verzweiflung hatte mich wieder fest in seinen Klauen.

Verdammt, ermahnte ich mich. *Sich ständig auszumalen, dass es vielleicht irgendwann keine normale Welt mehr gibt, hilft rein gar nichts. Konzentriere dich auf das Hier und Jetzt. Darauf, dass ihr genug Essen habt und vielleicht irgendwann ein größeres Dach über dem Kopf.*

Ja, darauf musste ich mich jetzt fokussieren. Ich brauchte ein klares Ziel vor Augen. Etwas Greifbares, das mir Kraft und Halt gab, weiterhin für meine kleine Schwester stark zu bleiben.

Ein Klingen unterbrach unser gemütliches Beisammensein.

Als würde der Dirigent eines Orchesters den Takt vorgeben, fing mein Herz an zu pochen. Bei uns klingelte selten jemand. Wenn wir Besuch bekamen, dann kündigte er sich im Normalfall mit einem Anruf über unsere Handys an.

«Wer ist das denn?», murmelte Lamirah mit vollem Mund.

Ich zuckte mit den Schultern und lief auf Zehenspitzen zur Tür. Dem Klingelgeräusch nach stand – wer auch immer – schon direkt davor. Während ich noch überlegte, ob ich aufmachen sollte, ertönte das Klingeln erneut. Meine Nervosität stieg ins Unermessliche. War dieser Lexian uns vielleicht gefolgt, weil er Gefallen an meiner Schwester gefunden hatte?

«Allegra?», rief jemand.

Erleichtert über die bekannte Stimme drückte ich mit leicht feuchten, zitternden Händen die antike Stahltürklinke nach unten.

«Allegra, Gott sei Dank.» Meine älteste Freundin fiel mir aufgelöst in die Arme.

Da ich so überrumpelt war, ließ ich es einfach geschehen. «Tabitha, was ist denn los? Ist etwas passiert?» Meine sich legende Anspannung nahm bei dem Anblick meiner aufgewühlten Freundin wieder an Fahrt auf.

«Sie ... Sie haben Arden», schluchzte Tabitha.

Erschüttert über diese Neuigkeit, hielt ich sie fest. Ihr Körper war starr, schien wie gelähmt. «Beruhig dich, Tabitha. Setz dich zu uns und erzähl mir alles, ja?» Ich gab ihr die Zeit, die sie brauchte, und wartete, bis ihre herzzerreißenden Schluchzer abebbten.

Lamirah beobachtete uns die ganze Zeit mit mitfühlendem Blick vom Sofa aus.

«Okay», ertönte schließlich Tabithas brüchige Stimme. Im nächsten Moment kauerte sie mit angezogenen Knien auf unserem Ledersofa. Ihr langes schwarzes Haar fiel ihr glatt bis über die Hüfte und streifte ihre Jeans. Sie atmete ein paar Mal tief durch. «Arden und ich waren zusammen auf dem Markt.

Und dann ist da dieser Erfüllte aufgetaucht. Er hat ihn einfach mitgenommen. Ich ... Ich konnte nichts machen. Ich habe ihn angebettelt und angeschrien, aber es hat nicht geholfen.» Die pure Verzweiflung hatte sich in Tabithas Gesichtszüge gegraben. «Was soll ich meinen Eltern nur erzählen? Ich kann doch nicht ohne Arden nach Hause kommen.» Sie verbarg ihr schmales Gesicht in ihren Händen und fing erneut an zu wimmern.

«Das ist gerade eben passiert?», fragte ich fassungslos.

Sie brachte nur ein Nicken zustande.

Mein Blick suchte automatisch den von Lamirah und sie schien sofort zu verstehen, was ich ihr sagen wollte. *Siehst du, diese Menschen sind rücksichtslos und nehmen sich das, was sie wollen.*

Dann widmete ich mich wieder meiner Freundin. «Was hat der Erfüllte denn gesagt?»

«Wir waren gerade bei Xenia, um Honig zu kaufen, und als Arden nach einem Glas greifen wollte ... Es ... es ist alles meine Schuld. Hätte ich nicht nach dem Geld gekramt und das Glas selbst genommen, wäre das alles nicht passiert. Er hat ihn nur mitgenommen, weil es ihm vor die Füße gefallen ist.»

Mittlerweile hatte ihr Zittern nachgelassen, dafür starrte sie ins Leere, während sie sprach.

«Das war der Grund?», stieß ich erschrocken aus.

Sie nickte wie in Trance.

«Tabitha, hör mir zu!» Ich nahm ihr schmales Gesicht in meine Hände und schaute ihr in die aufgequollenen Augen. «Ihr wart nur zur falschen Zeit am falschen Ort. Gib dir daran nicht die Schuld. Bitte.»

Einen Moment lang sagte keiner mehr etwas. Ich war noch damit beschäftigt, das Unfassbare zu begreifen und schätzte, dass es Lamirah ähnlich ging.

Meine beste Freundin wirkte nach wie vor abwesend und wippte mit ihrem Oberkörper leicht vor und zurück.

Nach einer Weile war sie die erste, die wieder ihre Stimme

fand. «Der Erfüllte war so angsteinflößend. Ich konnte seine machtvolle Ausstrahlung mit jeder Faser meines Körpers spüren. Es … Es war schrecklich.»

Ich streichelte meiner Freundin beruhigend über den Rücken. «Hatte er eindringliche blaue Augen?», wollte ich, einer Ahnung folgend, von ihr wissen.

Sie nickte wild. «Ja. Diese Augen …» Sie schüttelte den Kopf, so als wollte sie das Bild aus ihrem Geist verbannen. «Sie haben sich in mein Gedächtnis eingebrannt. Den Anblick werde ich niemals vergessen.» Tabitha erschauderte und brauchte einen Moment, bis sie sich wieder gesammelt hatte. «Aber … wie kommst du darauf?»

«Lamirah und ich waren vorhin auch auf dem Markt und hatten eine eher unangenehme Begegnung mit ihm. Ich …»

«Sein Name ist Lexian», fiel mir Lamirah ins Wort.

Bevor ich etwas zu meiner Schwester sagen konnte, hörte ich schon wieder Tabithas Stimme.

«Lexian? DER Lexian?»

Lamirah und ich schauten sie verständnislos an.

«Ist er jemand Besonderes?», kam mir Luna zuvor.

«Er ist der neue Heerführer der Erfüllten. Habt ihr nicht mitbekommen, dass Angius letzte Woche gestorben ist?»

Wir schüttelten beide den Kopf. Davon hatte ich in der Tat nichts gehört. Bei der Begegnung mit diesem Lexian hatte ich gespürt, dass ich es mit einem der Höheren von ihnen zu tun hatte, aber nichts von seinem Status geahnt. Da hatte ich mich mit meiner Beschützerrolle aber weit aus dem Fenster gelehnt.

«Er ist noch grausamer als all die anderen vor ihm. Ich habe gehört, dass er seine Ausbildung viel früher als seine Vorgänger angefangen hat. Deshalb ist er auch schon so jung Heerführer geworden.»

Mir lief ein eiskalter Schauer über den Rücken.

«Ich … Ich habe überhaupt keine Ahnung, was er von Arden will. Als Diener nützt er ihnen nichts, da er noch zu jung ist, und als Erfüllten wollen sie ihn bestimmt auch nicht.

Er bringt doch nicht die optischen Merkmale mit, die sie erwarten. Ich kann es einfach nicht verstehen.»

Ich nickte ihr mit gerunzelter Stirn zu. Er hatte praktisch gesehen wirklich keinen Nutzen für sie. Also, weshalb hatte Lexian ihn einfach mitgenommen?

«Zu uns war er eigentlich ganz nett. Ich verstehe das gar nicht», meldete sich Lamirah irritiert zu Wort.

«Lamirah», wiederholte ich mich heute nun schon zum gefühlt hundertsten Mal. «Die Nettigkeit, die er uns vorgespielt hat, ist nicht echt. Dass er Arden mitgenommen hat, ist doch der beste Beweis dafür!»

«Er war nett zu euch?», fragte Tabitha mit großen Augen.

«Nett würde ich es jetzt nicht nennen. Er hatte die Maske der falschen Freundlichkeit auf, würde ich sagen. So sind sie doch alle», entgegnete ich und ließ Lexians Drohung, mich jederzeit zu seiner Dienerin machen zu können, bewusst aus. Tabitha war schon aufgelöst genug, da wollte ich ihren Sorgenberg nicht noch weiterwachsen lassen.

«Was wollte er von euch?» Tabitha blickte das erste Mal auf und nahm mich und meine Schwester ins Visier.

«Er hat Lamirah angesprochen und wollte wissen, wie sie heißt», entgegnete ich angespannt.

«Du hast ihm doch hoffentlich keine Aufmerksamkeit geschenkt, oder?»

Der Kopf meiner besten Freundin drehte sich wie auf Knopfdruck in Richtung meiner Schwester.

Als Antwort kaute Lamirah nur auf ihrer Unterlippe.

Tabithas Blick wanderte zu mir.

«Doch, das hat sie.»

«Verdammt, Lamirah! Wir dürfen dich nicht auch noch an die Erfüllten verlieren!»

Meine Rede, sagten meine Augen an meine kleine Schwester gewandt.

«Es tut mir leid», antwortete sie und ließ ihren Kopf schuldbewusst sinken.

Meine beste Freundin und ich seufzten.

«Du musst vorsichtiger sein», setzte Tabitha etwas harscher hinzu, bevor sie sich an mich wandte. «Hoffentlich ist dieser Lexian viel beschäftigt und hat die Begegnung mit euch wieder vergessen. Nicht, dass er auf die Idee kommt, Ausschau nach euch zu halten.»

«Warum sollte er?», fragte Lamirah vorsichtig.

«Weil sie aktuell aktiv nach neuen Mitgliedern suchen und wir können nicht ausschließen, dass sie euch nicht zwingen würden, wenn sie nicht genug freiwilligen Nachwuchs bekommen», sprach Tabitha ernst.

So deutlich wie meine beste Freundin hatte ich noch nie mit Lamirah gesprochen. Ich hatte ihr keine Angst machen wollen, aber offensichtlich war das ein Fehler gewesen.

Meiner Schwester war das schlechte Gewissen an der Nasenspitze anzusehen.

«Ich denke, du hast es verstanden?»

Ihr eindringliches «Mhm.» schien Tabitha als Antwort zu genügen.

«Das will ich hoffen», fügte ich nachdrücklich hinzu, bevor meine Gedanken wieder zu dem wanderten, was Tabitha eben gesagt hatte. «Du hast also auch davon gehört? Dass sie wieder vermehrt auf Akquisitionsmission sind?», hakte ich beunruhigt nach.

Meine Freundin nickte ernst. «Ja, also wie zum Teufel seid ihr diesen Lexian wieder losgeworden?»

Ich dachte an den Moment auf dem Markt zurück. «In meinen Ohren klingt es auch unglaubwürdig, aber ich habe ihm gesagt, er soll uns in Ruhe lassen.»

Tabithas Augen wurden augenblicklich größer. Der Blick, den sie mir schenkte, war genauso tadelnd, wie der, den sie eben meiner Schwester zugeworfen hatte. «Bist du verrückt, Allegra? Es grenzt an ein Wunder, dass er euch nicht hat abführen lassen.»

Ich hob beschwichtigend die Hände. «Mein

Beschützerinstinkt ist mit mir durchgegangen, Tabitha.»

Sie atmete kurz durch, bevor sich Verständnis in ihre Gesichtszüge mischte.

«Werden … Werden wir es schaffen, Arden wieder nach Hause zu holen?», unterbrach Lamirah unser Gespräch jäh. Tränen liefen ihr über die Wangen. Sie schien jetzt erst richtig zu begreifen, was passiert war.

Arden war ihr ein guter Freund. Er war nur zwei Jahre älter als sie und schaffte es mit seiner übermütigen Art oft, sie all die schlimmen Dinge vergessen zu lassen. Wir durften ihn nicht an die Erfüllten verlieren. Wir durften keine Familie mehr verlieren. Eine Familie, von der kaum mehr etwas übrig war. Wie sollte es Lamirahs zarte Seele überleben, wenn uns jeder Einzelne genommen wurde, der uns etwas bedeutete?

«Ja, Wir werden ihn wieder zurückholen. Koste es, was es wolle.» Mein Entschluss stand fest. Wir würden gemeinsam nach einer Lösung suchen, damit er bald wieder bei uns war. Auch wenn ich keine Ahnung hatte, wie wir das bewerkstelligen sollten.

Zwei Leben für eins

Tabitha blieb noch bis abends. Sie hatte ihren Eltern Bescheid gegeben, dass sie später kommen würde. Von Ardens Entführung wollte sie ihnen erst berichten, wenn sie zu Hause war und einen Plan hatte. Ihre Mutter und ihr Vater, die beide krankheitsbedingt stark gebeutelt waren, vertrugen Aufregung nicht gut und würden sich noch früh genug Sorgen machen.

Nachdem wir drei uns gefühlsmäßig gesammelt hatten, waren wir beim Abendessen zum Pläneschmieden übergegangen. Während wir ein paar Scheiben des frischen Krustenbrots herunterwürgten, das ich aufgrund der Schwere der Situation so gar nicht genießen konnte, rauchten unsere Köpfe.

Wie sollten wir den Bruder meiner Freundin nur retten? Wir wussten, dass es nicht leicht werden würde und dass jeder Plan ein Risiko beinhaltete, aber wir hatten keine Wahl. Weder Tabitha noch ich waren Menschen, die einfach kapitulierten. Vielleicht war es naiv zu glauben, dass wir ihn zurückbekamen, aber den Kopf in den Sand zu stecken, kam nicht in Frage. Am Ende war es überraschenderweise ein Kommentar von Lamirah, der uns hoffentlich den Weg zur Rettung Ardens ebnen würde.

«Und wenn wir einfach zu ihnen gehen und ihnen etwas für Arden bieten?», nuschelte sie mit vollem Mund.

«Wenn, dann gehen wir, Tabitha und ich, Lamirah. Du

bleibst schön hier, wo du sicher bist!», musste ich sofort klarstellen.

«Arden ist aber auch mein Freund», erwiderte sie mit ihrem Schmollmund.

«Lamirah, du wärst das gefundene Fressen für sie.» Ich versah sie mit einem Blick, der keinen Widerwillen duldete.

«Wartet mal», unterbrach uns Tabitha. «Ich finde die Idee eines Austauschs beziehungsweise eines Handels mit ihnen gar nicht schlecht. Außerdem sollten wir uns jetzt erst mal auf den Plan konzentrieren. Streiten könnt ihr euch danach immer noch.»

Die Ansage saß. Ich verbannte meinen starken Beschützerinstinkt in die hintersten Winkel meines Herzens und widmete mich dem, was jetzt wichtig war. Lamirah war immerhin noch hier. Arden wurde sicherlich gerade von den Erfüllten einer Gehirnwäsche unterzogen.

Auch Lamirah war nun mucksmäuschenstill. Das führte mir wieder einmal vor Augen, wie wichtig ihr der kleine Bruder meiner Freundin war.

Nicht gefühlsduselig werden, sprach ich mir selbst gut zu, um meine aufsteigenden Tränen zurückzudrängen. «Du hast recht. Hier geht es schließlich um Arden. Das hat gerade die höchste Priorität. Ein Handel klingt an sich gut, aber ich wüsste nicht, was wir ihnen bieten können, das sie nicht schon haben oder sich selbst nehmen könnten. Außerdem wissen wir überhaupt nicht, was sie mit Arden vorhaben», teilte ich meine Bedenken.

«Vielleicht wollte dieser Lexian einfach nur seine Macht demonstrieren?», schlug Tabitha mit einem Schulterzucken vor. «Ich hätte definitiv einen Nutzen für ihn.» Nach einer kurzen Pause teilte sie ihren Entschluss mit uns: «Ich werde mich anbieten.»

«Was?», stieß ich bestürzt aus. «Das kommt überhaupt nicht in Frage! Erstens wissen wir gar nicht, ob sie darauf eingehen, und zweitens haben wir dann das gleiche Problem. Dann müssen wir dich da rausholen.»

Lamirah schaute Tabitha einfach nur mit großen Augen an. «Fällt dir was Besseres ein? Die Idee, ihn da rauszuschmuggeln, haben wir schon abgehakt. Die überwachen doch jeden Winkel ihres Gebiets. Das ist das Einzige, was funktionieren könnte. Ich werde irgendwann wieder rauskommen und fliehen. Mach dir keine Sorgen. Dann mache ich eine Zeit lang einfach gute Miene zum bösen Spiel. Ist ja nicht so, als wüsste ich nicht, wie man wäscht, kocht oder bügelt.» Sie schenkte uns ein gequältes Lächeln.

Tabitha schien sich entschieden zu haben. Ich konnte es nicht fassen. Es stimmte, dass sie alle Anforderungen an ein gutes Hausmädchen erfüllte. Schließlich unterstützte sie ihre Eltern schon seit Jahren, aber das konnte doch unmöglich ihr Ernst sein. Ich schüttelte nachdrücklich den Kopf. «Das kannst du nicht tun, Tabitha.»

«Du würdest doch dasselbe für Lamirah tun, oder?»

Damit hatte sie mich, das wusste sie. Ich konnte ihr aber auch nicht böse sein, denn hier ging es um ihren Bruder. Ihre Familie. Ich musste mich geschlagen geben. «Und wenn sie es nicht machen und dich einfach gefangen nehmen?»

«Das Risiko muss ich eingehen.»

Ich rieb mir mit der Hand über die Stirn. Das Ganze war wirklich nervenaufreibend. «Okay, mal angenommen wir haben Glück und alles geht glatt. Sie werden doch nach dir suchen, wenn du fliehst. Du wirst dich nicht mehr frei bewegen können und verstecken müssen. Genauso wie Arden auch. Das wäre grauenhaft, Tabitha.»

Meine Freundin schnaufte erschöpft. «Ich weiß», kam es leise und ernst über ihre Lippen. «Aber wenn ich meinen Bruder so retten kann, ist es mir das wert.»

Ich nickte verständnisvoll. «Natürlich. Ich werde dann alle Einkäufe erledigen und das besorgen, was ihr braucht. Das weißt du, ja?»

Ihr dankbarer Blick sprach Bände.

Das Wichtigste war, dass wir jetzt zusammenhielten.

Diese Nacht schlief ich unruhig. Ich wälzte mich von einer Seite auf die andere, aber die Gedanken an den riskanten Plan, den Tabitha gleich morgen in die Tat umsetzen wollte, hielten mich wach. Ich starrte an die Decke, die, so wie die Häuserfronten in dieser Gegend auch, von einigen Rissen geziert war. Ich zählte jede Verästelung, jeden noch so kleinen Makel, in der Hoffnung, irgendwann einzuschlafen. Leider war diese Einschlafmethode genauso hilfreich wie Schafe zählen. Auch die Decke hatte ich schon abgestreift, um meinen Armen und Beinen mehr Luft zum Atmen zu bieten. Diese Sommernächte waren so heiß, dass man sich am liebsten die Haut abziehen wollte. Ich krempelte die kurzen Ärmel meines dunkelroten Nachthemds noch etwas weiter nach oben und drehte mich zur Abwechslung auf die linke Seite. So konnte ich Lamirah direkt ansehen. Sie schlief friedlich und ihr Atem ging ruhig und konstant. Wir hatten das Doppelbett unserer Eltern mitgenommen, da es sich am besten in unser neues Zuhause einfügte. Manchmal, wenn ich morgens aufwachte und noch im Halbschlaf war, hatte ich für ein paar Sekunden das Gefühl, dass sie noch da waren. Dass meine Eltern noch lebten. Der Anblick des Fußendes, auf das mein Blick jedes Mal nach dem ersten Aufschlagen meiner Augen fiel, war einfach zu vertraut. Ich hasste und liebte es zugleich. Dieser kurze Moment, in dem sich alles so anfühlte, als hätte es diesen Alptraum nie gegeben. Doch dann kam der Moment, wenn mein Gehirn begriff, dass ihr Tod die bittere Realität war.

Automatisch wanderten meine Gedanken wieder zu dem waghalsigen Vorhaben von Tabitha. Ich konnte mir kaum vorstellen, dass sich die Erfüllten auf den Austausch einließen. Nachdem meine Freundin vorhin gegangen war, hatte ich mir weiter den Kopf zermartert, um doch noch eine Alternative zu finden. Einen besseren Weg, Arden zu befreien. Aber mir war nichts eingefallen. Morgen Mittag, um zwölf Uhr, würde ich mich in der Nähe der Mauer aufhalten, um Arden hoffentlich wohlbehalten in die Arme zu schließen.

Komplett übernächtigt und nervös trat ich meinen Weg in das alte Stadtzentrum an. Lamirah hatte natürlich alles versucht, um mich zu überreden, sie zum – hoffentlich stattfindenden – Austausch mitzunehmen, aber ich hatte jeden ihrer Proteste im Keim erstickt. Falls etwas schiefging, war sie in unserer Konservendose sicherlich besser aufgehoben. Vor allem, nachdem ich mitbekommen hatte, dass die Erfüllten derzeit verstärkt auf Akquisitionsmission waren. Ich würde meine Schwester erst wieder mit nach draußen nehmen, wenn sich die Situation etwas beruhigt hatte. Zwar hatte ich immer noch ein mulmiges Gefühl, sie in unserer Wohnung zurückzulassen, aber das Risiko mit ihr durch die Straßen zu streifen, stufte ich zu dieser Zeit als deutlich höher ein.

Ich kramte mein altes Handy aus meiner Umhängetasche und schaute auf das Display. Elf Uhr vierundvierzig. Ich beschleunigte meine Schritte. Allerdings musste ich vermehrt auf den Weg vor mir achten, denn die terrakottafarbenen Kopfsteinpflaster ragten an mehreren Stellen aus dem Boden und stellten somit eine erhöhte Verletzungsgefahr dar. Umso mehr, weil ich heute meine Sandalen trug. Die Sonne brannte so stark, dass ich es in Turnschuhen nicht ausgehalten hätte. Ich war keine fünf Minuten unterwegs, da lief mir schon der Schweiß. Ein frischer Windhauch wäre jetzt wohltuend. Den gab es hier aber leider viel zu selten. In den Sommermonaten wurde unsere Stadt immer von dieser brütenden Hitze heimgesucht, die uns das Leben schwerer machte, als es ohnehin schon war.

Während ich in Richtung Mauer lief, begegnete ich deutlich weniger Menschen als gestern, was vermutlich daran lag, dass heute kein Markt stattfand. Dafür liefen mir viele streunende Hunde und Katzen über den Weg, die auf Nahrungssuche sein mussten.

Die Kraft der Sonne wurde immer unerträglicher. Es

mussten schon fast dreißig Grad sein. Ich angelte mir einen Haargummi aus meiner Umhängetasche und machte mir einen Pferdeschwanz, um zumindest meinem Nacken ein bisschen Erfrischung zu gönnen. Ich achtete penibel darauf, mir zwei große Haarsträhnen auf der Höhe meiner Schläfen so ins Gesicht zu kämmen, dass man meine Wangenknochen nicht direkt wahrnahm. Es nervte mich jedes Mal und ich wünschte mir oft, dass mein Gesicht nicht so ausdrucksstark wäre. Neben meinen Wangenknochen stachen auch meine blassgrünen Augen hervor. Vor allem in der warmen Jahreszeit bildeten sie einen starken Kontrast zu meiner Haut, da sie sehr schnell braun wurde und einen olivfarbenen Ton annahm. Nachdem ich meine feinen Haare mit dem Haargummi umwickelt hatte, setzte ich meinen Basthut wieder auf und rückte meine dunkle Sonnenbrille zurecht.

Jetzt war es nicht mehr weit. Mit meinen mittlerweile leicht staubigen Füßen kam ich kurz darauf vor dem kleinen Café an, bei dem ich mich mit Tabitha treffen sollte. Ich lehnte mich an den Holzpfosten in der Nähe des Eingangs und hielt Ausschau nach meiner Freundin. Da ich sie nirgends entdecken konnte, wanderte mein Blick über die Gäste, die sich unter der Überdachung niedergelassen hatten.

Es waren nur wenige Plätze besetzt. Ganz links saßen zwei Erfüllte und einer von uns an einem kleinen Tisch. Die beiden redeten wie wild auf den jungen Mann mit dem vollen Bart ein und mich beschlich das ungute Gefühl, dass sie ihn in ein *Bewerbungsgespräch* verwickelten. Ein paar Tische weiter rechts entdeckte ich ein älteres Ehepaar, das immer mal wieder einen ängstlichen Blick in Richtung der Erfüllten warf. Außerdem waren noch zwei weitere der alten Holztische besetzt. Ebenfalls von Erfüllten, wie ich erschreckend feststellen musste.

«Allegra, entschuldige. Ich habe noch einen Plan für Arden geschrieben, damit er weiß, wann er sich um was kümmern muss, wenn ich nicht …» Tabitha atmete tief ein, um sich selbst

zu beruhigen. «Ich wünschte, wir hätten eine andere Idee ...»
Ich ergriff ihre Hand und drückte sie beschwichtigend,
weil ich spürte, wie aufgewühlt sie war. «Du willst das auf
jeden Fall durchziehen?»

«Ja», erwiderte sie überzeugt. «Ich ertrage den Gedanken
einfach keine Sekunde länger, dass Arden dort», sie zeigte auf
die hohen hochmodernen Gebäude in unserem Blickfeld, «bei
ihnen ist.»

«Okay», sagte ich mit belegter Stimme. Obwohl für mich
gerade nichts okay war. «Ich werde nach deinen Eltern
schauen und Arden kann sich jederzeit bei mir melden, ja?»
Sie jetzt zu unterstützen, auch wenn ich ihren Plan nicht
guthieß, fühlte sich einfach richtig an.

«Danke, Allegra. Das bedeutet mir sehr viel.» Sie kämpfte
mit den Tränen, bevor ihr Gesicht einen entschlossenen
Ausdruck annahm.

«Du gehst jetzt also direkt zu den Wachen und bittest um
ein Gespräch mit diesem Lexian?»

Sie nickte. «Genau, so wie wir es gestern besprochen haben.
Ich werde versuchen, ihn davon zu überzeugen, dass ich einen
deutlich höheren Mehrwert für ihn habe als mein kleiner
Bruder.»

«Okay. Dann hoffe ich nur, dass alles gut geht. Ich warte
hier.»

Irgendwie klang das alles zu sehr nach Abschied. Mir
wurde ganz flau im Magen.

Tabitha schien ebenso zu empfinden. «Allegra, ich werde
nicht lange bei ihnen bleiben. Anfangs werden sie mich noch
nicht aus ihrem Gebiet lassen, aber je mehr ich so tue, als
würde ich mich dort wohlfühlen, desto eher werden sie es mir
erlauben. Wir sehen uns ganz bald wieder. Versprochen.» Sie
legte all ihre Überzeugung in ihre Stimme und ich musste ihr
in diesem Moment einfach glauben. Sonst würde ich es nicht
ertragen.

Wir umarmten uns innig und dann machte sie sich auf den

Weg zum Eingangstor unserer Erzfeinde.

Beim Anblick der stahlblauen Augen, denen mein Blick im nächsten Moment begegnete, erstarrte ich. Ich hatte mir gerade die Tränen, die sich beim Abschied von Tabitha in meine Augen gestohlen hatten, weggewischt und meine Sonnenbrille für einen Moment abgesetzt.

Lexian stand nur wenige Meter von der hochragenden Mauer entfernt. Wie lange schaute er schon zu mir rüber? Hatte er uns etwa beobachtet? Verdammt! Er durfte uns nicht miteinander in Verbindung bringen.

Sein Gesichtsausdruck war hart und unnachgiebig. Er verriet mir das, was ich schon die ganze Zeit befürchtete. Er würde sich auf keinen Handel einlassen. Dass er sich nehmen konnte, was er wollte, hatte er mir gestern auch allzu deutlich ins Ohr geflüstert. Ich betete innerlich, dass Tabitha das Karma der ganzen Stadt auf ihrer Seite hatte, während ich wie angewurzelt von meinem Holzpfosten, von dem ich eben noch gedacht hatte, dass er mich gut abschirmte, aus beobachtete, wie sie die beiden Wachen ansprach.

Sie musste so konzentriert auf den Weg vor sich gewesen sein, dass sie Lexian noch gar nicht bemerkt hatte. Dieser hatte sich nun von mir abgewandt und lief auf Tabitha zu. Sie realisierte erst, dass er direkt hinter ihr stand, als einer der Wachmänner sie darauf hinwies.

Sie drehte sich um und schaute dem Mann mit den eiskalten Augen ins Gesicht. Allein mit seiner überaus erhabenen Körperhaltung konnte er einen nervös machen. Das fühlte ich bis hierher. Während Tabitha aufgeregt mit ihm sprach, konnte ich nicht annähernd erkennen, was in ihm vorging. *Zumindest hat sie noch keiner ergriffen und weggeschleift,* versuchte ich mir das Positive vor Augen zu halten.

Plötzlich versteifte sich meine Freundin merklich. Das war gar nicht gut. Was hatte er nur zu ihr gesagt? Er stand immer noch genauso da wie zu Beginn ihres Gesprächs und strahlte eine Gnadenlosigkeit aus, die ihresgleichen suchte.

Ein verzweifelter Schrei drang an meine Ohren. O Gott, Tabitha! Was war da los? Ich rang mit mir, ob ich loslaufen sollte oder nicht, als Lexian sich umdrehte und seinen Blick in meine Richtung richtete. Ich schaute mich um, aber es stand niemand in meiner unmittelbaren Umgebung.

Im nächsten Moment musste ich schockiert feststellen, dass er mit Tabitha im Schlepptau auf dem Weg zu mir war.

Die flehentlichen Worte meiner Freundin hallten zu mir hinüber. «Es tut mir leid. Ich wollte das nicht. Bitte nicht!» Lexian ließ sich nicht beirren. Er ignorierte ihre Schluchzer und steuerte auf mich zu, mein Gesicht nicht aus den Augen lassend. Als der Erfüllte direkt vor mir zum Stehen kam, fühlte ich mich wie ein Kaninchen vor der Schlange.

Der große muskulöse Mann ließ Tabithas Handgelenk los und wandte sich direkt an mich. «Freut mich, dass wir uns wiedersehen.» Seine Stimme war durchdringend. «Vorstellen muss ich mich wohl nicht, wir hatten ja bereits gestern das Vergnügen.»

Tabitha war total aufgelöst und stammelte immer wieder dieselben Worte vor sich hin.

«Deine Freundin hier hat mir ein Angebot unterbreitet…»

«Das du scheinbar nicht annimmst?», fiel ich ihm förmlich ins Wort. Es brach mir das Herz, Tabitha so zu sehen.

Lexian kniff die Lippen zusammen und seine Augen wurden schmaler. «Hüte deine Zunge, meine Schöne. Und sprich mich so an, wie es sich gehört. Mit dem nötigen Respekt.»

Ich biss mir auf die Unterlippe. Ich durfte ihn nicht reizen. «Ihr werdet es nicht annehmen?», versuchte ich es erneut.

«Schon besser.» Er zog lobend seine Augenbrauen nach oben, bevor er weitersprach. «Und, um deine Frage zu beantworten, ich werde es annehmen. Nur zu anderen Konditionen.»

Mir gefror das Blut in den Adern. «Was möchtet Ihr dann?»

«Nicht was, sondern wen.»

Er wusste ganz genau, was für eine Angst er mit dieser Aussage in mir schürte. Ich zog meine Schutzmauer so hoch es ging und wartete, ob er noch etwas ergänzte. Allerdings zog er es vor, mich mit seinen kalten Augen zu mustern.

«Und wen?» Ich hielt die künstliche Spannung, die er erzeugte, nicht aus.

«Das Angebot deiner Freundin ist ja ganz nett, aber wieso sollte ich mich auf so einen defizitären Handel einlassen? Damit sich der Aufwand für mich lohnt, bräuchte ich schon zwei Leben, die mir von Nutzen sind.»

Mir klappte die Kinnlade herunter. Am liebsten würde ich ihm sein süffisantes Lächeln aus dem wunderschönen Gesicht schlagen. Er wollte sie und ... Lamirah? Mein Herz galoppierte in meiner Brust.

«Ich kann für zwei arbeiten. Wirklich. Ich bin sehr geschickt», sprach meine Freundin verzweifelt.

«Dein Ehrgeiz in allen Ehren, aber etwas mehr müsstest du mir schon bieten, wenn ich mich auf den Handel einlassen soll. Diener finde ich an jeder Ecke.»

Dass dies nicht zu verhandeln war, war uns allen dreien bewusst.

«Dann nehmt mich als Erfüllte und haltet sie da raus», versuchte ich das Bestmögliche aus unserer Situation zu machen.

«Mach dir keine Sorgen. Du bist nicht das zweite Leben, das ich möchte. Ich will die Kleine. Wie hieß sie gleich? Lamirah, nicht wahr?»

Die Gefühlslawine, die mich überrollte, raubte mir jede Beherrschung und Vernunft. «Niemals», fauchte ich ihn an.

«Und da dachte ich gerade noch, du würdest schnell lernen. Ich habe dir gestern doch zu verstehen gegeben, dass ich mir das nehme, was ich möchte. Seid froh, dass ich mich überhaupt auf das Angebot einlasse.»

Ich war wie erstarrt. Das, was hier gerade passierte, war

mein wahrgewordener Alptraum.

«Haltet sie da raus! Ich wollte den Handel.» Tabithas Stimme klang flehend. Sie setzte alles daran, mir zu helfen, aber ich wusste genau, dass sich der Erfüllte bereits entschieden hatte.

Ich musste ihn irgendwie überzeugen, dass er mich anstelle von Lamirah nahm. Aber was würde dann aus meiner kleinen Schwester werden? Meine Gedanken rasten. Ich musste eine Lösung finden.

Und dann tat ich das, was ich niemals für möglich gehalten hätte. Ich setzte meinen Sonnenhut ab, öffnete meine langen schokobraunen Haare und nahm die Sonnenbrille, die ich eben erst wieder aufgesetzt hatte, in meine Hand. Meine Strähnen kämmte ich mir mit den Fingern direkt hinter die Ohren und dann schaute ich dem Erfüllten so unerschrocken wie möglich in die Augen. «Nehmt nur mich und gebt ihren Bruder frei. Wenn ich freiwillig mit Euch gehe, bekommt Ihr beides in einem. Eine Dienerin und gleichzeitig eine von Euch. Wie Ihr seht, habe ich von allen am meisten zu bieten. Wären es nicht praktisch zwei Leben, wenn ich die Rolle von beiden einnehme?» Auch wenn ich kaum fassen konnte, dass diese Worte gerade aus meinem Mund gekommen waren, musste ich jetzt alles dafür tun, dass er sich mit mir zufriedengab.

In Lexians Blick mischte sich ein Funken Überraschung. Mit diesem *Angebot* hatte er offensichtlich nicht gerechnet. Er kam näher und begutachtete mich, als wäre ich eine kostbare Ware. Er lief einmal um mich herum, um meinen Körper aus jedem Winkel haargenau zu betrachten. Er war konzentriert. Schien zumindest über mein Angebot nachzudenken.

Tabitha hingegen stand nach wie vor dort, wo Lexian sie losgelassen hatte. An ihren weit aufgerissenen Augen erkannte ich, dass sie das, was hier passierte, genauso wenig fassen konnte wie ich.

Am Ende der Musterung nahm Lexian mein Gesicht in seine groben Hände und inspizierte meine Gesichtszüge bis ins kleinste Detail.

Diese Augen brennen sich einem wirklich ins Gedächtnis ein, dachte ich noch, als Lexian sich äußerte.

«Du wirst dich noch einigen Behandlungen unterziehen müssen, aber wenn du dazu gewillt bist, stimme ich zu. Ich gehe davon aus, dass du alles dafür tun wirst, um deine Aufgaben bei uns zufriedenstellend zu erfüllen?»

Ich konnte ihn einfach nur anstarren. Die Vorstellung, was alles auf mich zukommen würde, verschlug mir die Sprache.

«Denn wenn nicht, werde ich wohl deine Schwester ausfindig machen müssen», sagte er scharf.

Mir wurde trotz der Hitze augenblicklich eiskalt. «Natürlich werde ich alles erfüllen, was von mir verlangt wird», gab ich postwendend zurück.

«Nun gut», kam es selbstgefällig über seine Lippen. «Also? Haben wir eine Abmachung?»

Er ließ sich wirklich darauf ein.

Ich hatte mich und meine Prinzipien soeben verraten und spürte trotzdem eine Erleichterung. Ich brachte es nicht über mich, seine Frage zu bejahen. Also nickte ich und besiegelte so vorerst mein Schicksal.

«Gut. Ich gebe dir fünf Minuten, um dich von deiner Freundin zu verabschieden.» Mit diesen Worten ließ er uns stehen und trat den leicht steilen Weg in Richtung des Eingangstors an.

«O Gott, Allegra. Das ist alles meine Schuld! Es tut mir so wahnsinnig leid. Das werde ich mir nie verzeihen!» Tränen kullerten Tabitha über die Wangen. Der Blick in ihren Augen war eine Mischung aus Schuldgefühlen, Angst und Schmerz.

Ich nahm die schmalen Hände meiner Freundin in meine. «Tabitha, hör mir zu. Bitte versprich mir, dass du für Lamirah da bist, ja? Sag ihr, dass ich alles daransetze, dass wir uns bald wiedersehen, und lass sie bitte so wenig wie möglich allein. Auch wenn er sich auf diesen Handel eingelassen hat, heißt das nicht, dass er sie nicht bei der nächsten Gelegenheit abgreifen wird. Ich traue ihm kein Stück über den Weg. Nimm Lamirah bitte nur in absoluten Ausnahmefällen mit nach draußen, okay? Das ist das Einzige, was du mir versprechen musst, damit ich die Zeit bei ihnen überstehe.»

Tabitha nahm mich fest in den Arm. «Lamirah ist wie meine eigene Schwester», flüsterte sie. «Du musst dir keine Sorgen machen. Ich kümmere mich um sie und beschütze sie mit meinem Leben, wenn es sein muss.»

Meine Freundin hatte wieder ihre Kämpferseite aktiviert. Sie musste auf dieser Seite der Mauer stark sein, um sich um unsere Familien zu kümmern. Und ich musste auf der anderen Seite der Mauer stark sein, um hoffentlich bald wieder bei ihnen zu sein. Wir lagen uns noch ungefähr zwei Minuten in den Armen, um uns gegenseitig die Energie zu geben, die wir brauchen würden.

«Und, Allegra?», sagte Tabitha ernst, als wir uns voneinander lösten.

«Ja?»

«Danke. Danke, dass du das für Arden tust.»

Mit einem Nicken gab ich ihr zu verstehen, dass sie kein schlechtes Gewissen haben musste. «Wenn ich kann, werde ich mich melden.» Ich gab ihr einen Kuss auf ihre feuchte Wange und lief dann auf mein neues Zuhause zu.

Übergangszuhause, betete ich mir gedanklich vor.

Ich drehte mich nicht mehr zu Tabitha um. Hätte ich es getan, wäre meine Schutzmauer eingebrochen und die brauchte ich ab jetzt mehr denn je. Nur noch wenige Schritte und ich würde dem obersten Heerführer wieder gegenüberstehen.

Mir war unsagbar übel. Je näher ich dem Tor kam, desto mehr drehte sich mein Magen. Es war, als würde mir jemand die Faust in meinen Bauchraum rammen. Niemals hätte ich damit gerechnet, dass ich eines Tages zu ihnen gehen würde.

Aber ich hatte keine Wahl gehabt. Es hatte sich schrecklich angefühlt, mich ihm anzubieten. Wie er mich begutachtet hatte. In diesem Moment hatte ich mich nicht wertvoller als ein Gebrauchsgegenstand gefühlt, den man, ohne mit der Wimper zu zucken, aussortieren konnte, wenn man ihn nicht mehr brauchte.

Fast schon konnte ich die Luft auf der anderen Seite der Mauer riechen. Lexian hatte sich rechts neben einem der Wachmänner positioniert. Ein süffisantes Lächeln lag auf seinen markanten Gesichtszügen. Er musste die Wachen in ihren langen roten Gewändern schon gebrieft haben, denn als ich vor sie trat, gaben sie den Weg nach innen ohne Weiteres frei.

Lexian bedeutete mir mit einem Nicken, dass ich eintreten durfte. Zu gütig. Er war dicht hinter mir und hatte seine Hand, die der Größe nach eher einer Wolfspranke glich, auf der Höhe meines unteren Rückens platziert.

Einen Augenblick später hatte ich Fuß auf das Gebiet des Feindes gesetzt. Ich ließ meinen Blick über die Umgebung schweifen. Rechts stand der majestätische Palast mit seinen goldenen Kuppeln und der strahlend weißen Fassade. Vor ihm tat sich ein weitläufiger Platz auf, der rundum von prächtigen Pflanzen gesäumt war. Ein Blütenmeer in Rosé- und Lavendeltönen sorgte für einen lebendigen Farbtupfer und stand, zugegebenermaßen, im wunderschönen Kontrast zu dem weißen und goldenen Hintergrund. In der Ferne schraubten sich die modernen Klinikgebäude in die Höhe und auch mehrere große Anwesen, die im Stil des Hauptquartiers gehalten waren, konnte ich von hier aus erkennen.

«Willkommen in deinem neuen Zuhause.» Lexians Hand lag immer noch auf meinem Rücken und sein Blick war ebenfalls in die Ferne gerichtet. «Beeindruckend, nicht wahr?»

«Was?»

«Unsere Welt.»

Ich atmete hörbar aus und zog damit die ungeteilte Aufmerksamkeit des attraktiven Mannes auf mich.

«Vergiss nicht, dass du mir zwei Leben versprochen hast.

Du wirst nicht nur meine ganz persönliche Dienerin, sondern auch eine Erfüllte sein. Solltest du dich gegen eine der beiden Rollen sträuben, werde ich meine Männer darauf ansetzen, deine geliebten Menschen schneller ausfindig zu machen, als dir lieb ist. Verstanden, Allegra?»

Wie ...? Woher kannte er meinen Namen? Ich erschauderte.

«Hast du mich verstanden?» Er wusste ganz genau, dass ich mir gerade den Kopf darüber zerbrach, wieso er wusste, wie ich hieß. Seine Überheblichkeit zeugte davon, dass er den Moment voll und ganz auskostete.

Ich nickte, mein Hals war wie zugeschnürt.

«Gut. Wir müssen noch kurz einen Halt bei der Meldestelle machen.»

Irritiert lief ich dem furchteinflößenden Krieger zu einem kleinen Haus gegenüber des Palasts hinterher.

Im Inneren angekommen, steuerte Lexian direkt auf eine Art Schalter zu. Er wechselte ein paar Worte mit dem Mann, der dahinter stand, bevor er mich dazu aufforderte, näher heranzutreten.

«Legen Sie Ihren linken Zeigefinger hier auf und halten Sie still, bis ich Ihnen ein Zeichen gebe», sprach mich der ältere Mann direkt an.

Sie wollten mir meinen Fingerabdruck abnehmen? Aber warum? Identifizierte man sich hier so? Schließlich hatte Lexian das Wort *Meldestelle* fallen lassen ... Die Skepsis musste mir an der Nasenspitze anzusehen sein, denn der oberste Heerführer räusperte sich eine Spur zu laut.

Also kam ich der Aufforderung widerwillig nach und wartete, bis sich der unfreundliche Mann mit einem «Erledigt.» an mich wandte, was dann wohl das *Zeichen* war, von dem er gesprochen hatte.

Lexian verabschiedete sich prompt mit einem Nicken von ihm und steuerte auf den Ausgang zu. «Komm, ich führe dich jetzt zu unserem Anwesen.»

Unserem Anwesen? Das klang für meinen Geschmack

eindeutig zu intim.

Während wir über den Platz liefen, passierten uns unzählige dieser Nicht-Menschen. Ich musste mehrmals schnell zur Seite springen, weil ich nicht angerempelt werden wollte. Seit wir das Gebiet der Erfüllten betreten hatten, hatte ein Dutzend der Bewohner Lexian bereits gegrüßt. Ich durfte tatsächlich einer Berühmtheit dienen. Was war ich gesegnet. Ein Seufzen entwich meiner Kehle.

Der Erfüllte nahm mich wieder ins Visier, sagte diesmal aber nichts. Auch die Hand hatte er endlich von meinem Rücken genommen.

Ich überlegte, ob ich Lexian ein paar Fragen stellen sollte, um mehr darüber zu erfahren, was auf mich zukommen würde, aber ich entschied mich dagegen. Das würde man mir noch früh genug mitteilen, und mir ein Bild von der Umgebung zu machen, war sicherlich hilfreicher für die Flucht, die ich antreten würde. Bald. Auch wenn das bedeutete, dass wir uns dann alle verstecken mussten. Glücklicherweise bot Leandra einen persönlichen Einkaufsservice für die Kranken und Beeinträchtigten außerhalb der Mauer an. Sie wäre unsere Rettung, denn wenn ich es nach Hause schaffte, durfte sich keiner von uns, weder Lamirah noch Tabitha, Arden oder ich, mehr draußen blicken lassen.

Die Villen der Häuserblocks, die den Weg säumten, waren deutlich kleiner als der Hauptpalast, standen ihm mit ihrer fürstlichen Ausstrahlung aber in nichts nach. Sie hatten alle etwas gemeinsam: die einheitliche Farbgebung. Reinweiße Fassaden und elegante goldene Dächer. Auch die Türen eines jeden Anwesens waren in der Farbe dieses Edelmetalls gefertigt. Goldene Türen …

Ich wusste, wie verschwenderisch und luxusbesessen die Erfüllten waren, aber Eingangspforten, die einen höheren Wert hatten als eine ganze Wohngegend der niederen Bürger, schockierte selbst mich. Ich war so von meiner aufflammenden Wut geleitet, dass ich die Erfüllte, die mir entgegenkam, übersah.

«Pass das nächste Mal gefälligst auf, wo du hinläufst», fuhr mich die schwarzhaarige Schönheit mit der zarten Silhouette an. Sie hatte bernsteinfarbene Augen und trug ein smaragdgrünes Sommerkleid. Sie schürzte ihre vollen Lippen und schien auf eine Entschuldigung meinerseits zu warten.

«Camelia, hab Nachsicht mit ihr. Sie ist erst seit fünf Minuten meine neue Dienerin. Außerdem wird sie auch bald eine von uns sein. Die Schöne ist dementsprechend noch etwas verwirrt.»

Die Frau, die offensichtlich Camelia hieß, schaute zu Lexian. «Dienerin und Erfüllte in einem? Also als Dienerin mag sie ja taugen, aber als eine der unseren? Sie wirkt auf mich weder höflich noch macht sie den Eindruck, als hätte sie das entsprechende Körpergefühl.» Sie schien geflissentlich zu ignorieren, dass ich anwesend war, während sie über mich herzog.

«Sie lernt schnell. Nicht wahr?» Den letzten Teil hatte er an mich gerichtet.

«Ja, das tue ich», antwortete ich zahm, während sich alles in mir sträubte.

Camelia musterte mich abschätzig, wandte sich dann aber erneut an den Heerführer der Erfüllten. «Du musst wissen, was du tust, Lexian. Sehen wir uns heute Abend?» Sie zwinkerte ihm verheißungsvoll zu und fuhr sich mit ihren langen Fingern langsam durch die seidigen Haare.

«Ich melde mich später bei dir, Camelia.» Er schenkte ihr ein angedeutetes Lächeln.

«Sehr gern», schnurrte sie und setzte ihren Weg fort. Natürlich nicht, ohne mir vorher noch einen abfälligen Blick zuzuwerfen.

Auch Lexians Gesichtszüge wurden wieder härter.

Wie sollte ich die Zeit hier überstehen, wenn die ersten zwanzig Minuten schon unerträglich waren?

Auf dem Weg zu meinem Übergangszuhause versuchte ich

mir meine Umgebung genau einzuprägen. Allerdings war dies gar nicht so einfach, denn die geballte Schönheit der Menschen um mich herum nahm meine Aufmerksamkeit ungewollt in Beschlag. Sie kamen dem, was unsere Gesellschaft als perfekt ansah, ziemlich nah. Und trotzdem gab es Unterschiede zwischen ihnen. Ich meinte diejenigen, die schon Stammgäste beim Schönheitschirurgen waren, von denjenigen unterscheiden zu können, die ihren Optimierungsprozess gerade antraten. Doch nicht nur optisch wichen die Erfüllten auf diese Art voneinander ab, sondern auch ihre Ausstrahlung, ihre Gangart, ihre Gestik und Mimik wirkten anders. Die Optimierteren unter ihnen machten einen gekünstelteren Eindruck. Sie gaben ein trauriges Bild ab und hatten sich offensichtlich in dem Schönheitswahn des *Paradieses* verloren.

Kurz bevor ich mit Lexian rechts in ein Wohngebiet abbog, fiel mein Blick auf zwei Männer, die kurz davor waren, in eine Limousine einzusteigen. *Natürlich* waren sie muskulös und hatten eine stattliche Größe. Ich schätzte, dass es sich bei ihnen um Brüder handelte, denn ihre Gesichter trugen die gleichen rauchgrauen Augen mit winzigen amethystfarbenen Sprenkeln. Auch sonst sahen sie sich sehr ähnlich.

«Lexian.» Die Erfüllten nickten meinem Begleiter zu, als wir das Gefährt passierten.

«Cirack, Casares», grüßte er ebenfalls knapp und widmete sich dann mit starrer Miene wieder dem Weg, der vor uns lag.

Ich drehte mich automatisch um. Die beiden waren die schönsten Menschen, die ich je gesehen hatte und übten eine unbeschreibliche Faszination auf mich aus. Die dunkeln Leinenhemden, die ihre maskulinen Körper trugen, standen im Kontrast zu ihren leuchtenden Augen und den lichtblonden Locken, von denen eine perfekter lag als die andere.

Hallo, was ist bitte los mit dir? Ich war schockiert von mir selbst. Ich hatte mich doch in der Tat soeben dabei erwischt, wie ich sie eindringlich gemustert hatte. Und ich machte Lamirah Vorwürfe ...

Der Gedanke an meine Schwester versetzte mir einen Stich. Wie würde sie reagieren, wenn Tabitha ihr von unserem schiefgegangenen Plan erzählte? Hoffentlich dachte sie nicht, dass ich sie im Stich ließ.

«Du scheinst dich schon mit unserer Welt anzufreunden.» Dass Lexians Mundwinkel leicht zuckte, entging mir keineswegs.

«Träum weiter», entgegnete ich vehement und versuchte, mir nicht anmerken zu lassen, wie sehr ich mich für mein Starren schämte.

Der Heerführer der Erfüllten, der bis eben noch links neben mir gelaufen war, bremste mich abrupt aus. Ohne Vorwarnung stand er plötzlich nur eine Nasenbreite von mir entfernt und umfasste mein Kinn mit seiner rechten Hand. Er zwang mich dazu, seinen Blick zu erwidern. In ihm lag eine Unberechenbarkeit, die ich körperlich spüren konnte.

«Allegra, ich sage es dir zum letzten Mal. Benimm dich gefälligst so, wie es sich gehört. Ich kann mir den Handel auch erneut durch den Kopf gehen lassen. Sprich nur weiterhin so respektlos mit mir.» Nach einem letzten wütenden Funkeln entließ er mich aus seinem starken Griff und trat einen Schritt zur Seite.

Sein herber Duft drang in meine Nase, während es in mir brodelte wie in einem Vulkan. Keiner durfte mich so behandeln. Keiner hatte das Recht dazu, so mit mir umzugehen. Und doch musste ich mir eingestehen, dass mein Stolz aktuell nicht mein bester Berater war. Wenn er Arden nicht gehen ließ, nur weil ich mich nicht zurückhalten konnte, wäre alles umsonst gewesen. Ich musste ihm gehorchen. Zumindest so lange, bis sich die Möglichkeit einer Flucht ergab. Ich musste das tun, was ich Lamirah immer predigte. Mich zurückhalten und diese wunderschönen Wesen nicht reizen. Doch es fiel mir unsagbar schwer.

Die in mir tobenden Gefühle vermischten sich zu einem Sturm, der es mir erschwerte, einen rationalen Gedanken zu fassen. Jede Faser meines Körpers verabscheute dieses Gefühl der Unterwürfigkeit und Abhängigkeit. «Entschuldigt vielmals. Ich werde ab jetzt so mit Euch sprechen, wie es sich gehört», antwortete ich, meinen Stolz zur Seite schiebend, brav.

Die Frage, wann er Arden freilassen würde, brannte mir unter den Nägeln, aber ich spürte instinktiv, dass ich darauf gerade keine Antwort von ihm bekommen würde.

Lexian beäugte mich skeptisch, nickte dann aber. «Siehst du, so schwer ist es doch gar nicht.»

Verdammter … Wenn du wüsstest, was für Mordfantasien gerade durch meinen Geist jagen, dachte ich, schenkte ihm aber ein zuckersüßes Lächeln und nickte ebenfalls. So wie es sich für eine hörige Dienerin eben geziemte.

Er nahm den Faden unseres Gesprächs wieder auf. «Die Gesichter der beiden solltest du dir übrigens merken. Deiner Reaktion nach zu schließen, scheinst du sie nicht zu kennen.»

Ich versuchte, Lexians Worte zu ignorieren und mich auf meine neue Umgebung zu konzentrieren. Wenn ich nicht mit ihm sprach, musste ich auch meine Zunge nicht zügeln.

Wir waren mittlerweile wieder in Bewegung. Das Wohngebiet mit den prunkvollen Anwesen schien sich kilometerweit zu erstrecken. Üppige Blumenbeete in allen erdenklichen Farben umrahmten jedes Einzelne. So ähnlich sich die Häuser auch sahen, so unterschiedlich gestaltet waren die wohlduftenden Arrangements aus Rosen, Dahlien, Kornblumen und etlichen weiteren botanischen Gattungen.

So kann man sich wenigstens merken, in welchem man lebt, dachte ich mit einer Prise Ironie.

Es stimmte mich traurig, wie wunderschön die Natur hier gedieh, während die Pflanzen in unserer Welt elendig vor sich hinwelkten.

«Sie sind die beiden Söhne der Obigen. Bei ihnen handelt es sich übrigens nicht nur um Brüder, wie du wahrscheinlich angenommen hast, sondern um Zwillinge. Verständlich, dass du dich ihrer Schönheit nicht entziehen konntest. Schließlich gehören sie zur Blutlinie der ersten Erfüllten.»

Entweder ignorierte er mein Desinteresse an einer Unterhaltung oder es war ihm schlichtweg egal. Doch letztlich war es irrelevant. Schließlich musste ich mich dem fügen, was er wollte. Vorerst.

Ich ließ mir seine Worte durch den Kopf gehen. Die Zwillinge mit den außergewöhnlichen Augen stammten also von den Gründern der Erfüllten ab. Das erklärte einiges. Dass sie optimiert wirkten, es aber plastisch gesehen gar nicht waren.

Die ersten Obigen waren einst die schönsten und reichsten Menschen unserer Insel gewesen. Sie hatten einen gewaltigen Einfluss auf das Volk gehabt. Jeder war verzückt von ihrer Anmut, ihrem Charisma und nicht zuletzt von ihrer überirdischen Schönheit gewesen. Nicht wenige hätten während der Gründertage, die ungefähr hundertfünfzig Jahre zurücklagen, ihren Arm dafür hergegeben, um zu ihnen zu gehören. Das war der Beginn allen Unheils gewesen. Der Beginn unserer Gesellschaftsspaltung.

Mit der Zeit hatten sich die prekären Zustände für die Bürger immer weiter zugespitzt. In den letzten fünfzig Jahren war vor allem das Interesse an Schönheits-OPs und jeglichen anderen Beauty-Behandlungen rasant gewachsen und es hatte nicht lange gedauert, bis viele eine regelrechte Sucht nach dem perfekten Erscheinungsbild entwickelt hatten. Heute hatten die Erfüllten geschätzt an die zehntausend Anhänger.

Ich versuchte, das Gespräch in eine unverfängliche Richtung zu lenken. «Wieso habe ich sie noch nie zuvor irgendwo gesehen?»

«Sie zeigen sich eher selten in der Öffentlichkeit. Du kannst dich also geehrt fühlen, dass du ihnen gleich am ersten Tag begegnet bist.»

Geehrt fühlen? Ich musste einiges an mentaler Stärke

aufbringen, damit mein Mund nicht schneller war als mein Kopf.

Denk an Arden. Denk an Tabitha und Lamirah. «Stehen sie denn nicht so gern vor der Kamera wie ihre Eltern?» Ich gab mir sichtlich Mühe, so nüchtern wie möglich zu klingen. Das Herrscherpaar ließ keine Gelegenheit aus, sich der Welt zu präsentieren. Wieso sollten die perfekten Zwillinge also ihre Schönheit nicht mit dem Volk teilen?

Lexian musterte mich und schien nach einem Funken Ironie in meinem Gesicht zu suchen.

Scheinbar hatte ich mich gut im Griff gehabt, denn er ermahnte mich nicht erneut.

«Kannst du dir das nicht denken?»

Ich schüttelte den Kopf.

«Nachdem sich das Volk außerhalb der Mauer in den letzten Jahren immer wieder zusammengerottet hat, um die oberen Reihen zu stürzen, ziehen sie es vor, sich im Hintergrund zu halten.»

Daher rührte also die Vorsicht. Es stimmte, vor allem in der letzten Zeit gab es immer wieder Gruppen niederer Bürger, die aufgrund der Unterdrückung durch die Erfüllten versuchten, sie anzugreifen. Leider ging dies meistens für die Menschen auf meiner Seite der Mauer nicht gut aus. Alle paar Jahre gab es regelrechte Blutbäder und der Geruch von verwesendem Fleisch hing wochenlang über unserer Stadt.

Unvermittelt blieb Lexian stehen und blickte in Richtung eines der Anwesen. Es war großzügiger geschnitten als die angrenzenden Häuser. Außerdem waren links und rechts zwei Wachen postiert, die die Villa augenscheinlich bewachten.

«Folge mir», befahl der Erfüllte und lief mit gestrafften Schultern, und einem Nicken an seine Wachen gerichtet, auf die doppelflügelige Tür zu.

Meiner Meinung nach ginge sie auch als Eingangstor einer Burg durch. Sie war so prunkvoll wie der Rest dieses

Gebäudes und so ziemlich alles um mich herum. Ganz gleich, wo meine Augen hinwanderten, jeder Zentimeter war einfach nur *perfekt.*

Nirgends in dieser Wohngegend hatte ich auch nur einen Riss in der Häuserfassade gesehen. Die vielen Wege waren so gepflegt, dass man vom Boden essen könnte, und nicht eine einzige Pflanze ließ ihren Kopf hängen. Auch der Heerführer fügte sich wie gemalt in diese scheinheilige Welt ein.

Ich kam mir vor wie in einem dieser alten Computerspiele, in dem man ganze Wohnsiedlungen samt Bewohner künstlich erstellen konnte. Da ich selbst nie einen PC besessen hatte, waren die Spiele-Nachmittage bei einer meiner ehemaligen Schulfreundinnen, deren Eltern finanziell gesegneter waren, immer ein absolutes Highlight für mich gewesen. Hätte ich damals auch nur geahnt, dass ich selbst mal Teil einer künstlichen Welt sein würde ...

Während ich Lexian folgte, musterte ich seinen breiten Rücken, der in ein weinrotes Oberteil aus offensichtlich hochwertigen Materialien gekleidet war. Ich wettete, dass es hier zahlreiche Boutiquen gab, in denen die Erfüllten die erlesensten Kleidungsstücke erwarben, um ihre wohlgeformten Körper ausschließlich mit feinen Stoffen zu umhüllen. Ich wollte gar nicht wissen, was mir hier in der nächsten Zeit alles blühte.

«Darf ich dich ins Innere bitten oder möchtest du den ganzen Tag hier draußen verbringen?» Lexian lenkte meine Aufmerksamkeit mit hochgezogenen Brauen auf sich und bat mich mit einer einladenden Handbewegung herein.

Ich atmete tief ein und betrat mit meinen staubigen Sandalen das prunkvolle Anwesen, das mich mit einer angenehm kühlen Luft empfing. Natürlich hatten die Erfüllten Klimaanlagen. Wie sollte es auch anders ein?

Luxus über Luxus

Als die beiden Wachen das Tor mit den goldenen Ornamenten hinter uns geschlossen hatten, kam in Windeseile eine Frau, die ich auf Mitte dreißig schätzte, auf uns zugestürmt.

«Ihr seid ja schon wieder zurück.» Die kleine rundliche Gestalt wirkte beinahe erschüttert über unser Auftauchen. Ihre Apfelbäckchen färbten sich rosa und sie rieb sich nervös die Hände.

«Du kannst gleich mit den Hausarbeiten weitermachen, Yessenia. Ich bin nur hier, um dir etwas Unterstützung mitzubringen», erwiderte Lexian unbeeindruckt.

Bei seinen Worten entspannte sich die Frau mit dem akribisch hochgesteckten Dutt etwas. Dafür musterte sie mich neugierig.

«Die Unterstützung heißt Allegra. Freut mich, Yessenia», meldete ich mich zu Wort.

Lexian warf mir einen mahnenden Seitenblick zu, so als hätte ich wieder gegen eine seiner Regeln verstoßen, bevor er sich erneut an seine Dienerin wandte. «Allegra wird ab jetzt hier wohnen. Weise sie im obersten Stock in das zweite Gemach von links ein und regle mit ihr, welche Aufgaben sie übernehmen kann. Du bekommst sie vier Stunden pro Tag. Bis auf die Wochenenden.»

Erneut sprach er über mich, als wäre ich eine Ware, die man nach Lust und Laune verscherbeln konnte.

Ruhig Blut, betete ich mir innerlich vor.

Yessenia nickte eifrig.

«Dann wäre das geklärt.» Ohne Weiteres drehte er sich um und trat aus der Tür.

«Lexian, Ihr lasst Arden frei, oder?», konnte ich mir nicht verkneifen zu sagen. Ich musste einfach wissen, dass es einen guten Grund gab, warum ich das alles ertrug.

Er warf mir einen eisigen Blick über die Schulter zu. «Ich halte meine Versprechen. Immer.»

Ich wusste nicht, ob ich ihm vertrauen konnte. Mein Bauchgefühl, das mir im Normalfall ein zuverlässiger Berater war, schwieg. Mir blieb wohl nichts anderes übrig, als mich mit seinem Wort zufriedenzugeben.

«Und, Allegra?»

«Ja?»

«Sei um achtzehn Uhr fertig und zieh etwas Schickes an, verstanden?»

Scheinbar war sein *verstanden* nur von rhetorischer Natur, denn als ich nachhaken wollte, wo ich denn bitte schön etwas *Schickes* auftreiben sollte, war seine Silhouette schon verschwunden und die Tür hinter ihm ins Schloss gefallen.

Ich seufzte. Wie war ich nur in all das hineingeraten? Gestern war ich noch mit Lamirah auf dem Wochenmarkt gewesen und jetzt wohnte ich mit dem obersten Heerführer der Erfüllten unter einem Dach. Ich schüttelte den Kopf über die absurde Entwicklung der letzten vierundzwanzig Stunden.

Immerhin hatte meine Schwester genug Vorräte für die nächsten Tage und Tabitha würde sie bis aufs Blut beschützen, wenn es hart auf hart kam. Mit diesen beruhigenden Gedanken schob ich das ganze Dilemma erst mal zur Seite und fokussierte mich auf Yessenia, die mir durch ein Räuspern signalisierte, dass sie auf eine Reaktion von mir wartete.

«Ich hoffe, ich kann dich ein bisschen bei der Arbeit unterstützen», sagte ich, um ein Lächeln bemüht.

«Du wärst mir wirklich eine große Hilfe. Allein kann ich den Haushalt kaum stemmen. Es freut mich übrigens auch, dich kennenzulernen, Allegra», erwiderte sie freundlich.

«Arbeitest du denn schon lange für Lexian?», wollte ich wissen.

«Seit zwei Jahren ungefähr, aber die Zeit vergeht wie im Flug. Ich habe hier so viel zu tun, dass ich manchmal nicht mal weiß, ob wir Montag, Mittwoch oder Freitag haben. Komm, ich zeige dir erst mal dein Gemach.» Ohne eine Antwort meinerseits abzuwarten, drehte sie sich um und steuerte auf die Treppe mit den flachen Steinplatten ohne Handlauf im Zentrum des Raumes zu.

Während ich ihr folgte, nahm ich die Inneneinrichtung das erste Mal richtig in Augenschein. Ich konnte nicht leugnen, dass sie mich zum Staunen brachte. Der Wohnbereich war offen gestaltet und wahrscheinlich zwanzig Mal so groß wie Lamirahs und meine Wohnung. Der Fußboden glänzte in einem dunklen Grauton und schien aus edlem Stein zu bestehen. Links neben der Treppe erstreckte sich ein weitläufiges Wohnzimmer. Ein bestimmt drei Meter breiter Flachbildschirm stand auf einem goldfarbenen Sideboard und eine mit vielen Kissen gepolsterte elfenbeinfarbene Couchgarnitur füllte das Zentrum des großen Raumes aus.

Meine Augen wanderten als Nächstes zu dem Esstisch aus Glas, der links in der Ecke platziert war und direkt unter einer riesigen Pendelleuchte stand, die von mehreren Leuchtringen zu einer großen goldglänzenden Kugel geformt war. Noch nie hatte ich so etwas in meinem Leben gesehen. Ich warf noch einen Blick auf die ausladenden Sessel, die um den Tisch versammelt waren, bevor ich wieder zu Yessenia aufschloss und ihr in den ersten Stock folgte.

Lexians Haus war geschmackvoll und strotzte nur so vor Luxus. Auch wenn ich dem wehmütigen Teil in mir kurz erlaubte, von so einem Zuhause zu träumen, erinnerten mich meine rational denkenden Gehirnzellen sofort wieder daran, welchen Preis die Erfüllten für diese Annehmlichkeiten zahlten.

Lieber frei und arm als reich und leer.
Diesen Satz sagten Tabitha und ich einander immer, wenn uns mal wieder alles über den Kopf wuchs. Schließlich kostete es uns, genauso wie die anderen niederen Bürger, viel Kraft, dabei zuzusehen, wie sich die Optimierten mit einem Fingerschnipsen alle Wünsche erfüllen konnten, während wir jeden Tag dafür kämpfen mussten, gerade so über die Runden zu kommen.

«Wir müssen noch eins weiter nach oben», wies mich Yessenia auf die baugleiche Treppe am Ende des Ganges hin. Ich nickte und trottete ihr hinterher. Wir passierten einen großen Raum, der nur durch eine Glasfront von dem Gang getrennt waren. Doch anstatt mich auf das zu konzentrieren, was dahinter lag, lenkte mich das weiße Band ab, das sich Yessenia am Rücken zur Schleife gebunden hatte. Es gehörte zu der Schürze, die sie trug, und ich fragte mich unweigerlich, ob Lexian mich ebenfalls dazu verdonnern würde, in dieses Hausmädchen-Outfit zu schlüpfen.

«Dies ist dein Zimmer.»

Sie lächelte, als ich kurz darauf hinter ihr in einen der vielen Räume im zweiten Stock trat. Hier würde ich also ab jetzt leben. Die Decken waren genauso hoch wie im Erdgeschoss und die Einrichtung war überaus stilvoll und elegant. Erneut kämpfte ich mit mir, denn ich wollte es einfach nicht zulassen, dass mir irgendetwas in dieser Welt gefiel.

«Dein Zimmer ist ziemlich großzügig eingerichtet. Lexian scheint dich zu mögen.»

Mir entwich ein abfälliges Schnaufen. «Er und mich mögen?» Ob der liebe Heerführer überhaupt wusste, was das Wort bedeutete? Ich konnte es mir beim besten Willen nicht vorstellen.

«Entschuldige, Allegra. Es ist nur so, dass hier normalerweise nur Gäste übernachten, deswegen bin ich etwas überrascht.»

«Ich glaube, der Grund ist ein anderer. Ich bin ab jetzt nicht

61

nur Lexians Dienerin, sondern auch eine von ihnen. Eine Erfüllte.» Diese Worte aus meinem eigenen Mund zu hören, fühlte sich an wie Verrat. Verrat an mir und meiner Welt. Und das, obwohl nicht ein Fünkchen Wahrheit in ihnen lag, denn bevor sie mich nachhaltig *optimieren* würden, wäre ich hier weg. Wie auch immer ich das anstellen sollte.

Yessenias Augen wurden ganz groß und ihr Mund formte sich zu einem *O*. Sie schien einen Moment zu brauchen, um sich wieder zu sammeln. Allerdings hatte sich ihre Körperhaltung verändert. Ihre Schultern hingen tiefer und ihr Kopf war leicht geneigt. Fast so, als wollte sie eine Verbeugung andeuten. «Ehrlich gesagt, überrascht mich das nicht. Du siehst aus wie eine von ihnen. Ich habe mich schon gefragt, warum du mit deinem Aussehen deine Tage als Dienerin fristen musst.»

«Yessenia», ging ich postwendend darauf ein, «bitte behandle mich so, als wäre ich ein Hausmädchen, genau wie du. Dieses untertänige Verhalten musst du bei mir nicht an den Tag legen. Bis heute Morgen habe ich wie jeder andere außerhalb der Mauer noch ums Überleben gekämpft. Nur weil ich jetzt eine von ihnen sein soll, ändert das nichts an meinem Charakter.»

Sie wirkte kurz irritiert, aber dann mischte sich sogleich Neugierde in ihre Stimme. «Wurdest du gezwungen, dich den Erfüllten anzuschließen?»

Ich sah sie ernst an und konnte nicht vermeiden, dass die Bilder von dem schiefgegangenen Austausch meinen Geist fluteten. Meine Fingerknöchel traten weiß hervor, weil ich meine Hände wütend zu Fäusten geballt hatte. Dank diesem Lexian war mein Leben mit einem Wimpernschlag komplett aus den Fugen geraten.

Eine Hand legte sich auf mein Schulterblatt. «Bin ich dir zu nahegetreten?», wisperte Yessenia.

Ich schüttelte bedrückt den Kopf und pustete mir eine meiner Haarsträhnen aus dem Gesicht. «Das ist es nicht. Ich mache mir einfach nur Sorgen ...» Ich brach ab. Mein Gefühl sagte mir, dass ich ihr vertrauen konnte, aber ich musste vorsichtig sein.

Yessenias Stirn legte sich nachdenklich in Falten, bevor sie sich wieder meinem Einzug widmete. Sie schien zu merken, dass ich nicht weiter darüber sprechen wollte.

Hoffentlich kann ich den Großteil meiner Zeit hier mit ihr verbringen, dachte ich.

Lieber würde ich das Haus zehn Stunden am Tag putzen, als mich jeglichen Schönheitsprozeduren zu unterziehen.

«Ich zeige dir jetzt erst mal dein Zimmer», sagte sie aufmunternd.

Ich drehte der Außenwelt, die ich bis eben durch das Fenster betrachtet hatte, den Rücken zu. Einer Außenwelt, die mich sekündlich daran erinnerte, wo ich jetzt lebte.

«Hier links neben der Tür ist dein Kleiderschrank.» Sie lief sogleich darauf zu und öffnete die großen Spiegeltüren.

Wenig überraschend konnte man hier die Garderobe einer zehnköpfigen Familie unterbringen. Als Yessenia mir ein wunderschönes Kleid in einem Königsblau vor die Nase hielt, war ich sprachlos. Aber nicht, weil es so umwerfend aussah, sondern weil es genau meine Größe zu haben schien.

«Was für ein Zufall», sprach ich meine Gedanken aus, während ich das weiße Etikett genauer musterte. Ich fuhr über den seidigen Stoff und runzelte die Stirn. «Welche Größe haben die anderen Kleidungsstücke?», wollte ich von dem Hausmädchen wissen.

Sie reichte mir ein weiteres der vielen Teile, die den Schrank zu zwei Dritteln ausfüllten.

Ich kratzte mich am Kopf, während Yessenia auf die Zahl zeigte, die auf dem Label der fliederfarbenen Robe mit den schillernden Stickereien prangte.

«Die Sachen passen dir bestimmt», stellte nun auch Yessenia fest.

«Wem gehören diese Klamotten denn?», kam ich nicht

umhin, sie zu fragen.

Sie kniff ihre dunkelbraunen Augen zusammen und schien zu überlegen. «Als ich das Gästezimmer das letzte Mal gereinigt habe, war der Schrank leer. Ich habe diese Kleidungsstücke, ehrlich gesagt, noch nie gesehen», erwiderte sie nachdenklich. «Vielleicht hat er die Kleidung schon die Tage besorgen lassen. Du musst als Erfüllte schließlich auch entsprechend gekleidet sein», versuchte sie eine Erklärung für das mysteriöse Auftauchen der unzähligen Kleidungsstücke zu finden.

«Das ist es ja gerade. Er wusste bis vor einer Stunde nicht, dass ich eine Erfüllte werde. Wie hätte er sich also darauf vorbereiten können?»

«Das ist wirklich etwas seltsam.»

Das konnte sie laut sagen. Mir war das Ganze unheimlich. Allerdings wusste ich jetzt zumindest, wo ich etwas *Schickes* für heute Abend herbekommen würde. Was auch immer mich erwartete.

«Komm, wir schauen mal, ob wir zufälligerweise auch noch Schuhe in deiner Größe finden.» Yessenia hing das fliederfarbene Stück wieder zurück in den Schrank und drückte auf eine Art Touch-Fläche, wodurch er sich wie von Geisterhand schloss.

Ich schüttelte den Kopf über den ganzen Luxus und lief ihr zur Kommode hinterher, die rechts neben der Zimmertür platziert war. Sie öffnete eine der Schubladen auf die gleiche Weise, wie sie soeben den Kleiderschrank geschlossen hatte. Da mir meine vor mir her baumelnde Umhängetasche langsam lästig wurde, legte ich sie kurz entschlossen auf der Kommode ab und gesellte mich an ihre Seite.

«Du hast nicht zufällig Schuhgröße achtunddreißig?»

Doch. Genau die hatte ich. Eine Gänsehaut kroch über meinen Körper.

«Deinen geschockten Blick werte ich dann mal als ein Ja.»

Ich nickte nur knapp, unfähig zu sprechen. Das mit der

Kleidergröße war eine Sache, aber die Schuhe ... Das konnte man in der Tat nicht mehr als Zufall bezeichnen. Ganz abgesehen davon, dass Lexian meinen Namen kannte ...

Die Dienerin des Hausherrn stellte die schwarzen Pumps wieder an ihren Platz und betätigte die Touch-Steuerung. «Dafür gibt es bestimmt eine plausible Erklärung», sagte sie und stand keine Minute später vor der Tür neben dem Kleiderschrank, die ich bis eben noch gar nicht wahrgenommen hatte. «Jetzt kommt der beste Teil deines Zimmers.» Sie lächelte vielsagend.

Als ich in das Innere des angrenzenden Raumes schaute, konnte ich kaum glauben, was sich vor meinen Augen auftat. Ich hatte mein eigenes Badezimmer! Eine freistehende Wanne befand sich direkt in der Mitte. *Selbst die Armatur ist in Gold gehalten*, bemerkte ich verblüfft, als ich durch den Raum wanderte. Für einen kurzen Moment war es mir sogar unangenehm, mit meinen alten Sandalen über die edlen Fliesen zu gehen, die durch die schimmernden Splitter wie ausgefallene Kunstwerke wirkten. So weit kam es noch, dass ich Respekt vor dieser Welt und ihrem Prunk bekam!

«Und? Habe ich zu viel versprochen?» Yessenia grinste mich vom Türrahmen aus an.

«Ein warmes Bad ist bestimmt nicht zu verachten», sagte ich so neutral wie möglich, obwohl der Gedanke an heißes Wasser aufgrund der kühlen Luft der Klimaanlage ein freudiges Kribbeln in meiner Bauchgegend auslöste.

Unweigerlich musste ich an meine kleine Schwester denken. Sie würde wahrscheinlichen einen riesigen Freudentanz hinlegen, wenn sie an meiner Stelle wäre. Aber glücklicherweise hatte ich Lexian überreden können, sich für mich zu entscheiden. Luna war noch so jung und unerfahren. Mit ihren Methoden bräuchten die Erfüllten wahrscheinlich keine zwei Wochen, um sie zu einer bereitwilligen Anhängerin zu machen. Mir würde das nicht passieren. Meinen Willen konnten sie nicht brechen, selbst wenn sie mir einen ganzen Wohnblock anbieten würden.

«Ich lass dich jetzt erst mal allein, damit du richtig ankommen kannst. Komm doch in einer Stunde runter ins Wohnzimmer. Dann kannst du etwas essen und wir besprechen die Arbeitsaufteilung», meldete sich Yessenia wieder zu Wort.

«Kann ich dir etwas in der Küche helfen?» Es gefiel mir überhaupt nicht, bedient zu werden. Das überließ ich lieber den arroganten Wesen innerhalb der Mauer.

«Nein, das musst du nicht. Du wirst schon noch früh genug in den Genuss kommen, Lexian zufriedenzustellen», sagte sie mit einem schiefen Grinsen und war kurz darauf schon aus meinem Zimmer verschwunden.

Lexian zufriedenzustellen … Allein bei diesem Satz und der Vorstellung, was dies alles beinhaltete, stellten sich mir die Nackenhaare auf. Ich würde meine Würde und meinen Stolz zurückstellen müssen, um ihm sein Leben angenehmer zu gestalten. Zum einen würde ich mit Wischmopp und Putzutensilien durch das Haus rennen, um es seinen Wünschen entsprechend sauber zu halten, und zum anderen seine edlen Kleidungsstücke waschen und vermutlich auch noch Fünf-Sterne-Menüs zaubern müssen. Zu allem Überfluss musste ich dabei wahrscheinlich besonders hübsch aussehen und mich den Rest der Zeit meiner Schönheit widmen. Beziehungsweise mein Aussehen so herrichten lassen, wie es den feinen Herrschaften gefiel.

Die Situation, in der ich mich befand, war einfach zum Kotzen. Mein Magen schien derselben Meinung zu sein, denn er fing wie auf Knopfdruck an, wild zu rebellieren. Der Würgereiz, der darauf folgte, zwang mich, zur Toilette zu hechten. Ich setzte meinen Hut im Schnelldurchlauf ab, hielt mir meine Haare in Pferdeschwanz-Manier zurück und ergab mich. Ließ meinen Körper das tun, was meine Seele nicht konnte, nicht durfte.

Als mein ganzer Mageninhalt in der Toilette gelandet war,

lehnte ich mich erschöpft an die dunkle Sitzbank neben der Badewanne.

Nachdem ich mich etwas ausgeruht hatte, mobilisierte ich meine innere Stärke und begab mich zum Waschbecken, um mir den Mund sorgfältig auszuspülen.

Ich ließ das Badezimmer hinter mir und steuerte auf die weiße Kommode zu. Meine Finger kramten in den Seitenfächern meiner leicht zerfledderten Handtasche und einen Moment später hielt ich mein altes Handy in den Händen.

Mit Lamirah zu sprechen, würde mir einen Energieschub geben, um die Zeit hier durchzustehen. Außerdem wollte ich unbedingt wissen, ob Arden schon wieder zu Hause war. Mit zitternden Fingern drückte ich auf den Kontakt meiner Schwester und hielt mir das klobige Gerät ans Ohr. Das Freizeichen ertönte. Einmal. Zweimal. Ich wippte vor Nervosität leicht mit meinem Bein. Wieso nahm sie nicht ab? Bei dem fünften Freizeichen machte meine Anspannung einem anderen Gefühl Platz: Angst.

Hoffentlich ging es ihr gut.

Übermäßig besorgt lief ich, immer noch mit dem Handy an der Ohrmuschel, zu dem weißen Bett.

«Allegra?»

Ich atmete auf. Endlich hatte ich meine Schwester an der Strippe. Sie klang genauso beunruhigt, wie ich mich eben gefühlt hatte. Ihre Stimme zu hören, sorgte allerdings dafür, dass zumindest mein Nervenkostüm wieder ein wenig runterfahren konnte. «Geht es dir gut, Lamirah?», wollte ich als Erstes wissen.

«Ja.»

Dieses eine Wort, diese zwei Buchstaben trieben mir die Tränen in die Augen. Erleichterung durchflutete mich. Das war das Wichtigste.

«Aber du fehlst mir, Allegra. Du musst wieder nach Hause kommen», flehte sie mich an.

«Du fehlst mir auch, Luna, aber bitte mach dir keine Sorgen. Ich komme, sobald ich kann. Das verspreche ich dir.»

Ich hörte, wie Lamirah in den Hörer schluchzte. Vermutlich gab sie nicht mehr viel auf meine Versprechen. Schließlich hatte ich einige von ihnen in den letzten Monaten nicht halten können. «Bitte weine nicht. Du weißt doch, wie wichtig du mir bist. Ich will nichts lieber, als wieder bei dir zu sein.» Ich versuchte nicht nur ihr, sondern auch mir die Stärke zu geben, die wir jetzt brauchten.

«Ich weiß», wimmerte sie. «Geht es dir wenigstens gut bei ihnen?»

«Ja, es ist alles in Ordnung hier. Ich komme klar, Lamirah.» Mein Redefluss wurde von einem Piepen unterbrochen. O nein, mein Akku war fast leer. «Lamirah, mein Handy geht gleich aus. Ist Arden wieder zurück und ist Tabitha bei dir?»

«Ja, er ist wieder da und ich bin nicht mehr in unserem Zuhause. Tabitha hat mich mitgenommen. Ich wohne erstmal bei ihnen.»

Mir fiel ein Stein vom Herzen, als ich das hörte. Außerdem war mir nicht entgangen, dass meine Schwester das erste Mal *Zuhause* gesagt und unsere kleine Wohnung nicht als Konservendose betitelt hatte. Es rührte mich und ich musste erneut mit meinen Emotionen kämpfen. «Das ist gut. Bitte hör auf das, was sie dir sagt, bis ich wieder zurück bin, ja? Und sag ihr, dass es mir gut geht. Wenn ich kann, melde ich mich wieder, okay?»

«Ja, okay», antwortete sie mit brüchiger Stimme.

Ich wollte ihr gerade erneut gut zureden, als mein Handy den Geist aufgab. Gefrustet pfefferte ich es in Richtung Fußende und ließ mich rücklings nach hinten fallen. Ich sank in die seidenweiche Bettwäsche und schloss die Lider. Tränen kullerten mir über die Wangen, aber gleichzeitig war ich auch beruhigt. Lamirah schien wohlauf und hatte mit meiner besten Freundin jemanden, auf den ich mich hundertprozentig verlassen konnte.

Alles wird wieder gut, flüsterte mir die Stimme der Hoffnung zu.

Eine gute halbe Stunde später machte ich mich auf den Weg ins Erdgeschoss. Ich musste zugeben, dass sich mein leerer Magen auf die anstehende Mahlzeit freute. Ich schloss die bogenförmige Tür hinter mir und passierte noch eine weitere, bis ich nach dem Abstieg der Treppe wieder im ersten Stock landete. Da ich diesmal nicht von Yessenias Hausmädchen-Uniform abgelenkt war, schaute ich verstohlen durch die Glasfront, die sich links von mir auftat. Der weitläufige Raum war eine Art Fitnessstudio. Ich erkannte unzählige Geräte und Sportutensilien. Wahrscheinlich trainierte der Herr des Hauses hier regelmäßig, um seinen perfekt geformten Körper in Schuss zu halten. Während ich die verschiedenen Hanteln und die restliche Ausstattung genauer in Augenschein nahm, schwante mir Böses. Wahrscheinlich würde hier ab jetzt nicht nur Lexian trainieren. Sport war absolut nicht meine Passion. Ich hatte zwar eine passable Kondition, da ich viel zu Fuß unterwegs war, aber Sprinten hatte ich schon in der Schule gehasst.

Ein Bild von meiner alten Turnhalle, die in einem grauen Betonklotz untergebracht war, erschien vor meinem inneren Auge.

Noch fünf Runden, hallte die verbissene Stimme meines ehemaligen Sportlehrers durch meinen Kopf.

Ich konnte mir ein kleines Stöhnen nicht verkneifen.

Um nicht weiter an meine Schulzeit zu denken, drehte ich dem Sportzentrum den Rücken zu.

Ein lautes Magenknurren erinnerte mich auch gleich daran, weshalb ich überhaupt durch das Haus geisterte. Keine zwei Minuten später fand ich mich in der Küche wieder.

Yessenia rieb sich mit ihrem Handrücken über die Stirn. Sie stand direkt vor dem Herd und schien dem deftigen Geruch nach etwas Herzhaftes zuzubereiten. Ihre ernste Miene ließ darauf schließen, dass sie tief in Gedanken versunken war. Ihre kastanienbraunen Haare waren leicht feucht und auch ihre Wangen waren erhitzt. Sie sah alles andere als glücklich aus und ich fragte mich nicht zum ersten Mal, weshalb sie Lexian diente und wie loyal sie ihm gegenüber war.

Meine Füße führten mich an die Marmor-Kücheninsel, um die einige schwarze Barstühle aus samtigem Leder versammelt waren. «Yessenia», sprach ich sie sanft an, «ist alles in Ordnung?»

Sie zuckte kurz zusammen, bevor sie sich mit einem, für mein Empfinden, zu breiten Lächeln zu mir umdrehte. Es schien, als würde sie ihre Miene vor mir verbergen wollen. «Ja, natürlich. Ich war nur so auf die Pilzpfanne konzentriert. Nicht dass du Lexian erzählen musst, wie schlecht meine Kochkünste sind. Ich bin aber gleich fertig. Setz dich doch schon mal. Der Esstisch ist bereits eingedeckt.»

Da ich immer noch damit beschäftigt war, ihr widersprüchliches Verhalten gedanklich einzuordnen, nickte ich lediglich und lief langsam über den grauen Bodenbelag auf die einladenden Sessel zu.

Auf dem Tisch entdecke ich nur ein einziges Gedeck. Aß Yessenia etwa nicht mit? Ich setzte mich nachdenklich hin.

«Hier bitte.» Sie stand kurz darauf schon am Tisch und servierte die wohlduftende Pilzpfanne. «Lass es dir schmecken», ergänzte sie, bevor sie sich neben mich setzte und mich dazu animierte, zu dem feinen Besteck zu greifen.

«Du isst nicht mit?», fragte ich sie verwundert.

Lexians Dienerin schüttelte den Kopf. «Ich esse gemeinsam mit den anderen Dienern im Gemeinschaftshaus.»

Ich zog die Augenbraue nach oben. «Gemeinschaftshaus?»

«Ja, dort wohnen und essen wir Diener.»

«Hat denn jeder Erfüllte einen Diener?»

«Jeder Erfüllte, der Stufe zehn erreicht, ja. Er oder sie bekommt dann ein eigenes Anwesen samt Personal. Die anderen Erfüllten leben meist in einer Wohngemeinschaft und teilen sich ein Hausmädchen oder einen Butler.»

So lief das hier also.

«Und jetzt iss schon, Allegra», forderte sie mich behutsam auf. «Es macht mir nichts aus, wirklich. Das Essen, was wir bekommen, ist gar nicht so schlecht.» Ich zögerte kurz, bevor ich die Gabel in die Hand nahm und mir die ersten Happen auf der Zunge zergehen ließ. Während ich mich dem Essen widmete, sagte keiner etwas und eine unangenehme Stille legte sich über uns.

«Es schmeckt wirklich fantastisch», sprach ich nach einer Weile. Und das war nicht übertrieben. So etwas Leckeres konnte sich jenseits der Mauer wohl kaum jemand leisten. Die Pilze waren mit frischen Kräutern angemacht und in einer Soße geschwenkt, deren süßlichen, erdigen Geschmack ich nicht kannte.

«Wirklich?»

«Ja, ehrlich. Hör mal, Yessenia. Ich möchte nicht, dass du dich wegen mir so verrückt machst. Du müsstest schon versuchen, mich zu vergiften, bis ich Lexian etwas Schlechtes über dich erzähle«, erwiderte ich mit einem angedeuteten Grinsen.

Sie versah mich mit einem sanften und dankbaren Blick. «Es ist echt nett, dass du das sagst. Weißt du, ich bin auf das Geld angewiesen und ich bekomme es nur, wenn er rundum zufrieden mit mir ist.» Sie seufzte und trank einen großen Schluck von dem Wasser, das sie uns in einer geschwungenen Karaffe auf dem Tisch bereitgestellt hatte.

«Also bist du nicht freiwillig hier?»

«So kann man es nicht sagen. Ich habe mich ihnen aus freien Stücken als Dienstmädchen angeboten.»

Ich legte den Kopf schief. «Wieso brauchst du das Geld denn so dringend? Sofern du es mir erzählen möchtest», sagte ich mit einem ehrlichen Lächeln an sie gewandt.

Während sie mit sich zu ringen schien, ob sie mehr von sich preisgeben sollte, genoss ich den intensiven Geschmack der Pilze in vollen Zügen.

«Da wir wahrscheinlich viel Zeit miteinander verbringen werden, wäre es schön, wenn wir uns ein bisschen anfreunden.»

Vermutlich hat man im Reich der Erfüllten nicht viele Freunde, dachte ich mitfühlend, und nickte ihr zu, um ihr zu vermitteln, dass ich ganz ihrer Meinung war. Eine Freundin konnte ich in der nächsten Zeit sicher gut gebrauchen.

«Meine Familie lebt in Kranteros und du hast ja bestimmt schon gehört, wie es dort zugeht.»

Allerdings. Das war die gefährlichste Gegend unserer Stadt.

«Ich habe fünf kleine Geschwister und meine Eltern können den Unterhalt nicht allein stemmen. Ich habe viele verschiedene Jobs angenommen, habe teilweise fünfzehn Stunden am Tag geschuftet, aber es hat hinten und vorn nicht gelangt. Hier bekomme ich deutlich mehr und kann meiner Familie jeden Monat genug Geld zukommen lassen, damit sie nicht hungern muss. Vielleicht kann sie irgendwann sogar in eine sicherere Gegend ziehen.»

Auch wenn sich ihre Miene während ihrer Erzählung verfinstert hatte, das hoffnungsvolle Funkeln, das bei dem letzten Satz in ihre traurigen rehbraunen Augen getreten war, entging mir nicht.

Obwohl ich wusste, dass ich ihr nach so kurzer Zeit noch nicht vertrauen konnte, wuchs das Mitgefühl für Lexians Dienerin, weshalb ich instinktiv nach ihrer Hand griff. «Es tut mir sehr leid zu hören, wie schwer es deine Familie hat. Ich verspreche dir, dass ich alles in meiner Macht Stehende tun werde, um dich zu unterstützen. Das kleine bescheidene Häuschen werden wir doch gemeinsam blitzeblank bekommen.» Ich zwinkerte ihr zu.

Yessenia lachte kurz auf, hielt sich dann aber peinlich berührt die Hand vor den Mund. Sie schien erschrocken über ihre eigene Ausgelassenheit. «Ich danke dir, Allegra. Das bedeutet mir wirklich viel.»

«Also, wie kann ich dir helfen? Vier Stunden am Tag bekommst du mich ja», wiederholte ich den Wortlaut von Lexian und musste mich stark zusammenreißen, nicht die Augen zu verdrehen. Allein der Gedanke an diese respektlose Aussage machte mich schon wieder rasend. Ich hasste ihn von ganzem Herzen.

Yessenia nickte mir vorsichtig zu, ging aber nicht weiter darauf ein. «Am besten wir finden heraus, wer welche Hausarbeiten bevorzugt und teilen sie uns dann entsprechend auf.»

«Gute Idee. Welche deiner Aufgaben magst du am wenigsten?», fragte ich sie interessiert.

«Also, wenn ich etwas abgeben müsste, dann definitiv das Einkaufen.»

«Wieso das? Das ist doch bestimmt noch das Angenehmste.» Zumindest, wenn man die Erfüllten auf Akquisitionsmission ausblendete. Aber darüber musste ich mir hier wohl keine Gedanken mehr machen.

Yessenia schaute betreten nach unten. «Mir graut es immer, wenn ich Besorgungen im Einkaufszentrum machen muss. Es ist der einzige Ort, wo so viele Erfüllte und Bedienstete miteinander in Kontakt kommen. Es ist einfach ein schreckliches Gefühl. Sie schauen dich von oben herab an und demonstrieren dir ihre Überlegenheit mit abwertenden Blicken. Sie lassen einen überdeutlich spüren, dass man ihrer nicht würdig ist.» Yessenias mitleiderregende Miene unterstrich ihre Worte deutlich und ich konnte mir gut vorstellen, dass sie sich diese untertänige Haltung angeeignet hatte, um hier zu überleben.

Bei mir brannte natürlich sofort wieder eine Sicherung durch. «Was ist nur mit diesen Menschen los?» Ich stand auf und fuhr mir aufgebracht mit den Händen durch meine Haare. «Ich werde ab jetzt alle Einkäufe erledigen, Yessenia. Das musst du dir nicht länger antun.»

Lexians Dienerin erhob sich ebenfalls. Sie nahm meinen geleerten Teller mit dem fein geschliffenen goldenen Rand samt Besteck in die Hände und trug das Geschirr in die Küche.

«Damit würdest du mir wirklich einen Gefallen tun. Aber reg dich bitte nicht auf, Allegra. Das ist eben unsere Welt», erwiderte sie bedrückt, während ich ihr mit den Wassergläsern folgte.

Nein, das könnte ich niemals. Ich könnte niemals akzeptieren, dass die Erfüllten immer mehr Marionetten um sich scharten.

Verbündete

Die letzte halbe Stunde hatte ich Yessenia beim Aufräumen der Küche geholfen. Währenddessen hatten wir unseren Wochenplan detailliert besprochen und die Arbeiten relativ gerecht aufgeteilt. Als sie das schmutzige Geschirr einräumte, erinnerte sie mich daran, dass es bereits halb fünf war und ich unbedingt um sechs Uhr fertig sein musste. Wenn Lexian eine Sache nicht mochte, dann war es angeblich Unpünktlichkeit. Sie hatte diese kleine Warnung so oft wiederholt, dass ich mich irgendwann dazu hatte breitschlagen lassen, ihr mein Styling für den Abend zu überlassen. Denn neben seinem scheinbaren Zeit-Tick war ihm ein perfekt gepflegtes Erscheinungsbild mindestens genauso wichtig. Wenig überraschend.

Yessenia und ich standen nun schon eine gefühlte Ewigkeit vor meinem reichlich bestückten Kleiderschrank und versuchten, uns auf ein Kleid zu einigen. Obwohl sie sich sichtlich Mühe gab, konnte ich mich einfach nicht mit der, in meinen Augen, protzigen Garderobe identifizieren.

«Ich kann mir denken, dass du ein schlechtes Gewissen hast, weil die Menschen außerhalb der Mauer solche Vorzüge nicht genießen können. Aber denk auch mal an dich und diese wunderschönen Stücke. Wenn sie im Schrank hängen, hat doch niemand etwas davon. Was meinst du?»

Ihre liebe Art und ihr Versuch, mir ins Gewissen zu reden, schafften es tatsächlich an meiner stillen Rebellion vorbei. Außerdem entsprach jedes Wort der Wahrheit. Die fließenden

Gewänder konnten wirklich nichts dafür.

«Okay.» Ich atmete tief aus und bedeutete ihr, mir ihren Favoriten herauszusuchen. «Ich werde mich auch nicht mehr beschweren», setzte ich hinzu.

Sofort legte sich ein begeistertes Lächeln auf ihre Lippen. Schön, dass sich wenigstens eine von uns auf diese Aufbrezel-Aktion freute. Andererseits war es auch irgendwie rührend, zu sehen, dass sie dem Ganzen hier etwas Positives abgewinnen konnte. Und das bei der Last, die sie auf ihren Schultern trug.

«Du hast es dir bestimmt schon gedacht, da ich ja von Anfang an für dieses Stück war.» Im nächsten Moment hielt sie mir ein langes olivfarbenes Gewand vor die Nase. «Es passt perfekt zu deiner Haut und deinen Augen, findest du nicht?» Eifrig bugsierte sie mich vor die Spiegeltür. Sie hielt das Kleid vor meinen Körper und nickte mir oder sich selbst, das konnte ich nicht mit Sicherheit sagen, anerkennend zu.

Ich wiederum drehte mich ein paar Mal nach links und rechts und musterte mich skeptisch. Aber letztendlich musste ich ihr wohl oder übel recht geben. «Es ist ein schönes Kleid», sagte ich und entlockte ihr damit ein Strahlen. «Ich müsste mich nur noch mal vorher waschen. Ich bin schon ziemlich lange auf den Beinen und habe ordentlich geschwitzt.»

«Na klar, dann schwing dich mal unter die Dusche und vergiss nicht, dir den Dreck von den Wangen zu spülen», sagte sie mit einem Zwinkern.

Ach ja, diese Sicherheitsmaßnahme konnte ich mir ab jetzt auch im wahrsten Sinne des Wortes abschminken.

Nachdem ich meinen Körper ausgiebig von den Strapazen des Tages gereinigt hatte, trat ich, in ein großes flauschiges Handtuch gewickelt, wieder in mein Zimmer.

Yessenia saß auf der Bank vor meinem Bett und hielt das Abendkleid samt Unterwäsche, die einem Hauch von nichts glich, bereits auffordernd in die Höhe. «Hat die Dusche gutgetan?»

«Ja, das hat sie.» Ich bemühte mich um ein Lächeln.

«Das freut mich. Ich will dich jetzt auch gar nicht stressen, aber wir müssen uns ein bisschen sputen. Am besten ziehst du gleich das Kleid an und danach kümmern wir uns um Haare und Make-up», sprach sie voller Tatendrang.

«Bist du dir sicher, dass du eine Dienerin und nicht insgeheim eine Undercover-Profi-Stylistin bist?», fragte ich mit hochgezogenen Augenbrauen und einem Schmunzeln auf den Lippen.

Yessenia kicherte nur und gab mir mit einer Handbewegung zu verstehen, dass ich nun endlich in die edle Robe schlüpfen sollte.

«Ist ja schon gut.» Ich nahm Lexians Dienerin Slip und BH sowie das grüne Kleidungsstück ab und verschwand erneut im Badezimmer. Ich befreite es vom Bügel und spürte sofort, dass es sich um einen der feinsten Stoffe handeln musste. Es floss förmlich durch meine Hände und funkelte mich mit seinem zart glänzenden Gewebe verheißungsvoll an.

So surreal mir die Situation auch vorkam, dass ich in ein Kleid schlüpfte, das wahrscheinlich teurer als meine Jahresmiete war, versuchte ich, meine mich deswegen tadelnden Gedanken auszublenden. Stattdessen trat ich mit kleinen Schritten vor den Spiegel in meinem Zimmer.

Yessenia, die bis eben noch auf der Polsterbank gesessen hatte, eilte aufgeregt an meine Seite und klatsche leise in die Hände.

Es überraschte mich, dass sie so aufblühte. Der Teil von mir, der solch sündhaft teure Kleidung im Grunde genommen missbilligte, konnte ihrer freudigen Reaktion nicht ganz folgen. Anders sah es allerdings bei dem anderen Teil in mir aus, denn dieser jubelte im Stillen mit ihr.

Das olivfarbene Stück war hauteng. Es reichte mir passgenau bis zu den Knöcheln. Auch wenn es im Bereich des Dekolletés verschlossen war, strahlte es etwas Raffiniertes aus, da dafür die Haut an anderer Stelle hervorblitzte. Der tiefe

Rückenausschnitt wurde von einer feinen Goldkette umspielt und verlieh dem Kleid eine glamouröse Note.

«Ich wusste, dass es dir gefallen wird», stellte Yessenia fest und bat mich mit einer auffordernden Geste, ihr ins Bad zu folgen. Sie durchmaß den Raum in ihrem dunkelgrauen Hausmädchen-Kostüm und durchkramte einen Moment später schon die verschiedenen Schrankbereiche unterhalb des Waschbeckens. «Wusste ich es doch. Lexian macht keine halben Sachen.» Sie schien sich auf die Kosmetikutensilien zu beziehen, die sie entdeckt hatte.

Ich ließ mich währenddessen auf der dunklen Bank neben der Wanne nieder und staunte nicht schlecht über ihre Ausbeute, mit der sie sogleich wieder in meinem Sichtfeld auftauchte. «Und du meinst nicht, dass ich zu aufgebrezelt für diesen Anlass bin, den ich nicht kenne?», fragte ich Yessenia, während sie mit unzähligen unterschiedlich dicken Pinseln vor meinem Gesicht herumfuchtelte.

«Du bist jetzt innerhalb der Mauer, Allegra. Für die Erfüllten gibt es so etwas wie zu aufgebrezelt nicht. Du wirst es erleben, wenn du die Woche den Einkauf machst. Viele von ihnen tragen sogar im Shoppingcenter Schuhe, die höher als Storchenbeine sind, und dann mehrere Tüten in der Hand.»

«Das muss ja ein Bild für die Götter sein», erwiderte ich süffisant und grinste sie an.

Sie konnte sich ein Schmunzeln nicht verkneifen, auch wenn sie sich bemühte.

«Immerhin ist meine Befürchtung, overdressed zu sein, dann wahrscheinlich wirklich unbegründet», entgegnete ich noch, bevor Yessenia mich dazu aufforderte, still zu halten, damit sie mir den Lippenstift auftragen konnte.

«Du darfst jetzt die Augen aufmachen.»

Ich hörte die Vorfreude in Yessenias Stimme.

Wir standen mittlerweile wieder vor dem großen

Spiegelschrank in meinem Zimmer. Ich hatte ihr versprechen müssen, meine Augen geschlossen zu halten. Ich schlug die Lider wieder auf und brauchte einen Moment, um die Leere in meinem Kopf zu vertreiben. Zu groß war die Überraschung über meine Verwandlung. Das sollte ich sein? Ich sah dabei zu, wie unsagbar groß meine Augen beim Anblick meines eigenen Spiegelbilds wurden.

Langsam trat ich näher heran und begutachtete mein Gesicht und meine Frisur genauer. Yessenia hatte eindeutig Talent, das musste man ihr zugestehen. Sie hatte meine Augen mit einem dunkelbraunen Lidschatten betont und mir einen geschwungenen schwarzen Lidstrich gezaubert. Meine Lippen glänzten in einem zarten Rosé und meine Wangen wirkten frisch und rosig. Nachdem ich das professionelle Make-up ausgiebig betrachtet hatte, wanderten meine Augen zu den eleganten Locken, die mein Gesicht perfekt umrahmten. Meine dünnen Haare wirkten deutlich voller als sonst und ich konnte nicht leugnen, dass sie tolle Arbeit geleistet hatte.

«Ich weiß nicht, was ich sagen soll. Du hast echt ein Händchen für all das», lobte ich sie, während ich mit meinen Fingern an mir herunter zeigte.

«Ach, Quatsch. Ich habe nur deine natürliche Schönheit ein bisschen unterstrichen», antwortete sie verlegen und ließ ihre Augen zu der Wanduhr oberhalb der Schuhkommode wandern. «Allegra, es ist schon fünf vor sechs», stieß sie hektisch aus.

Als hätte der Sporttrainer für den bevorstehenden Sprint auf seine Stoppuhr gedrückt, rannte sie fast schon panisch durch den großen Raum und tauchte kurz darauf schwer atmend mit einem Paar schwarzer Samtschuhe und goldenem Schmuck in den Händen wieder auf.

Wo hatte sie den denn so schnell aufgetrieben? Aber mir blieb keine Zeit, sie danach zu fragen.

«Schnell, Allegra.»

Überrumpelt ließ ich mir von ihr dabei helfen, das feingliedrige Armband und die langen Ohrringe in demselben Stil anzulegen und hechtete dann, so schnell wie möglich, gemeinsam mit ihr und den hochhackigen Schuhen unter dem Arm ins Erdgeschoss. Ich musste mich bei ihr unterhaken, da ich mit der hautengen Robe nur im Schneckentempo vorankam.

Als ich in meine Schuhe geschlüpft war und Yessenia mich aus der Tür geschoben hatte, atmete ich das erste Mal auf.

Die Sonne brannte zwar nicht mehr so stark wie heute Mittag, aber die Hitze flimmerte immer noch in der Luft. Ich stakste den glatten Untergrund nach unten bis zum Bürgersteig und hielt Ausschau nach Lexian. Allerdings war er nirgends zu sehen.

Er wird schon noch auftauchen, dachte ich, und gönnte mir diesen kurzen Moment, in dem ich nur für mich war.

Ich blickte in den Himmel und beobachtete die vorbeiziehenden Wolken. Ein Gefühl der Verlorenheit überkam mich. Das blaue Firmament war mir so vertraut, aber alles andere um mich herum schien so wahnsinnig fremd. Nach einigen tiefen Atemzügen wurde ich von einem Motorengeräusch abgelenkt. Ich spitzte die Ohren und realisierte, dass es immer näher kam. Bald schon erkannte ich, dass es sich um einen langen Wagen handelte, der sich seinen Weg in meine Richtung bahnte. Als das Gefährt mit quietschenden Reifen vor mir bremste und der Fahrer, ein hagerer Mann im mittleren Alter, ausstieg, um mir die Tür zu öffnen, bildete sich ein Kloß in meiner Kehle. Allerdings war es nicht Lexian, der mich in dem mit elegantem Leder ausgekleideten Innenraum der Luxuskarosse erwartete. Statt den eiskalten stechend blauen Augen, mit denen ich gerechnet hatte, blickten mich nun sechs verschiedene Gesichter neugierig und aufgeregt an. Wer waren diese Frauen? Sie sahen aus wie Erfüllte, wirkten aber optisch nicht so künstlich. Waren es vielleicht Neuankömmlinge? Genau wie ich?

«Lexian schickt mich. Ich bringe euch zum Palast», sprach der Fahrer und animierte mich mit einer Geste dazu, einzusteigen.

Ich trat in das schicke Gefährt und fragte mich, was mich beziehungsweise uns dort erwartete.

«Du kannst dich gern zu uns setzen», sagte eine freundliche Stimme an mich gewandt.

Es war eine elegante junge Frau mit elfenbeinfarbener Haut und überlangen glatten Haaren. Sofort erschien Tabithas Gesicht vor meinen Augen. Meine beste Freundin und sie hatten eindeutig eine gewisse Ähnlichkeit und vielleicht fühlte ich mich deshalb gleich ein bisschen wohler in meiner Haut.

«Ich bin Elspeth.»

Sie lächelte, während ich mich mit dem engen Kleid abmühte und fast auf dem Schoß einer Frau in einem schwarzen Kleid landete, die im Gegensatz zu den anderen Insassinnen links von der Tür saß. Ich konnte gerade so mein Gleichgewicht halten und atmete auf, als ich mich auf dem freien Platz auf der rechten Seite niederließ. Ich fand mich neben einer dunkelhaarigen kleinen Frau wieder, deren direkte Sitznachbarin Elspeth war. Letztere blickte mich mit ihren dunkelgrünen Augen erwartungsvoll an.

«Ich bin Allegra», erwiderte ich gezwungenermaßen und ließ meine Augen über die anderen Anwesenden schweifen.

Zum Glück hatte ich mich von Yessenia zu diesem feinen Kleid überreden lassen, denn die sechs Frauen, die mit mir durch das Wohngebiet kutschiert wurden, hatten ihre schlanken Körper alle in luxuriöse Roben gehüllt. Ein Kleid war prachtvoller als das andere. Und das Gleiche galt für ihre Trägerinnen. Neben Elspeth, die mit überschlagenen Beinen in einem rosa Kleid dasaß, das über und über mit transparenten Blüten bestickt war, unterhielten sich drei Frauen, die unterschiedlicher kaum sein konnten. Eine von ihnen hatte ellenlange Beine, die in goldfarbenen Riemchensandalen steckten. Dazu hatte sie ein orangefarbenes Kleid mit feinen

Federn gewählt, das ihrer gebräunten Haut schmeichelte. Die Frau neben ihr, mit der sie in ein Gespräch vertieft war, hatte weißblonde schulterlange Haare und große aquamarinblaue Augen, deren Farbton sich in ihrem Kleid widerspiegelte. Sie saß wiederrum neben einer Frau in einer glitzernden hellblauen Robe, die mir besonders durch ihre selbstbewusste Ausstrahlung auffiel. Nachdem ich die Frau in Schwarz, auf deren Schoß ich es mir beim Einstieg fast gemütlich gemacht hatte, noch einmal kurz gemustert hatte, galt meine Aufmerksamkeit meiner direkten Sitznachbarin. Die dunkelhaarige Schönheit mit den voluminösen Locken war relativ klein und hatte zu ihrem kirschroten Midikleid viele schmale Goldarmreifen gewählt.

Ich musste ihr wohl zu lange auf die Unterarme gestarrt haben, denn sie warf mir einen skeptischen Blick zu.

«Ist irgendwas?», fragte sie geradeheraus.

«Nein, entschuldige. Ich habe nur deinen hübschen Armschmuck bewundert.»

Sie seufzte und die Härte in ihren Augen verschwand augenblicklich. «Ich hoffe, dass die Obigen später auch von dem Geklimper abgelenkt sind», sagte sie mit einem Hauch von Unbehagen in der Stimme.

Mit einem Mal hielt der Fahrer mit der grauen Baskenmütze eine Spur zu schnell an. Ich konnte mich nirgends festhalten und rammte meinen Ellenbogen aus Versehen in die Rippengegend meiner Sitznachbarin mit den goldenen Armreifen. «Es tut mir wahnsinnig leid», entschuldigte ich mich direkt bei ihr.

Sie nickte nur und hielt sich die schmerzende Seite.

Durch den Aufprall schien sich einer ihrer zarten Träger gelöst zu haben, wodurch ich ungewollt einen tieferen Blick auf ihr Dekolleté erhaschte. Erschrocken hielt ich mir die Hand vor den Mund.

Als sie meine Reaktion bemerkte, schob sie sich den verlorenen Träger wieder hektisch über die rechte Schulter.

«Genau deshalb bin ich nervös, verstehst du?», gab sie einen Moment später im Flüsterton von sich.

«Was meinst du damit?» Ich konnte ihr nicht folgen.

«Wenn sie die Narben bei der Musterung sehen, erreiche ich wahrscheinlich nur eine der niedrigen Stufen.» Musterung? Niedrige Stufen? Was sollte das alles bedeuten? Ihre Traurigkeit darüber konnte ich mit jeder Zelle meines Körpers spüren.

«Welche Musterung?», wollte ich mit gerunzelter Stirn wissen.

«Du weißt nicht, wo es heute Abend hingeht?» Ich schüttelte den Kopf.

«Wir werden heute den Obigen vorgestellt und begutachtet.» Begutachtet? Was sollte das denn nun wieder heißen? Mir schwante Böses.

«Die Musterung ist quasi ein Einstufungstest. Wir werden später erfahren, auf welcher Stufe in der Entwicklung zur Vollblut-Erfüllten wir stehen.»

Ich hing gespannt an ihren Lippen, weil ich immer noch nicht begriff, was ihre Worte genau bedeuteten.

Die Frau mit dem rostbraunen Kleid mit Tüllrock, die soeben zu uns gestiegen war, hatte sich rechts auf den freien Platz neben der Erfüllten in Schwarz gesetzt.

«Du scheinst ja überhaupt nicht zu wissen, was auf dich zukommt. Hat dir dein zugeteilter Erfüllter denn nichts erzählt?»

Natürlich hatte er das nicht. «Nein, ich weiß es wirklich nicht», gab ich frustriert zurück.

Jetzt klinkte sich auch Elspeth mit dem Blütenkleid in unser Gespräch ein. «Deine Chancen, hoch eingestuft zu werden, stehen wirklich gut, Allegra. Man sieht direkt, dass du einiges von dem mitbringst, was sie erwarten.» Das Lächeln, das sich bei ihren Worten auf ihre Lippen stahl, konnte ich nicht erwidern. Sollte es etwas Gutes sein, eine höhere Stufe zu erreichen? Ich überlegte. Vielleicht musste man dann weniger Optimierungen über sich ergehen lassen.

«Und du brauchst dir auch keinen Kopf machen, Emina. Wenn eine von uns sich sorgen muss, dass sie mit ihrer Entwicklung ganz unten anfängt, dann bin ich es», sprach Elspeth mit betrübter Stimme.

«Wie kommst du denn darauf?», erwiderte Emina unverständlich. «Du hast eine wunderschöne Haut und auch deine Gesichtszüge sind meiner Meinung nach fast schon makellos.»

«Danke», erwiderte sie, aber die Traurigkeit in ihrem Blick wollte nicht verschwinden. Sie lehnte sich etwas weiter zu uns nach vorn und eröffnete uns, was sie in ihren Augen *nicht würdig* machte: «Wisst ihr, mein linkes Bein ist schon seit meiner Geburt ein paar Zentimeter kürzer als das andere und ich habe die Befürchtung, dass es einen großen Einfluss auf die Musterung haben könnte.»

Ich war zutiefst erschüttert über ihre Offenbarung. Darüber, dass sie sich wegen eines Makels, der keineswegs einer war, Sorgen machte und sich dadurch minderwertiger fühlte als die anderen. Wie konnte man sich als junge Frau selbst so abwerten, weil der eigene Körper nicht den Maßen einer Plastikpuppe entsprach? Ich wollte schon etwas sagen, um Elspeth ins Gewissen zu reden, als Emina den Träger ihres Kleides von der Schulter gleiten ließ und uns ihre tiefen Narben offenbarte. Mutig präsentierte sie uns ihre eigenen *Makel*.

Elspeth reagierte genauso wie ich. Sie hielt sich die Hand vor den Mund und aus ihren Augen sprach Bestürzung.

«Und jetzt sag mir noch mal, dass deine Chancen am schlechtesten stehen.»

Dieser Moment, den wir drei gerade teilten, berührte etwas in mir, und es kam mir nicht so vor, als wären wir auf dem Weg zu einer oberflächlichen Musterung. Es war ein besonderer Moment, in dem die äußerliche Schönheit mit der innerlichen verschmolz und die beiden Frauen neben mir ihre seelischen Narben, ihre Verletzlichkeit offenbarten. Wir alle hatten Makel. Und das war doch gerade das, was jede von uns einzigartig machte.

Da es sich einfach richtig anfühlte, schlüpfte ich nun wie selbstverständlich aus einem der unbequemen Schuhe und präsentierte den beiden meine linke Ferse.

Mit dem Entsetzen, das sich überdeutlich auf Elspeths und Eminas Gesicht abzeichnete, hatte ich gerechnet. Es war kein schöner Anblick, aber die großflächigen roten Rückstände der Verbrennung aus meiner Kindheit gehörten zu mir.

Keiner von uns sagte mehr etwas. Wir blickten einander einfach nur an und ich fühlte, wie sich ein Band zwischen uns knüpfte. Dass so eine Intimität zwischen drei fremden Menschen in so kurzer Zeit entstehen konnte, und das auch noch in dieser künstlichen Welt, machte mich im wahrsten Sinne des Wortes sprachlos.

Die anderen Frauen hatten zwar mitbekommen, dass wir einander unsere *Makel* gezeigt hatten, schienen sich jedoch nicht dafür zu interessieren und waren weiterhin in ihre Gespräche vertieft.

Als die schwarze Limousine vor dem eindrucksvollen Hauptgebäude der Erfüllten vorfuhr, meldete sich meine Nervosität mit einem Kribbeln auf meiner Haut. Es hatte sich nicht mehr ergeben, die beiden genauer nach dem Ablauf des Abends zu fragen, aber ich wusste mit Sicherheit, dass mich das Prozedere einiges an mentaler Stärke kosten würde.

Wie die Hühner auf der Stange stieg eine elegante Erscheinung nach der anderen mit ihrem hochhackigen Schuhwerk aus und stöckelte über den cremefarbenen marmorierten Steinboden, um der nächsten Platz zu machen.

Nachdem der Fahrer mit dem schnittigen Gefährt in der Ferne verschwunden war und die Rücklichter immer mehr mit dem Blütenmeer verschmolzen, setzten wir uns in Bewegung.

Eine schwarzhaarige Frau mit eckigem Brillengestell

erwartete uns bereits und bedeutete uns, ihr zu folgen. So steuerten wir gemeinsam mit ihr die gigantische Treppe an, die uns in das Innere des palastartigen Gebäudes brachte.

Emina lief direkt vor mir, als ich bemerkte, wie sich ihr Körper anspannte. Die Frau in dem orangefarbenen Kleid hatte sich zu ihr umgedreht. «Viel Glück wünsche ich», ertönte ihre schnippische Stimme und ich konnte Emina gerade noch davon abhalten, sich wütend auf sie zu stürzen.

Scheinbar war ich hier nicht die Einzige mit Temperament.

«Was ist los, Emina?», fragte ich sie irritiert.

Ihr Oberkörper zitterte leicht. Was hatte die Frau mit dem Federkleid bloß zu ihr gesagt?

«Emina, sprich mit mir. Was wollte sie von dir?»

«Sie hat sich über uns lustig gemacht und mir gesagt, dass ich bei den großen Narben lieber bei den Niederen hätte bleiben sollen, um mir die Demütigung zu ersparen.» Tränen bildeten sich in ihren bildschönen Augen, die mich an Bernsteine erinnerten.

Am liebsten hätte ich der Frau mit den ellenlangen Beinen alle Federn einzeln ausgerupft. «Du scheinst eine selbstbewusste Frau zu sein. Du wirst dich doch nicht von so einer hochnäsigen Person unterkriegen lassen, oder? Ich persönlich finde deine Narben überhaupt nicht schlimm. Sie sind Teil deiner Geschichte und dafür musst du dich keinesfalls schämen», sagte ich so überzeugend wie möglich und zwinkerte ihr zu.

«Danke», gab sie mit sanfter Stimme zurück.

Ich nickte. «Jetzt sollten wir uns aber sputen.»

So schnell uns unsere Füße trugen, flitzten wir bis ans Ende der Treppe und betraten kurz darauf schwer atmend den Eingangsbereich des Hauptgebäudes. Zum Glück konnten wir die anderen in ein paar Meter Entfernung ausmachen. Wir verfielen erneut in ein schnelles Tempo und mussten zwischendurch immer wieder grinsen. Was für ein hinreißendes Bild wir mit unserem hohen Schuhwerk abgeben mussten. Wir passierten unzählige filigrane Säulen, die alle durch einen Rundbogen miteinander verbunden waren, bevor wir endlich zu den anderen aufschlossen. Die Halle war so weitläufig, dass wir noch ein gutes Stück zurücklegen mussten, bis wir rechts in einen Gang abbogen. Wir kamen an etlichen weiteren Türen vorbei und fanden uns nach einer gefühlten Ewigkeit vor einem großen Saal wieder.

Die dunkelhaarige Frau, die uns hierher geführt hatte, gab der ersten unserer Gruppe mit einer Handbewegung zu verstehen, dass sie eintreten durfte.

Der Raum, der so groß wirkte wie eine Kirche aus vergangenen Tagen, übertrumpfte jegliche Vorstellungskraft.

Im Zentrum stand eine Art Glaskasten, der mich an die futuristisch aussehenden Gewächshäuser der Erfüllten erinnerte, die ich schon einmal durch eine der transparenten Wände in der Mauer gesehen hatte. Um ihn schlängelte sich eine lange U-förmig angeordnete Tafel, die von ausladenden Stühlen umgeben war. Die Rückenlehnen ragten zackenartig in die Höhe und ließen mit ihrer Optik das Bild von Tropfsteinen in einer unterirdischen Höhle in meinem Geist erscheinen. Um die Stühle herum zog sich eine Art Pool, der mit seiner Form ebenfalls an ein U erinnerte und das Ensemble in der Mitte umrahmte. Die unzähligen Kronleuchter, die versetzt von der Decke baumelten, gaben ein gleißend helles Licht ab, das sich unweigerlich in meine Netzhaut brannte. Als ich an die gegenüberliegende Wand schaute, die sich hinter dem Tisch emporhob, stellte ich fest, dass sich die goldenen Zacken der Sitzgelegenheiten ebenfalls an den Fensterrahmen wiederfanden. Sie erinnerten auf abstruse Weise an einen goldenen Käfig. Dass sich das, was sich hinter den Erfüllten und ihrer Lebensweise verbarg, sogar in der Symbolik ihrer Raumausstattung wiederfand, war für meinen Geschmack einfach nur makaber.

Die Frau mit den aquamarinblauen Augen war nach einer

Aufforderung als Erstes in den Saal getreten und setzte sich nun auf einen der königlichen Stühle. Der Platz wurde ihr von einem Bediensteten zugeteilt, der sie an den Tisch mit den edlen Porzellan-Gedecken geleitete. Als Nächstes lief die Frau los, die sich mit Emina angelegt hatte. Ihre Schritte hallten dumpf auf dem mit feinen Mosaiken verzierten Boden wider. Sie umrandete den Pool galant und wurde dann an den anderen Anwesenden vorbei zu ihrem Platz geführt. Mir kam das Ganze jetzt schon zu sehr wie eine Art Schaulaufen vor und ich wusste bei bestem Willen nicht, wie ich diesen Abend ohne Widerworte über die Bühne bringen sollte.

Als Emina ihren Weg ebenfalls hinter sich gebracht hatte und Elspeth mich antippte, wusste ich, dass mein *großer* Moment gekommen war. Ich tat es den anderen gleich und lief geradeaus auf eines der Fenster zu, bevor ich nach rechts abbog, um mich am Ende des Saals bei dem jungen Mann einzuhaken, der mich zu meinem Platz bringen würde. Auch wenn mir die Meinung der Obigen herzlich egal war, klopfte mein Herz lautstark in meiner Brust. Ich war es nicht gewohnt, in hohen Schuhen zu laufen, und die Vorstellung, während meines Gangs unglücklich umzuknicken und kopfüber im Pool zu landen, machte meine Hände ganz schwitzig. Wer wusste schon, was für Konsequenzen mich dann erwarten würden?

Endlich an meinem Platz angelangt, machte ich innerlich dreißig Kreuze. Der drahtige hellblonde Mann mit der schwarzen Fliege, der mich eben noch diskret nach meinem Namen gefragt hatte, um mich zu dem mir zugewiesenen Stuhl zu bringen, nickte mir förmlich zu und begab sich dann wieder an die Stelle, an der er Elspeth als Nächstes empfangen würde.

Mein Blick wanderte währenddessen zu den anderen Gesichtern, die sich um den Tisch versammelt hatten. Ich saß mit dem Rücken zu den gefängnisartigen Fenstern und konnte direkt zum Eingang blicken. Elspeth war gerade losgelaufen. Zwar wirkte sie um einiges sicherer in ihren pastellrosa Sandaletten als ich, aber ihre angestrengten Gesichtszüge vermittelten mir überdeutlich, wie aufgeregt sie war. Meine linke Tischnachbarin war die Frau mit den aquamarinblauen Augen und zu meiner Rechten saß glücklicherweise Emina. Leider hatten die Veranstalter dieses Abends die Frau mit der Robe in Orange direkt gegenüber von ihr platziert. Emina warf ihr permanent Blitze mit den Augen zu. Verübeln konnte ich es ihr nicht.

Am Kopfende, das sich zu meiner Linken befand, saßen die zwei Obigen, das Herrscherpaar, das man hauptsächlich aus dem Fernsehen und von den Covern der verschiedensten Hochglanzmagazine kannte. Diegorus und Esmeray. Das waren auch die einzigen Gesichter, die ich vor meiner Ankunft heute schon einmal gesehen hatte. Diegorus war der regierende Nachkomme der ersten Erfüllten und sowohl er als auch seine Gattin sahen genauso vollkommen aus, wie sie auf den vielen Fotoaufnahmen wirkten. Beide trugen die perfekte Maske, nicht eine Falte zeichnete sich in ihren gemeißelten Gesichtszügen ab. Doch es war nicht ihre Optik, die mir ein mulmiges Gefühl bereitete. Es war vielmehr ihre Ausstrahlung. Sie wirkten unmenschlich, so als wären sie nicht einmal im Ansatz fähig zu Mitgefühl. Das konnte ich selbst von meinem Platz aus spüren. Zu ihrer Linken und ihrer Rechten saßen jeweils ihre beiden Söhne, die ich heute Mittag mit Lexian schon hatte kennenlernen dürfen. Wie waren doch gleich ihre Namen? Ich meinte mich zu erinnern, dass einer von ihnen Cirack hieß. Auf den anderen kam ich aber beim besten Willen nicht mehr. Optisch unterscheiden konnte man sie ohnehin kaum. Sie hatten eine ähnlich arrogante Miene wie ihre Eltern aufgesetzt, schauten mit ihren außergewöhnlich schillernden Augen aber interessiert in die Runde. Als mich einer von ihnen direkt anblickte, drehte ich den Kopf schnell zur Seite. Ich wollte so wenig wie möglich auffallen. Je weniger Leute sich mein Gesicht einprägten, desto einfacher würde nachher die Flucht sein. Das war zumindest mein Plan gewesen, bis ich Lexian entdeckte, der ein weinrotes Sakko und ein weißes tailliertes Hemd trug. Er hatte seinen Platz auf der anderen Seite der Tafel, ungefähr mittig zwischen den Obigen und der arroganten Mitfahrerin mit dem Federkleid aus der Limousine.

«Allegra», sagte er zu allem Überfluss auch noch so laut, dass fast alle am Tisch ihre Augen erst auf ihn und dann auf mich richteten.

Als uns selbst diejenigen musterten, die am weitesten weg saßen, hob er sein Kristallglas an und prostete mir provokant zu.

Was wollte er damit bezwecken? Vielleicht genau das, was ich tunlichst zu vermeiden versuchte. Die Aufmerksamkeit auf mich ziehen. Innerlich kämpfte ich mit einem Schwert gegen einen feuerspeienden Drachen, aber äußerlich griff ich zu dem bereits gefüllten Wasserglas vor mir und nickte ihm so erhaben wie möglich zu.

Sein überhebliches Lächeln demonstrierte mir nur allzu deutlich, wie sehr er seine Überlegenheit auskostete.

Die erste Prüfung

Nachdem sich auch die Restlichen von uns an ihren festgelegten Plätzen eingefunden hatten, ging es recht zügig mit dem abendlichen Programm los. Die Obigen schienen nicht lange zu fackeln. Hatten sich eben noch einige von uns mit ihren Tischnachbarn unterhalten, wurde es nun schlagartig still in dem gigantischen Saal.

Diegorus, der für einen Mann überdurchschnittlich groß war, erhob sich geschmeidig von seinem Thron und schaute mit einer Seelenruhe in die Runde. Die mächtige Energie, die das Oberhaupt der Erfüllten ausstrahlte, drang mir bis in die letzte Pore. Auch wenn ich nur Verachtung für ihn übrighatte, konnte ich mir lebhaft vorstellen, dass seine Untertanen einen Heidenrespekt vor ihm hatten. Grausame Geschichten bezüglich seiner gnadenlosen und skrupellosen Art, Menschen zu bestrafen, hatte ich schon zur Genüge gehört. Bei seinem Anblick glaubte ich jede Einzelne.

«Willkommen.» Allein dieses eine Wort aus dem Mund des Mannes mit den rauchgrauen Augen sandte ein Vibrieren durch den Saal.

Das Glas der Frau in Aquamarin zu meiner Linken schwankte gefährlich, so stark zitterten ihre zartgebräunten Hände.

«Ich begrüße Sie alle zu diesem Abend der Musterungen. Ich freue mich, dass acht Damen Teil der Erfüllten werden möchten. Obwohl Sie sicher schon von Ihrem Zuständigen etwas zu dem Ablauf erfahren haben, werde ich Ihnen jetzt erneut in meinen eigenen Worten erklären, was gleich auf Sie zukommt.»

Ich schaute mit einem grimmigen Blick zu Lexian hinüber, aber dieser ignorierte mich geflissentlich. Da die anderen sieben Frauen bei den Worten von Diegorus zustimmend nickten, war ich offensichtlich die Einzige, die nicht vorab in das Abendprogramm eingewiesen worden war.

«Sie müssen wissen, dass es einer Ehre gleicht, ein Teil unserer Gesellschaft zu sein. Sie haben sicherlich eine Vorstellung davon, wie Ihr Leben hier aussehen wird. Bei uns haben Sie keine Sorgen, leben in Wohlstand und Reichtum und werden außerdem zu der optisch optimiertesten Version Ihrer selbst.»

Ich biss die Zähne zusammen. Der Kopf der Erfüllten gab das Bild eines Sektenführers ab, der die Menschen mit Versprechungen gefügig machen wollte. Er sprach so selbstverständlich von dieser Welt, als wäre es etwas Erstrebendes, sich in eine Kunstfigur zu verwandeln.

«Das wird wahrscheinlich nichts Neues für Sie sein. Ich verrate Ihnen etwas. Viele sehnen sich nach diesem Leben, werden aber aufgrund ihrer Gene niemals dazugehören. Doch für Sie ist es nicht länger nur ein Traum.» Er pausierte kurz, damit seine Worte nachhaltig in die Köpfe der Anwesenden sickern konnten. «Die Lage außerhalb der Mauer ist katastrophal. Die ganze Armut, die schreckliche Gewalt und die unglücklichen Mienen, denen man dort tagtäglich begegnet. Eine wahrhaft grauenvolle Art zu leben.»

Mittlerweile gruben sich meine Zähne schmerzhaft in die Innenwand meiner Wangen. Der metallische Geschmack von Blut lag auf meiner Zunge, aber ich wusste nicht, wie ich die Situation sonst ertragen sollte. Wie er unsere Welt in den Dreck zog. Wie er über uns sprach. Meine Hände ballten sich unter dem Tisch zu Fäusten. Ein unbändiger Zorn pumpte durch meine Venen und meine Muskeln waren zum Zerreißen gespannt. Lexian warf mir einen drohenden Blick zu und das eiskalte Blau in seinen Augen sandte mir eine überdeutliche Warnung. Es glich einer Höllenqual, sich bei diesem verlogenen Gerede zurückzuhalten, aber ich gab mein Bestes. Für Lamirah. Für Tabitha und Arden. Ich lockerte meine Fäuste. Der Schmerz der Verkrampfung kroch durch meine Hände. Gut so. So konnte ich meine Aufmerksamkeit von der Wut weglenken. Emina schien meine angespannte Haltung ebenfalls nicht entgangen zu sein. Ihr angedeutetes Nicken war so zaghaft, dass es keiner außer mir wahrnehmen konnte. Doch mir bedeutete diese kleine Geste, diese erneute Offenbarung ihrerseits, unfassbar viel. Ich war nicht die Einzige, die nicht ganz freiwillig hier war. Das wusste ich nun mit Bestimmtheit.

«Reden wir nicht länger über diese törichte Welt. Schließlich haben Sie alle dieser für immer den Rücken gekehrt. Wir werden nach meiner Ansprache gleich mit den Musterungen starten. Es wird abwechselnd jeweils eine von ihnen zu uns nach vorn gerufen und dann von den Experten an meiner Seite», er zeigte zur Untermalung seiner Worte auf einige der Anwesenden, die neben seinen Söhnen saßen, «begutachtet. Es gibt insgesamt zehn Stufen bei uns, die ein Erfüllter oder eine Erfüllte erreichen muss. Erst dann ist Ihre Entwicklung abgeschlossen und Sie haben das Maximum aus Ihrer Schönheit herausgeholt.»

Dank Eminas Geste hatte ich meine Emotionen zumindest wieder etwas unter Kontrolle.

«Vielleicht noch eine kurze wichtige Anmerkung», sprach Diegorus weiter. «Sollte jemand von Ihnen zwischen Stufe eins und vier eingestuft werden, erfüllen Sie lediglich die Mindestanforderungen. Das bedeutet, dass Sie von den vielen Vorzügen unserer Welt noch nicht profitieren dürfen. Erst ab Stufe fünf erhalten Sie monatlich Ihren Lohn, werden zu unseren Festen eingeladen und kommen in den Genuss weiterer Vorteile. Und Ihre Familien bekommen im Übrigen auch erst das ihnen zustehende Geld, wenn Sie weiter aufgestiegen sind.»

Aha. Man wurde also vorerst von all den *wunderbaren* Dingen ausgeschlossen, wenn man in ihren Augen nicht hübsch genug war.

«Gern stelle ich Ihnen noch kurz die Zuständigen für die Schönheitseinstufung vor.»

Die nächsten fünf Minuten nickten uns zehn verschiedene Erfüllte nach der Erwähnung ihres Namens zu und machten sich so zum Aushängeschild für die jeweilige Einstufung. Jeder wirkte optimierter als der andere, und ich kam mir wie die Zuschauerin eines skurrilen Puppentheaters vor.

Ich hatte zuvor nichts von diesen Stufen gehört. Zwar wusste ich, dass sie Wert auf eine Rundum-Optimierung legten, aber dass sie so akribisch vorgingen, war mir neu.

«Miss Toula Toxaz», erklang Diegorus' Stimme erneut.

Scheinbar musste die Erste von uns ihre Musterung antreten. Die angesprochene Frau erhob sich mit vorgestrecktem Kinn und lief zielstrebig in ihrem hellblauen Kleid an den Kopf der Tafel.

Das Oberhaupt der Erfüllten richtete ein paar Worte an sie und bedeutete ihr dann, sich in den großen Glaskasten zu begeben. Ich reckte meinen Kopf, um einen Blick auf das zu erhaschen, was im Inneren thronte. Ich meinte eine überdimensionale Waage und eine Art Servierwagen mit Kosmetikutensilien und irgendwelchen eigenartigen Geräten zu erkennen. An der gegenüberliegenden Seite stand eine Art großer Sessel mit einer nach hinten geneigten Rückenlehne neben einem kleinen Tisch. Wir mussten wirklich in einen gläsernen Käfig, um uns begutachten zu lassen? *Heimtückischer geht es wohl nicht*, dachte ich und hoffte inständig, dass der Abend ganz schnell vorbei wäre.

Während die erste Prüferin von ihrem Platz aufstand und sich, gefolgt von einem schnellfüßigen Diener, der ein kleines

Tablet trug, zu der Erfüllten gesellte, wurden die Restlichen von uns von der großen aufschwingenden Tür abgelenkt. Es traten geschätzt zehn Bedienstete ein. Sie alle trugen eine schwarz glänzende Fliege und ein weißes Hemd und balancierten jeweils mehrstöckige Servierplatten mit kunstvollen Gebilden auf ihren Händen. Sie teilten sich gleichmäßig auf und liefen dann auf beiden Seiten der Stuhlreihen entlang, um die verschiedenen Speisen auf der Tafel abzustellen. Ich ließ meine Augen über die elegant drapierten Gerichte wandern. Wenn man nicht hinter den Schleier schaute, konnte man sich von diesen Speisen eindeutig verführen lassen. Sie sahen aus wie in den Gourmet-Restaurants, die es vor einigen Jahren auch noch auf unserer Seite der Mauer gegeben hatte.

«Wir sollten uns zumindest etwas gönnen», flüsterte mir Emina ins Ohr. Sie zeigte mit ihrem Kinn in Richtung der Etageren und animierte mich dazu, genauso herzhaft zuzugreifen, wie sie es tat.

Ich schaute an ihr vorbei zu Elspeth und registrierte, dass sie sich ebenfalls an dem kleinen Buffet bediente. Klein traf zumindest auf die Portionsgrößen zu.

Mit einem Lächeln in Eminas Richtung schloss ich mich den beiden an. Die Wahl fiel mir nicht allzu leicht, da ich den Großteil der aufgetischten Speisen nicht kannte.

«Ich glaube, das meiste ist irgendein exotisches Gemüse. Das wird angeblich nur innerhalb der Mauern angebaut», versuchte Emina, die meinen ratlosen Blick bemerkte, mich zu erleuchten. «Probieren wir uns einfach mal durch.»

Ich zuckte mit den Schultern und belud meinen Teller mit den farbenfrohen zu Blüten geformten Häppchen. Sie waren alle mit einer Soße beträufelt, die sie wie ein abstraktes Kunstwerk wirken ließen. «Was meinst du, wie sie sich schlägt?», richtete ich mich an meine Verbündete, während ich die tulpenähnliche orangefarbene Speise kostete.

Emina antwortete nicht gleich, sondern schaute fast schon

vorwurfsvoll von meiner Gabel zu dem Kleid der arroganten Frau gegenüber von uns, dessen Farbe exakt wie die des Gemüses aussah, das ich mir gerade zum Mund führte. Ich warf ihr einen leicht amüsierten Blick zu, bevor wir beide grinsten.

«Ich weiß es nicht», nahm sie den Gesprächsfaden wieder auf. «Schön ist sie, keine Frage. Aber das sind wir ja alle. Wenn sie niedrig eingestuft wird, liegt es wahrscheinlich mitunter an ihren Gesichtszügen, denke ich. Die sind nicht allzu ausgeprägt.»

«Du scheinst dich mit den Schönheitsidealen gut auszukennen», bemerkte ich, während ich mir die Mundwinkel mit einer Serviette säuberte.

«Meine Mutter war früher Kosmetikerin, also zu der Zeit, als es auch bei uns noch Schönheitssalons gab», erwiderte sie leicht bedrückt. «Da habe ich das ein oder andere mitbekommen.»

Ich nickte ihr verstehend zu und fokussierte mich wieder auf die Frau im Käfig. Mittlerweile war einer der anderen Prüfer bei ihr. Wenn ich mich richtig erinnerte, war er für die Fitnesseinstufung zuständig. Meine Vermutung wurde sogleich bestätigt, als ich sah, wie er sie auf die Waage steigen ließ und wahrscheinlich ihr Gewicht oder sonstige Erkenntnisse in sein Tablet tippte.

Als ich genauer auf Eminas Worte eingehen wollte, hielt ich plötzlich inne. Irgendjemand schien mich zu mustern, denn ich spürte deutlich einen Blick auf mir ruhen. Ich rechnete damit, dass es Lexian war, der sich vergewissern wollte, dass ich mich benahm, aber dieser war in ein angeregtes Gespräch mit seiner Tischnachbarin vertieft. Ihre Haare waren am heutigen Abend aufwendig hochgesteckt und auch ihr dunkles Make-up wich deutlich von ihrer Kosmetikauswahl von heute Mittag ab. Es war Camelia. Zu allem Übel war sie eine der Prüferinnen. Ihre Missbilligung hatte sie mich bereits überdeutlich spüren lassen und ich freute mich jetzt schon darauf, mich später von ihr begutachten zu lassen. Sie und Lexian waren das perfekte Paar. Zumindest ging ich nach ihrer kurzen Unterhaltung von vorhin davon aus, dass sie zusammen waren. Beide waren überirdisch schön und unterirdisch menschlich.

Mein Beobachter schien mich immer noch anzustarren, denn an meinem unangenehmen Gefühl hatte sich nichts geändert. Nachdem ich die meisten Gesichter gescannt hatte, ertappte ich ihn endlich. Als ich seinen wachen Blick erwiderte, schaute er sofort weg und widmete sich interessiert seinem Teller.

Wer ist das noch gleich?, überlegte ich. *Der Zuständige für den Bereich Schönheitschirurgie*, erinnerte ich mich wieder. Wieso hatte er mich so eindringlich gemustert? Vielleicht überlegte er schon eifrig, was es an mir alles zu optimieren gab. Bevor ich mich auch nur einer Schönheits-OP unterzog, durfte ich nicht mehr hier sein. Meine Flucht musste mir davor gelingen, denn diese Art der Misshandlung würde ich mir keinesfalls antun. Niemand würde ohne meine Einwilligung so nachhaltig in meinen Körper eingreifen.

Wie Emina wohl darüber dachte? Immer noch irritiert, drehte ich mich wieder in ihre Richtung. Sie war in ein Gespräch mit Elspeth vertieft, weshalb ich mich erneut den bunten Köstlichkeiten vor mir widmete. Genau wie die Pilzpfanne von Yessenia schmeckten sie vorzüglich. Es überraschte mich, dass ich mir dies so offen eingestand, aber warum konnte ich mir nicht die positiven Dinge rauspicken und sie dann auf Lamirahs und mein Leben übertragen? Sie würde sich bestimmt freuen, wenn ich unser frisches Gemüse zur Abwechslung mal in Blütenform und nicht in kleine Stücke geschnitten zum Abendessen auftischte.

«Miss Elspeth Xunzo.» Die einnehmende Stimme von Diegorus ließ mich hochfahren. Elspeth war dran. Als sie mit einem nervösen Blick an mir vorbeilief, schenkte ich ihr ein zuversichtliches Lächeln, das sie dankbar erwiderte.

Ich musste unweigerlich wieder an den Moment in der Limousine denken. Mit bloßem Auge konnte keiner erkennen, dass eines ihrer Beine kürzer war als das andere. Aber wer wusste schon, wie geschult die Augen dieser Prüfer waren. Unwillkürlich fragte ich mich, was Elspeth für eine Geschichte hatte. Wieso sie hier war. Denn genauso wie Emina hatte ich bei ihr das Gefühl, dass sie hinter den Schleier der schönen Gesichter blicken konnte.

Als hätte Emina meine Gedanken gelesen, hörte ich sie kurz darauf im Flüsterton sagen: «Sie ist eine von uns.»

«Das dachte ich mir schon», erwiderte ich.

Wie viele von den Erfüllten waren überhaupt aus freien Stücken hier? Wer wusste schon, ob die Mehrzahl der Optimierteren einst auch so menschlich gewesen war wie meine alte Klassenkameradin Zara?

Toula, deren Name ich bei der Verkündung von Diegorus erfahren hatte, saß mittlerweile deutlich entspannter auf ihrem Platz als vor der Musterung.

«Ich glaube, ich habe gute Chancen», sagte sie wie aus dem Nichts in meine Richtung.

«Das freut mich. Dann drücke ich dir die Daumen, dass du hoch eingestuft wirst.»

Sie musterte mich skeptisch. «Wieso?»

«Was meinst du?»

«Wieso du mir die Daumen drückst? Du kennst mich doch gar nicht.»

«Du hast mich doch angesprochen.»

Daraufhin schnaubte sie nur und widmete sich wieder ihrer Nachbarin in dem orangefarbenen Kleid.

Emina hatte das Ganze mitbekommen und schüttelte nur unverständlich den Kopf. «Jetzt weißt du auch, warum sie sich so gut mit der Federfrau versteht.»

«Nennen wir sie jetzt so?», wollte ich mit einem angedeuteten Grinsen von ihr wissen.

«Ja, das lege ich jetzt mal so fest.»

Ich musste schmunzeln und schüttelte den Kopf über ihre unverblümte Art. Auch wenn mir die Frage zu ihrem Hintergrund unter den Nägeln brannte, war dies nicht der richtige Ort für diese Art von Unterhaltung.

Ich nahm einen großen Schluck aus dem Kristallglas, dessen Rand eine Melonenscheibe zierte, und spürte erneut einen Blick auf mir. Automatisch ließ ich meine Augen wieder zu dem Zuständigen für Schönheitschirurgie wandern. Das Spiel wiederholte sich und er schaute postwendend zur Seite. Ein mulmiges Gefühl breitete sich in meinem Körper aus. Warum war er so interessiert an mir?

«Guck dir das mal an.» Emina tippte mir auf die Schulter. Ich war ihr dankbar für die willkommene Ablenkung, denn der seltsame Beobachter brachte mich durcheinander. Ich folgte ihrem Blick und wusste sofort, worauf sie anspielte. Elspeth saß auf einem geschwungenen Stuhl und wurde von einer der Prüferinnen mit einem UV-Gerät bestrahlt. Es sah aus wie eine Waffe aus dem Weltraum. Die mit einem schwarz-grünen Rock bekleidete Frau hielt es konzentriert auf Elspeths Mund gerichtet und machte sich hin und wieder Notizen.

«Elspeth muss sich gerade wie ein Hund beim Tierarzt vorkommen, dessen Maul man auf Zahnstein überprüft.»

Ihr makabrer Spruch war so passend, dass er fast schon lustig war, aber zum Lachen war mir nicht zumute. In Eminas Stimme hatte Verachtung mitgeschwungen und ich schätzte, dass es ihr genauso schwerfiel wie mir, das ganze Prozedere mitanzuschauen, geschweige denn es demnächst über sich selbst ergehen zu lassen.

«Ich kann da gar nicht hinsehen», gab ich ehrlich zu.

«Ja, konzentrieren wir uns lieber auf die angenehmen Dinge hier. Und da es davon nicht viele gibt, würde ich sagen, dass wir noch eine Kleinigkeit essen. Lass uns mal was von den Margeriten da hinten probieren.»

Das Essen war wirklich so ziemlich das Einzige, was man

hier als angenehm betiteln konnte. Nach einem zustimmenden Nicken meinerseits griff sie nach dem filigranen Porzellanlöffel auf dem Tablett und lud uns jeweils drei essbare Blüten auf die Teller.

«Du weißt ja, die Anzahl der Blumen muss immer ungerade sein.»

Ich gab ein leichtes Schmunzeln von mir und fragte mich, wie es ihr möglich war, bei dem ganzen Wahnsinn ihren Humor zu behalten.

«Denkst du, es gibt einen Grund, warum hier nur Obst und Gemüse aufgetischt wird?» Ich hatte die verschiedenen Servierplatten nicht nur einmal genauer in Augenschein genommen, aber hatte weder Fleisch, Fisch noch Käse ausmachen können, obwohl das typische Speisen unseres Landes waren.

«Dreimal darfst du raten, warum sie hier nichts Fettiges oder Mächtiges servieren.»

Sie schaute zur Untermauerung ihrer Worte an ihrem schlanken und trainierten Körper hinab und da machte es Klick in meinem Kopf. Wieso war ich da nicht gleich darauf gekommen?

«Denkst du, dass unser täglicher Ernährungsplan so aussehen wird?», fragte ich sie mit großen Augen, während ich mir eine meiner lockigen Haarsträhnen hinter das Ohr strich.

Ich liebte Obst und Gemüse und sorgte auch immer dafür, dass bei Lamirah und mir jeden Tag genug Vitamine auf den Tisch kamen, aber nur von Grünzeug wurde man auf Dauer bestimmt nicht satt.

«Keine Sorge. Ich habe die Tage auch schon Reis und Fisch gegessen, so ist es nicht. Aber pflanzliche Lebensmittel machen den Großteil unserer Mahlzeiten aus.»

«Seit wann bist du denn schon hier, Emina?» Irgendwie war ich davon ausgegangen, dass wir alle erst heute angekommen waren.

«Seit letztem Freitag.»

Sie schien meinen verwirrten Blick zu registrieren und wurde ausführlicher. «So wie Cinya es mir erzählt hat, findet die Musterung der Frauen jeden Mittwoch- und die der Männer jeden Montagabend statt. Cinya ist übrigens die Erfüllte, die für mich zuständig ist.» Interessant. Auch, dass sie ihre Begutachtungen nach Geschlechtern aufteilten.

«Das war echt nicht ohne», ertönte plötzlich Elspeths Seufzen hinter uns. Sie hatte die Musterung überstanden und ließ sich erschöpft auf ihren Stuhl fallen. Die kleinen transparenten Blüten auf ihrem zarten Kleid ließen die Köpfe hängen und unterstrichen ihre bedrückte Stimmung.

«Und?» Emina konnte es scheinbar nicht abwarten, von ihrer Musterung zu hören.

Im nächsten Moment wurden wir allerdings erneut von Diegorus' Stimme abgelenkt, der die Frau in dem schwarzen Kleid zu sich nach vorn rief, damit auch sie ihre Musterung antrat.

«Miss Allegra Aaqur.»

Das erste Mal an diesem Abend lief mir ein eiskalter Schauer über den Rücken. Außerdem fragte ich mich wieder, woher die Erfüllten meinen Namen kannten. Nicht nur meinen Vornamen, sondern auch meinen Nachnamen. Das musste ich unbedingt herausfinden, doch nun ging es zuerst darum, diese Prüfungen hinter mich zu bringen.

Wie selbstverständlich stand ich auf und lief auf den Glaskäfig zu, den heute Abend schon mehrere Frauen von innen hatten mustern dürfen. Elspeths und Eminas «Du schaffst das.» nahm ich nur am Rande meines Bewusstseins wahr. Meine Bewegungen waren mechanisch, fühlten sich an wie ferngesteuert. Und doch war ich es, die keine Minute später mit einem mir selbst fremden Erscheinungsbild dem Oberhaupt der Erfüllten von Angesicht zu Angesicht gegenüberstand.

«Allegra, es freut mich, Sie zu unseren heutigen Gästen dazuzählen zu dürfen.» Das schmale Lächeln, das er nach seiner persönlichen Begrüßung auflegte, hätte unechter nicht sein können.

Auch wenn ich vorhin schon gespürt hatte, wie kalt dieser Mensch war, ihn jetzt so direkt zu erleben, ließ mir das Blut in den Adern gefrieren. Er war seelenlos. Genau das sagte mir mein Bauchgefühl überdeutlich. Die unzähligen Ausrufezeichen, die es in meinem Geist aufflackern ließ, warnten mich. Ich musste diesen Mann um jeden Preis meiden.

«Vielen Dank. Es ist mir eine Ehre, hier sein zu dürfen», sagte ich den Satz auf, den ich mir vehement in mein Hirn gehämmert hatte. Auch mein Lächeln hatte nichts Echtes. Wie auch?

Der nicht zu deutende Blick des weißblonden Mannes ruhte für den Bruchteil einer Sekunde auf mir, bevor er mich mit einer Handbewegung dazu anwies, in die gläserne Prüfungskammer zu treten.

Es kostete mich einiges an Energie, in den unsagbar hohen Schuhen über den Boden zu schreiten. Meine Füße ließen mich unweigerlich wissen, dass ihnen die Anstrengungen des Abends deutlich zu schaffen machten. Außerdem war ich mir sicher, dass man mir meine Ungeübtheit ansah. Trotzdem war ich bis jetzt nicht einmal ins Straucheln geraten.

Ich spürte, wie sich die Augen aller Anwesenden im Saal in meinen Rücken brannten. Wie ein Mal, das alle Hautschichten durchdrang und den Blick auf mein Innerstes freigab. Ich redete mir gut zu, um das Gefühl des Ausgeliefertseins abzuschütteln. Die wenigen Schritte, die ich zurücklegen musste, zogen sich wie Kaugummi und bei jedem, den ich tat, fühlte ich mich nackter. Aus diesem Grund war ich sogar fast erleichtert, als mich die erste Prüferin ansprach und somit meine Aufmerksamkeit auf sich und weg von der unangenehmen Atmosphäre im Raum und meiner Innenwelt lenkte.

Die dunkelhaarige Frau lief einige Male hochkonzentriert um mich herum. Sie musterte jeden Millimeter meines Outfits, was meinem Körper eindeutig zu missfallen schien. Ich musste meine ganze Kraft mobilisieren, damit sich meine Muskeln nicht anspannten und meine Haltung locker und gleichzeitig aufrecht blieb.

Sie warf einen letzten akribischen Blick auf meine feinen Samtschuhe, bevor sie sich von dem Diener ihr Tablet reichen ließ. Sie tippte die Worte Farbgefühl, Proportionen und ein paar weitere, die ich nicht mehr lesen konnte, ein, und verabschiedete sich mit einem Nicken von mir.

Wie Elspeth bereits erzählt hatte, schienen sie den modischen Geschmack lediglich anhand des heutigen Outfits zu beurteilen.

Als Nächstes stand ein schwarzhaariger Mann mit einem überaus gepflegten Bart vor mir. Er war für die körperliche Fitness zuständig und auch an seinen Namen konnte ich mich erinnern. Toygar.

Er kam gleich zur Sache. «Bitte ziehen Sie Ihre Schuhe aus und stellen Sie sich dann auf dieses Gerät dort.»

«Okay», erwiderte ich, stützte mich an dem Servierwagen ab und schlüpfte aus den engen Sandaletten. Ich trat mit meinen nackten, leicht geschwitzten Füßen auf die Trittfläche des klobigen Metallgeräts und wartete auf weitere Anweisungen.

Doch er schien Besseres zu tun zu haben. Er starrte voll konzentriert auf das große Display, das sich ungefähr auf der Höhe meiner Hüfte befand, und schien sich die unzähligen aufblinkenden Werte zu notieren. Viele verschiedene grüne und rote Zahlen tanzten vor meinen Augen.

Nachdem ein lautes Piepen ertönte, richtete der Mann mit dem südländischen Einschlag seine Aufmerksamkeit wieder auf mich. «Sie haben ein bisschen zu viel auf den Rippen, das kann ich Ihnen schon mal sagen. Aber ihre Armut hat ihnen vermutlich in die Karten gespielt, sonst würden sie wahrscheinlich noch mehr überschüssige Pfunde mit sich herumtragen», sprach er mit einer Arroganz, die man erst mal an den Tag legen musste.

Wie bitte? Waren diese Worte soeben wirklich aus seinem Mund gekommen? Wie respektlos konnte man bitte sein? *Reiß dich zusammen. Reiß dich zusammen!* Er zog ein langes Maßband aus seiner Hosentasche und bugsierte mich postwendend an die Glaswand, vor der der protzige Servierwagen stand. Während er sich höchstwahrscheinlich die Zahl Einhundertsiebenundsechzig in seinem ultradünnen elektronischen Gerät notierte, stellte ich mir vor, wie ich ihn mit dem schwarzen Band erwürgte und empfand zumindest ein kleines bisschen Genugtuung.

Mit regungsloser Miene verabschiedete er sich sogleich und begab sich zurück an seinen Platz.

Wieder mit Schuhen an den Füßen wartete ich auf den Verantwortlichen der nächsten Stufe. Ich ließ meinen Blick über die ausladende Tafel schweifen und betete, dass ich dieses verachtende Aufnahmeritual in einem Stück überleben würde. Wie bei den anderen Begutachtungen zuvor waren viele der Anwesenden in Gespräche vertieft, luden sich hier und da etwas von den bunten Gemüse-Häppchen auf die feinen Teller oder leerten die Flüssigkeit in ihren Kristallgläsern. Bis auf ein Augenpaar. Ein Augenpaar, das sich seit unserer ersten Begegnung in mein Gehirn eingebrannt hatte. Der oberste Heerführer hielt seinen argwöhnischen Blick unentwegt auf mich gerichtet. Offensichtlich hatte er mich zu seinem persönlichen Opfer auserkoren und genoss es in vollen Zügen, mir zu demonstrieren, dass er mir mit einem Wimpernschlag das Wichtigste nehmen und mir das Leben zur Hölle machen konnte.

Als ich mit meinen Augen von seiner Gestalt abließ und Diegorus und Esmeray musterte, kam mir ein Gedanke von ganz anderer Natur. Und die Feststellung schockierte mich zutiefst. Wenn ich bis heute Morgen noch der Meinung gewesen war, dass Lexian einer der kaltblütigsten Erfüllten sein musste, kam ich nicht umhin, diese Überzeugung zu revidieren. Nicht einmal er kam mit seiner kalten Aura an die der Oberhäupter heran.

Diegorus' Frau hielt sich den ganzen Abend zum Großteil im Hintergrund. Sie beobachtete das Geschehen mit unbewegter Miene und unterhielt sich zwischendurch immer mal wieder mit ihren Söhnen. Sie trug heute Abend ein bodenlanges hautfarbenes Kleid und hatte sich eine mit Goldpailletten bestickte Stola über die Schultern geworfen. Ihre Augen strahlten in einem Seegrün und ihre Haare hatte sie kunstvoll auf eine Seite drapiert. Das sichtbare Ohr hatte sie mit einem smaragdgrünen Ohrring in Tropfenform geschmückt, der ihr fast bis auf die Schulter reichte.

Die nächsten zwei Prüfungen gingen ebenfalls recht schnell über die Bühne. Erst widmete sich eine kleine zarte Erscheinung meinen Nägeln. Ich war wahrscheinlich die Einzige hier, die sich vor diesem lebensverändernden Event keine umfassende Maniküre gegönnt hatte.

Alyse schien offenkundig pikiert von meiner nicht vorhandenen Handpflege und ließ keine Möglichkeit aus, mich ihre Ablehnung spüren zu lassen. Nachdem sie ihre zarte Nase mehrfach gerümpft hatte, durfte ich meine Hände in einem weißen kastenförmigen Gerät versenken, das meine Nägel auf Beschaffenheit, Form und Stärke überprüfte. Zumindest erschienen diese Begriffe jeweils auf dem Display.

Nach ihr kam die Frau mit dem schwarz-grünen Rock auf mich zu, um mich mit der UV-Waffe unter die Lupe zu nehmen. Während sie meine Zähne mit dem violetten Strahl anvisierte und ich mit verkrampfter Kiefermuskulatur immer weiter in den Stuhl einsank, suchte ich verzweifelt den Blickkontakt zu Emina und Elspeth.

Ich war dankbar für ihre stumme Ermunterung, denn sie

sandten als Antwort postwendend eine Portion Zuversicht in meine Richtung.

Vier der Begutachtungen hatte ich hinter mir und ich konnte es kaum erwarten, mich wieder auf meinen Platz an der Tafel zu begeben und aufzuatmen.

Die nächste Prüferin erhob sich von ihrem Platz und die giftigen Pfeile, die sie mir mit ihren großen Kulleraugen bereits aus der Ferne zuwarf, verhießen nichts Gutes. Ich befürchtete, dass dies der schlimmste Teil des Abends werden würde.

«Dann wollen wir mal sehen, inwieweit du zu noch mehr als Lexians Hausmädchen taugst», zischte Camelia wie eine gefährliche Giftnatter, als sie sich direkt vor mir aufbaute. «Lexian scheint irgendetwas in dir zu sehen, was meinen Augen verschlossen bleibt.»

Ihre Worte waren eine unmissverständliche Warnung und sie sickerten nur langsam in mein Bewusstsein. Sie war doch nicht wirklich …? Und dann traf mich die Gewissheit unvermittelt. Doch, sie war eifersüchtig. Eifersüchtig auf *mich*. Ich konnte es nicht fassen. Wie kam sie auf die abstruse Idee, dass …?

Camelia schubste mich förmlich in den ausladenden Stuhl. Sie zog sich den Servierwagen heran, auf dessen zweiter Ebene sich Kosmetikutensilien befanden, und unterbrach somit meine Gedankenschleife.

Mit der geballten Wut eines brodelnden Vulkans setzte ich mich aufrecht hin und dachte an meine kleine Schwester und meine Freunde. Die Menschen, für die ich stark sein und meinen Zorn unterdrücken musste.

Während Camelia mein Gesicht haargenau betrachtete und sich hin und wieder Notizen auf ihrem Tablet machte, vermied sie es glücklicherweise, mich weiterhin zu beleidigen. Sie schwieg und konzentrierte sich einzig und allein auf ihre Arbeit. Wenn man das irre Anstarren eines Menschen denn als Arbeit bezeichnen konnte.

Als Nächstes stellte sie mir einige Fragen: Ob ich schnell einen Sonnenbrand bekam, zu Sommersprossen neigte und etliche weitere. Währenddessen betete ich, dass sie bald mit mir fertig war und ich es derweil schaffte, mich verbal zurückzuhalten. Denn das falsche Lächeln dieser arroganten Erfüllten in Dauerschleife vor meinem Gesicht zu ertragen, war die eigentliche Prüfung für mich.

«Endlich bin ich erlöst», sprach sie nach einer Weile und machte prompt auf dem Absatz kehrt.

Endlich war sie erlöst?! Hatte sie vielleicht irgendetwas verwechselt? Mit angespannter Kiefermuskulatur blickte ich ihr fassungslos nach.

So wie sie durch den Saal schwebte, konnte man fast meinen, dass sie die hohen Schuhe selbst in ihren feinen Gemächern trug. Ihr Gang war elegant und grazil und der Wimpernaufschlag, den sie Lexian schenkte, als sie sich wieder an seine Seite gesellte, vollendete ihre Anmut in Perfektion. Sie war ein Blickfang, das musste ich zugeben.

Wenn ich den Teil überstanden habe, werde ich auch die letzten fünf Runden schaffen, sprach ich beruhigend auf mich ein, während der Zuständige für Dermatologie auf dem Weg zu mir war.

Der muskulöse Mann im mittleren Alter griff direkt nach einer antikaussehenden Lupe und näherte sich mit ihr meinem Gesicht. Sein Auge, das mich hinter dem Vergrößerungsglas anstarrte, als wäre ich ein interessantes Insekt, löste schlagartig Beklemmung in meinem Brustraum aus. Es fühlte sich an, als würde er mit einer zentnerschweren Last zusammengepresst werden. Ich konnte nicht mehr frei atmen, bekam keine Luft mehr. Diese Prüfungen verlangten mir einfach zu viel ab.

Die Erfüllten überschritten meine persönlichen Grenzen und ich konnte nichts dagegen tun. Fühlte mich hilflos wie ein alleingelassenes Kind. Ich musste meinen Körper wieder unter Kontrolle kriegen. Ich musste einfach. Wenn ich jetzt aus dem

Saal flüchtete ... Wer wusste schon, wie Lexians Konsequenzen aussehen würden. Sicherlich würde der furchteinflößende Krieger jeden Stein abseits der Mauer umdrehen, um Lamirah aufzuspüren und sie in diese Welt zu verschleppen.

Der Erfüllte musterte meine Haut weiterhin akribisch und ich kämpfte tief im Inneren mit meinen überbordenden Emotionen.

Meine Schwester erschien vor meinem inneren Auge. Sie blickte mich traurig und enttäuscht an. Ich hatte ihr gerade mitgeteilt, dass sie mich nicht umstimmen konnte und ich sie keinesfalls zu dem Handel mit Lexian mitnehmen würde.

Die Betrübtheit in ihren Augen ging in diesem Moment ungewollt auf mich über. Das war nicht das Bild der Lamirah, das ich sehen wollte, wenn ich an sie dachte. Ich wollte, dass sie lächelte und glücklich war. Mir fehlte ihre Unbeschwertheit, ihre Albernheit. All das war seit dem Tod unserer Eltern wie vom Erdboden verschluckt und ihre Fröhlichkeit tief unter den seelischen Trümmern vergraben. Ich musste einen Weg finden, damit sie wieder mehr das Mädchen wurde, das von ganzem Herzen lachen konnte. Und dafür würde ich alle Hebel in Bewegung setzen. Als Erstes musste ich diese Prüfung überstehen, ohne negativ aufzufallen.

«Das hätten wir geschafft.»

Bei den Worten des unsympathischen Mannes schreckte ich unweigerlich zusammen. Ich hatte mich so tief in meinen Geist zurückgezogen, dass ich alles um mich herum ausgeblendet hatte. Mein Körper hatte sich auch wieder beruhigt und mein Brustkorb fühlte sich lange nicht mehr so zugeschnürt an. Die Gedanken an meine Schwester hatten mir geholfen, die sechste Prüfung hinter mich zu bringen.

Der Mann mit dem weißen Hemd, der mich nun nicht mehr durch eine Lupe betrachtete, warf mir einen skeptischen Blick zu. Scheinbar ging er davon aus, dass meine fröhliche Miene ihm galt. Umso besser, denn wenn Lexian mich immer noch beobachtete, dachte er vielleicht, dass ich an dieser abstrusen Veranstaltung Gefallen fand. Hochmütig genug, um das zu glauben, war er jedenfalls.

«Wir sind noch nicht fertig. Der eigentlich Teil der Prüfung kommt erst jetzt.» Er schürzte seine schmalen Lippen und blickte mich herausfordernd an.

Ich schluckte. Es war noch nicht vorbei.

Ohne ein weiteres Wort griff er zu einem elektronischen Gerät und schaltete es ein. Eine Art breiter Laserstrahl erschien. Er ließ ihn von meinem Kopf über meinen Körper wandern und wirkte hochkonzentriert. Als das Licht meine Füße erreichte, ertönte ein leises Piepen.

Was hatte das zu bedeuten?

«Aha. Sie scheinen eine Hautauffälligkeit an Ihrem linken Fuß zu haben. Ziehen Sie Ihren Schuh aus, damit ich sie mir genauer anschauen kann.»

Mir klappte die Kinnlade nach unten. Die Erfüllten hatten ein Gerät entwickelt, dass Narben erkennen konnte? Anders war es nicht zu erklären, dass es auf der Höhe meiner Füße ausgeschlagen hatte. Doch das Schlimmste war nicht einmal, dass ich ihm meine Ferse präsentieren musste, sondern das, was Emina in Kürze erwarten würde. Sie schien mit ihren Narben deutlich mehr zu kämpfen zu haben als ich und mir drängte sich die unweigerliche Frage auf, wie man es über sich bringen konnte, seinen Oberkörper vor all den Anwesenden in diesem Saal zu entblößen. Würde er das von ihr verlangen?

«Ja, ich habe ein Brandmal an meiner linken Ferse. Schon seit ich klein bin», sagte ich neutral, während ich aus meinem Schuh schlüpfte.

Der Dermatologe musterte mich überraschenderweise recht interessiert und griff wieder zu der Lupe, die er in der Zwischenzeit in der Brusttasche seines Hemdes verstaut hatte.

Wie ich geahnt hatte, schrak er kurz darauf zurück und steckte die Lupe postwendend wieder an ihren Platz. «Das wird einen großen Einfluss auf die Musterung haben. Das ist Ihnen sicher bewusst?» Mit seinem abschätzigen Tonfall ließ er mich überdeutlich spüren, wie abstoßend er die Überbleibsel des Unfalls aus meiner Kindheit fand.

«Ja. Allerdings hoffe ich, dass ich nicht ausschließlich darauf reduziert werde. Schließlich bin ich mehr als die Narbe an meinem Fuß.» Vielleicht war es nicht klug, diese Worte auszusprechen, aber ich konnte nicht anders. Dieses grauenhafte Prozedere war mehr, als ich verkraftete. Zumindest einen Funken Stolz musste ich mir bewahren.

Der irritierte Blick des attraktiven Mannes sprach Bände, allerdings ließ er es dabei bewenden. Mit versteinerter Miene begab er sich zurück an seinen Platz.

Ich zog meinen Schuh wieder an und wartete mit hochgestrecktem Kinn und geraden Schultern auf die nächste Runde. Es widerstrebte mir, ihnen auch nur annähernd zu zeigen, was ihre Untersuchungen mit mir anrichteten. Sie hatten es nicht verdient, sich an meinem inneren Schmerz und meiner Wut zu ergötzen.

Die nächste Prüfung war glücklicherweise nicht so erniedrigend. Während der Beauftragte, der für die Augen zuständig war, den kleinen Tisch zu meiner Rechten anvisierte, fragte ich mich, inwiefern man die Schönheit dieses Sinnesorgans messen konnte. Doch selbst dafür hatten sie ihre Vorstellungen, wie ich kurz darauf feststellen musste. Der Mann mit den strahlendsten blauen Augen, die mir je begegnet waren, war etwas redseliger als seine Kollegen, und hatte mir sogleich das Bewertungsschema erklärt. Grüne und blaue Augen waren seltener und wurden so automatisch als außergewöhnlicher und schöner eingeordnet. Folglich bekam man mit braunen Augen direkt weniger Punkte. Doch das war nicht alles. Es wurde außerdem die Symmetrie bewertet und darauf geachtet, ob die Augen durch besondere kleine Sprenkel oder andere Farbunterschiede einzigartiger wirkten als andere.

Meinen missbilligenden Kommentar runterschluckend, wartete ich, bis er fertig war und richtete meine Aufmerksamkeit kurz darauf schon auf eine junge Frau in einem aufgeplusterten Bonbonrosa-Kleid, die sich soeben erhoben hatte. Mit einem falschen Lächeln machte sie sich keine zwei Minuten später daran, meine Haare genauer unter die Lupe zu nehmen. Mit einer Art magnetischem Kamm bewaffnet, fuhr sie mir mehrfach durch meine schokobraunen Wellen, die wie magisch an den Borsten hängen blieben. Noch nie hatte ich so ein Ding gesehen. Wahrscheinlich hatten die Erfüllten eine ganze Gruppe von Entwicklern, die sich diesen innovativen Testinstrumenten widmeten. Gut, dass Yessenia nicht auf die Idee gekommen war, mir eine Hochsteckfrisur zu verpassen. Wahrscheinlich hätte die Prüferin mir sonst den Kopf abgerissen. Ich blickte zu den anderen neuen Erfüllten und stellte fest, dass jede Einzelne ihre Haare offen trug. Ihre zuständigen Erfüllten hatten sie vor der Musterung sicherlich darauf hingewiesen.

Die Frau in dem rosa Fummel untermalte ihre Feststellungen derweil mit mehreren «Ahas.». Allerdings konnte ich anhand ihrer Tonlage nicht annähernd einordnen, welche ihrer Laute positiv oder negativ waren. Nachdem sie ein paar Spritzer von irgendeiner Art Flüssigkeit auf einige meiner Strähnen gesprüht hatte, nickte sie und verabschiedete sich mit einem weiteren unechten Lächeln von mir.

Immerhin macht sie sich die Mühe, meldete sich mein Sarkasmus.

Immer wieder drang das ein oder andere gekünstelte Lachen an mein Ohr. Es fand seinen Ursprung hauptsächlich bei den Erfüllten und ich hatte das ungute Gefühl, dass sie sich über unsere, in ihren Augen, Makel ausließen. Das grelle Licht der mehrstufigen Kronleuchter brannte so hell wie die Mittagssonne. Kleine Pünktchen tanzen vor meinen Augen, als ich den Blick abwendete und den Rest des Raums betrachtete. Ich fragte mich erneut, warum das Ensemble in der Mitte von einem Pool umrahmt wurde und für welche Veranstaltungen dieser Saal sonst diente.

Der oberste Heerführer war erneut in ein Gespräch mit Camelia vertieft und nahm mich erst wieder ins Visier, als sich endlich der letzte Prüfer seinen Weg zu mir bahnte. Das komische Gefühl in meiner Magengegend erinnerte mich wieder an seinen eindringlichen Blick von vorhin.

Der Schönheitschirurg trug eine Glatze sowie eine elegante schwarze Hose zu einem dunkelgrauen Hemd. Seine maßgeschneiderten Gesichtspartien strahlten eine gewisse Vorfreude aus. Vielleicht war er einer derjenigen, die es besonders auskosteten, neue Erfüllte ihre Unzulänglichkeit spüren zu lassen?

«Allegra, es freut mich», sagte er mit einem neugierigen Blick aus seinen moosgrünen Augen.

Ich stutzte. Keiner von ihnen hatte mich bis jetzt persönlich begrüßt. «Die Freude ist auch auf meiner Seite. Hoffentlich bestehe ich diese Prüfung», sagte ich und tat bewusst so, als wäre es mein größtes Glück, eine hohe Stufe zu erreichen und die Vorzüge dieser Welt genießen zu dürfen.

«Du scheinst anders als die anderen», sagte er, während er mit seinen eleganten Händen nach einer Art Kajalstift griff.

War das gut oder schlecht für mich?

«Ich werde jetzt erst mal dein Gesicht markieren, um mir ein besseres Bild von der Symmetrie machen zu können», gab er mir zu verstehen, bevor seinen Worten Taten folgten. «Und mach dir keine Sorgen um dein Make-up. Die Farbe zieht nach wenigen Minuten ein und die Striche werden dann nicht mehr sichtbar sein.»

Mein Make-up ist nun wirklich meine geringste Sorge, dachte ich spöttisch.

Dieser Mensch war mir am suspektesten von allen, denn er sprach nicht so herablassend mit mir wie seine Vorgänger.

Unwillkürlich schaute ich zu Lexian, der, als er meinen Blick erwiderte, ein herausforderndes Lächeln auflegte.

Vielleicht hatte er diesen Prüfer explizit gebeten, mich freundlicher zu behandeln, um mein Vertrauen zu gewinnen? Das konnte er vergessen. So einfach ließ ich mich nicht manipulieren.

«Da bin ich aber beruhigt», sagte ich überfreundlich zu Vicdan, der sich bei der Begrüßung mit Namen vorgestellt hatte, und schenkte dem Heerführer das zuckersüßeste Lächeln, das ich im Repertoire hatte.

Nachdem der Prüfer mit dem *Malen* fertig war, erklärte er mir, was als Nächstes folgte. «Jetzt werde ich mir deinen Körper genauer anschauen.» Der Schönheitschirurg machte mit seinem Tablet ein Foto von mir und ließ seine Finger danach über das Display wandern. Er war hochkonzentriert und ich fragte mich, was er mit dem Bild von mir anstellte.

«Bei dem Programm, mit dem ich mir dein Foto anschaue, handelt es sich um einen Terahertz-Körperscanner», erklärte er.

Ich hatte keine Ahnung, was das bedeuten sollte.

«Es funktioniert ähnlich wie beim Röntgen. So kann ich den Körper unterhalb der Kleidung sehen, um zu beurteilen, ob du dich einer oder mehreren Schönheitsoperationen unterziehen musst.»

O Gott! Also hatte dieser Mann nun eine genaue Vorstellung davon, wie ich nackt aussah? Am liebsten wäre ich auf der Stelle im Erdboden versunken.

«Mach dir nicht allzu viele Sorgen», lenkte er das Thema weg von der schrecklichen Technik. «Ich denke, deine Chancen, hoch eingestuft zu werden, stehen ganz gut. Ich kann dir zumindest schon mal eine Entwarnung geben. Bei mir fällt man nur durch, wenn mehr als eine aufwendige Operation notwendig ist.» Zuversichtlich blickte er mich an.

Hieß das etwa, dass ich mich definitiv unters Messer legen musste? Kurz überlegte ich, die Giftpfeile einzusetzen, derer sich Camelia vorhin bedient hatte, aber ich erinnerte mich gedanklich immer wieder daran, dass dies wahrscheinlich ein

Test war. Ein Test des grausamen Heerführers der Erfüllten.

«Du kannst jetzt wieder an deinen Platz.» Der Chirurg schaute mich freundlich an.

Und wenn er doch nicht so war wie der Rest? Ich schüttelte gedanklich den Kopf über mich selbst. Die Erfüllten waren allesamt seelenlose Wesen. Nur weil dieser anders wirkte, hieß das gar nichts. Gerade er. Als Schönheitschirurg griff er nachhaltig in das optische Erscheinungsbild ein. Es gab wohl kaum einen Experten in der Runde hier, dem man ausgelieferter war. Und abgesehen davon hatten die Erfüllten gute Schauspieler in ihren Reihen. Das demonstrierten immer wieder die Werbespots, in denen sie so glückselig lächelten, dass man ihnen ihre gekünstelte Show fast abnahm.

«Ich wünsche dir alles Gute.» Mit dem vermeintlich echtesten Lächeln, das ich seit Prüfungsbeginn sah, ließ er mich irritiert stehen.

Ich löste mich aus meiner Starre und machte mich grübelnd auf den Weg zu Emina und Elspeth. Vicdan war bei all den Frauen vor mir der letzte Prüfer gewesen, aber da ich während meiner eigenen Musterung mitgezählt hatte, war ich nur auf neun Prüfungen gekommen. Hätten es nicht zehn sein sollen? Als ich zwischen Pool und Sitzreihe entlang lief, wanderte mein Blick automatisch zu dem Prüfer, der sich heute Abend nicht ein einziges Mal von seinem Stuhl erhoben hatte, wie ich nun feststellte.

Er wirkte zurückhaltend und hatte uns ständig auffällig gemustert, aber sonst hatte er sich im Hintergrund gehalten. Hin und wieder hatte man beobachten können, wie er sich Notizen gemacht hatte. Eine seiner Haarsträhnen war ihm dabei immer ins Gesicht gefallen. Wofür war er noch mal zuständig? Es wollte mir beim besten Willen nicht mehr einfallen. Am Ende war es aber auch egal. Ich wäre die Letzte, die sich darüber beschweren würde, wenn die Erfüllten eine der Prüfungen vergaßen.

Wer schön sein muss, darf leiden

«Es hat mich einiges an Kraft gekostet», sagte ich leise zu Emina und Elspeth, als ich meinen Kopf erschöpft gegen die goldene Rückenlehne des Stuhls sinken ließ.

«Kein Wunder», seufzte Emina schwer. «Ich mache mir echt Sorgen. Vor allem wegen», sie schaute mit ihren Augen in Richtung ihres Dekolletés und ich wusste sofort, worauf sie anspielte, «du weißt schon.»

«Du schaffst das, Emina. Ganz sicher. Wollen wir mal hoffen, dass sie zumindest so viel Erbarmen haben, dass du deine Narben nicht vor aller Augen zeigen musst.»

«Ja, hoffentlich», erwiderte sie unglücklich. «Hast du noch irgendwelche Tipps, wie man diesen Alptraum da oben überlebt? Elspeth habe ich schon gelöchert», flüsterte sie. «Ich schätze, sie rufen mich jeden Moment auf. Schließlich bin ich die Letzte.»

«Denk an den Grund, warum du hier bist. Das hat mir geholfen, es durchzustehen, ohne samt meiner Selbstachtung aus dem Raum zu flüchten.»

«Danke», sagte sie und blickte mich mit einem Funken Hoffnung an. «Mir vorzustellen, dass sie alle nackt sind, wird bei den Traumkörpern bestimmt nicht für den gewünschten Effekt sorgen.» Ein angedeutetes Lächeln stahl sich auf ihre Lippen.

«Siehst du, genau deshalb wirst du es schaffen», kam es von Elspeth. «Dein Humor ist unerschütterlich.»

Ich pflichtete ihr nickend bei und hoffte, dass wir ihr zumindest ein bisschen Stärke vermitteln konnten.

«Emina Halour», erklang heute Abend zum achten Mal die schneidende Stimme von Diegorus.

Eminas Gesicht versteinerte sich für einen Moment und glich dem einer regungslosen Statue, bevor sie mit einem aufgesetzten Lächeln elegant vom Stuhl aufstand und sich mit ihren roten Satin-Sandaletten, die auf Knöchelhöhe mit einer Schleife endeten, auf den Weg zu ihrer Prüfung begab. Ich schaute ihr nach und war schier beeindruckt, welche Selbstsicherheit sie ausstrahlte.

Während Emina Prüfung um Prüfung tapfer meisterte, war ich einen Stuhl aufgerückt, um mich besser mit Elspeth unterhalten zu können. Da eine der anderen neuen Erfüllten dies vorhin ebenfalls getan hatte, ging ich davon aus, dass niemand im Saal etwas dagegen hatte. Wir hatten uns über unsere jeweilige Musterung ausgetauscht und dank der lauten Geräuschkulisse im Flüsterton darüber sprechen können, wie befremdlich und erniedrigend die Erfahrung gewesen war. Mir meine Gefühle von der Seele zu reden, war genau das, was ich brauchte, um dieses erschreckende Aufnahmeritual zu verarbeiten, und Elspeth schien es ähnlich zu gehen.

«Ich bin froh, dass wir drei uns kennengelernt haben. Das macht das Ganze zumindest ein kleines bisschen erträglicher», teilte sie irgendwann ihre Gedanken mit mir.

Ich stimmte ihr ohne Umschweife zu.

Als wir mitbekamen, wie der Dermatologe auf Emina zusteuerte, unterbrachen wir unser Gespräch und schauten gespannt und nervös nach vorn. Ich kämpfte schon die ganze Zeit mit meiner Müdigkeit, da mich die schlaflose Nacht und der ganze Tag ziemlich ausgelaugt hatten, aber in diesem Moment war ich hellwach und saß kerzengerade auf meinem Stuhl. Der Prüfer ging genauso vor wie bei mir. Als Erstes musterte er ihr Gesicht mit einer Lupe, bevor er das Gerät einschaltete und den Laserstrahl auf sie richtete. Als er auf

Brusthöhe angekommen war, hielt der Prüfer inne. Unsere Verbündete sprach nach ein paar Worten seinerseits ausführlich mit ihm und ich ging davon aus, dass sie ihn bat, diskret mit ihren Narben umzugehen. Elspeth und ich konnten den Blick nicht abwenden, zu gefesselt waren wir von der Situation, die in ihrer Tragik gleich einem dramatischen Theaterstück gleichen könnte.

Als der Mann mit dem Kopf schüttelte, hielt ich mir schockiert die Hand vor den Mund. Würde er ihr das wirklich antun? Zu meinem großen Entsetzen sah ich im nächsten Moment, wie Emina mit zitternden Fingern ihren roten schmalen Träger von der Schulter löste. Ein Großteil der Anwesenden würde gleich nicht nur ihre Narben, sondern auch ihre entblößte Oberweite erblicken können.

Mein Herz pochte wie wild in meiner Brust. Würde keiner hier etwas sagen? Würden alle nur zuschauen und es zulassen, dass man sie so demütigte? Ich hörte meine rasenden Herzschläge so ohrenbetäubend wie das Läuten von Kirchenglocken. Das konnte ich nicht mitansehen. Das hatte sie nicht verdient. Das hatte keiner verdient.

Ohne über die Konsequenzen nachzudenken, sprang ich auf und zog somit die Aufmerksamkeit aller auf mich. «Das könnt Ihr ihr nicht antun», rief ich kraftvoll, damit mich auch der Dermatologe hören konnte.

Als die Worte meinen Mund verlassen hatten, begriff ich erst, welch weitreichende Folgen meine impulsive Handlung nach sich ziehen könnte. Verdammt. Ich durfte Lamirahs Sicherheit nicht aufs Spiel setzen. Wieso konnte ich mich nicht einfach mal zurückhalten?

Die feindselige Stimmung, die urplötzlich über dem Raum schwebte wie ein Damoklesschwert, ließ mich den Atem anhalten. Lexians Augen standen förmlich in Flammen. Der Rest der Erfüllten blickte mich an, als hätte ich eine Todsünde begangen. Emina hielt währenddessen mit dem Träger in ihrer Hand inne und schien die Reaktion des Dermatologen abzuwarten.

«Allegra Aaqur, das war doch Ihr Name?» Diegorus hatte sich wie in Zeitlupe von seinem Thron erhoben. Sein Blick bohrte sich unerbittlich in meinen.

«Ja, richtig», erwiderte ich so stolz wie möglich. Auch wenn ich innerlich zitterte.

«Was meinen Sie damit? Was tun wir ihr denn an? Dieser jungen Frau hier vorn steht, wie Ihnen allen, ein besseres Leben bevor. Es gibt einen guten Grund, weshalb wir die Musterung durchführen. Schließlich ist es unabdinglich, festzustellen, welche Optimierungen vorgenommen werden müssen, damit sie eine Vollblut-Erfüllte wird. Würden Sie sich bei einem anderen Einstufungstest auch so entrüsten?»

Die Stimme des Mannes sandte mir spitze Eiskristalle über den Rücken. «Nein. Entschuldigt vielmals, so sollte das nicht bei Euch ankommen. Ich finde nur, dass wir alle das gleiche Recht haben. Keine Einzige von uns musste sich öffentlich so entblößen …», versuchte ich mich zu retten.

Diegorus musterte mein Gesicht und schien zu überlegen, wie er mich für meinen Kardinalfehler am besten bestrafen konnte. Doch er reagierte anders als gedacht. Er lachte aus dem Nichts lauthals los. Sein schallendes Gelächter nahm den ganzen Saal ein und klang wie ein Echo, da es nicht mehr aufhörte zu ertönen.

Nachdem die Erfüllten ihre Irritation überwunden hatten, stimmten sie in das irre Lachen ihres Herrschers ein. Bis auf Lexian, dessen Augen lichterloh brannten, und ich wusste genau, dass mein Verhalten ein Nachspiel haben würde.

«Sie scheinen sich für Ihre Überzeugungen einzusetzen. Genau das ist es, was wir brauchen.»

Lobte er meinen Einwand etwa?

«Allerdings kann ich so ein Verhalten keineswegs dulden. Sie sind neu hier und müssen sich noch an unsere Regeln gewöhnen, das ist mir durchaus bewusst. Und nur deshalb erlaube ich es, dass die junge Dame mit Hynes vor die Tür treten darf, damit ihre Prüfung dort fortgesetzt werden kann. Nichtsdestotrotz wird Ihre Respektlosigkeit nicht ohne Folgen bleiben. Ich überlasse es aber Ihrem zuständigen Erfüllten, sich eine gerechte Strafe für Sie einfallen zu lassen.»

Ich nickte ihm dankend zu und setzte mich nach einem Zeichen seinerseits wieder auf die lederne Sitzfläche des Stuhls. Die Unterhaltung schien abgehakt und er hielt tatsächlich sein Wort, denn im nächsten Moment bedeutete er dem Dermatologen gemeinsam mit Emina, die ihren Träger immer noch so fest umklammerte wie einen Rettungsring, den Raum zu verlassen.

Für den Bruchteil einer Sekunde fing ich ihren Blick auf und ich spürte ihre Erleichterung bis auf den Grund meiner Seele. Immerhin hatte ich etwas für sie tun können. Auch wenn ich jetzt dafür bezahlen musste. Lexian anzuschauen, vermied ich instinktiv, denn ich wollte mir die Genugtuung, die ihm ins Gesicht geschrieben stehen musste, nicht antun. Wer wusste schon, was er sich ausdachte, um mich zu quälen? Erfahren würde ich es früh genug. Nur meiner Schwester durfte nichts passieren. Das war das Einzige, womit er mich zerstören konnte. Leider wusste er es.

Elspeth holte mich aus meinen trüben Gedanken. «Du bist total verrückt, Allegra.» Doch anstatt mir einen tadelnden Blick zuzuwerfen, sah ich Anerkennung in ihren Augen aufblitzen. «Und sehr mutig.»

«Ich hätte es nicht mitanschauen können», erwiderte ich ernst.

Sie nickte verständnisvoll. «Ich hoffe, dass deine Strafe nicht allzu schlimm ausfällt. Wobei das von deinem Zuständigen abhängt. Die einen Erfüllten sind grausamer als die anderen. Wie schätzt du ihn oder sie ein?»

«Er ist sogar heute Abend hier.»

«Dein Zuständiger ist hier? Wer ist es denn?» Sie schien sichtlich verwirrt und scannte den Raum mit ihren dunkelgrünen Augen ab. Dann schien sie sich wieder an den

Moment zu erinnern, als der gefürchtete Krieger mir zugeprostet hatte, denn sie schaute von mir zu ihm und wieder zurück.

Ein tiefes Seufzen entwich meiner Kehle, bevor ich das Geheimnis lüftete. «Ja, es ist Lexian, der oberste Heerführer.» Elspeth stand der Mund offen. Wenig überraschend, wenn man bedachte, dass einem in dieser Position der Ruf vorauseilte. «Das mit dem Mut sollte ich vielleicht doch wieder zurücknehmen. Du bist lebensmüde, Allegra. Er jagt mir ja schon aus dieser Entfernung Angst ein. Diese eiskalten Augen ...» Ein Zittern durchzog ihren Körper.

«Ich weiß, ich muss total übergeschnappt sein, oder?» Ich schüttelte den Kopf und betete, dass er mir lediglich zusätzliche Hausarbeiten aufbrummen würde. Auch wenn ich mir das beim besten Willen nicht vorstellen konnte.

«Hoffen wir einfach mal, dass er einen guten Tag hat.»

«Ja, hoffen wir es», murmelte ich niedergeschlagen.

Ich griff gerade nach meinem Glas, als Emina und ihr Prüfer den Saal wieder durch die große einladende Tür betraten.

Sie wirkte glücklicherweise relativ gefasst und stellte sich sogleich wieder aufrecht in den Glaskasten, vor den Wagen mit all den Testinstrumenten. Während sie die letzten Prüfungen tapfer über sich ergehen ließ, schaute sie hin und wieder zu Elspeth und mir. In ihren Augen spiegelte sich die reine Dankbarkeit.

Als der Schönheitschirurg sie mit einem Nicken entlassen und sich zurück an seinen Platz begeben hatte, fand ihre Musterung ein Ende.

Dies war das Zeichen, auf das der blonde Kopf der Erfüllten gewartet hatte. Er erhob sich zum zigsten Mal von seinem zackenumwobenen Thron und wartete, bis sich alle Augenpaare erwartungsvoll auf ihn richteten. «Herzlichen Glückwunsch, die Musterung ist nun fast beendet. Und falls Sie sich fragen, weshalb es offenkundig nur neun anstatt zehn

Prüfungen waren, kann ich Licht ins Dunkel bringen. Granodus hier», er nickte dem Mann zu, der uns den ganzen Abend aufmerksam gemustert hatte, «ist, wie er es Ihnen vorhin selbst mitgeteilt hat, für die Etikette zuständig. Er hat sie während der Musterung beobachtet und seine Schlüsse gezogen. So, liebe Damen, wir ziehen uns nun für einen Moment zurück. Es dauert nicht mehr lange, bis Sie erfahren, welche Stufe Sie erreicht haben. Je nachdem, welche Optimierungen bei Ihnen anstehen, können Sie sich schon bald zu den schönsten und vollkommensten Menschen unseres Landes zählen.»

Was sollte *fast beendet* bedeuten? Hatte ich dieses schreckliche Ritual etwa noch nicht überstanden? Ich seufzte. Vermutlich hatte das weißblonde Oberhaupt mit diesen Worten nur die Auswertung gemeint.

«Allegra, ich weiß gar nicht, wie ich mich bei dir bedanken soll.»

Ich setzte mich wieder auf meinen Stuhl und machte Emina Platz, damit sie sich wieder zwischen mir und Elspeth niederlassen konnte. «Ich hätte es nicht ertragen. Die Vorstellung, wie sie dich gedemütigt hätten, das wäre schrecklich gewesen.»

Emina griff unter dem Tisch nach meiner Hand. «Ich danke dir wirklich von Herzen, Allegra. Aber ich habe auch ein schlechtes Gewissen. Ich will gar nicht wissen, was du für eine Strafe aufgebrummt bekommst. Wenn ich dir irgendwie helfen kann …»

Ich schüttelte den Kopf. «Du hast mich ja nicht darum gebeten. Ich habe es aus freien Stücken getan, also muss ich jetzt auch dafür gerade stehen.»

«Das werde ich dir nie vergessen», antwortete sie so gerührt, dass ich eine Gänsehaut bekam.

Ja, ich würde die Konsequenzen meines Handelns zu spüren bekommen, aber ich hatte einem Menschen geholfen, der es mehr als verdient hatte.

Die nächste halbe Stunde warteten wir alle gespannt auf die Verkündung von Diegorus. Die Prüfer hatten sich, wie angekündigt, samt den Obigen und ihrem Heerführer zur Besprechung in einen Nebenraum zurückgezogen. Ich hatte mich heute Abend schon mehrfach gefragt, was Lexian überhaupt hier machte, aber am Ende war es egal. Von meinem Regelverstoß hätte er so oder so erfahren.

Nicht nur mein Nervenkostüm, sondern auch die Stille im Saal war mittlerweile zum Zerreißen gespannt. Kaum jemand unterhielt sich und wenn, dann nur im Flüsterton. Wir alle waren nervös.

Ich rieb mir über die Stirn, auf der sich kleine Schweißperlen tummelten. Der Abend hatte mich geschlaucht und die bleierne Müdigkeit, die sich wie eine wärmende Decke über meinen Gliedern ausbreitete, war omnipräsent. Nicht zu vergessen meine schmerzenden Füße, die mir deutlich zu verstehen gaben, dass sie kein Fan von hohen Schuhen werden würden.

Emina war nach unserem kurzen Gespräch in ihren Gedanken versunken und auch Elspeth grübelte offensichtlich vor sich hin. Jeder hier im Saal schien sich auszumalen, wie das Leben nach der Verkündung aussehen würde.

Ich führte mir immer wieder mein Glas mit dem prickelnden Wasser zum Mund und wippte mit meinen Füßen unter der pompösen Tafel. Was würde nach dem heutigen Abend auf mich zukommen? Welche Behandlungen würde ich über mich ergehen lassen müssen? Meine Nervosität stieg immer weiter an. Mein ganzer Körper kribbelte bei der Vorstellung, dass ich mich irgendwelchen Optimierungen fügen musste, gegen die ich mich mit jeder Faser meines Körpers sträubte.

Als nach einer gefühlten Ewigkeit die massive Tür mit den weiß-goldenen Verzierungen aufschwang, richtete jede Einzelne von uns ihren Blick erwartungsvoll auf die Erfüllten, die nach und nach eintraten.

Nachdem sie sich alle wieder an ihren Plätzen eingefunden hatten, sprach der Obige mit einem hämischen Grinsen und verkündete das Unheil, für das ich verantwortlich war. «Auch wenn wir bei den meisten von Ihnen schon das Endergebnis haben, kann der zweite Teil der zehnten Prüfung noch entscheidend für die eine oder andere sein. Dieser ist normalerweise nur den Wackelkandidaten vorbehalten, aber dank Miss Aaqur, die mich am heutigen Abend inspiriert hat, haben wir uns spontan dazu entschlossen, jede von Ihnen an dem zweiten Teil der zehnten Prüfung teilnehmen zu lassen. Wir sind eine gerechte Gesellschaft und deshalb soll auch das gleiche Recht für alle gelten.» Das Oberhaupt der Erfüllten blickte provokant zu mir herüber. «Sie alle werden jetzt drei Runden durch unser kleines, mit frischem Wasser gefülltes Becken laufen.»

Mir klappte die Kinnlade herunter, die ich nur dank meiner Willenskraft sofort wieder nach oben ziehen konnte. Wir sollten jetzt alle durch diesen Pool waten? Etwa nackt?

Ihm war mein geschockter Blick nicht entgangen und er schien den Moment voll und ganz auszukosten.

Als er endlich weitersprach, war ich überaus erleichtert.

«Natürlich wird Ihnen ein Bikini in Ihrer Größe zur Verfügung gestellt, denn ihr Anblick soll schließlich auch ästhetisch sein. Bei einem Teil von Ihnen muss die Oberweite erst noch angepasst werden, bevor sie sich auch ohne ein bisschen Stoff zeigen können. Ihr Badeoutfit wird gleich eintreffen.»

Nicht nur Diegorus schien die entrüstete Stimmung, die jetzt unter den acht neuen Erfüllten herrschte, förmlich zu genießen, sondern auch Lexians Augen blitzten amüsiert in meine Richtung.

Ich biss die Zähne zusammen, um nicht aus der Haut zu fahren, und fragte mich, wie es so weit hatte kommen können. Die Erfüllten hatten es an meinem ersten Abend bereits auf mich abgesehen und fünf der Frauen schienen mich jetzt schon aus tiefster Seele zu hassen. Lediglich Emina und Elspeth warfen mir einen mitleidigen Blick zu.

Im nächsten Moment stand wieder der junge blonde Mann im Raum, der uns vorhin zu unseren Plätzen geleitet hatte. Er flüsterte Diegorus etwas ins Ohr und verließ den Saal wieder schnellen Schrittes.

«Eine wunderbare Nachricht, meine Damen. Ihre Badegarderobe ist soeben eingetroffen. Bitte begeben Sie sich links in das Boudoir neben dem Saal, wo Sie sich für die Prüfung umziehen können.»

Die Ersten waren direkt auf den Beinen und durchmaßen den Saal eilig.

Ich konnte nur vor mich hinstarren. Es war meine Schuld, dass wir alle jetzt halbnackt durch den Pool stolzieren mussten. Das schlechte Gewissen übermannte mich.

«Komm», sagte Elspeth behutsam und berührte mich vorsichtig an der Schulter.

Ich befreite mich aus meiner Starre und blickte sie schuldbewusst an.

«Mach dir keine Vorwürfe, Allegra. Du wolltest Emina vorhin nur helfen. Wir werden auch diese Prüfung meistern.»

Trotz ihres Lächelns konnte ich ihre Nervosität überdeutlich spüren.

«Komm, Philomena. In ein paar Tagen ist alles vergessen.»

Mittlerweile hatte ich mich in Bewegung gesetzt und bildete die Nachhut der vor sich her stöckelnden Meute.

«Philomena?» Ich runzelte die Stirn.

Emina lief direkt vor mir und drehte ihren Kopf mit einem Grinsen zu mir. «Der Name Philomena bedeutet so viel wie die Mutige. So hieß angeblich eine meiner Vorfahrinnen.»

Sie fand, dass ich mutig war? Impulsiv traf es meiner Meinung nach besser. Doch bevor ich etwas erwidern konnte, hatte sie ihren Blick wieder nach vorn gerichtet und beschleunigte ihre Schritte, um zu Elspeth aufzuschließen.

«Allegra Aaqur?», rief die kleine Frau mit der eckigen Brille, die uns vorhin in den Palast geführt hatte, nun auch meinen Namen auf.

Wie bei den anderen zuvor auch, reichte sie mir einen Bikini.

Ich schaute abwechselnd von dem wenigen Stück Stoff in meinen Händen zu den Umkleidebereichen, wo die anderen bereits fleißig dabei waren, in die verschiedensten Badeoutfits zu schlüpfen. Leise seufzend begab ich mich samt des olivfarbenen Bikinis zu dem freien Platz.

Das klackernde Geräusch meiner viel zu dünnen Absätze begleitete mich über die edlen elfenbeinfarbenen Fliesen bis zu einer Art Paravent, der sich aus vielen kleinen goldenen Schnörkeln zusammensetzte. Hinter ihm verbarg sich eine Bank, die ich durch die runden Aussparungen ausmachen konnte. Es war eine Wohltat, die Schuhe loszuwerden. Dafür kämpfte ich mit dem Reißverschluss meiner Robe, um den sich vor einigen Stunden Yessenia gekümmert hatte. Die Hektik, die durch mein Inneres rauschte, machte meine Finger alles andere als flink, weshalb ich mehrere Versuche starten musste, bis ich das kostbare Kleid endlich abgestreift hatte.

Den Bikini hatte ich wiederum im Schnelldurchlauf angezogen und musste nur links und rechts die feinen Bänder an meiner Hüfte binden.

Ich beeilte mich und betrat im nächsten Moment wieder den Hauptbereich des herrschaftlichen Ankleideraums, wo sich die anderen eingefunden hatten und ungeduldig, teilweise mit verschränkten Armen, auf mich warteten.

«Das wird aber auch Zeit», zischte Constantina.

An der angespannten Stimmung hatte sich nichts verändert und alle, bis auf Elspeth und Emina, sandten mir Blicke zu, die Bände sprachen.

«Dann beweg dich lieber in den Saal und spare dir deinen kostbaren Atem.» Emina konnte es nicht lassen, mich in

Schutz zu nehmen.

«Ich kann es kaum erwarten, wenn der Abend rum ist, damit ich eure Gesichter vorerst nicht mehr sehen muss», erwiderte die Federfrau mit arroganter Stimme und trabte dann mit ihrem orangen Bikini, der ihren Rücken mit vielen Bändern zierte, in Richtung des Saals, in dem uns der zweite Teil der zehnten Prüfung erwartete.

Die anderen Frauen folgten ihr und auch Emina, Elspeth und ich schlossen uns ihnen widerwillig an.

Die Frau mit der eckigen Brille hatte die kleine Auseinandersetzung ignoriert und war vor Constantina zur Tür geeilt. Mit einer bittenden Geste ihrerseits traten wir nun alle nacheinander wieder zu den Erfüllten und stellten uns in einer Reihe an einem der beiden Treppenabsätze des kleinen Beckens auf.

Emina war mit ihrer glänzenden braunen Mähne zugange, die sie sich nach dem Eintreten über die Narben in ihrem Dekolleté drapierte. Sie schien geübt in der Verschleierung ihrer *Makel,* denn sie blitzten jetzt kaum unter dem schimmernden roten Oberteil heraus.

«Worauf warten die Damen noch?», wendete sich Diegorus auffordernd an uns.

Er schien es nicht für nötig zu erachten, uns zu erklären, was es mit dieser Prüfung auf sich hatte. Wenn er unsere Körper genauer überprüft haben wollte, musste er uns nicht in diesen Pool schicken. Tat er dies nur, damit sich mein schlechtes Gewissen noch schwärzer färbte?

Keine von uns traute sich, etwas zu erwidern. Dafür lief die Federfrau los und stand wenige Sekunden später schon bis zur Brust in dem leicht schwappenden Wasser. Wie die Perlen an einer Kette reihten wir uns ein und warteten, bis die Nächste die ersten Schritte durch den Pool gewatet war.

Als ich meinen großen Fußzeh in das Becken hielt, legte sich augenblicklich eine Gänsehaut auf meinen Körper. Das Wasser war eiskalt. Doch ich würde mich nicht von meinen frierenden Gliedmaßen ablenken lassen und den Erfüllten keine Schwäche zeigen. Ich nahm meinen ganzen Mut zusammen, katapultierte meinen laut aufschreienden inneren Schweinehund ins Jenseits und schritt erhobenen Hauptes dem Ende der zehnten Prüfung entgegen.

Emina ließ sich ebenfalls nichts anmerken, wohingegen Elspeth sich immer wieder die Arme vor die Brust hielt.

Lexian hätte ich während jeder der drei Runden, die ich durch dieses quälend kalte Wasser schritt, am liebsten das überhebliche Grinsen aus dem Gesicht geschlagen. Zumal meine dann noch freie Hand auch nicht schlecht Lust dazu gehabt hätte, Camelia gleich in das Vergnügen miteinzubeziehen. Immer, wenn ich direkt auf ihrer Höhe war, schürzte sie ihre vollen Lippen und flüsterte Lexian etwas ins Ohr, das ihn zum Schmunzeln brachte.

Alles in mir schrie. Doch während in mir ein Gefühlsorkan herrschte, stand ich jetzt aufrecht, und das Zittern meiner Glieder ignorierend, erneut am Beckenrand.

Elspeth tat mir leid. Sie atmete auffällig schwer, schien mit aller Macht zu versuchen, ihre Körpertemperatur wieder zu regulieren.

Die Frau in Aquamarin, deren Name mir schon den ganzen Abend nicht mehr einfallen wollte, sah nicht weniger gequält aus. Sie rieb sich hektisch über ihre Arme und Beine, um die Kälte zu vertreiben.

Als alle von uns die drei Runden hinter sich gebracht und wir wieder in Reih und Glied positioniert waren, warteten wir vergeblich auf die Aufmerksamkeit der Erfüllten. Diese waren in ihre Tablets und leise Gespräche miteinander vertieft.

Als kurz darauf einige der Bediensteten mit den Lackfliegen durch den Raum flitzten, um jeder von uns ein Handtuch zu reichen, in das wir uns einwickeln konnten, ertönte ein lautes Klatschen. Esmeray und Diegorus standen auf und stellten sich Hand in Hand direkt in unser Blickfeld.

«Die Musterung ist beendet. Wir haben getestet, wie

souverän und selbstsicher Sie sind. Und wie könnte man dies besser feststellen, als in einer für die meisten von Ihnen mit hoher Wahrscheinlichkeit unangenehmen Situation?»

Unangenehme Situation war gut. Halbnacktes Schaulaufen durch eiskaltes Wasser traf es besser.

«Jetzt können wir endlich zu dem wichtigsten Moment des Abends kommen. Es ist an der Zeit, die Ergebnisse zu verkünden.»

Eins bis zehn

Höchstwahrscheinlich hatte sich keine von uns den Ausgang der Musterung so vorgestellt. Pitschnass und mit einem Handtuch umhüllt vor den Obigen zu stehen, deren edle Garderobe uns förmlich zu verhöhnen schien. Diegorus hatte seinen Anzug auf die stilvolle Robe seiner Frau abgestimmt und sich für einen beigefarbenen maßgeschneiderten Anzug entschieden. Das weiße Seidenhemd, das unter dem Jackett hindurchblitzte, hatte fast dieselbe Farbe wie seine perfekt frisierten Haare und ließ ihn mindestens genauso elegant wirken wie seine Gattin.

Das Oberhaupt der Erfüllten ließ sich von einem Diener ein Tablet reichen und verkündete sogleich den ersten Namen.

«Coralis Leruma».

Alle Blicke richteten sich gespannt auf die schwarzhaarige Frau mit dem rostbraunen Tüllkleid, die den ganzen Abend direkt neben Lexian gesessen hatte.

«Sieben von zehn Stufen bestanden.»

Coralis konnte ihr Glück kaum fassen und ließ vor Begeisterung fast ihr Handtuch fallen.

Auf diese Art fuhr der Obige fort und erwähnte jeden einzelnen Namen sowie die Anzahl der bestandenen Stufen.

«Toula Toxaz, vier von zehn Stufen bestanden.»

Die Frau mit dem hellblauen Kleid war sich doch so sicher gewesen, hoch eingestuft zu werden. Tja, Hochmut kam ja bekanntlich vor dem Fall.

Diegorus fuhr ungeachtet ihrer enttäuschten Miene fort und verkündete direkt das Ergebnis der abgehobenen Frau in Orange.

«Constantina Horadis, Sie haben das Glück, eine hohe Stufe erreicht zu haben. Acht von zehn Stufen bestanden.»

Während die Erfüllten an der Tafel, wie auch schon bei Coralis, laut in die Hände klatschten, um ihre Begeisterung zu demonstrieren, setzten Elspeth, Emina und ich eine neutrale Miene auf.

Die Federfrau deutete eine Verneigung vor Diegorus an und versah uns drei danach mit einem verächtlichen Blick.

Wenn sie wüsste, wie wenig mich das interessierte.

«Miss Elspeth Xunzo. Ein eher knappes Ergebnis. Sechs von zehn Stufen bestanden.»

Elspeths Strahlen erhellte sofort den ganzen Saal. Selbst die starren Mienen, die sich in den unzähligen Fresken an Wänden und Decke zeigten, wirkten augenblicklich fröhlicher.

Emina umarmte sie stürmisch und Elspeths Lächeln vertiefte sich.

Dann löste ich Emina ab und nahm Elspeth ebenso herzlich in den Arm. Das schwarze Handtuch, das ich mir im Bereich des Dekolletés gebunden hatte, lockerte sich und ich musste es wieder enger um mich schlingen, damit es mir nicht vom Körper rutschte.

«Ich freue mich wirklich für dich und hoffe, dass sie dir dein Leben erleichtern», flüsterte ich ihr ins Ohr.

Sie drückte meine kalte Hand, als wir von dem weißblonden Mann mit der angsteinflößenden Aura unterbrochen wurden.

«Miss Emina Halour. In Ihrem Fall hat sich die letzte Prüfung ausgezahlt. Fünf von zehn Stufen bestanden.» Emina brauchte scheinbar einen Moment, um die Neuigkeit zu begreifen.

Elspeth und ich schoben uns gleichzeitig in ihr Sichtfeld und gratulierten ihr von ganzem Herzen.

«Siehst du, du bist auf Stufe fünf», stieß Elspeth freudig aus.

Nach ihrer Umarmung fiel Emina mir um den Hals und flüsterte gefühlte hundert Mal «Danke.» in mein Ohr.

Ich konnte die Tränen der Rührung schwer unterdrücken.

Als Nächstes wurde die Frau in dem schwarzen Kleid aufgerufen, mit der ich bisher kein einziges Wort gewechselt hatte. Sowohl sie als auch die Frau in Aquamarin hatten jeweils nur vier der zehn Stufen erreicht.

«Miss Allegra Aaqur.»

Bei dem Aufrufen meines eigenen Namens hatte ich das Gefühl, dass ein Beben durch den Saal ging.

«Sie waren die Überraschung des Abends, das muss man Ihnen lassen.» Seine zu schmalen Strichen geformten Lippen gaben mir überdeutlich zu verstehen, dass er mein Aufbegehren keinesfalls vergessen hatte und dies auch nicht so schnell tun würde. «Acht von zehn Stufen. Tun Sie mir den Gefallen und machen Sie Ihrem Rang alle Ehre, anstatt mich ein weiteres Mal zu enttäuschen.»

Was?! Ich war fassungslos. Wieso hatte ich so eine hohe Stufe erreicht? Hätte mein Regelverstoß nicht einen größeren Einfluss auf mein Ergebnis haben sollen? O Gott, ich war nicht weit davon entfernt, eine Vollblut-Erfüllte zu sein. Mein Blick wanderte zu der massiven verschnörkelten Standuhr, die zwischen zwei der gezackten Fenster leise vor sich hin tickte. In diesem Moment, um sage und schreibe zweiundzwanzig Uhr siebenundvierzig, begriff mein Gehirn das erste Mal in Gänze, dass ich nun offiziell eine Erfüllte war. Meine Eingeweide zogen sich zusammen. Mein erster Impuls war es, meinen Frust herauszubrüllen, doch ich riss mich zusammen. Unter der Aufbringung meiner ganzen Willenskraft erstickte ich den Schrei, der meine Kehle verlassen wollte.

Mein zweiter Impuls, Lexian zu beschimpfen und somit das, was ich von den kranken Machtspielchen hielt, hinauszuschreien, würde mich ebenfalls negativ auffallen lassen, und so tat ich das Einzige, was man auch als überwältigende Freude deuten könnte. Ich ließ meinen aufgestauten Tränen der Wut freien Lauf und erweckte so hoffentlich den Anschein, als wäre ich überglücklich, dass ich so eine hohe Stufe erreicht hatte.

Emina und Elspeth fielen mir beide um den Hals. Es war mir ein Rätsel, wie nah wir uns in den letzten Stunden gekommen waren. Normalerweise zählte ich zu den Menschen, die ewig brauchten, um jemandem zu vertrauen. Was in der heutigen Zeit auch kein Wunder war. Auf der einen Seite hatte ich mich immer in Acht vor den Erfüllten nehmen müssen und auf der anderen hatte ich nicht nur einmal erlebt, wie sich die Niederen angriffen und einander bedrohten, weil sie hungerten oder anderweitig hart von der Armut getroffen waren. Ersteres war mir leider nicht gut gelungen und dieser Abend schien vorerst mein Schicksal zu besiegeln. Meine Tränen verwandelten sich. Wenn eben noch Zorn aus ihnen gesprochen hatte, tropften jetzt kleine Wasserperlchen der Verzweiflung auf das samtige Handtuch von Emina, die mich immer noch im Arm hielt.

Ein aufforderndes Räuspern des Obigen zwang uns dazu, ihm unsere Aufmerksamkeit zu schenken. Ich löste mich von Emina und stellte mich wieder so hin, dass ich Diegorus direkt anschauen konnte.

«Ich danke Ihnen allen, dass Sie heute hier waren und freue mich über die neuen Erfüllten, denen ich in Zukunft hoffentlich öfter über den Weg laufen werde.» Diegorus hatte seinen Blick über uns acht gleiten lassen und blieb bei seinen letzten Worten an meiner Wenigkeit hängen. Seine harten Gesichtszüge waren erneut eine Warnung. «Meine Damen, Sie dürfen sich jetzt wieder umziehen und sich auf den Weg zu der Limousine begeben, die vor dem Palast auf Sie wartet, um Sie in Ihr Zuhause zu bringen. Alles Weitere erfahren Sie in den nächsten Tagen von Ihrem zuständigen Erfüllten. Ihr Schönheitsplan dürfte Sie morgen erreichen. Schließlich wollen wir ja keine Zeit verlieren und Sie so schnell wie

132

möglich zu der optimiertesten Version Ihrer selbst machen.»

Auf seine Worte folgte ein Schweigen, was eine unausgesprochene Bitte an uns zu sein schien, den Saal zu verlassen.

Ich reihte mich direkt hinter Elspeth ein und begab mich gemeinsam mit den anderen sieben Frauen aus dem Raum. Lexian beobachtete meinen Abgang aufmerksam, was mich wieder an die Strafe erinnerte, die mich sicherlich bald erwartete. Allein bei dem Gedanken daran, würde ich am liebsten unter die Bettdecke kriechen und mich verstecken.

Nachdem ich wieder in meine Abendrobe geschlüpft war, realisierte ich, dass ich mich selbst in dem Bikini wohler gefühlt hatte. Meine übermüdeten und schmerzenden Glieder konnten es kaum erwarten, dass ich mich mit einem gemütlichen Schlafanzug ins Bett kuschelte. Ich hoffte doch, dass Lexian nicht nur schicke figurbetonte Kleidungsstücke, sondern auch das ein oder andere bequeme Teil parat hatte. Wieder fragte ich mich, wieso die verschiedenen Kleidungsstücke und Schuhe haargenau meine Größe hatten. Auch der Gedanke, wie sie an meinen Namen gekommen waren, beschäftigte mich stark. Wenn sich die Möglichkeit bot, würde ich den obersten Heerführer danach fragen. Nur heute Abend nicht mehr. Ich fühlte mich ausgelaugt und musste all das, was heute passiert war, erst mal verdauen. Ich war noch nicht einmal zwölf Stunden hier und doch suggerierte mir mein Gefühl, dass ich bereits Tage in diesem Alptraum gefangen war. Außerdem war Lexian nach meinem Fehlverhalten auch sicher nicht in Stimmung für einen Plausch.

Als ich wieder auf den großen Gang trat, legte ich den edlen Bikini in die tiefe Schale, die neben der Ankleidezimmertür platziert war. Die anderen neuen Erfüllten waren nicht zu sehen. Dafür warteten Emina und Elspeth in der Nähe eines übergroßen Gemäldes auf mich. Auf ihm waren Diegorus und Esmeray mit ihren beiden Söhnen abgebildet. Das Bild musste schon älter sein, denn trotz der innovativen Schönheitspraktiken konnte man deutlich erkennen, dass die Obigen eine jugendlichere Ausstrahlung darauf hatten. Was ihren Gesichtsausdruck anging, hatte sich nicht viel verändert. Die starren Mienen, das schmale Lächeln, das ihre Augen nicht erreichte, und ihre Haltung unterschieden sich kaum von dem, was ich heute Abend gesehen hatte.

Während mich Emina und Elspeth gestikulierend dazu animierten, den Palast endlich zu verlassen, hatte ich bei dem letzten Blick, den ich auf das Gemälde erhaschte, das Gefühl, dass Diegorus darauf irgendwie anders aussah. Doch was mich an seiner Erscheinung irritierte, darauf kam ich nicht.

Wir schlenderten an der verschlossenen Saaltür vorbei und betraten wenig später die anmutige Eingangshalle mit all ihren Säulen und Rundbögen.

«Gott sei Dank haben wir es überstanden. Ich bin so erleichtert», teilte Elspeth uns mit.

«Ja, ich glaube, allein würde ich das nicht aushalten», schloss sich Emina gleich an.

Ich schenkte den beiden ein bestätigendes Lächeln, war aber mit meinen eigenen Gedanken beschäftigt. Ich ging davon aus, dass sie die komplette Ausbildung zu Erfüllten durchlaufen würden und meine Sorge, dass sie trotz ihrer jetzigen Überzeugungen irgendwann der Gehirnwäsche nichts mehr entgegenzusetzen hatten, ließ mich nicht los. Ich mochte sie beide. Ihre herzliche Art, ihre Menschlichkeit ...

«Allegra, alles in Ordnung bei dir?», fragte Elspeth mich.

Ich nickte. «Ja, es war nur alles ziemlich viel. Ich bin ja heute Mittag erst angekommen und wusste bis vorhin nicht mal, was mir blüht.»

«Verständlich. Und dann ist Lexian auch noch dein Erfüllter. Da hast du es echt nicht gut getroffen.»

«Moment, was?!» Emina war kurz stehengeblieben. Der Schock zeichnete sich deutlich auf ihrem wunderschönen

Gesicht ab. «Deshalb hat er dir vorhin auch so auffällig zugeprostet», zählte sie eins und eins zusammen.

Ich schnaufte, so wie vorhin auch, als ich Elspeth davon berichtet hatte. «Ja, es ist eine längere Geschichte. Die kann ich euch bei Gelegenheit mal in Ruhe erzählen.»

«Darauf bestehe ich, Allegra. Das ist in der Tat schon etwas ungewöhnlich. Soweit ich weiß, hat sich noch kein Heerführer in der Geschichte der Erfüllten jemals um einen Neuling gekümmert.»

«Ich habe keine Ahnung. Sie müssen jetzt wahrscheinlich andere Maßnahmen ergreifen, da sie ihr Gebiet angeblich noch weiter erschließen möchten», sagte ich mit einem Schulterzucken.

«Gut möglich, gehört habe ich davon auch», klinkte sich Elspeth wieder mit ein. «Und trotzdem ist es einfach nur grausam. Er … Er muss grausam sein», flüsterte sie, so als ob er gleich hinter einer Säule hervorspringen könnte. Die Angst vor ihm war ihr deutlich anzusehen, was mich noch ganz verrückt machte.

«Hör auf», sagte ich. «Ich muss schließlich mit ihm unter einem Dach schlafen.»

Ihr Brustkorb spannte sich merklich an und ihre Augen wurden immer größer.

«Aber du hast schon dein eigenes Bett?», wollte Emina dafür nun skeptisch von mir wissen, während sie sich vergewisserte, dass ihre dunklen Wellen den Anblick ihrer Narben vor der Außenwelt abschirmten.

Ich schüttelte vehement und geschockt von ihrer Frage den Kopf. «Um Gottes willen, Emina, natürlich. Was für eine Vorstellung.»

«Das war auch nicht wirklich ernst gemeint, obwohl man sich schon die ein oder andere Geschichte über ihn erzählt», erwiderte sie geheimnisvoll.

Jetzt hatte sie eindeutig meine Neugierde geweckt. «Was denn für Geschichten?»

Emina zuckte mit den Schultern. «Na ja, dass er fürchterlicher ist als alle Heerführer vor ihm und dass er sich alles nimmt, was er will. Also wirklich alles», sagte sie nachdrücklich.

Im Grunde waren das keine Neuigkeiten für mich, aber ihr letzter Satz jagte mir eine Gänsehaut über den Rücken. Bedeutete alles auch ...? Ich konnte nicht weiter darüber nachdenken, sonst würde ich heute Nacht kein Auge zutun.

«Lasst uns das Thema wechseln, sonst bestrafen sie mich die Tage noch, weil ich wegen meiner schlaflosen Nächte die dunkelsten Augenringe in der Geschichte der Erfüllten habe.»

«Okay, entschuldige, Allegra. Ich wollte dir wirklich keine Angst einjagen.»

«Alles in Ordnung.» Ich schenkte ihr ein gequältes Lächeln.

«Ich bin auf jeden Fall gespannt, wie unsere jeweiligen Schönheitspläne aussehen.» Endlich lenkte Elspeth die Aufmerksamkeit von Lexian weg.

«Da kommt bestimmt einiges auf uns zu», stieg ich gleich in das neue Thema mit ein.

«Ja, vor allem werden wir uns bestimmt trotzdem noch der ein oder anderen Behandlung aus den Stufen unterziehen müssen, die wir schon bestanden haben.»

Wieso das denn? «Da komme ich jetzt nicht ganz mit», erwiderte ich deshalb gleich.

«Es reicht nicht, dass man die überwiegenden Merkmale mitbringt. Man muss am Ende, also um eine Vollblut-Erfüllte zu sein, hundert Prozent von jeder Stufe erreichen.»

«Und das weißt du alles von deinem Zuständigen?»

Emina war diejenige, die auf meine Frage antwortete: «Ich habe dieselbe Info. Eigentlich erzählen sie einem gewisse Eckdaten, damit man besser vorbereitet ist.»

Natürlich hat Lexian das nicht für notwendig empfunden, dachte ich genervt.

Emina und Elspeth schienen meine Gedanken zu lesen, denn sie warfen mir auf ihre Art jeweils einen Wen-

überrascht-das-bei-Lexian-Blick zu.

«Ich denke mal, dass sie alles versuchen werden, um meine Narben loszuwerden.»

Elspeth nickte. «Ich schätze auch. Und wer weiß, ich muss mich wahrscheinlich einer OP unterziehen, in der sie die Länge meiner Beine angleichen.»

Auch wenn ich spürte, dass sie nicht begeistert von den vermutlich bevorstehenden Eingriffen waren, schienen sie sich damit abgefunden zu haben. Ein Punkt, an dem ich nie sein würde.

«Dann wird es bei mir sicherlich darum gehen, meinen Fuß makellos zu machen», schloss ich mich den Vermutungen an. «Camelia, die Erfüllte für Kosmetik, war allerdings auch nicht so angetan von mir.»

Emina schien mich nicht gehört zu haben, sie blickte gedankenverloren durch die prunkvolle Umgebung.

Elspeth war diejenige, die mir antwortete. «Ehrlich gesagt, empfand ich sie als recht umgänglich.»

Ich blickte sie überrascht an. Vielleicht war sie wirklich so giftig zu mir, weil sie mich mit Lexian zusammen gesehen hatte? «Und wie fandet ihr den Schönheitschirurgen?», wurde ich eine andere Frage los, die mir unter den Nägeln brannte.

Emina hatte ihren Blick wieder von der Außenwelt losgerissen. «Er war eigentlich der Netteste von allen, würde ich sagen», antwortete sie nach kurzem Überlegen.

Elspeth nickte zur Bestätigung.

«Wieso fragst du?», wollte Emina mit hochgezogenen Augenbrauen wissen.

Meine Skepsis war mir wohl an der Nasenspitze anzusehen.

Doch ich konnte nichts mehr erwidern. Eminas spitzer Aufschrei unterbrach meine Gedankengänge. Sie war mit ihrem hohen Schuhwerk ins Straucheln geraten und schwankte mit offenem Mund von links nach rechts. Ihre Hände suchten verzweifelt nach Halt. Bevor ich reagieren konnte, fanden sie ihn bei einer der ausladenden Skulpturen, die den großen Raum ausfüllten.

Hoffentlich kippt sie nicht um, betete ich. Diese Dinger mussten ein Vermögen kosten. Glücklicherweise wackelte sie nicht einmal.

Ich atmete auf. «Hast du mir einen Schrecken eingejagt», sagte ich an meine dunkelhaarige Freundin gewandt, die sich vorsichtig von dem löwenähnlichen Gebilde loseiste.

«Keine Ahnung, was passiert ist», erwiderte sie kopfschüttelnd.

«Wenn das unser Geschichtslehrer gesehen hätte, hätte er wahrscheinlich einen Herzinfarkt bekommen.» Elspeth hielt sich immer noch die Hand vor den Mund und löste sich nur langsam aus ihrer Starre.

«Welcher Geschichtslehrer? Kennt ihr euch etwa von früher?», fragte ich verdutzt.

Elspeth schüttelte den Kopf.

«Wir haben hier jeden Freitag Geschichtsunterricht, Allegra», flötete Emina mit einem Augenrollen.

Wir hatten uns mittlerweile wieder in Bewegung gesetzt. Aber wo war nur dieser verdammte Ausgang? Auf dem Hinweg war mir die Strecke deutlich kürzer vorgekommen.

«Was soll das denn heißen? Klär mich bitte mal auf.»

«Wenn wir nur unter uns sind, nennen wir den Unterricht eigentlich Brainwash-Stunde», erwiderte Emina genervt und amüsiert zugleich. «Jeden Freitag gibt es zwei Stunden Unterricht für die neuen Erfüllten. Dort geht es um ihre Geschichte und all die», sie malte Anführungszeichen in die Luft, «tollen Dinge, die sie für die Menschheit getan haben.» Nach einem Seufzen fuhr sie fort. «Elspeth und ich hatten schon die erste Stunde und wir haben ziemlich schnell gemerkt, dass wir auf derselben Seite stehen.»

Die Erfüllten verkauften ihre Manipulation also als Geschichtsunterricht. «Da freue ich mich ja jetzt schon drauf», erwiderte ich gespielt motiviert. «Kennt ihr eigentlich noch mehr, die auf unserer Seite sind?», stellte ich ihnen eine Frage, die mir in den Sinn kam.

«Wir haben die ein oder andere Vermutung, aber mit Sicherheit können wir es nicht sagen», sprach Elspeth.

Ich nickte. «Ihr könnt die anderen ja schlecht einfach darauf ansprechen.»

«Eben, aber wir sind bestimmt nicht die Einzigen, die sich ihnen aufgrund einer Notsituation anschließen. Sicher lassen sich einige von all diesen schönen Dingen blenden, aber es muss auch mehr von uns geben. Menschen, die hinter diese Fassade schauen können.»

Es legte sich eine tiefe Traurigkeit auf Elspeths Züge. Doch ob sie an ihr Leben außerhalb der Mauer, ihre Familie oder an das dachte, was mich ebenfalls ständig verfolgte – die Angst vor der kompletten Zerstörung der normalen Welt –, das konnte ich nicht sagen.

Wir hatten nun endlich die glatte Steintreppe erreicht, die uns zu dem Gefährt führte, vor welcher der Fahrer bereits ungeduldig auf uns wartete. Die schwarze Lackierung der Limousine glänzte in der Dunkelheit, da der Palast hell erleuchtet war.

Ich blickte automatisch in den Sternenhimmel und dachte beim Anblick des riesigen Vollmondes unweigerlich an Lamirah. Luna. Sie fehlte mir und ich hoffte, dass sie um diese Zeit friedlich bei Tabitha zu Hause schlummerte. Es war das erste Mal seit vielen Jahren, dass ich den strahlenden Vollmond ohne meine kleine Schwester betrachtete. An diesem Tag im Monat hatten wir die letzten Jahre immer mit einer Tasse heißem Kakao gemeinsam in das dunkle Himmelszelt geblickt. Lamirah hatte sich vor allem in der letzten Zeit immer etwas lustig darüber gemacht, dass ich ihren Geburtstag quasi monatlich feierte, aber es war zur Tradition geworden und ich fragte mich, ob sie heute Abend auch daran gedacht hatte. An die vielen Abende, an denen wir den Mond beobachtet und es uns erlaubt hatten, von einem Leben in einer anderen Welt, auf einem anderen Planeten zu träumen.

Gehorche mir

Während der Fahrt hatten meine beiden Verbündeten und ich nicht viel miteinander gesprochen. Schließlich waren wir auch nicht allein, sondern mit den anderen fünf Frauen in der Limousine gewesen. Ich hatte hauptsächlich aus dem Fenster geschaut und die Außenwelt in Augenschein genommen. Das Wohngebiet der Erfüllten wirkte in der Dunkelheit fast genauso prunkvoll wie bei Tageslicht. Jedes einzelne der eleganten Anwesen wurde von unzähligen Wandflutern beleuchtet, die das Gold der Türen und Dächer fast schon mystisch wirken ließen. Wie in einer Märchenwelt, die nicht existierte.

Der Fahrer hatte mich soeben vor dem Haus meines Zuständigen abgesetzt und so lief ich nun unsagbar erschöpft und mit einer Müdigkeit, die sich durch meine gesamten Glieder zog, den Weg nach oben. Ich konnte nur an mein Bett und an ein paar Stunden Schlaf denken, die mein Körper vehement von mir verlangte.

Ich war so auf meine wackeligen Schritte fokussiert, dass ich die beiden Männer, die nach wie vor links und rechts von dem goldenen Tor postiert waren, erst wahrnahm, als ich nur noch wenige Stufen vor mir hatte. Ihre Anwesenheit überraschte mich so sehr, dass ich kurz zusammenzuckte und sie irritiert anstarrte. Aber anstatt eines «Guten Abend.» oder einer sonstigen Begrüßung klopfte der Linke von ihnen mit seiner großen Faust kraftvoll an die Tür.

Keine zwei Sekunden später stand Yessenia in ihrem Hausmädchen-Kostüm vor mir und bat mich mit gesenktem Haupt hinein.

Meine Müdigkeit wurde schlagartig von einem anderen Gefühl abgelöst: Nervosität. Die Stimmung im Haus war eisig und Yessenia wirkte nicht annähernd so fröhlich wie bei unserer Verabschiedung vor einigen Stunden.

«Alles in Ordnung?», fragte ich sie, während sie die Tür hinter uns schloss und ich endlich aus dem unbequemen Schuhwerk schlüpfte.

Lexians schneidende Stimme drang an mein Ohr. «Bei ihr schon. Schließlich hört sie auf meine Befehle.»

Er trug noch sein dunkelrotes Jackett und die schwarze elegante Hose. Er hatte es sich mit einem Kristallglas, in dem eine bräunliche Flüssigkeit schimmerte, auf einem der Sofas bequem gemacht und drehte es unentwegt in seiner Hand. Der tödliche Blick, mit dem er mich fixierte, brachte meinen Puls binnen einer Millisekunde zum Rasen.

«Yessenia, du bist für heute entlassen.»

Das Hausmädchen nickte übereifrig. «Vielen Dank.» Mit gesenktem Haupt machte sie sich schnellen Schrittes auf den Weg in Richtung Haustür.

«Setz dich zu mir, Allegra», sagte der Herr des Hauses mit seiner tiefen Stimme, als Yessenia aus seiner Villa verschwunden war.

Ich bewegte mich langsam auf Lexian zu. Wie grausam würde seine Strafe wohl ausfallen? Als ich mich auf das andere Sofa setzen wollte, wies er mich mit einer unwirschen Handbewegung dazu an, mich direkt auf dem Platz neben ihm niederzulassen. Das Blut rauschte durch meinen Körper. Mein Herz schlug mir bis zum Hals. Und ich musste unweigerlich an die Worte von Emina denken. *Er nimmt sich alles, was er will. Wirklich alles.*

Ich fühlte die weiche Sitzfläche unter meinem Gesäß. Meine schmerzenden Glieder atmeten auf, doch ich hielt die

Luft an. Ich saß keine Armbreite von einem der gefürchtetsten Erfüllten entfernt, dessen Zorn dafür sorgte, dass sich alle meine Körperzellen in sich zusammenzogen.

Doch er sagte nichts, er fixierte mich weiterhin mit diesem unnachgiebigen Blick und schien darauf zu warten, dass ich wegschaute, dass ich einknickte. Doch das würde ich nicht. Dank der Kämpferin in mir schaffte ich es, diesem kräftezehrenden Blickduell standzuhalten.

Nach einer gefühlten Ewigkeit wandte Lexian den Blick von mir ab und setzte seine Lippen an das Glas. Der süßlich herbe Geruch von Alkohol lag in der Luft.

«So dankst du es mir, dass ich mich auf euren Handel eingelassen habe?», kam es überraschend beherrscht von ihm.

Mich machte die vermeintliche Ruhe in seiner Stimme nur noch nervöser. «Ich wollte nicht, dass sie gedemütigt wird. Und ich weiß, dass ich nichts hätte sagen dürfen», entgegnete ich ruhig. Zumindest meinen ersten Satz hatte ich ernstgemeint.

«Du scheinst Diegorus nicht zugehört zu haben. Alles hat seinen Preis, Allegra. Zu uns zu gehören auch.»

«Ich weiß, dass Ihr gewisse Regeln habt, Lexian …»

Er ließ mich nicht weitersprechen, sondern fiel mir scharf ins Wort. «Richtig, und an diese wirst du dich ab jetzt auch halten. Worte scheinen bei dir nicht zu ziehen, vielleicht tut es deine Bestrafung.»

Ein Schauer lief mir über den Rücken. Bitte halte Lamirah daraus. Bitte halte …

«Ich glaube, deiner Schwester würde es bei uns gut gefallen. Sie hat so eine unschuldige Ausstrahlung.»

Ich sog scharf die Luft ein.

«Aber den Trumpf werde ich mir noch etwas im Ärmel behalten. Ich habe mir etwas anderes für dich ausgedacht.»

Gott sei Dank. Vor Erleichterung kamen mir fast die Tränen, ich atmete vernehmbar auf. Ein Stein fiel mir vom Herzen.

«Vicdan hat mich auf die Idee gebracht.»

Vicdan? Das war doch der Schönheitschirurg, der mich so auffällig angestarrt hatte.

«Du wirst ihm bei seinen Schönheits-OPs assistieren.»

Ich schluckte schwer. Lexian wusste genau, dass ich dieser Welt alles andere als zugetan war. Diese Eingriffe waren für mich nichts anderes als eine Misshandlung. Zumindest derjenigen, die es nur über sich ergehen ließen, weil sie dazugehören *mussten*.

«Okay», flüsterte ich, weil ich wusste, dass ich augenblicklich keine andere Wahl hatte.

«Du wirst alles tun, was er von dir verlangt, Allegra. Sonst werde ich alle meine Männer darauf ansetzen, deine Schwester zu finden.»

Es wäre ein Leichtes für ihn, Lamirah ausfindig zu machen, das war mir bewusst. Schließlich musste Tabitha einkaufen gehen und würde ihm irgendwann in die Arme laufen, wenn er es darauf anlegte. «Dafür wird es keinen Grund geben. Ich werde Eure Befehle befolgen», sagte ich deshalb mit fester Stimme.

«Wir werden sehen», gab er mir unmissverständlich zu verstehen, dass er nichts auf meine Worte gab.

Ich dachte sofort daran, wie enttäuscht Lamirah immer von meinen leeren Versprechen war und spürte plötzlich dieses Ziehen in meinem Inneren. Meiner Schwester gegenüber hatte ich meine Versprechen stets gebrochen, doch ausgerechnet hier, bei den Erfüllten, musste ich sie einhalten, um Luna nicht zu schaden.

Meine Gedanken an eine Flucht wurden immer bildlicher.

«Ach ja, und auf deinen Willkommenslohn musst du auch verzichten. Geld bekommst du erst ab nächsten Monat. Sofern du dich bis dahin benimmst. Leider kannst du erst dann unsere Restaurants besuchen oder dir anderweitig etwas gönnen. Dasselbe gilt für deine Familie. Wobei … Da würde ich eine Ausnahme machen. Ich könnte ihr die Hälfte des vorgesehenen Geldes zukommen lassen. Du müsstest mir nur sagen, wo es hingehen soll.»

Ich blickte ihn fassungslos an.

«Andernfalls muss sie weiterhin in Armut leben. Es ist deine Entscheidung, Allegra», ergänzte er provokant.

So weh es mir in der Seele tat, Lamirah und Tabithas Familie nichts zukommen zu lassen, die Erfüllten durften niemals erfahren, wo sich meine Schwester aufhielt. Für kein Geld der Welt. Sonst könnte ich mir meine Flucht gleich abschminken.

«Ich verzichte», antwortete ich, bemüht, ruhig zu klingen.

«Deine Sturheit überrascht mich keineswegs. Nur dass deine Familie darunter leiden muss, das ist doch etwas egoistisch. Und da dachte ich, du würdest alles für deine Lieben tun.»

Einen Moment lang sagte keiner etwas und eine angespannte Stille legte sich über den Raum. Außer Beschimpfungen fiel mir auch nichts Brauchbares ein, was ich sagen konnte.

«Wie dem auch sei. Morgen bekommst du deinen Plan und dann werden wir schauen, wann du Zeit für deine Strafstunden hast. Schließlich musst du Yessenia auch noch vier Stunden am Tag unterstützen. Du wirst also nicht viel Zeit haben, um auf dumme Gedanken zu kommen.»

Lexian leerte sein Glas in einem Zug und stellte es neben der großen halb gefüllten Karaffe ab.

Eine Gänsehaut legte sich auf meine Unterarme. Ahnte er etwa, dass ich mit dem Gedanken einer Flucht spielte?

«Dann wollen wir jetzt mal die Regeln besprechen, an die du dich hier halten wirst», kündigte er den nächsten unangenehmen Programmpunkt unseres Gesprächs an. «Eine der Regeln, von der ich dachte, dass sie dir bewusst sei, lautet, keine Entscheidung der Erfüllten anzuzweifeln und deinen Unmut darüber kundzutun. Das beinhaltet auch, dass du dich nicht in die Angelegenheiten anderer Erfüllter einmischst.» Er nahm mich provokant ins Visier, fuhr aber gleich mit den anderen Geboten fort. «Außerdem hast du dich strikt an deinen Zeitplan zu halten. Verpasste Termine werden nicht geduldet und ebenfalls bestraft. Und damit es später nicht heißt, dass ich dich nicht darauf hingewiesen hätte, möchte ich zusätzlich betonen, dass du außerhalb meines Anwesens allzeit und ausnahmslos perfekt gekleidet, geschminkt und frisiert sein musst. Und für jegliches Abendprogramm erwarte ich, dass du hohe Schuhe trägst. So wirkst du eleganter.» Er wartete auf ein Zeichen von mir, dass ich ihn gehört hatte.

Ich nickte. Brav *Ja* zu sagen, ließ mein Inneres nicht zu. «Muss ich ein Hausmädchenkostüm tragen, wenn ich putze, koche oder sonst irgendeiner Hausarbeit nachgehe?», fiel mir eine Frage ein. Meinen spitzen Unterton konnte ich nur schwer unterdrücken.

Dementsprechend fiel auch Lexians Blick aus. Er musterte mich fast schon drohend, bevor er mir eine Antwort gab. «Nein, schließlich liegt der Hauptfokus darauf, dass du eine Vollblut-Erfüllte wirst. Ich möchte es tunlichst vermeiden, dass dich ein Gast zufällig in diesem Kostüm sieht. Es ist eher ungewöhnlich, dass eine Erfüllte vorübergehend auch als Dienerin arbeitet. Aber dein Angebot war zu verlockend und außerdem finde ich Gefallen an unkonventionellen Dingen.»

Okay, dann war das auch geklärt. Natürlich war ich nicht versessen darauf gewesen, in dieses Outfit zu schlüpfen, und doch hatte ich jetzt ein komisches Gefühl. Ich kam mir vor wie eine illegale Einwanderin, die für eine reiche Familie putzen musste, um sich ihren Lebensunterhalt zu verdienen.

«Es gibt eine Ausnahme, was die Einhaltung deiner Termine angeht. Wenn die Obigen deine Anwesenheit erwünschen, ist jeder andere Termin zweitrangig. Sie sind die Retter unseres Landes und haben somit deinen größten Respekt verdient.»

Wieder nickte ich, obwohl mir kotzübel war.

«Du nimmst keinen Kontakt nach außen auf. Wir können deiner Familie, wie gesagt, jeden Monat ein paar pulcherische

Kronen zukommen lassen, aber jegliche Kontaktaufnahme ist strengstens untersagt. Sie wäre eine Ablenkung während deiner Ausbildung.»

Wieder erwartete er eine Reaktion von mir, doch ich konnte mir kein Nicken abringen. Ich durfte nicht mit Lamirah oder Tabitha sprechen, durfte nicht erfahren, wie es ihnen ging? Mein verdammtes Ladegerät hatte ich auch nicht dabei. Also nutzte mir nicht mal mein Handy etwas.

«Hast du mich verstanden, Allegra?», hakte er mit drohendem Unterton nach.

«Wieso?», flüsterte ich nur.

Ein wütendes Schnauben ertönte. «Hast du mich nicht gehört? Sie wären eine Ablenkung und du bist hier, um dich auf die Entwicklung zur Vollblut-Erfüllten zu konzentrieren.»

Mein Gefühlsorkan war zurück. Tränen der Verzweiflung, der Wut und des Schmerzes wollten meine Augen fluten. Ich hielt sie mit aller Macht zurück, wollte ihm keine Schwäche zeigen. Nicht Lexian und nicht den Obigen. «Aber ich darf sie irgendwann wiedersehen?», startete ich einen weiteren Versuch, um meine schmerzende Seele zumindest ein bisschen zu beruhigen.

«Möglicherweise eines Tages.»

Möglicherweise eines Tages? Genauso gut hätte er niemals sagen können.

«Wenn wir allerdings deine Schwester hier aufnehmen würden, könntest du sie öfter sehen», sprach er, und versuchte erneut, mich unter Druck zu setzen.

«Nein, niemals.»

Sein eisiger Blick bohrte sich in meine Augen. «Wie du willst. Also, hast du diese Regel verstanden?»

Das konnten sie einem doch nicht antun. «Wieso sind einige der Erfüllten oft außerhalb der Mauer unterwegs?»

Lexian schien instinktiv zu wissen, worauf ich hinauswollte. «Auch wenn dich die Hintergründe eigentlich nichts angehen, werde ich es dir erklären», sagte er mit einer

Seelenruhe. Trotzdem war sein gereizter Unterton nicht zu überhören. «Diejenigen von uns, die du außerhalb der Mauer siehst, sind in ihrer Entwicklung sehr weit fortgeschritten. Bei den einen dauert es länger als bei den anderen. So wie ich es einschätze, wird es bei dir ein langer Weg. Und damit meine ich nicht nur die äußerlichen Optimierungen. Du wirst einige Stunden Geschichtsunterricht und Persönlichkeitstraining brauchen und viel von den Fortgeschrittenen lernen müssen. Dein respektloses Verhalten heute Abend war Beweis genug dafür.»

Erneut schluckte ich. Persönlichkeitstraining? Was sollte das denn bitte sein? Wahrscheinlich eine weitere Art der Gehirnwäsche. Er wusste, dass ich einen starken Willen hatte. Sie würden mich niemals aus ihrem Gebiet lassen, wenn ich mich weiterhin rebellisch verhielt. Aber würde ich es schaffen, mich unterzuordnen und in solchen Situationen wie vorhin bei der Musterung einfach zuschauen können? Ich wusste es nicht.

Ganz leicht, fast schon zaghaft, nickte ich, während mich die Hilflosigkeit förmlich zerriss. Ich würde keinen Kontakt zu meiner Familie haben dürfen und sie möglicherweise eine halbe Ewigkeit nicht sehen.

«Gut. Also gibt es doch noch ein bisschen Hoffnung für dich.»

Für ihn gab es ganz offensichtlich keine mehr. Was zum Teufel hatten sie mit diesem Erfüllten gemacht, dass er so herzlos war? Wie hatten sie ihn nur gebrochen?

Nach einem weiteren Blickduell fuhr er fort. «Damit du aber in unserer Welt mit anderen kommunizieren kannst, bekommst du das hier. Es ist dein Kommunikator.» Lexian lehnte sich vor und griff nach dem kleinen runden Gerät auf dem Couchtisch. Er ließ es in meine Handfläche fallen und berührte so kurz meine Finger.

Erschrocken zog ich meine Hand zurück. Sie hatte gekribbelt. Fast so wie bei einem kleinen elektrischen Schlag, und doch stärker. Aber das war nicht das Seltsamste gewesen. Ich hatte plötzlich etwas durch Lexians Hemd durchleuchten sehen. Es hatte wie ein unförmiger Stein, nein, wie das Bruchstück eines Kristalls ausgesehen. Ich zwinkerte kurz und dann sah die Stelle, an der sein kaltes Herz schlagen musste, wieder so aus wie vor einigen Sekunden. Ich schüttelte innerlich den Kopf über mich selbst. Meine Müdigkeit schien mir schon einen Streich zu spielen und ich hoffte inständig, dass Lexian mich bald aus diesem Gespräch entlassen würde.

Dieser schaute mich wiederum irritiert an. Wahrscheinlich hatte es ihn verwundert, dass ich so vor ihm zurückgezuckt war. Zweifelsohne war Lexian äußerst attraktiv. Sein muskulöser Körper, seine aufrechte Haltung und die stahlblauen Augen. Doch war ich niemand, der sich von der äußerlichen Schönheit hinters Licht führen ließ. Das überließ ich lieber Camelia. Die beiden verdienten sich.

«Ich bin mir durchaus darüber bewusst, dass du mich nicht leiden kannst, aber dass du mich so abstoßend findest ...», kam es mit einem Funken zu viel Überheblichkeit von ihm.

Natürlich konnte ich mir einen Kommentar nicht verkneifen. «Ich bin nicht Camelia.»

«Sehr schade, denn wenn du mehr so wärst wie sie, müsste ich dich nicht bestrafen und dir die Regeln bis ins Detail erklären.» Lexian zog sein edles Jackett aus und drapierte es über der Rückenlehne des Sofas.

«Ich habe Euch versprochen, dass ich Euch dienen und eine Erfüllte werde. Das werde ich auch beides erfüllen. Aber erwartet nicht von mir, dass ich Eure Welt genauso liebe wie Ihr. Für mich bedeutet das Leben mehr als äußerliche Makellosigkeit. In meiner Welt kommt die Schönheit von innen und es geht darum, zusammenzuhalten und alles für seine Familie zu tun.» Nachdem ich meinem Unmut ein bisschen Luft gemacht hatte, ärgerte ich mich schon wieder darüber, dass ich mir nicht auf die Zunge gebissen hatte.

Lexian blickte mich lange an, bevor er etwas sagte. «Und

wo hat diese innere Schönheit, wie du sie nennst, eure Welt hingebracht? Ich sehe dort nur Gewalt, Armut und Schmerz.» Er wanderte mit seinen Augen über mein Gesicht und schien fast schon interessiert an meiner Antwort.

Am liebsten hätte ich geschrien, dass sie schuld waren. Die Erfüllten, die uns alles genommen hatten, doch dann würde er mich höchstwahrscheinlich erneut bestrafen. «Was für eine Wahl haben wir denn? Unsere Wirtschaft ist fast non-existent, kein Wunder, dass die Menschen keine Arbeit mehr finden», sagte ich, und versuchte etwas ruhiger heranzugehen.

«Ganz genau. Weshalb sollte man dann nicht zu uns gehören wollen?»

Sie hatten ihm durchaus eine wirksame Gehirnwäsche verpasst. Er schien felsenfest davon überzeugt, dass ihre Welt den Menschen ein besseres Leben bot.

«Weil man seine Seele nicht verlieren will?», sprach ich meinen ehrlichen Gedanken aus und starrte dabei auf das goldene Sideboard, auf dem der luxuriöse Flachbildschirm stand.

Lexians Schnauben war Antwort genug und ich versuchte, mich wieder auf das kleine blinkende Gerät in meiner Hand zu fokussieren.

«Wie funktioniert es?», wollte ich von ihm wissen.

Er brauchte einen Moment, bis er antwortete. Mein Themenwechsel hatte ihn offensichtlich überrascht. «Du kannst jeden gemeldeten Erfüllten mit deinem Kommunikator erreichen. Du musst lediglich Namen und Titel einsprechen und dann ertönt auf demselben Gerät der gewünschten Person ein Piepen. Es gibt eine Sprach- und Videofunktion. Letztere ist vor allem wichtig, wenn deine Optik vor einer wichtigen Veranstaltung überprüft werden soll.»

Na wunderbar. So hatten sie mich noch mehr unter Kontrolle.

«Und verlier dich nicht in irgendwelchen Illusionen. Das Netz geht nur durch unsere Welt. Du wirst also abseits der

Mauer niemanden erreichen können.»

«Also kann ich Euch nicht erreichen, wenn Ihr außerhalb der Mauer unterwegs seid?»

«Hast du etwa vor, regelmäßig mit mir zu telefonieren?» Seine rechte Augenbraue wanderte nach oben und ich fragte mich, ob er tatsächlich scherzte.

«Natürlich nicht.»

«Verstanden hätte ich es», erwiderte er und ein provokantes Lächeln blitzte über seine Gesichtszüge.

Er hält sich wirklich für Adonis, dachte ich genervt.

«Wenn es einen Notfall geben sollte, kannst du *Palastwachen* einsprechen und wirst dann mit dem Höchstrangigsten des Heers verbunden, der verfügbar ist.»

Was für Notfälle sollte es denn bitte geben? Diese ganze Situation war ein Notfall.

«Und was wäre in Euren Augen einer?», hakte ich nach, während ich mir eine meiner Strähnen hinters Ohr schob, die mir schon die ganze Zeit ins Gesicht fiel.

Lexian hatte die Geste bemerkt und war meinen Fingern aufmerksam gefolgt. Ich schüttelte das seltsame Gefühl, das mich unter seinem Blick überkam, ab und wartete gespannt auf seine Antwort.

«Beispielsweise, wenn dich jemand bedroht. Auch bei uns gibt es schwarze Schafe. Es ist unter anderem Teil meines Jobs, diese ausfindig zu machen und zu bestrafen.»

«Und was macht Ihr dann mit ihnen? Wie bestraft Ihr sie?»

«Die meisten von ihnen fristen ihr Leben im Gefängnis. Diejenigen, die eines großen Vergehens schuldig sind, müssen mit ihrem Leben bezahlen.»

Mir klappte ungewollt der Mund auf. Lexian hatte über den Mord an diesen Menschen so gesprochen, als würde er Yessenia auftragen, was sie ihm zum Frühstück zubereiten sollte.

«Was ist denn ein großes Vergehen?» Innerlich zitterte ich. Was betrachteten die Erfüllten wohl als Verbrechen? Und wollte ich es überhaupt wirklich wissen?

Der oberste Heerführer streckte sich, was seine Muskeln praller wirken ließ. «Es ist schon ziemlich spät, Allegra. Außerdem bekommst du bald Geschichtsunterricht. Dort wirst du einiges zu den Gepflogenheiten unserer Welt erfahren. Geh jetzt nach oben und lass mich allein. Yessenia wird dich morgen früh wecken und dann beginnt dein Alltag hier bei uns. Ach ja, und übergib ihr bei der Gelegenheit dann auch gleich dein Handy. Das wirst du hier nicht mehr brauchen.»

Dies war keine Bitte, sondern ein Befehl. Nur woher wusste er, dass ich es dabei hatte? Wieso wussten die Erfüllten überhaupt so viel über mich?

«Und jetzt gute Nacht, Allegra», sagte er die drei letzten Worte an diesem Abend, die mich dazu animierten, mich zu erheben und die Treppe anzusteuern.

Auch wenn ich noch viele Fragen hatte, gab ich mich mit den neuen Erkenntnissen vorerst zufrieden. Mein Körper jubelte ebenfalls lautstark und freute sich darauf, sich endlich ausruhen zu dürfen.

Trotz der allumfassenden Müdigkeit lag ich wach in dem ungewohnt gemütlichen Bett und starrte die Decke an. Hier gab es keine Risse, die ich zählen konnte, denn sie war makellos. Genauso wie ihr Besitzer. Stattdessen betrachtete ich den feinen Stuck, der filigraner nicht sein konnte. Eine erneute Welle der Übelkeit packte mich und ich musste einige Male tief ein- und ausatmen, um Herr über den Würgereiz zu werden.

Ich zog mir die weiche Decke bis zur Nasenspitze, denn neben der kühlen Luft der Klimaanlage war das einzige, für meinen Geschmack, passable Schlafoutfit ein roséfarbenes Seidennachthemd gewesen, das mir bis knapp unter die Knie reichte und alles andere als wärmend war. Die zwei anderen Stücke, die ich ebenfalls in einem der tiefen Fächer gefunden hatte, hätten gerade so meinen Po bedeckt und waren auch sonst recht aufreizend. Vielleicht hatte diese Garderobe einer ehemaligen Erfüllten gehört, die Lexian etwas näher gekannt hatte? Das Thema der wundersam aufgetauchten Klamotten ließ mich nicht los. Dem Stil der knappen Nachtkleidung nach zu urteilen, musste er sie gut gekannt haben. Ich stöhnte. Diese aufreibenden Gedanken waren unerträglich. Aus meiner Verzweiflung heraus nahm ich meinen Kopf fest zwischen meine Hände, in der Hoffnung, Eminas komische Anspielung so daraus zu verbannen.

Doch meine Gedanken drehten und drehten sich und ich fand nicht in den Schlaf. Als ich immer unruhiger wurde und meine trockene Kehle nach Flüssigkeit verlangte, entschied ich mich, aufzustehen, und knipste die Nachttischlampe an. Vermutlich hatte mir Yessenia die Karaffe auf die kleine Kommode unterhalb des Fensters gestellt. Ich war ihr dankbar dafür, denn ich hatte wenig Lust darauf, mitten in der Nacht hinunter in die Küche zu wandern. Vor allem nicht in diesem dünnen, leicht transparenten Nachthemd. Mit meinen müden Gliedern griff ich nach dem bauchigen Keramikgefäß und schenkte mir etwas von dem stillen Wasser in das Glas daneben ein. Während ich daraus trank, ließ ich den Blick über die Umgebung schweifen. Selbst um diese Uhrzeit, die ich mittlerweile auf weit nach Mitternacht schätzte, wurden all die Fassaden von einem sanften Licht erleuchtet. Die sonst so schwarze Nacht und die glitzernden goldenen Dächer und Türen waren das perfekte Spiegelbild des klaren Sternenhimmels.

Für einen kurzen Moment verlor ich mich in diesem wunderschönen Anblick, bis mich eine Bewegung auf dem Weg unterhalb von Lexians Villa ablenkte. Ich kniff die Augen leicht zusammen, um mehr zu erkennen. Ein großer breitschultriger Mann lief über den Bürgersteig und war gleich auf der Höhe meines Fensters angekommen. Das war doch …? Als hätte er meinen Blick gespürt, drehte er sich zu mir und blickte direkt in meine Richtung. Ja, der eisige Blick war unverkennbar. Als mein Gehirn realisierte, weshalb er ihn einen Moment später etwas tiefer wandern ließ, hielt ich mir erschrocken die Arme vor die Brust. Daraufhin tauchte ein süffisantes Lächeln auf seinen Lippen auf, bevor er seinen Weg fortsetzte. Wahrscheinlich war er unterwegs zu Camelia. Schließlich hatte sie ihn bei unserer ersten Begegnung förmlich angebettelt, ihr heute Abend Gesellschaft zu leisten.

Ich leerte mein Glas in einem Zug und schlüpfte wieder unter die Bettdecke. Mein Herz klopfte schmerzhaft in meiner Brust. Hoffentlich hatte er nicht allzu viel gesehen. Er hatte mich tatsächlich in diesem Hauch von Nichts erblickt. Aufgebracht ballte ich die Hände zu Fäusten und ein Laut, der irgendwo zwischen verzweifelt und genervt lag, entwich meiner Kehle. Auch wenn er wahrscheinlich nicht allzu viel wahrgenommen hatte, fühlte es sich so an, als hätte ich in diesem Moment unsagbar viel von mir preisgegeben. Einen Teil von mir, den schon lange niemand mehr gesehen hatte. Und damit meinte ich nicht nur meinen Körper, sondern vielmehr meine Verletzlichkeit. Der letzte Mensch, für den ich freiwillig meine Hüllen hatte fallen lassen, war Morizo gewesen, mein ehemaliger Freund, der sich vor ungefähr zwei Jahren von mir getrennt hatte. Ich war schwer verliebt gewesen und hatte in seiner Gegenwart immer ich selbst sein können. Ganz gleich, wie hart die Zeiten gewesen waren, er hatte es immer geschafft, ein Lächeln auf meine Lippen zu zaubern. Doch auch Morizo hatte sich irgendwann von einer der Erfüllten bezirzen lassen und war ihr in ihre Welt gefolgt. Ich hatte viele Monate gebraucht, bis der Schmerz nicht mehr so übermächtig gewesen war. Wir hatten so oft von einer gemeinsamen Zukunft geträumt, dass es sich fast schon so angefühlt hatte, als wäre sie zum Greifen nahe gewesen.

Ich drehte mich auf die Seite. Die Erinnerungen an Morizo und unsere gemeinsame Zeit ließen sich trotzdem nicht abschütteln. Ich hatte ihn von ganzem Herzen geliebt. Wie gern hatte ich durch seine dunklen Locken gewuschelt und etwas Komisches gesagt, nur um ihm das schelmische Grinsen zu entlocken, das mir immer eine ganze Schar von Schmetterlingen in den Bauch gesandt hatte. Mein Herz zog sich schmerzhaft zusammen. Ich hatte schon so lange nicht mehr an ihn gedacht. Seit meine Eltern gestorben waren, hatte mein Herz nicht einen einzigen Winkel Platz für weiteren Schmerz gehabt.

Im Zentrum des Wahnsinns

Als ich am nächsten Morgen aufwachte, wusste ich nicht, wie viele Stunden ich geschlafen hatte. Sicher nicht mehr als zwei, denn *erholt* war absolut nicht der passende Begriff für meinen aktuellen Gemütszustand. Die Geschehnisse des gestrigen Tages hatten mir eindeutig zu viel abverlangt und der seelische Schmerz wegen der Erinnerungen an Morizo und meine Eltern hatte sein Übriges getan. Irgendwann hatte ich mit feuchten Wangen in einen ruhelosen Schlaf gefunden.

Vielleicht war eine wohltuende Wanne das, was ich jetzt brauchte? Wahrscheinlich kam bei den aktuellen Temperaturen kein normaler Mensch auf die Idee, in heißes Wasser zu steigen, aber aufgrund der kühlen Luft der Klimaanlage fror ich ein bisschen. Außerdem hatte Emina recht. Wenn ich schon in dieser Welt leben und all die furchtbaren Dinge – vorerst – ertragen musste, dann konnte ich auch die Vorzüge genießen. Yessenia war auch noch nicht in meinem Zimmer aufgetaucht, um mich zu wecken, was bedeutete, dass ich noch ein bisschen Zeit hatte, bevor ich in meinen neuen Alltag starten musste.

Zufrieden mit meiner Entscheidung schritt ich mit nackten Füßen über den kühlen Bodenbelag und saß keine fünf Minuten später in einem sprudelnden Schaumbad. Ich lehnte mich an, drapierte meine Haare über dem Beckenrand und schloss für einen Moment meine Lider. Es tat unglaublich gut, meinen schmerzenden Körper in dem warmen Wasser zu entspannen und auch meine Füße konnten nach der stundenlangen Folter von gestern wieder richtig entkrampfen. Auch wenn die Situation an Surrealität nicht zu übertreffen war. Ich musste es mir bewusst vor Augen führen. Ich war in meinem eigenen Badezimmer, das mit seiner Größe der Fläche meiner gesamten Wohnung glich, lag in einer mit angenehm temperiertem Wasser gefüllten Wanne und war von einer sündhaft teuren Einrichtung umgeben. Alles Dinge, die mir fremder nicht sein konnten und doch genoss ich sie.

Als ich geschätzt eine halbe Stunde später wieder mein von Sonnenstrahlen erfülltes Zimmer betrat, machte ich mich auf die Suche nach einem passenden Outfit. Wie mit Yessenia besprochen, würde ich heute Morgen die Einkäufe erledigen.

Also am besten etwas Alltagstaugliches, resümierte ich.

Nur war das gar nicht so einfach. Roben wie die, die ich gestern getragen hatte, füllten den Großteil des Schranks aus. Jeans konnte ich nirgends entdecken und auch andere lässigere Teile schienen nicht Teil dieser Welt sein zu dürfen. Nachdem ich mich durch über dreißig Kleidungsstücke gewühlt hatte, entschied ich mich für eine weiße Hose und ein dunkelblaues Top, das am Dekolleté mit Goldperlen verziert war. *Natürlich passt es wie angegossen*, realisierte ich, als ich mich kritisch vor der Spiegeltür musterte. Mein nächster Anlaufpunkt war die Schuhkommode. Hoffentlich gab es hier wenigstens ein Paar, dass keine zwanzig Zentimeter in die Höhe ragte. Ich öffnete einige Schubladen, in denen sich High Heels in allen Farb- und Materialvarianten befanden, bis ich endlich flache Sandalen in dem exakten Blauton meines Oberteils entdeckte. Es würde mich nicht überraschen, wenn ich hier für jedes Kleidungsstück die farblich passenden Schuhe fand. Ein modischer Fauxpas war bei den Erfüllten sicherlich eine Todsünde und Lexians Worten nach offenkundig auch ein Regelbruch. Zumindest, wenn man abends keine High Heels trug.

Während ich mich nach meiner Styling-Aktion im Spiegel

157

betrachtete, erhaschte ich einen Blick auf den Kommunikator, den Lexian mir gestern Abend gegeben hatte. Ich hatte ihn vor dem Schlafengehen auf dem Nachttisch abgelegt und nahm ihn nun genauer unter die Lupe. Er war flach und grau und hatte keinerlei Tasten. Lediglich ein Display zierte die Vorderseite. Ob ich damit wirklich jeden auf dieser Seite der Mauer erreichen konnte? Wenn ich so mit Elspeth und Emina sprechen konnte, hatte dieses Ding wenigstens einen Vorteil. Ob es schaden würde, es mal auszuprobieren? Ich hielt es näher an meinen Mund und sprach auf gut Glück «Emina, Erfüllte.» ein. Lexian hatte doch gesagt, dass ich lediglich den Namen und den Titel erwähnen musste. Ich starrte auf das kleine Gerät in meiner Hand und wartete darauf, dass es reagierte. Doch es passierte nichts. Hatte ich irgendetwas falsch gemacht? Aber wie sollte der Kommunikator sonst funktionieren? Ich drehte ihn ein paar Mal hin und her, entdeckte aber weder hinten noch an den Seiten einen Knopf oder Ähnliches. Auf eine innere Eingebung hin sprach ich erneut etwas ein.

«Emina Halour, Erfüllte.»

Erst blieb der Kommunikator still, doch dann tat sich etwas. Das Display zeigte meine gesprochenen Worte in einer kleinen Schrift an und machte leise Geräusche, die an das Freizeichen eines Telefons erinnerten.

Ich wanderte mit dem Gerät zu meinem Bett und wartete gespannt. Einige Freizeichen später war sie tatsächlich am Apparat.

«Allegra?» Sie klang überrascht.

«Hi Emina. Geht's dir gut?»

«Ja, alles okay. Und bei dir?»

Ich nickte. «Ja, auch. Ich wollte dieses Ding einfach mal ausprobieren.»

«Es ist wirklich praktisch, nicht wahr? Ich habe vorhin auch schon mit Elspeth telefoniert.»

Plötzlich ertönte eine andere mechanische Stimme aus dem

Kommunikator.

«Möchten Sie die Videofunktion aktivieren?», fragte sie mich.

Ich zuckte mit den Schultern. «Ja.»

Das Bild auf dem Display veränderte sich. Die Schrift machte Platz für eine lächelnde Emina, die an einem Tisch zu sitzen schien und sich etwas Grünes zum Mund führte.

«Sehr gut, das funktioniert also bei dir auch.»

«Hast du die Videofunktion aktiviert?», wollte ich von ihr wissen.

«Ja. Und entschuldige, dass ich mit vollem Mund spreche. Ich bin etwas im Stress. Ich habe eben schon meinen Plan bekommen und muss», sie schaute kurz mit konzentrierter Miene auf einen fixen Punkt in ihrem Sichtfeld, «in fünfzehn Minuten los.»

«Du hast ihn schon?», fragte ich ehrlich überrascht.

Sie nickte eifrig und erneut tauchte die Gabel auf meinem Display auf.

Im Vergleich zu mir war Emina perfekt geschminkt und frisiert.

«Elspeth hat ihren auch schon.»

Mein Kopf ratterte. Lag meiner vielleicht unten bereit und ich war erneut dabei, mich gegen die Regeln aufzulehnen? Hatte Lexian nicht gesagt, dass Yessenia mich wecken würde?

«Ich muss unbedingt schauen, ob meiner auch da ist. Nicht dass Lexians nächste Strafe schon auf mich wartet.»

Emina schaute mich erschrocken an. «Dann aber schnell. Lass uns später noch mal reden, ja? Du musst mir unbedingt von seiner Bestrafung erzählen.»

Ich nickte und war bereits aufgesprungen. «Machen wir. Ich leg jetzt auf. Bis später. Und viel Spaß bei deiner ersten Optimierung.» Ich hatte bei meinem letzten Wort Anführungszeichen in die Luft gemalt und hetzte bereits durch den zweiten Stock.

«Danke. Bis dann», sagte sie winkend in die Kamera und

dann färbte sich das Display schwarz.

Als ich im Erdgeschoss angekommen war, sah ich, dass Yessenia in der Küche zugange war.

«Yessenia», stieß ich nervös aus. «Ist irgendwas für mich angekommen?»

«Guten Morgen, Allegra. Ja, vor einer Stunde. Der Umschlag liegt auf dem Esstisch.»

Ihre nächsten Worte nahm ich gar nicht wahr. Ich hechtete, so schnell ich konnte, auf meine persönliche Post zu. Es war ein großer weiß glänzender Umschlag, auf dem mein Name in einer eleganten Schrift prangte. Ich drehte ihn um, riss ihn hektisch auf und hielt kurz darauf einen dünnen Zettel in meiner Hand.

Es war mein Schönheitsplan, der erst ab nächster Woche galt. Ich war so erleichtert, dass mich ein leichter Schwindel erfasste. Samt Zettel setzte ich mich auf einen der großen Esszimmerstühle und lehnte mich zurück. Ich hatte heute offiziell noch keine Regel gebrochen und ich wollte um jeden Preis, dass es so blieb.

«Hier.»

Ich schaute auf.

Yessenia hatte mir eine dampfende Tasse vor die Nase gestellt. «Entspann dich erst mal und trink einen Tee. Hätte ich gewusst, dass du wegen deines Briefs so gestresst bist, hätte ich dich schon früher geweckt. Aber da ich heute Morgen gut mit der Hausarbeit durchgekommen bin, dachte ich, dass ich dir noch ein bisschen mehr Schlaf gönne.»

Das Lächeln von Lexians Hausmädchen war ansteckend und ich bedankte mich bei ihr für ihre Fürsorge. Woher sollte sie auch wissen, dass mir das späte Aufstehen zum Verhängnis hätte werden können?

«Danke, Yessenia, das ist wirklich lieb von dir.»

Sie nickte mir zu und ihr Gesichtsausdruck gab mir überdeutlich zu verstehen, dass sie genau wusste, wie müde ich von dem gestrigen Tag sein musste.

Ich war überaus froh, dass ich hier nicht nur von einem eiskalten Krieger, sondern auch von einem feinfühligen Menschen umgeben war.

«Das war aber eine absolute Ausnahme, Allegra. Lexian ist heute Morgen schon früh aus dem Haus, weil er wichtige Termine hat. Er dürfte bald wieder zurück sein.» Sie zwinkerte mir zu.

Ich verstand den Wink und lächelte sie dankbar an. «Gibt es eigentlich auch Kaffee?», fragte ich hoffnungsvoll. Zwar mochte ich Tee, aber Koffein half mir dabei, in Schwung zu kommen, und den hatte ich heute bitternötig.

Zu meinem Leidwesen schüttelte sie entschuldigend den Kopf. «Erfüllte dürfen keinen Kaffee trinken. Koffein kann den Körper stressen und es ist ja bekanntlich so, dass Stress die Haut schneller altern lässt.»

Ich meinte zu spüren, dass sie diese Maßnahme ebenfalls übertrieben fand, aber da sie nichts dafürkonnte, nickte ich ergeben. Dann musste der Tee jetzt herhalten.

«Der Krouzian-Tee ist aber wirklich sehr lecker. Er wird aus dem Krouzian-Kraut gewonnen, das nur in den Gärten der Erfüllten angebaut wird. Er hat viele Nährstoffe und eine verjüngende Wirkung.»

Von mir aus, dachte ich, genervt darüber, dass ich keinen Kaffee bekam. Hoffentlich schmeckte er tatsächlich und es war nicht nur Yessenias Versuch, mich aufzuheitern.

Ich nahm einen großen Schluck und war überrascht, denn er war wirklich lecker. Er hatte etwas Süßliches und gleichzeitig eine herbe, fast schon saure Note. Die Mischung war außergewöhnlich und trotzdem rund, weshalb ich gleich noch einmal davon trank.

«Ich wusste, dass er dir schmecken würde.» Mit einem warmen Blick in ihren nussbraunen Augen lehnte sie sich zu mir nach vorn. «Ich weiß, dass das alles ziemlich viel für dich sein muss. Versuch dich auf die guten Dinge zu konzentrieren, wie diesen Tee oder die schönen Gewänder.»

Ihre herzliche Art berührte etwas in mir. Sie hatte es so schwer. Sie schuftete hier jeden Tag von morgens bis abends und trotzdem verlor sie die kleinen Dinge nicht aus den Augen. «Danke, Yessenia», sagte ich und lächelte sie dankbar an.

«Möchtest du mir eigentlich noch von gestern Abend erzählen?», fragte sie vorsichtig.

«Frag lieber nicht», antwortete ich und berichtete ihr dann ausführlich von der Musterung und meinem Regelverstoß.

Nachdem ich geendet hatte, starrte sie mich mit offenem Mund an, unfähig etwas zu sagen.

«Ich habe ja gestern Abend gemerkt, dass Lexian nicht gut gelaunt war, aber dass du das getan hast ...» Sie war so geschockt, dass sie mir erneut vor Augen führte, dass ich gestern eindeutig zu weit gegangen war.

«Und du musst als Strafe nur den Schönheitschirurgen unterstützen?», fragte sie ungläubig.

Ich nickte. War sie der Meinung, dass es keine adäquate Bestrafung war, dass ich dabei zusehen musste, wie Menschen operiert wurden, die es vielleicht gar nicht wollten? Aber ich teilte meine Gedanken nicht mit ihr, schließlich musste ich weiterhin Vorsicht walten lassen.

Yessenia hielt die ganze Zeit ihre Tasse umklammert. «Das ist ungewöhnlich, Allegra. Wenn du wüsstest, wie die Bestrafungen sonst aussehen.»

«Du meinst, dass sie Menschen ins Gefängnis werfen und sie mit ihrem Leben bezahlen lassen?», wiederholte ich Lexians Worte.

Yessenia nickte kaum merklich. «Ja. Ihre Schmerzgrenze, was Bestrafungen angeht, ist bei Erfüllten zwar höher als bei Dienern, aber es wundert mich, dass du nicht mal für ein paar Tage in den Kerker musst. Ihre Entscheidungen anzuzweifeln, ist nämlich eines der schwersten Vergehen.»

Ich schluckte. «Wegen so etwas sperren sie Menschen ein?», hakte ich mit einem unwohlen Gefühl in der Magengegend nach.

«Ja. Du solltest ab jetzt wirklich vorsichtig sein.»

Unweigerlich musste ich über ihre Worte nachdenken. Wenn sie solch ein Vergehen normalerweise so hart bestraften, wieso hatten sie mich dann verschont? Diegorus hatte die Strafgewalt an Lexian abgegeben und er hätte mich problemlos ins Gefängnis werfen können. Hatte er nicht selbst gesagt, dass ich ihm Arbeit machte, weil er mir alles haargenau erklären musste? Außerdem hatte ich ihn am ersten Abend auch gleich vor den Obigen blamiert.

«Wieso hat er es nicht getan?», murmelte ich leise vor mich hin.

«Vielleicht mag er dich wirklich?»

Ich schnaubte verächtlich. Yessenia arbeitete schon so lange für ihn. Wie konnte sie da glauben, dass er noch eine menschliche Seite hatte? Oder wusste sie etwas über ihn, was mir nicht bekannt war? «Wie soll jemand so Unmenschliches dazu in der Lage sein?», entfuhr es mir unwirsch. Verdammt, so viel zu meinen Vorsätzen. Wieso konnte ich nicht einmal die Klappe halten?

Yessenia wollte dazu ansetzen, etwas zu erwidern, als wir beide zusammenzuckten.

Die Haustür war zugeknallt und mein zuständiger Erfüllter blickte in meine Richtung. «Guten Morgen.» Der Ernst in seiner Stimme hallte durch den Raum und er kam in voller Montur auf uns zu.

In dieser Kleidung hatte ich ihn bisher nicht gesehen. Es war eine Art schwarzer Kampfanzug, der mit mehreren Protektoren in Rot ausgestattet war. Wahrscheinlich hatte er mit seinem Heer trainiert, um sich für Aufstände zu wappnen. Trotz der verstärkten Zonen bewegte er sich geschmeidig. Seine Aura wirkte in dieser Kluft noch gefährlicher als ohnehin schon und ich hoffte inständig, dass er meine letzten Worte nicht gehört hatte.

Yessenia blickte eingeschüchtert auf ihre Tasse, während

ich mich von meiner Nervosität nicht dazu zwingen ließ, ihm meine Unsicherheit zu zeigen.

Als er am Tisch angekommen war, griff er mit seinen behandschuhten Händen um eine der Stuhllehnen und ließ sie dort ruhen. «Du hältst mich also für unmenschlich. So, so.» Sein auffordernder Blick forderte eine Antwort von mir.

«Was ist Menschlichkeit in Euren Augen?», fragte ich ihn ruhig.

Yessenias warnenden Gesichtsausdruck, den Lexian von seiner Position aus nicht sehen konnte, ignorierte ich. Schließlich war das Kind bereits in den Brunnen gefallen.

«Überbewertet», antwortete er beherrscht und glitt mit seiner rechten Hand langsam über die Rückenlehne. Er ließ mich nicht aus den Augen und legte all seine Kraft in seinen Blick, um mich zu bezwingen. Doch ich ließ es nicht zu. Ihm standzuhalten, war die einzige Möglichkeit, meinen Stolz nicht gleich die edle Keramiktoilette hinunterzuspülen.

«Deine Behandlungen starten erst nächste Woche, weshalb du Yessenia heute Morgen tatkräftig unterstützen kannst. Allerdings erwarte ich dich um dreizehn Uhr hier zum Fitnesstraining.» Nach diesen Worten wandte er sich ab und stieg die Treppe nach oben. Das erste Mal, seit ich hier war, fragte ich mich, welches sein Zimmer war. Vermutlich schlief er ebenfalls im zweiten Stock. Ich wollte mir gar nicht ausmalen, wie herrschaftlich sein feines Gemach eingerichtet war.

«Ich würde sagen, ich mache jetzt das Frühstück fertig und danach kannst du einkaufen gehen», meldete sich Lexians Hausmädchen wieder zu Wort und stand von ihrem Stuhl auf.

Dank meiner Basic-Kosmetik-Kenntnisse hatte ich mir schnell ein tagestaugliches Make-up aufgelegt, um heute nicht gleich wieder unangenehm aufzufallen. Ich dankte meiner damals gut betuchten Mitschülerin Katrana im Geiste, dass sie Tabitha und mich vor einer gefühlten Ewigkeit zu einem Mädelsabend, mit allem, was dazu gehört, überredet hatte. Danach hatte ich ein gesundes Avocado-Omelette und einen weiteren Krouzian-Tee zu mir genommen und mich dann auf den Weg in das Zentrum der Erfüllten gemacht. Yessenia hatte so viel zu tun gehabt, dass sie mir beim Frühstück keine Gesellschaft hatte leisten können, und ich schätzte, dass sie es außerdem vermeiden wollte, groß mit mir zu sprechen, wenn Lexian im Haus war. Nachdem ich mein benutztes Geschirr in die Spülmaschine geräumt hatte, hatte sie direkt neben mir gestanden, um mir einen großen Korb hinzuhalten. Die nötigen finanziellen Mittel hatte mir Lexian ihren Worten nach auf mein Konto, von dessen Existenz ich natürlich nichts gewusst hatte, überwiesen. Ich musste meinen Finger zum Bezahlen einfach nur auf ein kleines technisches Gerät halten, das es in allen Läden der Erfüllten gab. Genau wie in der Meldestelle.

Außerdem hatte mir Lexians Hausmädchen eine Einkaufsliste auf meinen Kommunikator geschickt und mir erklärt, dass ich den Fahrdienst der Erfüllten nutzen durfte, um ins Zentrum zu kommen. Da es aber lediglich ein Fußweg von fünfzehn Minuten war, hatte ich es vorgezogen zu laufen, um so meine Umgebung etwas besser kennenzulernen. Sie hatte mir bestätigt, dass ich mich kaum verirren konnte, da der Weg ausschließlich geradeaus führte.

Während ich den Bürgersteig, der von den vielen prächtigen Villen gesäumt wurde, entlanglief, kam ich nicht umhin, mich zu fragen, wie das Fitnesstraining mit Lexian später werden würde. Nach einer Weile des Grübelns, wie er mich wohl triezen würde, holte mich unausweichlich das gestrige Gespräch mit ihm ein. Sie würden mich ewig nicht aus ihrem Gebiet lassen und ich durfte keinen Kontakt zu den Menschen haben, wegen derer ich nie die Hoffnung aufgab. Mein Handy hatte ich Yessenia vor dem Frühstück natürlich brav überreicht.

Es stand außer Frage, dass ich fliehen musste. Nur hatte ich bis jetzt keine andere Idee, als solange mitzuspielen, bis sie mir genug vertrauten. Nur wenn ich auf meiner Seite der Mauer war, hatte ich eine reelle Chance.

Ich blickte in den Einkaufskorb und stöhnte auf. Meine Sonnenbrille musste auf dem Esstisch liegen. Na super. Dann musste ich meine Augen zusammenkneifen oder mit meiner Hand abschirmen.

Zu Fuß war außer vereinzelten Dienern und mir niemand unterwegs. Warum auch, wenn man sich elegant durch die Gegend kutschieren lassen konnte? Vermutlich stiegen die Bewohner hier lieber auf das Laufband oder sonstige Geräte, um in Form zu bleiben.

Die Geräuschkulisse, die nun immer lauter wurde, ließ mich wissen, dass es nicht mehr weit war. Ich überquerte erneut einen Weg und sah das rege Treiben des Zentrums von Weitem. Ein mulmiges Gefühl schlich sich in meine Magengegend. Gleich würde ich von unzähligen Erfüllten umgeben sein. Es war das erste Mal, dass ich mich nicht vor ihnen in Acht nehmen musste, denn nun gehörte ich dazu.

Meine blau schimmernden Sandalen führten mich immer näher zu den großen weißen Klinikgebäuden, welche sich hinter den verschiedenen Geschäften und Restaurants in die Höhe schraubten. Rechts und links tauchten die ersten kleinen Lädchen auf. Es waren hauptsächlich Boutiquen, in denen man elegante Gewänder, edlen Schmuck und sonstige Accessoires finden konnte.

Etliche große Parkplätze waren am Rand des Weges angelegt und boten Platz für die langen Fahrzeuge mit den shoppingfreudigen Mitfahrern. Einige von ihnen waren belegt und ich beobachtete, wie ein in einem Leinenanzug bekleideter Erfüllter mit einer überdimensional großen Sonnenbrille eine der Limousinen verließ und einer Frau in einem sonnengelben Mini-Kleid die Hand reichte, damit sie galant aus dem Gefährt gleiten konnte. Mit einem künstlichen Grinsen schnippte der Mann kurz darauf mit den Fingern und bedeutete dem Chauffeur mit der Schiebermütze – die scheinbar alle Fahrer trugen – auszusteigen und die Tür zu schließen. Dann ließen der blonde Erfüllte und die dunkelhaarige Frau die Limousine hinter sich und betraten ein Geschäft auf der gegenüberliegenden Seite, in dessen Schaufenster Juwelen in allen möglichen Farbnuancen miteinander um die Wette funkelten.

Während ich meinen Weg fortsetzte, kam ich nicht umhin zu bemerken, dass sich eine große Traube vor einer freistehenden blauen Wand versammelt hatte. Nach genauerem Hinsehen realisierte ich, dass es überhaupt keine Wand war. Ich lief wie hypnotisiert darauf zu, weil das Gebilde zu eindrucksvoll war, um es zu ignorieren. Tausende königsblaue Rosen hingen in meterlangen Strängen herunter und trafen am Boden auf ein Meer grüner Pflanzen. Die Kulisse erinnerte an einen Wasserfall, der in ein lebendiges Tal mündete. Ich fühlte mich wie magisch davon angezogen und gesellte mich zu den vielen Beobachtern. Einen Moment lang vergaß ich, wo ich war und mit welcher Art von Menschen ich hier stand und dieses Gebilde bewunderte. Doch als ich den Blick von den ausladenden Blüten abwendete und den Augen der umherstehenden Erfüllten folgte, wurde mir bewusst, zu welchem Zweck sie die Rosen so kunstvoll drapiert hatten. Ein oberkörperfreier junger Mann posierte neben einer aschblonden Frau. Die Erfüllte trug einen Body, welcher ebenfalls mit blauen Rosen verziert war und so mit dem Hintergrund verschmolz. Die beiden wechselten immer wieder ihre Pose und verharrten dann ein paar Sekunden in ihr, bis die Kameras der zwei sie motivierenden Männer mit ihrem Blitzen ein paar Fotos geschossen hatten. Die Models zeigten ihr schönstes künstliches Lächeln und spielten immer wieder mit dem Blick des anderen. Wurde hier etwa ein Werbespot gedreht, den die niederen Bürger bald im Fernsehen sehen würden?

Während die Erfüllten neben mir der Show wie in Trance

folgten, drehte ich mich angewidert um und steuerte auf das große Gebäude mit dem gewölbten Glasdach zu, in dem, Yessenias Beschreibung nach, der kleine Laden beherbergt sein sollte.

Ich betrat das städtische Shoppingcenter durch den meterhohen Eingang. Hier traf ein buntes Gemisch an Erfüllten und Dienern aufeinander. Die meisten der *schönen* Menschen achteten kaum auf ihre Umgebung und gingen schnellen Schrittes ihres Weges. Zumindest so schnell es die stilvollen Kunstwerke an ihren Füßen zuließen. Yessenia hatte recht und ich musste mir bei der ein oder anderen Erfüllten ein Schmunzeln verkneifen. Sie trugen die verschiedensten Tüten, die mit ihrer modischen Ausbeute gefüllt sein mussten, und stöckelten sich dabei einen ab. Tja, wer schön sein wollte, musste ja bekanntlich leiden.

Ich löste mich von dem Anblick der Menschen um mich herum und betrachtete die architektonische Gestaltung des Einkaufszentrums. Es erstreckte sich neben dem Erdgeschoss über drei weitere Etagen und erinnerte an einen botanischen Garten. Schlingpflanzen, so weit das Auge schauen konnte, kletterten die Wände entlang, bis sie sich an der Decke, durch die man in den freien Himmel blicken konnte, vereinten.

Der Eingangsbereich schien eine Art Markt zu sein. Die kleinen Stände, die sich aneinanderreihten, boten vielfältige kulinarische Köstlichkeiten. Süße Früchte, nach wilden Kräutern duftende Tees, außergewöhnlich zusammengestellte Gemüsespieße und mehr gingen im Minutentakt über die Theke.

Der kleine Laden, in dem ich unsere Einkäufe erledigen musste, befand sich im obersten Stockwerk. Also steuerte ich die gläserne Rolltreppe an, die mich in die erste Etage bringen würde.

Hier schien sich alles um Schönheitsbehandlungen zu drehen, denn an den Ladenfronten prangten verschiedene leuchtende Schilder mit den unterschiedlichsten Salonnamen.

Hinter den Glasfronten ließen sich Männer und Frauen die Haare aufwändig frisieren, die Nägel aufhübschen oder die Gesichter noch makelloser schminken, als sie dank des großen Angebots an Schönheits-OPs ohnehin schon waren.

Als ich endlich auf die nächste Rolltreppe stieg, die in das zweite Stockwerk führte, landete ich hinter einer Gruppe von Erfüllten. Es war kaum möglich, ihr Gespräch nicht mit anzuhören.

«Tomaro ist wirklich der Beste. Er zaubert mir einfach immer die schönsten Locken», schwärmte eine der Erfüllten und fuhr sich stolz durch ihre blond gesträhnte Mähne.

«Ja, ich habe dir doch gesagt, dass es keinen Besseren gibt», stieg die Erfüllte neben ihr mit ein und ließ ihre langen rot schimmernden Nägel ebenfalls durch ihre Haarpracht gleiten.

Ich hoffte inständig, dass wir gleich oben ankamen, denn die zwei anderen Erfüllten, die auch zu der Gruppe zu gehören schienen, gaben nun auch noch ihren Senf dazu und sprachen in den höchsten Tönen von diesem Tomaro.

«O Gott, seht ihr das dicke Dienstmädchen dort?», wechselte eine der Erfüllten das Thema und zeigte auf eine Frau, die soeben auf die nach unten führende Rolltreppe neben uns gestiegen war.

«Ja, und schaut euch mal dieses Nest auf ihrem Kopf an. Die hat doch bestimmt Läuse», entgegnete eine andere der Gruppe.

Hämisches, künstlich klingendes Gelächter ertönte und die vier wollten sich gar nicht mehr einkriegen.

Natürlich hatte das Dienstmädchen alles mitbekommen und senkte beschämt den Kopf.

In mir brodelte es, doch konnte ich nichts dagegen unternehmen.

Oben auf der Plattform angekommen, machte ich dreißig Kreuze. Es hatte mich einiges an Selbstbeherrschung gekostet, diesen affektierten Erfüllten nicht die Meinung zu geigen. Ihnen vor den Latz zu knallen, dass man so nicht über andere zu sprechen hatte.

Ich versuchte meine Aufmerksamkeit weg von den tobenden Emotionen in meinem Inneren zu lenken und mich dafür auf das zu konzentrieren, was sich auf diesem Stockwerk darbot. Die gesamte dritte Etage schien den Kindern aus dieser Welt gewidmet zu sein. Doch es war kein Spieleparadies, denn natürlich mussten auch die Kleinsten bereits auf ein Leben getrimmt werden, in dem Schönheit die oberste Priorität hatte. Ich war schockiert und tief getroffen zugleich, als die Stimmen vereinzelter Kinder an meine Ohren drangen. Einige von ihnen klangen so monoton, dass es mir eine Gänsehaut bescherte.

Ich lief an einem kleinen Salon vorbei, in dem ein blondes Mädchen tränenüberströmt ihre Beauty-Behandlung über sich ergehen ließ. Der Kleinen wurden von einer Erfüllten mit einem elektronischen Gerät Locken in die Haare gedreht, während ihr eine andere Frau die Fußnägel lackierte. Ich blieb wie angewurzelt vor dem Kindersalon stehen. Das Mädchen musste gerade mal vier Jahre alt sein und wurde bereits dazu gezwungen, mehr Puppe als Kind zu sein. Als ihre Augen zu mir wanderten und sich unsere Blicke trafen, konnte ich ihre Verzweiflung bis auf den Grund meiner Seele spüren. Es saßen zwar noch andere Kinder in dem Salon, doch sie schienen ihre Freude daran zu haben, bewunderten ihre neuen Frisuren oder zeigten einander ihre neuen Kleider, während die Mütter danebenstanden und sich untereinander austauschten.

Nur dieses kleine weinende Mädchen schien allein zu sein und musste sich etwaigen Schönheitsprozeduren unterziehen.

Mein Herz schmerzte, als würde es jemand mit voller Gewalt in seinen Händen zerquetschen. Selbst Kindern taten sie all das schon an.

Doch das Schlimmste erblickte ich erst jetzt. Ein Eisenspeer bohrte sich in meine Körpermitte und ließ mich den Atem anhalten. Sie hatten sie auf dem Stuhl fixiert. Mehrere breite schwarze Gurte mit Metallschnallen hinderten sie daran, sich frei zu bewegen. So wie es aussah, wollten sie nicht riskieren, dass eine Locke falschlag oder die Nägel nicht akkurat lackiert waren. Meine Lippen bebten vor Wut. Wen wunderte es, dass sie im Alter so abgestumpft, so herzlos und seelisch so kaputt waren? Alles in mir schrie, in diesen kleinen Salon zu rennen und das Kind mit den großen Augen auf die Arme zu nehmen und es aus dieser Situation zu befreien. Aber was dann? Es war ja nicht so, dass mir hier irgendjemand helfen würde. Die ganze Welt hier schien dieses unmoralische Verhalten zu unterstützen. Wahrscheinlich sogar ihre Eltern.

Mit der unbändigen Mischung aus Hass und Schmerz riss ich mich von dem Salon los. Ich musste mich kontrollieren, durfte mir keinen Fauxpas mehr erlauben.

Wie in Trance führten mich meine Füße in das oberste Stockwerk. Hier reihten sich kleine Drogerien, Modeläden und Geschäfte für den täglichen Bedarf aneinander. Doch ich hatte keine Nerven, um mich auf irgendetwas zu konzentrieren. Ich wollte einfach nur weg hier. Weg von diesen quälenden Behandlungen, mit denen die Erfüllten große Narben auf den kleinen, sanft pochenden Herzen hinterließen.

Endlich erreichte ich den Laden, von dem Yessenia gesprochen hatte. Angeblich gab es hier einen Sommelier, der mit den erlesensten Backwaren aufwartete. Darunter auch ein ganz besonderes Brot, das auf Lexians Ernährungsplan stand. Das Hausmädchen hatte mir erzählt, dass es diese Backkunst nur an ein paar Tagen im Monat zu kaufen gab, denn das Vollmondbrot, wie sie es genannt hatte, wird mit dem Quellwasser zubereitet, welches in Vollmondnächten durch den kleinen Bach im Park fließt. Ihm werden angeblich vitalisierende Kräfte zugeschrieben. Und wer brauchte diese mehr als der stärkste Krieger? Erneut schüttelte ich den Kopf bei dem Gedanken an den ganzen Aufriss, den die Erfüllten für ihre Schönheit betrieben. Nur deshalb hatte ich mich durch

171

das ganze Einkaufszentrum gekämpft. Draußen hatte ich in der Ferne ebenfalls den ein oder anderen Supermarkt ausmachen können, aber wir wollten schließlich nicht, dass der Herr auf seinen Energiebooster verzichten musste. *Ein Vollmondbrot.* Wenn ich könnte, würde ich dieses ganze menschenverachtende Regime auf den Mond schießen und mit Luna selbstzufrieden zu dem hell erleuchteten Himmelskörper blicken und dabei eine Tasse Kakao trinken. *So wie ihr es immer gemacht habt,* meldete sich eine wehmütige Stimme in mir.

Ich seufzte leise vor mich hin, während ich durch das kleine Geschäft tigerte. Hier waren ausschließlich Bedienstete unterwegs, was man direkt an den Hausmädchen- und Butler-Uniformen erkennen konnte. Die Frauen hatten fast alle einen ebenso akribischen Dutt wie Yessenia und die Haare der Männer lagen äußerst glatt an den Köpfen an. Das einladend gestaltete Geschäft wartete mit vielen Lebensmitteln auf, die mir gänzlich unbekannt waren. Wahrscheinlich stammten sie von den Feldern, auf denen die Erfüllten Gemüse und andere Dinge anbauten, die uns außerhalb der Mauer nicht vergönnt waren. Oder sie wurden von den großen Frachtschiffen, die man oft über das Meer gleiten sehen konnte, aus anderen Teilen der Welt hierher geliefert.

Doch ich hatte keinen Kopf für meine Umgebung, denn der Schmerz des Mädchens, der mich immer noch begleitete, überlagerte jegliche Neugierde. Aus diesem Grund war ich überaus erleichtert, als ich endlich alle mir aufgetragenen Lebensmittel zusammen hatte und die kleinen Gänge mit den akkurat nach Farben sortierten Waren verlassen konnte. Ich stellte mich an der Kasse, direkt hinter einer Bediensteten, an und wartete, bis ich endlich aus dem Zentrum fliehen konnte. Die Dienerin unterhielt sich freundlich mit der Kassiererin. Als sie mich erblickten, verstummte ihr Gespräch augenblicklich und sie schauten betreten nach unten.

«Unterhalten Sie sich ruhig noch einen Moment», sagte ich

höflich.

Es war mir unsagbar unangenehm, dass ich von den Dienern und Arbeitern hier so behandelt wurde, als wäre ich etwas Besseres als sie. Nur weil die Natur einem Merkmale mitgab, die in den Augen der Gesellschaft als schöner eingestuft wurden, war man doch nicht mehr oder weniger wert als jeder andere.

Die beiden Frauen waren so perplex, dass sie mich mit offenem Mund anstarrten.

«Vielen Dank», sagte die Kassiererin peinlich berührt.

«Es muss Ihnen keineswegs unangenehm sein», betonte ich erneut, dass ich kein Problem damit hatte, nicht sofort bedient zu werden.

Wenn die Frau hinter der Kasse mich eben schon angeschaut hatte, als wäre ich eine Außerirdische, war ich jetzt mit den ganzen Einwohnern vom Mars unterwegs.

«Sie sind eine Erfüllte, richtig?», fragte sie leise, während die kleine Frau vor mir unser Gespräch mit gespitzten Ohren verfolgte.

Ich nickte.

«Aber Sie sind neu hier, oder?», wollte sie wissen.

Wieder nickte ich.

Beide Frauen schauten mich einen Moment lang an, bevor sich etwas in ihren Blick mischte, das ich nicht genau deuten konnte. Es schien, als hätten sie eine traurige Vorahnung.

Die Kundin vor mir verabschiedete sich und verließ das kleine Lädchen. Danach kassierte mich die Frau mit der roten Brille ab. Ich war verblüfft, dass das mit dem Bezahlen so reibungslos verlief, wie Yessenia gesagt hatte. Ich hatte meinen Finger keine zwei Sekunden auf das schwarze Gerät legen müssen und schon waren die Lebensmittel in meinen Besitz übergegangen.

Mit vollbepacktem Korb machte ich mich wieder auf den Weg nach unten. Während mich das seltsame Gefühl, das mir die beiden Frauen eben gegeben hatten, gedanklich beschäftigte, realisierte ich gleichzeitig, dass ich tatsächlich eine der wenigen Erfüllten war, die keine hohen Schuhe trug.

Hoffentlich ist das kein Regelverstoß, dachte ich genervt. Lexian hatte doch explizit gesagt, dass ich High Heels nur zum Ausgehen tragen müsste.

Als ich wieder auf dem Stockwerk ankam, wo sich alles um die Schönheit der Kleinsten drehte, holte mich der Gedanke an das Mädchen wieder ein. Ich musste mich vergewissern, ob sie noch in diesem Salon saß.

Wenig später blickte ich durch die Fensterfront, um nach ihm zu sehen und stellte erleichtert fest, dass es nicht mehr dort war. Dafür saß jetzt ein anderes Kind in dem Drehstuhl. Es war ein Junge, dessen Haare mit einer Portion Gel in Form gebracht wurden. Zu meiner Überraschung war er nicht fixiert, was höchstwahrscheinlich daran lag, dass er sich nicht gegen die Hände der rothaarigen Frau wehrte.

Kurz bevor ich die gläserne Rolltreppe, die mich in den ersten Stock bringen würde, betreten konnte, entdeckte ich das Mädchen mit den Engelslocken. Sie saß allein in einer Art *Zwinger* und weinte bitterlich. Ich scannte das Stockwerk ab. Hier gab es nicht nur einen dieser Käfige. Sperrten sie die Kleinen ein, weil sie ihnen beim Shoppen zu lästig waren? Nicht zu fassen. Das war eindeutig zu viel für meine Nerven. Die Abgründe der Erfüllten waren noch tiefer, als ich es für möglich gehalten hätte. Störte es denn niemanden außer mir? Minütlich liefen und stöckelten unzählige dieser Marionetten in ihren eleganten Anzügen und flatternden Sommerkleidern vorbei, aber die Erfüllten schienen sich nicht für das Mädchen zu interessieren.

Vereinzelt fing ich den Blick von Bediensteten auf, denen das Mitgefühl für eine Millisekunde ins Gesicht geschrieben stand. Doch sie hatten sich schnell wieder im Griff und gingen schnurstracks ihres Weges. Sicherlich war dieser Anblick etwas Alltägliches für sie. Ich wiederum schaffte es nicht, erneut wegzuschauen, und trat direkt vor die Kleine. Es war ja wohl kein Vergehen, wenn ich mich kurz mit dem Mädchen unterhielt.

«Hey, ich bin Allegra. Was ist denn los?», fragte ich sie einfühlsam.

Sie schaute zu mir hoch und wieder konnte ich den allumfassenden Schmerz fühlen, der aus ihren Augen sprach.

«Ich vermisse meine Mama. Und ich habe so Hunger», schluchzte sie völlig aufgelöst.

«Wo ist denn deine Mama?», fragte ich sie und ging vor ihr in die Hocke.

Die glänzenden Edelmetallstäbe erinnerten in ihrer Gesamtheit an einen goldenen Käfig. Genau wie die gezackten Fensterrahmen in dem großen Saal der Obigen.

«Nicht hier. Sie ist bei den anderen Menschen.»

Sie hatten doch nicht etwa …? Nahmen sie Müttern mittlerweile schon ihre so jungen Kinder weg? Nichts anderes konnte *bei den anderen Menschen* bedeuten. Ihre Mutter war bestimmt außerhalb der Mauer. Bei den niederen Bürgern.

«Seit wann bist du denn hier?», wollte ich von ihr wissen und schenkte ihr ein zuversichtliches Lächeln.

«Ich weiß nicht.»

Das kleine Mädchen wirkte verloren. Ich musste ihr helfen.

«Aber du bist nicht allein, oder?»

Die Kleine in dem rosa Tüllkleid schüttelte den Kopf. «Nein, Camelia passt auf mich auf, aber sie hat keine Zeit.» Erneut füllten sich ihre Augen mit Tränen und ihre Schluchzer wurden immer herzzerreißender.

Camelia?

Hoffentlich nicht Lexians Camelia, dachte ich schockiert. Diesen Menschen auf ein Kind loszulassen, grenzte an Körperverletzung. «Wieso darfst du denn nicht spielen, wenn sie keine Zeit hat?»

«Hier gibt es nichts zu spielen. Ich durfte Palona nicht mitnehmen», sagte sie mit bebenden Lippen.

Ich stutzte. Was meinte sie mit *Hier gibt es nichts zu spielen*?

«Wer ist denn Palona?»

«Meine Puppe. Mama hat sie mir geschenkt.»

Ich war sprachlos. Kinder bekamen hier kein Spielzeug? Und sie hatten ihr ihre Puppe weggenommen? «Du hast gesagt, dass du Hunger hast. Hier.» Ich bot ihr etwas von dem Brot an, das ich eben gekauft hatte und musste mich sehr zusammenreißen, um selbst nicht gleich in Tränen auszubrechen.

Das erste Mal hielt sie inne und schaute mich mit ihren rotunterlaufenen Augen an. Dann griff sie zaghaft nach dem Stück Brot, das ich ihr hinhielt. Nach dem ersten Bissen beschleunigte sie ihr Tempo und verschlang es gierig. Ich riss ein weiteres großes Stück des Brotes ab und reichte es ihr.

«Dann hast du noch etwas für später.»

Ihr dankbarer Blick ging mir unter die Haut.

«Amanza!», ertönte eine drohende Stimme hinter mir.

Erschrocken fuhr ich hoch und schaute in die wütenden Augen von Lexians Freundin, die ihre Aufmerksamkeit nun mir und nicht mehr der Kleinen schenkte.

«Du machst nur Ärger. Denkst du, dass du so an Lexian herankommst? Indem du eine Regel nach der anderen brichst?»

Ihr Zorn schwappte auf mich über. Was hatte ich denn nun schon wieder für eine Regel gebrochen?

Sie schien meinen ratlosen Blick bemerkt zu haben, denn sie wurde deutlicher. «Wir alle haben einen strikten Essensplan und das schließt auch die Kinder ab fünf mit ein. Wie kommst du dazu, ihr einfach etwas anzubieten?», fauchte sie mich mit verschränkten Armen an.

«Die Kleine hat nur geweint. Sie hat sich allein gefühlt und hatte Hunger. Denken Sie, da kann ich einfach zuschauen?», schnaubte ich wütend.

«Was sieht Lexian nur in dir?», sagte sie mit schneidender Stimme und musterte mich von oben bis unten. Ihr Blick blieb abschätzig an meinen Füßen hängen und eine Welle der

Verachtung flutete mich.

«Ich will nichts von Lexian, wenn Sie das denken. Sie können ihn ganz für sich allein haben», antwortete ich, in der Hoffnung die Situation und ihre Eifersucht so zu entschärfen.

Sie erwiderte nichts. Dafür öffnete sie die Gittertür, nahm die kleine Amanza an die Hand und stapfte wütend mit dem Kind davon. «Das wird ein Nachspiel haben», rief sie mir zu, bevor sie mit der Kleinen in einer Boutique für Kinder verschwand.

Ich wollte bereits die Rolltreppe betreten, als sich Amanza noch einmal zu mir umdrehte und mir zum Abschied verzweifelt zuwinkte.

Ich hob ebenfalls meine Hand und legte all mein Mitgefühl in den letzten Blick, der sie erreichte.

Offenbarung

Absolut verstört kam ich eine halbe Stunde später vor Lexians Anwesen an.

Yessenia, die mit dem Staubsauger zugange gewesen war, eilte auf mich zu. «Allegra, du bist spät dran. Es ist schon kurz vor eins. Komm, ich nehme dir die Einkäufe ab und du kannst dich schnell fürs Training umziehen.»

«Danke, Yessenia», ächzte ich, während ich auf die Treppe zuhetzte.

Keine fünf Minuten später stand ich atemlos vor dem großen Fitnessraum. Ich hatte den Kleiderschrank komplett auf den Kopf gestellt und glücklicherweise etwas Passendes gefunden. Auch wenn mir das hautenge Outfit nicht zusagte und mich überdeutlich daran erinnerte, dass mich Lexian gestern in dem halbtransparenten Nachthemd erblickt hatte, war ich, ohne lange darüber nachzudenken, postwendend hineingeschlüpft. Die engsitzenden Trainingsleggings mit den seitlichen Netz-Einsätzen und das knappe, leicht bauchfreie Top in Pink ließen mich sportlicher wirken, als ich es in Wirklichkeit war. Ich konnte hauptsächlich meinen Genen dafür danken, dass ich einen schnellen Stoffwechsel und deshalb selten mit meinem Gewicht zu kämpfen hatte. Wiederum hatten Lamirah und ich auch nicht genug Geld, um uns die Bäuche so vollzuschlagen, wie wir es uns manchmal wünschten. Ich zog meinen Pferdeschwanz fester und wartete nervös auf den Heerführer der Erfüllten.

«Allegra, wie schön, dass du pünktlich bist», ließ er mit einer Prise Ironie in der Stimme verlauten.

Dachte er etwa, ich wäre scharf darauf, mir weitere Strafen einzuheimsen? Gut, die Situation mit der Kleinen war Camelias Worten nach ebenfalls ein Regelbruch gewesen, aber wie hätte ich das bitte ahnen können? Außerdem konnte ich doch kein Kind hungern lassen.

Lexian war komplett in Schwarz gekleidet. Er hatte seinen von Muskeln durchzogenen Körper in ein enges T-Shirt gehüllt und auch seine Hose hob seine Körperkonturen perfekt hervor.

Ich musterte ihn genauer.

«Allegra, bist du bereit?»

Er holte mich aus dem abwesenden Bewusstseinszustand.

«Ja, natürlich.»

Ohne etwas hinzuzufügen, öffnete er die Tür und bat mich in sein persönliches Fitnesscenter.

Ich schaute mich um und fragte mich unweigerlich, weshalb ein einziger Mensch so viel Platz zum Trainieren brauchte.

Einzelne Sonnenstrahlen fielen in den großzügigen Raum und ließen das Metall der verschiedenen Fitnessgeräte glänzen. Die linke Wand war von einer durchgängigen Spiegelfront geziert, vor der eine Auswahl an Hanteln übereinandergestapelt war.

«Wieso trainieren wir eigentlich zusammen? Ich dachte, dass meine Maßnahmen erst ab nächster Woche starten?», fragte ich Lexian.

«Wenn du mir gestern zugehört hast, solltest du dich daran erinnern können, was ich gesagt habe. Es wird ein langer Weg werden, bis du eine richtige Erfüllte bist. Da kann man nicht früh genug mit dem Training anfangen», sagte er nüchtern. «Toygar hat errechnet, dass du ungefähr drei Kilogramm abnehmen musst, um dein Idealgewicht zu erreichen. Du hast zu viel Körperfett und zu wenig Muskelmasse. Aus diesem

Grund würde ich vorschlagen, dass du mit einer Runde Cardio beginnst. Folge mir», befahl er und steuerte auf das Laufband in der Nähe der Fensterfront zu, die den Blick auf unzählige pompöse Anwesen freigab. «Steig auf», ertönte gleich die nächste Aufforderung.

Ich betrat die Lauffläche mit den weißen Sneakern, die auf wundersame Weise in der Schuhkommode aufgetaucht waren, und musste direkt losjoggen, weil Lexian das Gerät aktivierte. «Wieso haben die Kleider und Schuhe in meinem Zimmer exakt meine Größe?», stellte ich ihm endlich die Frage, die mich immer wieder beschäftigte.

Lexians Blick war nicht zu deuten. Seine stahlblauen Augen ruhten einen Moment zu lange auf mir, bis er endlich etwas erwiderte. «Jetzt, da du eine Erfüllte bist, brauchst du eine große Auswahl an adäquaten Klamotten», umging er sie allzu offensichtlich.

«Das meine ich nicht, Lexian. Wieso waren sie schon da, bevor Ihr wissen konntet, dass ich mich Euch anschließe? Und woher in aller Welt kennt Ihr meinen Namen?»

«Zerbrich dir nicht deinen hübschen Kopf, sondern konzentriere dich lieber auf deine Ausbildung.» Er wich mir erneut aus und ich bekam das ungute Gefühl, dass er mir etwas Wichtiges verschwieg.

Ohne mich weiter zu beachten, entfernte er sich und setzte sich auf eines der Geräte, das direkt in meinem Blickfeld lag. Es diente offensichtlich dem Training der Armmuskeln, denn er stemmte alle paar Sekunden mehrere Gewichtsblöcke nach oben.

Ungewollt wanderten meine Augen zu seinen Muskeln, die während seines Krafttrainings deutlich hervortraten. Ich verfluchte mich innerlich dafür, denn sein überhebliches Schmunzeln zeugte davon, dass ihm mein Blick nicht entgangen war. Störrisch starrte ich auf das Display des Laufbands und versuchte, seine Anwesenheit tunlichst zu ignorieren. Trotzdem konnte ich das Gefühl, welches mich in seiner Gegenwart überkam, nicht abschütteln. Ich spürte instinktiv, dass er seit gestern Abend irgendwie anders war. Nur konnte ich nicht greifen, was es genau war.

So langsam machte mir meine nicht vorhandene Kondition zu schaffen. Meine Beine fühlten sich an wie Blei und mein Keuchen begleitete jeden meiner Schritte.

Hoffentlich ist es gleich vorbei, betete ich innerlich, während ich mir den Schweiß von der Stirn wischte.

Ich war so starr auf die Zeit auf dem Display fokussiert, um runterzuzählen, wann ich endlich erlöst wurde, dass ich erst gar nicht bemerkte, dass Lexian plötzlich neben mir stand.

«Allegra, das reicht für den Anfang. Jetzt zeige ich dir, mit welchen Geräten du arbeiten darfst», tönte seine Stimme an meinem Ohr.

«Gooott sei Daaank», stieß ich erleichtert und völlig erschöpft aus. Mein Herz raste und ich hielt mir die Seite. Dieses Stechen war so unangenehm. Mit wackeligen Beinen folgte ich ihm zu einem der Geräte und nahm ihm dankbar die kleine Flasche Wasser aus der Hand. Meine Kehle war so trocken, dass ich es gar nicht erwarten konnte, meinen Körper mit der so dringend benötigten Flüssigkeit zu versorgen.

Während er mich professionell einwies und meine Körperhaltung beim Stemmen der Gewichte mit Argusaugen beobachtete, suchte ich erneut das Gespräch mit ihm. «Wie ähm … oft trainiert … Ihr hier?», fragte ich ihn, immer noch um Atem ringend.

Während des Cardiotrainings hatte ich mir Gedanken gemacht und beschlossen, dass es nicht schaden konnte, ihm die ein oder andere Information zu dieser Welt zu entlocken. Solange ich mir keinen ausgefeilten Fluchtplan überlegen konnte, war es die beste Idee, alle möglichen Informationen zu sammeln, denn wenn mir die Flucht gelingen sollte, wäre mein Leben nicht mehr dasselbe wie vorher, das wusste ich. Sie würden mit hoher wahrscheinlich Suchtrupps aussenden, um mich zu finden und ich würde mich auf Ewigkeiten nicht nur mit Lamirah, sondern auch mit Tabithas Familie verstecken müssen. Je mehr ich über die Erfüllten wusste, desto besser.

«Fünf Mal die Woche», antwortete er leider nur knapp.

«Muss ich auch so oft trainieren?» Hoffentlich nicht.

«Genaueres dazu erfährst du von Toygar, Allegra. Du hast bestimmt demnächst einen Termin bei ihm. Du hast deinen Plan doch schon gelesen, oder?»

Wann denn bitte? «Da ich heute Morgen einkaufen war, bin ich leider noch nicht dazu gekommen», erwiderte ich mit einem Ächzen, da meine Oberarme von den schweren Hebebewegungen deutlich schmerzten.

Er nickte stumm. Dann bugsierte er mich zu dem nächsten Gerät, an dem ich meine Beinmuskeln stärken *durfte*. «Hast du dich im Zentrum gut zurechtgefunden?»

«Ja,» sagte ich mit klopfendem Herzen, weil ich unweigerlich an meinen ungewollten Regelverstoß denken musste.

«Gut. Und hat das mit dem Fahrservice auch geklappt?», fragte er weiter.

«Darauf habe ich verzichtet. Die kurze Strecke kann ich problemlos laufen.»

Der oberste Heerführer blickte mich interessiert an und es entging mir nicht, dass er für eine Millisekunde auf die freie Haut meines Bauches blickte.

Er nimmt sich alles, was er will. Wirklich alles.

Eine Gänsehaut legte sich auf meinen Körper, als Eminas Worte wieder durch meinen Geist flimmerten.

Er hob eine Augenbraue an und schien alles andere als unangenehm berührt, dass ich seinen Blick bemerkt hatte.

Die nächste Stunde jagte Lexian mich von Gerät zu Gerät. Leider waren die kurzen Gespräche, die wir zwischendurch führten, eher belanglos und brachten mich bezüglich meines Plans nicht wirklich weiter. Als er mir endlich eröffnete, dass wir für heute fertig waren, atmete ich erleichtert auf und nahm den letzten Schluck aus der Glasflasche.

182

«Du hast dich für den Anfang gut geschlagen.»

Für Lexians Verhältnisse klang das schon fast nach einem Lob.

«Wenn du keine Schönheitstermine hast und deine vier Stunden Hausarbeit erledigt sind, kannst du die restliche Zeit übrigens so gestalten, wie du möchtest. Außer du musst zu Vicdan, aber darüber werde ich dich früh genug unterrichten», ergänzte er, während wir uns auf den Weg in den Flur machten.

«Ich wünsche dir noch einen angenehmen Tag, Allegra», verabschiedete er sich von mir und lief in Richtung der Treppe, die in den zweiten Stock führe.

Zu gütig, dachte ich, seine Rückseite musternd, die kurz darauf aus meinem Blickfeld verschwand.

Den Rest des Nachmittags hatte ich mit Putzlappen und Wischmopp im Ess- und Wohnzimmer verbracht, bevor ich mich erschöpft auf mein Zimmer zurückzog. Nach einer ausgiebigen Dusche, die ich mir zu Hause nie gönnte, legte ich mich hin, um ein bisschen zu entspannen. Die Augen fielen mir mehrmals zu, aber ein richtiges Nickerchen konnte ich nicht machen, da Elspeth auf meinem Kommunikator durchklingelte, weil sie unbedingt wissen wollte, was für eine drakonische Strafe Lexian sich für mich ausgedacht hatte. Überraschenderweise reagierte sie ähnlich wie Yessenia. Sie war froh, dass ich mit einem blauen Auge davongekommen war, und ich hoffte inständig, dass meine Strafstunden nicht so schrecklich werden würden, wie ich sie mir ausmalte. Sie erzählte mir auch von ihrer ersten Schönheitsbehandlung, die glücklicherweise relativ unspektakulär gewesen war. Elspeth hatte einen Termin bei Toygar gehabt, da sie, genauso wie ich, noch intensiv an ihrer körperlichen Fitness arbeiten musste. Sie durfte ab jetzt dreimal die Woche in das öffentliche Fitnesscenter der Erfüllten und dort ihre Muskeln auf Vordermann bringen.

Dann berichtete sie mir noch von Eminas Termin. Unsere Freundin verbrachte den Tag bei einem der Friseure im Einkaufszentrum. Bei ihr stand demnächst eine Haarglättung an, da die Erfüllten der Meinung waren, dass ihr eine geradlinigere Frisur besser stehen würde. Ich persönlich mochte ihre Haare so, wie sie waren. Ihre Locken verliehen ihr etwas Freches und unterstrichen ihren Charakter. Aber wer interessierte sich hier schon für meine Meinung?

Als ich aufstehen wollte, um den Plan zu studieren, den Yessenia mir vor dem Training in die Hand gedrückt hatte, klopfte es überraschend an meiner Tür. Nach meinem «Herein.» stand Yessenia direkt im Raum und sah mich irritiert an. Ich ahnte, was sie gleich sagen würde. Vor lauter Fitnesstraining hatte ich das mit dem Brot ganz vergessen.

«Allegra, was ist mit dem Brot passiert?»

Ihr irgendeine Geschichte aufzutischen, fühlte sich falsch an und da mein Bauchgefühl mir nach wie vor suggerierte, dass ich ihr vertrauen konnte, erzählte ich ihr, was wirklich passiert war.

Zum ersten Mal erlebte ich, wie Yessenia die Fassung verlor. Sie fuhr sich mit ihren kleinen Händen nervös durch die Haare und lief hektisch durch den Raum. «Allegra, wir kommen noch in Teufels Küche! Lexian reißt mir den Kopf ab, wenn ich ihm ein halbes Brot vorsetze.»

Ich stand auf und blieb direkt vor ihr stehen, um sie zu beruhigen. Doch es gelang mir nicht. Yessenia war zu sehr mit ihren Selbstvorwürfen beschäftigt. «Das ist alles meine Schuld. Ich hätte die Einkäufe selbst erledigen sollen. Es tut mir leid, Allegra. Eigentlich hätte ich mir denken können, dass es unerträglich für dich ist, die Zustände im Einkaufszentrum zu sehen.»

Ich schüttelte vehement den Kopf und suchte ihren Blick. «Yessenia, du kannst nichts dafür. Ich will nicht, dass du von den Erfüllten von oben herab behandelt wirst. Da ist es immer noch besser, wenn ich einkaufen gehe. Mach dir keine Sorgen.

Ich werde Lexian sagen, dass es meine Schuld ist. Wenn er es nicht schon weiß», seufzte ich.

«Du verstehst es nicht, Allegra. Ich will nicht, dass er dich irgendwann ins Gefängnis wirft oder sich sonst irgendetwas Schreckliches einfallen lässt, um dich zu bestrafen. Du darfst es dir mit ihm nicht verscherzen. Du weißt nicht, wozu er fähig ist», flüsterte sie leise, so als hätte sie Angst, dass Lexian seine Ohren überall hatte.

«Schlimmer, als dass er mich einsperrt, wird es doch nicht kommen, oder?», versuchte ich die prekäre Situation mit einer Prise Humor zu überspielen, doch es wollte aufgrund meiner Anspannung nicht so ganz glücken.

Yessenia lächelte schwach und ihre sonst so wachen haselnussbraunen Augen wirkten unsagbar müde. Das erste Mal fielen mir ihre kleinen Grübchen in den Mundwinkeln auf, die sie trotz ihres melancholischen Gesichtsausdrucks noch herzlicher wirken ließen.

Ich hatte damit gerechnet, dass sie etwas erwidern würde, aber sie blieb stumm. Dafür sprach ihr Schweigen Bände.

«Yessenia, was verschweigst du mir?», fragte ich sie, während ich ihren Blick suchte.

«Ich wollte eigentlich nicht mit dir darüber sprechen, Allegra. Schließlich ist es so schon schwer genug für dich.» Sie seufzte kurz, sprach dann aber weiter. «Mir ist in den letzten Jahren einiges zu Ohren gekommen. Lexian war einer der ehrgeizigsten Krieger des Heers und es wurde schon lange gemunkelt, dass er Angius irgendwann ersetzen würde. Er hat … Er kennt kein Erbarmen und …» Yessenia brach ab. Tränen liefen ihr über die Wangen und sie verbarg ihr Gesicht in ihren Händen.

Ich strich ihr über den Kopf und gab ihr die Zeit, die sie brauchte. Wartete, bis ihre Tränen versiegt waren und ihre Stimme wieder fester klang.

«Da steckt doch noch mehr dahinter. Sprich mit mir, Yessenia. Du kannst mir vertrauen», sagte ich nach einer Weile, denn ich hatte plötzlich das ungute Gefühl, dass sie selbst eine schlimme Erfahrung mit Lexian gemacht hatte.

Sie schaute mich voller Schmerz an. «Ich habe dir gestern nicht die ganze Wahrheit erzählt. Die Wahrheit zu meiner Geschichte.» Sie rieb sich über die Stirn, um sich selbst zu beruhigen. «Ich war anfangs so ähnlich wie du.» Sie lächelte wehmütig. «Dass Kinder hungern müssen, damit konnte ich einfach nicht umgehen und eines Tages … Das Ganze ist jetzt knapp ein Jahr her, da ist mir auf dem Weg zurück vom Zentrum ein kleiner Junge begegnet. Aus seinen Augen hat eine Verlorenheit gesprochen, die mir heute noch eine Gänsehaut einjagt. Er hat mich angefleht, ihm etwas zu essen zu geben, damit er einen Tag mal nicht hungern muss. Ich konnte nicht anders. Ich habe ihm etwas von dem Käse gegeben, den ich gerade erst besorgt hatte.»

Mein ganzer Körper war zum Zerreißen gespannt, denn ich ahnte schon, dass ihre Menschlichkeit sie einiges gekostet hatte. Doch dass es so schlimm kommen würde, damit hätte ich niemals gerechnet.

«Irgendein Erfüllter muss es mitbekommen haben», erzählte sie weiter, «und Lexian gesagt haben, dass ich mich den Regeln widersetzt habe. Er hat nicht nur damit aufgehört, meiner Familie Geld zu schicken, sondern zusätzlich hat er …», erneut kullerten Tränen über ihre Wangen, «… meine Halbschwester ermorden lassen. Sie war erst elf, Allegra. Elf Jahre alt.»

Ich schlug mir die Hand vor den Mund. So alt wie Lamirah. Eine Gänsehaut kroch mir über den Rücken. «Wie… wieso hat er sie ermorden lassen? Hätte er sie nicht zu einer Erfüllten machen können?», stammelte ich betroffen.

«Sie war nicht schön genug. Meine Familie ist generell nicht so gesegnet, was die Optik angeht», sagte sie mit einem traurigen Glucksen. «Und er wollte mir eine Lektion erteilen.»

Ich nahm das Hausmädchen in den Arm und flüsterte ihr ein paar tröstliche Worte ins Ohr. Auch wenn es für ihren

Verlust keine passenden Worte gab, man nichts sagen konnte, um den Schmerz zu lindern. Aber ich versuchte es trotzdem. Das Mitgefühl, das ich für sie empfand, war übermächtig und ich musste mich zusammenreißen, um den ganzen Schmerz, der seit meiner Ankunft hier immer mehr statt weniger wurde, nicht rauszuschreien.

Irgendwann löste sich Yessenia von mir und wischte sich, etwas peinlich berührt, mit den Händen über die tränenüberströmten Wangen.

«Gibt es in diesem Zimmer irgendwo Taschentücher?», wollte ich wissen.

«Ein Kosmetiktuch wird es auch tun», erwiderte sie und lief schnurstracks ins Bad.

Als sie in ein weißes Tuch schnäuzend wieder vor mir stand, konnte ich sie nur anschauen. Das, was sie mir erzählt hatte, war zu furchtbar, um wahr zu sein. Er konnte doch nicht ein hilfloses Kind töten.

«Bist du dir sicher, Yessenia? Dass er es wirklich getan hat?», Ich musste einfach nachhaken.

Sie nickte überzeugt und ihr Dutt wippte wie zur Bestätigung auf und ab. «Ich habe es mitanhören müssen. Erst ihre Schreie und dann ihr Flehen. Und dann war es einfach nur still.» Ihre Lippen bebten und ihr Körper zitterte.

«Was?» Ich war sprachlos und taumelte förmlich zu meinem Bett, denn mein Blutdruck sank ohne Vorwarnung in den Keller. «Das kann er nicht machen», hauchte ich erschüttert.

«Aber das hat er.»

«Wie kannst du hier noch leben und ihm dienen, Yessenia?»

«Weil man dieser Welt nicht entkommen kann und selbst wenn, dann würde er meine anderen Geschwister töten», sagte sie mit einer Bestimmtheit, die keinen Zweifel duldete.

Ich schüttelte fassungslos den Kopf. Jetzt verstand ich ihre Körpersprache, ihre leise Stimme, ihr untertäniges Verhalten.

187

Bei jedem kleinen Fehler fürchtete sie, dass Lexian erneut jemandem etwas antun würde, der ihr am Herzen lag. «Yessenia, es tut mir wahnsinnig leid. Das Letzte, was ich möchte, ist dich da mitreinzuziehen. Und das mit deiner Schwester …» Ich brach ab. Mir hatte es im wahrsten Sinne des Wortes die Sprache verschlagen.

Sie nickte zaghaft. «Danke, Allegra. Versprich mir bitte, dass du ab jetzt vorsichtig bist. Es darf nicht so weit kommen, dass er meiner oder deiner Familie etwas antut», sagte sie mit einem Ernst in der Stimme, der mir vor Augen hielt, wie sehr ich uns mit meinem Verhalten in Gefahr gebracht hatte.

«Ich verspreche es dir», antwortete ich ehrlich. Ab jetzt würde ich mich bei allem zurückhalten, egal, wie schwer es werden würde. Meine Worte waren nicht nur ein Versprechen an sie, sondern auch an mich. «Lexian gibt dir jetzt aber wieder deinen Lohn, mit dem du deine Familie unterstützen kannst, oder?» Das musste ich unbedingt noch wissen.

«Ja, da ich mich seit einem Jahr genauso benehme, wie er es wünscht, lässt er ihr seit Kurzem endlich wieder genug Geld zukommen.»

«Gott sei Dank, das ist ja wenigstens etwas.»

Die rundliche Frau nickte und strich sich mit ihren unlackierten Nägeln über die reinweiße Schürze. «Noch mal wegen dem Brot, Allegra. Lexian isst es zum Frühstück. Schaffst du es vorher noch irgendwie, eins zu besorgen? Du wirst es leider von deinem Lohn kaufen müssen. Das Geld, was Lexian mir für Besorgungen gibt, ist immer genau abgezählt.»

Ich seufzte. «Es gibt da nur ein Problem. Aufgrund meines Verhaltens bei der Musterung bekomme ich erst ab nächsten Monat mein Geld.»

Yessenia blickte mich mit großen Augen an. «Und jetzt?»

Ich schüttelte den Kopf. «Keine Ahnung.»

Ich grübelte. Auch wenn Camelia ihm wahrscheinlich davon erzählen würde, musste ich ein neues Brot auftreiben.

Nicht, dass es noch negativ auf Yessenia zurückfiel. Und vielleicht geschah auch ein Wunder und die affektierte Erfüllte hatte die Begegnung mit mir in ihrem Shopping-Wahn vergessen. Die Hoffnung starb zumindest zuletzt.

Nur wie sollte ich an die nötigen Mittel kommen...? Und da kam mir ein rettender Gedanke. Ich würde Elspeth oder Emina bitten, mir das Geld vorzulegen. Sie hatten doch bestimmt ihren Willkommenslohn bekommen. «Mir fällt was ein, Yessenia. Mach dir keine Sorgen.»

Sie nickte und ihre Gesichtszüge entspannten sich merklich. Dann bedeutete sie mir, dass sie sich wieder an die Hausarbeiten machen musste.

«Yessenia?», rief ich ihr nach. Sie drehte sich um und schaute mich fragend an.

«Wenn Camelia ihm von dem Vorfall erzählt, und das wird sie bestimmt, denkst du, er wird alles daransetzen, meine Familie ausfindig zu machen und sie zu bestrafen?» Ich wusste nicht, ob ich hoffte, dass sie mich beruhigte oder ob ich ihre ehrliche Meinung hören wollte. Das Herz schlug mir jedenfalls bis zum Hals.

Sie schüttelte leicht den Kopf. «Ich denke nicht. Wie ich dir ja schon erzählt habe, bestrafen sie uns Diener viel härter, weil wir leichter zu ersetzen und weniger wert sind.»

In diesem Moment war ich wahrscheinlich das erste und letzte Mal froh darüber, eine Erfüllte zu sein.

«Wenn du später Hunger hast, komm runter, dann koche ich dir etwas. Ich habe gerade erfahren, dass Lexian heute außerplanmäßig außer Haus isst. Ihr werdet erst morgen Abend zusammen essen.»

«Esse ich sonst jeden Abend mit ihm zusammen?», fragte ich irritiert.

«Ja, außer er hat etwas zu tun.»

Na, das waren ja rosige Aussichten. «Und danke, Yessenia. Für alles», sagte ich, bevor sie aus meiner Zimmertür schlüpfte. Und damit meinte ich vor allem ihr Vertrauen in mich.

189

Nachdem Lexians Hausmädchen mich mit meinen trüben Gedanken allein gelassen hatte, eilte ich sofort zu meinem Kommunikator. Ich konnte mein Glück kaum fassen. Emina war immer noch im Einkaufszentrum unterwegs und versprach mir, das Brot zu besorgen. Es war mir unsagbar unangenehm, aber sie wies meine Entschuldigungen sofort zurück und hielt mir vor Augen, wie dankbar sie für meine Hilfe bei der Musterung war.

Da mir Yessenias schreckliches Schicksal auf den Magen schlug, ließ der Hunger auf sich warten. Dafür verbrachte ich meine Zeit damit, mir Gedanken darüber zu machen, wie mein Leben ab nächster Woche aussehen würde. Ich war zutiefst erschüttert von ihrer Offenbarung und versuchte mich so mit den Optimierungen, die mir blühten, abzulenken. Bereits ab Montag starteten meine Schönheitsbehandlungen und es graute mir jetzt schon davor. Neben einer Haarverdichtung standen ein Nageltermin und ein Nachmittag beim Zahnspezialisten auf dem Programm. Zusätzlich würde ich ein Gespräch mit Toygar, dem arroganten Fitnessexperten, und zu allem Überfluss noch eine Kosmetikbehandlung bei Camelia höchstpersönlich haben. Hmm … Ich stutzte. Es standen noch zwei weitere Termine in meinem Plan, die allerdings grau hinterlegt waren. Zum einen der Geschichtsunterricht am Freitag und … Ich musste zweimal lesen. *Persönlichkeitstraining* prangte in einer der Spalten. *Davon hat Lexian doch gesprochen*, erinnerte ich mich. Trotzdem konnte ich mir darunter nichts Genaues vorstellen und wollte wahrscheinlich auch nicht wissen, was es damit auf sich hatte.

Ich bemerkte, dass eine Schrift von der Rückseite durchschien. Ich drehte meinen Plan augenblicklich um und las die Überschrift auf dieser Seite des Papiers: *Auswertung der Musterung von Allegra Aaqur.* Wie Diegorus gesagt hatte, war ich in zwei Stufen durchgefallen. Wenig überraschend hatte ich die Dermatologie-Prüfung nicht bestanden. Generell war meine Haut zwar recht *zufriedenstellend*, aber das Brandmal an meiner Ferse hatte mich durchfallen lassen. Und natürlich sollte es weggelasert werden. Na wunderbar!

Was war da noch in Rot angemarkert? Ja, Prüfung Nummer zehn. *Kultiviertheit und Manieren*, las ich. Hier war ich ebenfalls durchgefallen. Ich schnaufte. Natürlich hatte ich sie nicht bestanden. Wie auch bei meinem *Fauxpas*? Ein Bild des Mannes, der bei den Prüfern gesessen, sich aber während der Musterung im Hintergrund gehalten hatte, flackerte vor meinem inneren Auge auf.

Ich wollte den Plan schon zur Seite legen, weil mein Frustlevel bereits seinen Höhepunkt erreicht hatte, als ein weiterer Eintrag meine Aufmerksamkeit forderte. *Schönheitseingriffe und -operationen*. Was stand da unten drunter?! Meine Unterlippe sollte leicht aufgespritzt werden? Ich konnte einfach nur mit dem Kopf schütteln. Ich strich mir mit dem Finger über meinen Mund und stellte mir vor, wie schmerzhaft es sein musste, eine Nadel in die Lippe gejagt zu bekommen. Es schüttelte mich am ganzen Körper. Ich schloss für einen Moment die Augen und vergrub mein Gesicht in den Händen, um mein Nervenkostüm zu beruhigen. Ich traute mich kaum, noch einen Blick auf den Zettel zu werfen. Als ich die Augen öffnete und sie erneut über den Plan wanderten, überkam mich auch gleich der nächste Schock. Alles in mir zog sich zusammen. Ich hatte damit gerechnet, aber es schwarz auf weiß zu sehen, trieb mir die Schweißperlen auf die Stirn. Ich würde mich einer Brustvergrößerung unterziehen müssen. Mir wurde heiß und kalt zugleich. So weit dürfte es niemals kommen. Niemals! Bevor die Erfüllten mich unterm Messer sehen wollten, musste ich hier weg sein. Egal wie.

Gefrustet über die unmenschliche Evaluierung und die Eingriffe, zu denen mich keine zehn Pferde kriegen würden, pfefferte ich den Wochenplan auf meinen kleinen Nachttisch und schrie meine Wut in das Kopfkissen. Mein Gehirn war komplett überfordert. Ich war seit gestern nicht nur eine

Erfüllte, sondern durfte auch keinen Kontakt mehr zu meiner Schwester und Tabitha haben. Die Grausamkeiten dieser unmenschlichen Wesen waren fürchterlicher, als ich es für möglich gehalten hätte. Und ich hatte immer noch nicht annähernd eine Ahnung, wie und wann ich diesem Alptraum entkommen konnte. Abwechselnd tauchten Bilder von meiner schluchzenden Schwester, dem Mädchen mit den großen Augen hinter den goldenen Gitterstäben und Yessenias tiefbetrübtes Gesicht, das von der Trauer um ihre elfjährige Schwester gezeichnet war, in meinem Geist auf. Dann war da noch Lexian, der mich überlegen angrinste und mir zu verstehen gab, dass er mich in der Hand hatte, und der bohrende Blick aus Diegorus' unnachgiebigen rauchgrauen Augen, der vernichtend über mir schwebte wie ein Damoklesschwert.

Als ich mich immer weiter in meiner Gedankensackgasse verirrte und der Sog in Richtung Dunkelheit an Fahrt aufnahm, beschloss ich, mich mit meinem lachsfarbenen Jumpsuit, in den ich nach dem Duschen geschlüpft war, zu erheben, und in der Küche nach etwas Essbarem zu suchen. Yessenia sollte sich nach unserem nervenaufreibenden Gespräch erst mal entspannen. Ich hatte den allergrößten Respekt vor ihr. Dass sie es schaffte, sich Lexian so unterzuordnen, war Selbstkontrolle auf höchstem Niveau. Wie gern würde ich ihr helfen. Sie mitnehmen, wenn ich einen ausgefeilten Fluchtplan hatte. Doch leider war das unmöglich.

Ich wollte gerade die schwere Zimmertür hinter mir schließen, als ich das Klingeln meines Kommunikators vernahm. Er lag auf dem Nachttisch und blinkte wild vor sich hin. Die Verzweiflung über die aussichtslose Situation von Yessenia in den hintersten Winkel meines Gehirns drängend, lief ich rasch darauf zu und sah auch schon Elspeths Gesicht auf dem Display. Doch sie war nicht allein, Emina schob sich ebenfalls vor die Linse.

«Hi, Allegra. Wir wollen spontan etwas zusammen essen

gehen, hast du Lust und Zeit mitzukommen?», fragte Elspeth, die eine elegante Hochsteckfrisur trug.

Ich schaute auf die tickende Wanduhr. Es war bereits kurz nach sechs.

«Komm mit uns. Es tut dir bestimmt gut, Lexians vier Wände mal zu verlassen. Außerdem kann ich dir dann auch schnell das Brot geben.» Emina grinste mit ihren natürlich glänzenden Lippen.

Sie hatte recht. Zwar hatte ich keine Lust, von anderen Erfüllten umgeben zu sein, aber Zeit mit den beiden zu verbringen, gab meiner Stimmung sofort einen Energieschub. Und vor die Tür hätte ich so oder so gemusst, um Lexians Lieblingsbrot abzuholen.

«Okay, gern.»

«Super», jubelte Emina.

«Schaffst du es, in einer halben Stunde fertig zu sein?», fragte Elspeth.

«Ja, dürfte klappten», erwiderte ich lächelnd.

«Dann sind wir in einer halben Stunde da.»

«Wartet mal», sagte ich, weil mir noch etwas eingefallen war. «Wie soll ich das Essen denn bezahlen? Das mit dem Brot ist ja eine Sache, aber ...»

«Lass das mal unsere Sorge sein. Bis gleich», unterbrach mich Emina prompt und erstickte meine weiteren Protestversuche im Keim.

Nachdem ich mich tausend Mal bedankt hatte, legten wir auf und ich platzierte das Gerät wieder auf dem Nachttisch. Ich trat vor die großen Spiegeltüren des Schranks, um mein Erscheinungsbild zu beäugen. Der Jumpsuit war schick und leger in einem. Wenn ich ihn mit hohen Schuhen und ein bisschen Schmuck aufwertete, konnte ich mich bestimmt beim Essen sehen lassen. Das lachsfarbene Kleidungsstück gefiel mir ausnahmsweise ausgesprochen gut. Der Stoff war recht dünn und lag angenehm auf der Haut. Er hatte einen V-Ausschnitt und war komplett ärmellos. Mein Make-up, das ich heute Morgen im Schnelldurchlauf aufgelegt hatte, war nicht aufregend, sondern eher alltagstauglich. Mit einem auffälligen Lidstrich und einem farblich passenden Lippenstift würde es aber bestimmt etwas hermachen. Meine Haare hatte ich nach dem Duschen bereits geföhnt. Sie sahen zwar nicht so gestylt aus wie nach Yessenias Profi-Behandlung, aber ich war zufrieden. Leichte Wellen, die ich meinen Genen zu verdanken hatte, fielen mir ins Dekolleté und so wirkte meine Frisur natürlich und entsprach eher meinem Charakter.

Mit meinem selbstgezogenen Lidstrich, der nicht annähernd Yessenias Handschrift trug, aber meiner Meinung nach trotzdem gut gelungen war, sowie korallfarbenen Lippen und goldenen Stilettos stand ich nun an der Straße und hatte das Gefühl eines Déjà-vus. Die Sonnenstrahlen am Horizont erwärmten mein Gemüt und vertrieben die innere Kälte, die mich seit Yessenias schrecklichem Schicksal nicht mehr loslassen wollte, wenigstens ein bisschen. Im Vergleich zu heute Morgen war deutlich mehr auf den Wegen los. Es waren einige Luxusschlitten in schnellem Tempo unterwegs, welche die Insassen zu irgendwelchen wichtigen Abendveranstaltungen zu bringen schienen.

Die Sirene eines Krankenwagens erklang in der Ferne. Das schrille Geräusch war so weit entfernt, das es aus meinem Teil der Stadt bis hierher zu tönen schien. Ein Kloß bildete sich in meinem Hals und ich fragte mich, was meine Schwester wohl gerade machte. Vielleicht saß sie mit Tabitha, Arden und den Eltern meiner besten Freundin am Esstisch und dachte auch an mich. Schließlich hatte es bei uns um diese Uhrzeit immer Abendessen gegeben.

Ich stöckelte den marmorierten Bürgersteig vor Lexians Villa auf und ab und wartete auf Emina und Elspeth. Ein Teil von mir hoffte, dass sie sich für den Fahrservice entschieden hatten, denn wenn ich mit diesen hohen Stilettos bis ins Zentrum laufen musste, würde nicht mal mehr ein heißes Bad helfen, um meine Fußschmerzen zu lindern.

Als kurz darauf eine der schwarzen Limousinen direkt vor mir bremste und Emina in meinem Blickfeld auftauchte, nahm ich ihr dankend die braune Tüte aus der Hand. Ich übergab Yessenia das Brot an der Tür und wünschte ihr einen schönen Abend, bevor ich zu meinen beiden Freundinnen in das schicke Gefährt stieg.

Ich setzte das freundlichste Lächeln auf, zu dem ich mich in Anbetracht des grausamen Tages im Stande fühlte, und ließ mich direkt gegenüber von Emina und Elspeth vor einem der ovalen Fenster nieder.

«Beschäftigt dich Lexians Strafe noch?», sprach mich Emina direkt auf meine nicht von der Hand zu weisende missmutige Stimmung an.

«Nicht nur.» Ich seufzte betrübt.

Elspeth sah mich neugierig an, während Emina die Stirn runzelte.

«Erzähl schon, Allegra», forderte mich Emina ungeduldig auf.

Ich stöhnte und bettete meinen Kopf für einen Moment in meinen Händen. Vielleicht tat es mir gut, wenn ich ihnen von den Geschehnissen heute berichtete? Es fühlte sich zwar nach wie vor etwas seltsam an, dass ich den beiden nach so kurzer Zeit schon vertraute, aber das, was wir durchmachen mussten, schweißte offensichtlich auf eine besondere Art zusammen. Und außerdem brauchte ich jemanden, mit dem ich sprechen konnte. Jemanden, der in derselben Situation war und wusste, wie es sich anfühlte, gegen seinen eigenen Willen eine Erfüllte zu sein.

Die ganze Fahrt über erzählte ich den beiden von meinem Regelverstoß vor ein paar Stunden. Da Emina am Telefon kurz angebunden gewesen war, hatte ich noch nicht die Gelegenheit dazu gehabt, die Hintergründe zu der Brot-Aktion zu erklären. Wahrscheinlich waren die beiden davon ausgegangen, dass ich schlichtweg vergessen hatte, es zu besorgen. Yessenias Geschichte klammerte ich vorerst bewusst aus. Mit den beiden darüber zu philosophieren, zu welchen Gräueltaten Lexian fähig war, würde mich nur noch mehr durcheinanderbringen. Ich musste das Ganze erst mal selbst begreifen. Auch wenn es schwerfiel.

«Ich sollte dich ab jetzt nur noch Philomena nennen. Meine Güte, Allegra», stieß Emina aus.

«Die Waghalsige würde besser passen», erwiderte ich sarkastisch, als ich mich daran erinnerte, dass Philomena in der Sprache ihrer Vorfahren angeblich die Mutige hieß. «Und ich wette, dass Camelia und Lexian das anders sehen.»

«Ich kann so gut nachfühlen, warum du so reagiert hast, Allegra. Du solltest dieses Einkaufszentrum in Zukunft um jeden Preis meiden», sprach Elspeth mitfühlend.

«Ja, das kann man sich ja nicht mitanschauen», ergänzte Emina.

Ich gab einen frustrierten Laut von mir und ballte meine Hände zu Fäusten. «Wenn das so einfach wäre», entgegnete ich und machte meiner Angespanntheit Luft. «Wenn Lexians Hausmädchen die Einkäufe übernimmt, wird sie von den Erfüllten wie Dreck behandelt. Das möchte ich ihr nicht zumuten.»

Vor allem nicht nach dem, was sie durchgemacht hat, dachte ich, während mein Magen allein bei dem Gedanken an die Ermordung von Yessenias Schwester ganz flau wurde.

Elspeth legte ihre Hand auf meine und sah mich mitfühlend an.

«Deine soziale Ader in allen Ehren, Allegra», sagte Emina nach einer Weile, «aber du kannst dich selbst nicht in Gefahr bringen, weil du auf andere Rücksicht nimmst. Wenn du bestraft wirst, hat Lexians Haushälterin auch nichts davon, denn dann kannst du sie bei ihrer Arbeit nicht mehr unterstützen.»

Damit traf Emina ins Schwarze, aber ich fühlte mich zu zerrissen, um rational an die Situation heranzugehen. Würde Emina bei ihrer Meinung bleiben, wenn sie von Yessenias

Schicksal wüsste?

Bevor meine beiden Freundinnen ihre Meinung weiter kundtun konnten, hielt das schnittige Gefährt vor einem eleganten hohen Gebäude. Ich hatte während unseres Gesprächs kaum auf die Umgebung geachtet, die an uns vorbeigerauscht war, und nur mitbekommen, dass wir das Shoppingcenter und die Klinikgebäude hinter uns gelassen hatten.

Durch die großen Fenster mit den gewölbten Simsen konnte ich ausmachen, dass das Restaurant, dessen Name den Buchstaben an der Fassade nach *Fortuna* lautete, gut besucht war. Ausladende schwarz glänzende Kerzenleuchter zierten die Tische und bescherten den Gästen eine lauschige Atmosphäre. Rote Wandteppiche aus Samt sowie dunkle Gemälde schmückten den dreistöckigen Gourmettempel und ließen ihn dadurch mystisch wirken.

Ich schwang mich nach Emina und Elspeth so elegant wie möglich aus der Limousine.

«Es schmeckt wirklich gut hier», raunte mir Elspeth zu, während wir die breiten gemusterten Treppenstufen betraten und uns von einem Kellner zu einem der Tische im zweiten Stock führen ließen.

Er deutete eine leichte Verbeugung an, bei der sein Kinn die schwarze Fliege an seinem Kragen berührte, und ließ uns dann samt der übersichtlichen Menükarte zurück.

Instrumentale Klänge drangen an meine Ohren.

Perfekt, dachte ich, denn dank der musikalischen Untermalung konnten Außenstehende unser Gespräch kaum belauschen.

«Sind die Restaurants hier alle so hochpreisig?», fragte ich die beiden, als ich einen Blick auf die verschiedenen Gerichte warf.

Man musste mindestens vierzig pulcherische Kronen pro Speise hinlegen. Einen Wocheneinkauf auf dem Markt bekam ich für ungefähr fünfzehn.

«Ja, im Vergleich zu unserem Teil der Stadt ist es hier ziemlich teuer. Allerdings bekommen wir ja auch einen hohen Lohn als Erfüllte», antwortete Elspeth.

Emina war in das Menü vertieft und schien zu überlegen, wofür sie sich entscheiden sollte.

«Ich habe gar keine Ahnung, wie viel Geld man als Erfüllte bekommt», ließ ich sie mit verdrehten Augen wissen.

«Du brauchst echt einiges an Nachhilfe. Wir werden dir mal das Wichtigste erklären, was meinst du Elspeth?», sagte Emina und schaute von dem Menü auf.

Ihre professionell manikürten Nägel in Bordeaux passten perfekt zu dem roten Wandbehang, der seitlich zwischen zwei Fenstern in meinem Sichtfeld hing.

Elspeth nickte eifrig. «Dass wir als Erfüllte einen festen Betrag im Monat bekommen, weißt du schon?»

«Ja, das hat Lexian bereits erwähnt. Kann man seiner Familie von der jeweiligen Bezahlung so viel zukommen lassen, wie man möchte?» Nicht weil ich es in Erwägung zog, sondern weil es mich interessierte.

«Nein, da sind sie sehr großzügig», erwiderte Emina bezeichnend. «Sie schicken den Familien zusätzlich fünfzig pulcherische Kronen im Monat.»

«Ja, das ist ein großer Anreiz für einige, sich ihnen anzuschließen», sprach Elspeth wieder.

Eminas spöttischer Blick vertiefte sich. «Natürlich neben den ganzen kostenlosen Optimierungen, auf die viele der normalen Bürger so heiß sind.»

Fünfzig pulcherische Kronen im Monat? Damit kamen meine Schwester und ich lebensmitteltechnisch fast vier Wochen über die Runden. Kein Wunder, dass das Leben hier für viele der Weg aus der Armut war. Ich hatte gewusst, dass sie die Schönsten von uns so hierherlockten, aber dass sie dieses übertriebene Versprechen, welches ich für ein Gerücht gehalten hatte, wirklich hielten, überraschte mich. Wie kamen die Erfüllten nur an so viel Geld?

«Darf ich den schönen Damen schon etwas bringen?» Ein weiterer Kellner war an unserem Tisch aufgetaucht, um unsere Bestellung aufzunehmen.

Ich hatte mich aufgrund unserer interessanten Unterhaltung noch nicht entschieden und ließ Emina und Elspeth den Vortritt.

«Ich nehme ein Glas Mineralwasser und die Quinoa-Bowl mit Mango und Papaya», kam es als Erstes von Elspeth, die dem Kellner ein freundliches Lächeln schenkte.

«Für mich ebenfalls ein Wasser und den Couscous-Salat, bitte.»

Ich entschied mich spontan dafür, das Gleiche wie Elspeth zu nehmen. Quinoa hatte ich schon ewig nicht mehr gegessen, da er in unserem Stadtteil entweder kaum zu bekommen oder zu teuer war. Außerdem wollte ich das Essen hier in vollen Zügen genießen, bis ich mich fleißig an das Kalorienzählen machen durfte. Für Elspeth hatte Toygar heute bereits ausgerechnet, wie viel sie am Tag essen durfte und ich freute mich jetzt schon fieberhaft darauf, jeden Brotkrümel zu berücksichtigen, den ich zu mir nahm.

«Ich zahle euch das Geld zurück, wenn ich meinen Lohn bekomme», wandte ich mich an meine beiden Freundinnen, als der kleine junge Mann verschwunden war, um die Bestellung an einem der anderen Tische aufzunehmen.

Fast alle Tische um uns herum waren besetzt. Ausschließlich von Erfüllten natürlich. Ich erblickte viele Pärchen, die sich verheißungsvolle Blicke zuwarfen und vereinzelt kleine Gruppen. Hier verbrachten junge und alte, fortgeschrittene und neue Erfüllte gemeinsam ihren Abend.

«Ach, Quatsch», sagte Emina mit wegwerfender Handbewegung. «Unser Lohn fällt wirklich hoch aus. Da laden wir dich gern auf ein Abendessen ein.» Sie grinste mich herzlich und mit einem Zwinkern an.

Ich wollte widersprechen, merkte aber, dass sie darauf bestehen würde, also bedankte ich mich bei den beiden. «Wie viel bekommen wir denn im Monat?», sprach die Neugierde aus mir.

«Unterschiedlich. Je höher die Stufe, desto mehr bezahlen sie. Elspeth bekommt dreihundert pulcherische Kronen im Monat und ich zweihundertfünfzig. Also müsstest du etwas mehr bekommen, da du ja bereits Stufe acht erreicht hast. Ich schätze, an die vierhundert pulcherische Kronen.»

Ich konnte nicht anders, als die beiden mit offenem Mund anzustarren. «Was? Du bekommst zweihundertfünfzig und du dreihundert pulcherische Kronen im Monat?» Und ich sollte noch mehr bekommen?

Die beiden nickten einstimmig.

«Und man kann seiner Familie davon nichts abgeben?»

Ich erntete nur ein Kopfschütteln.

«Leider nicht», erwiderte Elspeth. «Sie wollen schließlich trotzdem noch mehr Diener und Erfüllte. Wenn es den Familien zu gut gehen würde, stünden die Chancen äußerst schlecht, dass sie sich ihnen irgendwann selbst anschließen. Vor allem Bedienstete würde es dann wahrscheinlich nicht mehr geben.»

Das ergab durchaus Sinn und passte zu der hinterhältigen Art dieser Menschen. Es war etwas, dass sie tun mussten, damit sich ihnen Menschen wie Elspeth und Emina anschlossen. Sie boten ihnen genug, damit sie ihre Familie unterstützen konnten, und gleichzeitig sorgten sie mit dem hohen Lohn der Erfüllten dafür, dass der Großteil des Geldes innerhalb ihrer Welt blieb und wieder in den eigenen Taschen landete.

Der Kellner tauchte wieder auf und stellte jeweils ein geriffeltes Glas mit Mineralwasser vor uns auf dem edlen Tisch ab.

Wir bedankten uns freundlich bei ihm.

Ich wollte gerade dazu ansetzen, etwas zu erwidern, als ich erstarrte. An einem der Tische hatten sich soeben zwei Männer niedergelassen. Sie waren beide in rote Jacketts gekleidet und trugen darunter schwarze Seidenhemden. Sie fügten sich perfekt in die Umgebung ein und verschmolzen förmlich mit dem edlen roten Wandteppich, der auf Kopfhöhe hinter ihnen hing. Doch es war nicht ihr Outfit oder die stolze Aura, die sie ausstrahlten, die mich hatte innehalten lassen. Einer von ihnen hatte wunderschöne dunkle Locken und lächelte eine der Kellnerinnen in einem roten Kleid, mit dem sie mich an eine verträumte Flamenco-Tänzerin erinnerte, verschmitzt an. Spätestens jetzt wusste ich es. Es war Morizo, mein Ex-Freund, der mir das Herz gebrochen hatte. Sein Lächeln war unverkennbar.

«Allegra, was ist los?» Elspeth schien meinen geschockten Gesichtsausdruck bemerkt zu haben. Sie fasste mir mit ihren Fingern sanft an den Arm.

Ich konnte nichts erwidern. Mein Gehirn war viel zu beschäftigt damit, mich mit den Erinnerungen an unsere gemeinsame Zeit zu bombardieren. Mein Herz schmerzte, als die verschiedenen Sequenzen wie bei einer schnell durchlaufenden Diashow vor meinem inneren Auge auftauchten.

Morizo und ich lachend am Tisch mit meinen Eltern und meiner Schwester. Lamirah war der Suppenlöffel aus der Hand gefallen und ich hatte einige Spritzer von der heißen Brühe abbekommen.

Morizo und ich bei unserem ersten Kuss. Er hatte mir sanft über meine Wange gestrichen und mir tief in die Augen geblickt, bevor sich seine Lippen behutsam auf meine gelegt hatten.

Ich schüttelte die Bilder des Tages ab, den wir damals bei einem Picknick im Wald zusammen verbracht hatten. Dafür tauchte erneut sein verschmitztes Grinsen in meinem Geist auf.

Er stand vor der Tür unserer damaligen Wohnung und zauberte hinter seinem Rücken eine pfirsichfarbene Rose hervor.

«Erde an Philomena», kam es von Emina, die mich etwas fester an den Schultern rüttelte.

Ich wandte meinen Blick von Morizo ab und schaute in Eminas hübsches Gesicht. «Mein Ex-Freund ist hier», konnte ich lediglich im Flüsterton erwidern.

«Was? Wer ist es?», fragte sie neugierig und auch Elspeth scannte den Raum ab.

«Da hinten, links bei der Treppe sitzen zwei Männer mit roten Jacketts. Der Linke», sagte ich.

Die beiden Frauen schauten so unauffällig wie möglich in seine Richtung und kurz darauf wieder zurück zu mir.

«Dein Ex-Freund ist einer von Lexians Kriegern?», stieß Emina mit leicht schriller Stimme aus.

«Wieso ein Krieger? Ein Erfüllter», stammelte ich, weil ich mich fragte, wie sie zu dieser Schlussfolgerung gekommen war.

«Rote Jacketts sind dem Heer der Erfüllten vorbehalten. Wenn sie privat unterwegs sind, müssen sie sie tragen, damit man sich in einem Notfall jederzeit an sie wenden kann. Und außer dem obersten Heerführer sind die Krieger im Normalfall keine Erfüllten.»

Ihre Worte erreichten mein Bewusstsein wie in Zeitlupe. Morizo war kein Erfüllter geworden, sondern schlimmer noch, er diente dem gefürchtetsten Krieger dieser Welt. Das durfte einfach nicht wahr sein.

«Das ist unmöglich», murmelte ich vor mich hin. «Dass sie ihn mit ihren Versprechen hierhergelockt haben, das wusste ich. Aber dass er freiwillig ein Teil des Heers geworden ist… So ist Morizo nicht», versuchte ich das Offensichtliche, was mein Verstand bereits begriffen hatte, mit Gewalt auszublenden.

«Emina hat recht, Allegra», klinkte sich Elspeth wieder ein. «Ob er es nun freiwillig tut oder nicht. Er ist einer von Lexians Kriegern.»

Die beiden warfen mir einen mitfühlenden Blick zu. Ich nahm es nur am Rande wahr, da sich in meinem Kopf alles drehte. Das Restaurant verwandelte sich vor meinen Augen in einen tiefroten Sog, der mich mit sich in den Abgrund reißen wollte.

«Zwei Mal die Quinoa-Bowl», ertönte eine fremde Stimme und holte mich aus meinem inneren Chaos.

«Für sie und für mich», signalisierte Elspeth dem Kellner, da sie merkte, dass ich geistig nicht anwesend war.

«Dann ist der Couscous-Salat für Sie.»

Nachdem der Kellner unser Abendessen serviert hatte, versuchten Emina und Elspeth mich aus meiner Trance zu holen.

«Was ist denn mit euch passiert?», wollte Elspeth feinfühlig mehr über Morizos und meine damalige Beziehung erfahren.

«Erzähl schon», forderte mich Emina etwas forscher auf.

«Da gibt es gar nicht viel zu sagen. Er war mein erster und letzter Freund. Wir waren fünf Jahre zusammen, bis er sich dann vor zwei Jahren von einer Erfüllten hat bezirzen lassen und sich ihnen angeschlossen hat», erzählte ich den beiden die Kurzfassung, während ich mich dazu zwang, mir langsam einen Löffel Quinoa nach dem anderen zum Mund zu führen.

Emina und Elspeth hatten ebenfalls zu essen begonnen, konnten den Blick aber nicht von mir abwenden.

«Er hat dich wegen einer Erfüllten verlassen?», kam es meiner Freundin, deren goldene Kettenanhänger aufgrund ihrer Empörung wild umhersprangen, verärgert über die Lippen.

«Ja, das hat er», sagte ich bitter.

«War es eine Notlage? Also hat er das Geld so dringend gebraucht?», wollte Elspeth als Nächstes wissen.

«Nein», kam es mit belegter Stimme von mir. «Seine Eltern hatten einen guten Job und er war Einzelkind. Also keine Verantwortung oder Geldnot. Er hat uns damals sogar ausgeholfen, wenn es finanziell mal knapp war.»

«Definitiv nicht deine große Liebe, Philomena», sagte Emina überzeugt. «Wenn er dich so sehr geliebt hätte, dann hätte er dich niemals verlassen und im Stich gelassen.»

Ich nickte erschöpft. Die heftigen Emotionen forderten ihren Tribut.

«Vergiss ihn einfach. Er hat dich nicht verdient», ergänzte sie.

«Lasst uns über etwas anderes ...» Doch weiter kam ich nicht.

Es war Morizo höchstpersönlich, der mit einem Gesicht an unserem Tisch aufkreuzte, aus dem eine große Überraschung sprach. «Allegra, du bist es wirklich!», stieß er ungläubig aus. «Ich kann kaum glauben, dass wir uns hier wiedersehen.»

Ich erst recht nicht, dachte ich und war wie angewurzelt, wusste nicht, wie ich auf seine Ankunft reagieren sollte.

Er versuchte, den kleinen Abstand zu mir zu überwinden. Doch Emina unterband seinen Versuch, indem sie ihm mit ihrem Oberkörper den Weg versperrte.

«Allegra, du erkennst mich doch?! Ich bin es, Morizo», sagte er erschrocken und verzweifelt zugleich.

«Ja, natürlich habe ich dich erkannt», erwiderte ich knapp und schenkte ihm ein falsches Lächeln.

«Es tut mir leid, Allegra. Können wir nicht miteinander sprechen?»

Es tat ihm leid? Ich erwiderte nichts, schaute ihn nur mit leerem Blick an.

Mein Ex-Freund blickte zu seinem Tisch. «Ich muss leider wieder rüber. Lass uns doch die Tage mal treffen. Ich rufe dich an», sagte er mit leuchtenden Augen und machte auf dem Absatz kehrt.

Ich schaute zu dem anderen Krieger, mit dem Morizo hier war, und erstarrte ein zweites Mal an diesem Abend. Morizos Kollege saß nicht mehr allein am Tisch. Neben ihm hatte sich ein großer breiter Mann mit stahlblauen Augen und identischem Jackett niedergelassen.

Alte Erinnerungen

Nachdem sich Emina mehrfach über Morizos Verhalten echauffiert und Elspeth mir einige Male einen mitfühlenden Blick geschenkt hatte, waren wir dazu übergegangen, uns wieder meiner Nachhilfe zu widmen. Ich vermied es, so gut es ging, nicht verstohlen zu dem Tisch zu starren, an dem mein Ex-Freund mit meinem zuständigen Erfüllten zusammen den Abend verbrachte.

Irgendwann hatte ich es glücklicherweise geschafft, meine in mir wütenden Emotionen vorerst zum Schweigen zu bringen. Meine beiden Verbündeten gaben sich große Mühe, mich abzulenken, und ich musste zugeben, dass mein Gaumen überaus angetan von der Quinoa-Bowl war. Viele Geschmacksnoten kannte ich nicht oder ich konnte mich nicht mehr an sie erinnern. Die Süße der Mango und der Papaya sowie die verschiedenen, mir unbekannten Gewürze kitzelten meine Geschmacksnerven und ich konnte nicht anders, als die Augen hin und wieder genüsslich zu schließen.

Gegen halb zehn zahlten wir und machten uns auf den Heimweg. Da wir die elegante Wendeltreppe mit dem Handlauf nach unten steigen mussten, blieb uns nichts anderes übrig, als den Tisch zu passieren, an dem Lexian saß.

«Ich hoffe, du hattest einen schönen Abend, Allegra. Wir sehen uns später», sagte der oberste Heerführer im Vorbeigehen zu mir und fixierte dabei mein Gesicht mit seinem Blick.

Wusste er es schon? Hatte Camelia ihm von der Situation mit dem kleinen Mädchen erzählt und wollte er später mit mir darüber sprechen?

«Den hatte ich. Noch einen schönen Abend Euch», ratterte ich schnell herunter und wendete meinen Kopf postwendend zur Seite. Natürlich nicht, ohne rasch noch einmal zu Morizo zu schauen. Er nickte mir freundlich zu, schien sich aber aufgrund von Lexians Anwesenheit zurückzuhalten.

Als wir endlich über den langen roten Teppich in die Nacht hinaustraten, atmete ich tief aus. Mir blieb in dieser Welt auch nichts erspart.

«Der Verlauf des Abends tut mir wirklich leid, Allegra», wandte sich Elspeth an mich, während sie ihr kurzes weißes Kleid glatt strich.

«Danke. Ich weiß auch nicht, weshalb ich ständig in so unangenehme Situationen gerate», erwiderte ich kopfschüttelnd, während wir auf den Taxifahrer warteten.

Den Fahrdienst konnte man leicht über seinen Kommunikator kontaktieren, wie Emina mir eben demonstriert hatte.

Mittlerweile war es wieder ruhig auf den Straßen. Nur wenige Limousinen fuhren durch die Gegend und auch die schallenden Gespräche und die Musik, die vorhin aus einigen angrenzenden Bars und Restaurants an mein Ohr gedrungen waren, waren fast verstummt.

«Ich wollte euch übrigens schon den ganzen Abend fragen, was in eurem Schönheitsplan steht, aber vor lauter Nachhilfe und der Begegnung mit meinem Ex-Freund kam ich noch gar nicht dazu. Kommen denn irgendwelche Operationen auf euch zu?», richtete ich mich an meine beiden Freundinnen.

Elspeth seufzte leise. «Ja, wie befürchtet soll die Länge meiner Beine angeglichen werden.»

«Und wie wollen sie das machen?», hakte ich nach. Wie man eine Nase verkleinerte oder die Brust vergrößerte, konnte ich mir ja noch grob vorstellen, aber wie sollte ein Bein denn bitte verlängert werden?

«Sie werden mir mein linkes Bein brechen. Genau weiß ich auch noch nicht, wie es funktioniert, aber sie werden mir nach dem Bruch wohl einen Nagel einsetzen und irgendwie entsteht dadurch eine Lücke zwischen den Knochen. So ist dann genug Platz für das Wachstum vorhanden.» Die Angst vor dem Eingriff stand ihr ins Gesicht geschrieben, aber auch ihre Entschlossenheit war zu spüren. Sie hatte sich ihrem Schicksal als Erfüllte gefügt.

«O Gott, Elspeth», brach es bestürzt aus mir heraus. «Das grenzt ja an Körperverletzung. Es muss unfassbar schmerzhaft sein.»

Sie zuckte zur Antwort mit den Schultern. «Ich habe damit gerechnet, dass es hart wird, Allegra», erwiderte sie betrübt. «Aber ich habe einfach keine Wahl.»

Sie tat mir unglaublich leid. Ich wollte nicht, dass sie sich das antat, dass sich irgendjemand etwas antat, nur um dem Schönheitswahn dieses oberflächlichen Regimes gerecht zu werden.

«Ich wünschte auch, dass du dir das ersparen könntest», klinkte sich Emina ein, die unserem Gespräch die ganze Zeit mit ernster Miene gefolgt war. «Im Vergleich zu dir bin ich echt noch glimpflich davongekommen. Mir werden sie nur die Narben im Dekolleté weglasern und die Ohren anlegen, weil sie ein bisschen zu weit abstehen», ergänzte sie.

«Ich kann das alles nicht fassen», entrüstete ich mich und machte meiner aufflammenden Wut direkt Luft. «Das ist doch alles einfach nur schrecklich. Wie können sie uns das antun?»

Man konnte offensichtlich dankbar sein, wenn einem *nur* die Ohren angelegt und ein paar Narben entfernt wurden. Hier lief doch alles einfach nur gehörig falsch.

«Du hast ja recht, aber was können wir denn tun? Uns sind doch die Hände gebunden», entgegnete Emina.

«Ich weiß, aber ich finde es einfach nur grauenhaft, dass ihr euch so schlimmen Eingriffen unterziehen müsst.»

Elspeth schaute mich gerührt an. «Was ist denn mit dir, Allegra? Musst du dir die Narbe am Fuß weglasern lassen?»

Ich zog die Mundwinkel nach unten. «Nicht nur das, bei mir steht auch eine Brustvergrößerung an. Ach ja, und die Lippen werden mir auch noch aufgespritzt.»

«O nein. Da hast du es aber auch nicht gut getroffen. Das tut mir wirklich leid», entgegnete sie betrübt.

«Das hast du echt nicht nötig. Also wenn du mich fragst und nicht die Erfüllten offensichtlich», erwiderte Emina.

«Danke», antwortete ich lediglich. Schließlich konnte ich ihnen ja schlecht sagen, dass ich, wenn es so weit war, nicht mehr hier sein würde. Die beiden hingegen mussten sich unters Messer legen und diese Vorstellung ließ ein Gefühl der Ohnmacht in mir aufkommen.

Zwei Lichter in der Ferne bahnten sich ihren Weg zu uns und wenig später fuhr einer der Männer mit grauer Schiebermütze vor dem *Fortuna* vor. Emina war die Erste, die im Inneren verschwand. Keine Minute später ließ ich mich neben ihr auf die gemütliche Sitzfläche fallen, bevor Elspeth mir folgte und der Fahrer die Tür von außen schloss.

Auf der Rückfahrt hakten wir das Thema Schönheits-OPs ab und kamen das erste Mal dazu, uns darüber auszutauschen, was uns dazu bewegt hatte, Teil dieser Welt sein zu wollen. Obwohl bei keinem von uns die Rede von *wollen* war. Dank der Glasscheibe, die in jedem Taxi zu finden war und den Fahrer von den Insassen separierte, mussten wir auch keine Angst haben, belauscht zu werden.

«Als meine Eltern ihren Kosmetiksalon geschlossen haben, hat sich für meine Familie alles verändert», erzählte Emina mit herabhängendem Kopf. «Wir hatten zwar noch Ersparnisse, aber irgendwann haben sie sich dem Ende zugeneigt und da mussten wir über eine Alternative nachdenken.»

«Haben deine Eltern keinen anderen Job mehr gefunden?», hakte ich, an Eminas Lippen hängend, nach.

«Sie haben eine Zeit lang auf den Feldern gearbeitet und

Gemüse geerntet, aber eines Morgens sind sie auf der Arbeit erschienen und da waren die ganzen Äcker abgebrannt.» Tränen bildeten sich in ihren Augenwinkeln.

Elspeth griff nach ihrer Hand. «Es tut mir so leid, dass ihr es so schwer hattet.»

«Das ist grauenhaft, Emina», kommentierte ich und schüttelte fassungslos den Kopf.

«Und so habe ich dann irgendwann die Entscheidung getroffen, mich den Erfüllten anzuschließen. Wir wären nicht mehr über die Runden gekommen.»

Ich nickte verstehend. «Das war sicher auch hart für deine Eltern.»

«Hart?», erwiderte sie müde lächelnd. «Ihr könnt euch gar nicht vorstellen, was sie für Geschütze aufgefahren haben, um mich davon abzuhalten. Doch da all ihre Versuche, genug Geld für unser Überleben aufzutreiben, gescheitert sind, haben sie mich schweren Herzens gehen lassen.» Sie bettete ihren Kopf in den Händen, ein leichtes Beben durchzog ihren schlanken Körper.

Elspeth und ich streichelten ihr über den Rücken, während sie von ihren schmerzhaften Erinnerungen heimgesucht wurde.

«Ich kann mich so gut in deine Lage hineinversetzen», sprach Elspeth nach einer Weile der Stille. «Meine Mutter und ich haben meinen Vater vor wenigen Monaten verloren und …», ihre Hände zitterten leicht, «… meine Mutter war zu dem Zeitpunkt schwanger. Mit Zwillingen.»

Ich schlug mir die Hand vor den Mund. «O Gott, Elspeth. Wie tragisch ist das denn?»

«Ja», gab sie betrübt zurück ,«mein Vater hatte trotz der schlimmen Verhältnisse außerhalb der Mauer einen guten Job. Nach seinem Herzinfarkt hatten wir von heute auf morgen nichts mehr. Ich kann gar nicht in Worte fassen, wie viel Angst ich hatte. Um meine Mutter und meine zwei ungeborenen Geschwister.»

Emina und ich nickten synchron, zutiefst getroffen von dem Schicksal unserer Freundin.

«Und um ihre Existenz zu sichern, hast du dich entschlossen, Teil der Erfüllten zu werden?»

«Ja, ich habe keine andere Möglichkeit gesehen. Ich hätte niemals einen Job gefunden, mit dem ich uns alle vier hätte ernähren können.»

«Das verstehe ich gut. Du hattest keine Wahl. Ihr beide …», ich schaute Emina und Elspeth an, «… hattet keine Wahl. Es tut mir so leid, was ihr alles durchmachen musstet.»

Mir brach es das Herz, zu erfahren, was für Schicksale meine beiden neuen Freundinnen hierhergebracht hatten. Ich fragte mich erneut, wie viele der neuen Erfüllten eine ähnliche Geschichte hatten und ob es den einen oder anderen der Höheren auch einst aus einem ähnlichen Grund hierher verschlagen hatte. Musste dann nicht tief in ihrem Inneren noch etwas Menschliches sein? Gab es keine Möglichkeit, ihre Seele wieder daran zu erinnern, weshalb sie diesen oberflächlichen Lebensstil pflegten? Als Camelias Gesicht vor meinem inneren Auge auftauchte, bezweifelte ich jedoch, dass manche überhaupt jemals eine Seele besessen hatten. Und trotzdem: Es musste doch irgendetwas geben, um die Menschen hier wieder daran zu erinnern, wer sie einst gewesen waren.

«Was ist mit dir, Allegra?», fragte Elspeth mich, ihre Tränen von der Wange wischend.

Ich seufzte und erzählte ihnen die Kurzfassung, berichtete ihnen von dem Tod meiner Eltern, der Entführung Ardens und dem schiefgelaufenen Austausch mit Lexian.

«Das ist ja schrecklich, Allegra. Du bist in das alles reingeraten, ohne dich überhaupt auch nur annähernd darauf vorbereiten zu können. Wir sind zumindest noch halb freiwillig hier, aber du hattest ja nun wirklich keine Wahl.»

«Lexian wird seinem Ruf wirklich gerecht. Es tut mir wahnsinnig leid», schloss sich Emina an, die bis eben mit ihren

Fingern angespannt über die Lederfläche der Limousine gestrichen hatte.

«Das war doch vor einigen Monaten noch nicht so, dass sie einfach Menschen verschleppt haben, die keinen Nutzen für sie haben. Was wollten sie mit dem Bruder deiner Freundin?»

«Ich verstehe es auch nicht», äußerte sich Elspeth genauso irritiert. «Wenn sich das herumspricht, werden sich die Menschen noch weniger aus ihren Häusern trauen.»

Ich zuckte mit den Schultern. «Ich habe keine Ahnung.»

«Das war bis jetzt nicht ihre Herangehensweise», gab Emina zu bedenken.

«Vielleicht ist es auch nur Lexians Art», warf ich ein und strich mir eine meiner Haarsträhnen hinters Ohr.

Sie schüttelte entschieden den Kopf. «Der oberste Heerführer macht nur das, was Diegorus ihm aufträgt. Dann müsste es von oben kommen.»

Ich wollte etwas erwidern, als Emina unser Gespräch unterbrach und sich von ihrem Platz erhob. «Ich muss leider schon aussteigen, aber wir sehen uns ja morgen.»

Der Fahrer hatte vor ihrem Haus gehalten und Elspeth und ich wünschten ihr noch einen schönen Abend.

«Den Geschichtsunterricht habe ich schon wieder ganz vergessen», sagte ich, als das Gefährt erneut ins Rollen kam. «Das letzte Mal war auch echt eine Qual. Du wirst es morgen früh ja selbst erleben. Unser Lehrer ist definitiv nicht der sympathischste», erwiderte Elspeth alles andere als begeistert.

«Er ist bestimmt auch einer der Höheren, oder?»

Elspeth nickte. «Wirklich grauenhaft, wie herzlos sie wirken. Manchmal habe ich Angst, dass ich irgendwann einmal genauso werde wie sie», teilte sie ihre Besorgnis mit mir.

Ich konnte sie verstehen. Hatte man überhaupt eine Chance, seine Persönlichkeit zu behalten, wenn man jahrelang hier lebte?

«Ich muss aussteigen, Allegra.» Die leichte Melancholie in

ihrer Stimme war nicht zu überhören. Sie hing sich ihre Tasche um die Schulter und blickte nach draußen.

Ein Ruckeln ging durch die Limousine. Der Fahrer schien etwas schärfer gebremst zu haben als beabsichtigt. Elspeth wollte aufstehen, doch ich hielt sie davon ab, nahm ihre Hand in meine.

«Das wird nicht passieren, Elspeth. Du musst auf dich vertrauen, hörst du? Sie werden uns nicht zu Zombies machen, die ihnen blind folgen. Wir sind stärker», sagte ich eindringlich und suchte ihren Blick.

Ihre dunkelgrünen Augen schienen überrascht, strahlten aber sogleich wieder ein Fünkchen Zuversicht aus. «Ja, du hast recht.»

«Wir schaffen es zusammen und vielleicht entkommen wir diesem Alptraum auch eines Tages.»

Der tiefe Wunsch, die Menschen, die mir langsam ans Herz wuchsen, nicht zurückzulassen, wenn ich floh, breitete sich immer mehr in mir aus.

Wenig später war ich in Lexians Villa eingetrudelt. Nachdem ich durch die goldene Tür getreten war, schaute ich mich vorsichtig in dem großen Wohnraum um. Ich hatte damit gerechnet, Lexian erneut auf dem Sofa und mit einem Glas Whisky in der Hand vorzufinden. Doch es war weit und breit kein Heerführer zu sehen.

Er hat noch im Fortuna *gesessen, als wir den Heimweg angetreten sind*, erinnerten mich meine müden Gehirnzellen.

Es war totenstill im Haus und es fühlte sich seltsam an, das erste Mal allein im Wohnbereich des Erfüllten zu sein. Bereits am Tag meiner Ankunft war mir aufgefallen, dass sich hier nichts Persönliches von ihm befand. Die Einrichtung war das perfekte Spiegelbild seines Äußeren. Elegant, anmutig, schön und kalt.

So leise wie möglich begab ich mich mit den goldenen Schuhen unterm Arm nach oben und hoffte, dass ich nicht doch noch auf Lexian traf. Hier wurde man aber auch paranoid.

Ich atmete auf, als ich meine Luxus-Suite betrat. Es war nach wie vor surreal, in so einem großen Zimmer mit eigenem Bad zu leben, aber gerade war ich insgeheim froh darüber, dass ich mich nach diesem aufreibenden Tag in das gemütliche Himmelbett kuscheln konnte. Etwas widerwillig schlüpfte ich in das halbtransparente Nachthemd, ignorierte die Situation von gestern am Fenster, die vor meinem inneren Auge auftauchte, geflissentlich, und schminkte mich mit den Reinigungstüchern aus dem Schrank unterhalb des Waschbeckens ab. Als ich in das weiche Kissen einsank, geisterten die Geschehnisse des Tages durch meinen Kopf. Ich konnte mich auf keinen einzelnen Gedanken konzentrieren. Die Müdigkeit übermannte mich augenblicklich und entführte mich in das Land der Träume.

«Es war sehr knapp heute, Xandra», seufzte Tenzin schwer.

Eine beängstigende Stille erfüllte den Raum, bis Xandra ihm im Flüsterton antwortete. «Was ist passiert, Tenzin?»

«Angius war heute mit einigen seiner Männer unterwegs. Er hat viele der Vorbeigehenden zur Seite genommen und wollte sie sehen.» Tenzin klang ängstlich und verstört.

«So weit gehen sie jetzt?» Xandras Stimme war nicht mehr als ein Hauchen.

«Ja.»

«Wir dürfen den Erfüllten keinesfalls in die Hände fallen. Sie werden uns, ohne mit der Wimper zu zucken, töten. Wir müssen alles dafür tun, um für Allegra und Lamirah da zu sein.»

«Ich weiß, Xandra. Wir müssen uns etwas überlegen. Ich werde nicht zulassen, dass sie uns bekommen», sprach Tenzin ruhig und versuchte, all seine Zuversicht in seine Stimme zu legen.

Doch Xandras Schluchzen war trotzdem zu vernehmen.

Ihre Furcht konnte ich bis hierher spüren. Bis zu dem Türschlitz, durch den ich meine Eltern belauschte.

Ich schreckte hoch. Das schrille Geräusch des Weckers hatte mich gnadenlos aus dem Schlaf gerissen. Bevor ich realisierte, wo ich war, musste ich ein paar Mal blinzeln. Ich hatte das Fußteil meines alten Holzbettes und das Familienfoto an der Wand dahinter in meinem Blickfeld erwartet. Das Bild war aufgenommen worden, als Lamirah gerade mal ein Jahr alt gewesen war. Ich hatte mir das Foto immer gern angesehen. Wie oft ich es von der Wand genommen hatte, um uns vier zu betrachten. Leider hatte ich es oft nicht wieder richtig an den Nagel gehängt, weshalb es nicht nur einmal heruntergefallen war und der Rahmen irgendwann viele kleine Macken aufgewiesen hatte.

Die lächelnden Gesichter meiner Eltern und das von Lamirah suchte ich in diesem Raum jedoch vergeblich. Dafür sah ich die weiße Polsterbank, den edlen grau glänzenden Fußboden und ein abstraktes Wandbild, das mit seinen Grün- und Blautönen der einzige Farbtupfer in diesem prunkvollen Zimmer war.

Ich setzte mich langsam auf. Lehnte meinen schweren Kopf an das samtige Kopfteil. Die Sonne schenkte der Welt bereits ihre ersten Strahlen und blendete mich mit ihrem Licht.

Ich rieb mir den Schlaf aus den Augen. Es fiel mir schwer, im Hier und Jetzt anzukommen. Der Traum war so real gewesen.

Ich konnte das beklemmende Gefühl nicht abschütteln und stand entschlossen auf, um mir ein Glas Wasser einzuschenken. Yessenia hatte meine Karaffe glücklicherweise frisch aufgefüllt.

Während das fließende Nass zumindest meine Kehle aus dem Tiefschlaf holte, grübelte ich.

Die Gewissheit traf mich wie der Blitz. Ich verschluckte mich an der Flüssigkeit und hustete wie wild. Meine Lunge wollte sich nicht mehr beruhigen. Tränen schossen mir in die Augen. Ich musste mich an der Kommode abstützen.

Das konnte nicht wahr sein! Wie hatte mein

Unterbewusstsein diese Erinnerung all die Jahre verdrängen können? Denn nichts anderes war der Traum gewesen. Ein Rückblick in meine Vergangenheit.

Mir wurde schwummrig. Instinktiv legte ich mich auf mein Bett, damit ich nicht umkippte und mir auf dem sündhaft teuren Bodenbelag noch den Schädel aufschlug und ihn mit meinem Blut besudelte.

Tausende Gedanken rasten durch meinen Geist. Seit meine Eltern vor ein paar Monaten nach der Arbeit nicht mehr nach Hause gekommen waren, hatte ich ständig an diesen Tag gedacht. Den Tag, an dem das Feuer in unserer damaligen Backstube ausgebrochen war und die Flammen sie mit in den Tod gerissen hatten. Ich hatte mich immer und immer wieder gefragt, was genau passiert war. Wieso sie es nicht rechtzeitig in die rettende Freiheit geschafft hatten. Jetzt beschlich mich das ungute Gefühl, dass die Erfüllten etwas damit zu tun hatten. Dass der Brand möglicherweise mit Absicht gelegt worden war. Nur weshalb? Was hätten sie davon, niedere Bürger einfach zu ermorden?

Ich versuchte, mich bewusst auf meine Atmung und die Erinnerung aus meiner Kindheit zu fokussieren. Meine Eltern hatten so besorgt geklungen. Sie hatten eine Heidenangst vor den Erfüllten gehabt. Ich konnte mich noch gut daran erinnern, wie oft sie mich vor ihnen gewarnt hatten. Sie waren gefährlich, das hatte man mir schon früh eingetrichtert. Doch weshalb hätten sie meine Eltern töten sollen? Obwohl sowohl mein Vater als auch meine Mutter auf ihre eigenwillige Art und Weise schön gewesen waren, hatten sie nicht dem entsprochen, was die Erfüllten sich darunter vorstellten. Also konnte es nicht daran gelegen haben, dass sie sich dagegen gewehrt hatten, sich ihnen anzuschließen. Aber ein anderes Motiv fiel mir nicht ein.

Mein Schwindel verstärkte sich. Wenn sie sie wirklich ermordet hatten … Das durfte und konnte nicht passiert sein. Unmöglich. Wie sollte ich mit dem Wissen leben, wenn ich herausfand, dass es genau so passiert war?

Wieder kam mir der Satz von meinem Vater in den Sinn. Lexians Vorgänger hatte wohl irgendwelche Leute zur Seite genommen, weil er *sie* hatte sehen wollen. Wer waren *sie*? Waren damit Lamirah und ich gemeint gewesen? Doch wieso hatte dieser Angius dann irgendwelche anderen Menschen angesprochen? Das ergab alles keinen Sinn. Mir fehlten weitere Puzzleteile. Und die würde ich finden. Wenn ich vorübergehend schon in der Welt der Erfüllten leben musste, konnte ich auch alles daransetzen, herauszufinden, ob diese Unmenschen in den grausamen Tod meiner Eltern verwickelt waren.

Meine Vermutung und das innere Chaos, das in mir wütete, zur Seite schiebend, erhob ich mich. Ich hatte keine Wahl. Ich musste funktionieren. Gleich stand mein Kennenlernen mit Vicdan, dem Schönheitschirurgen, und direkt danach der Geschichtsunterricht an.

Lexian hatte mir mitten in der Nacht eine Nachricht über meinen Kommunikator zukommen lassen. Er hatte mir mitgeteilt, dass Vicdan unbedingt ein erstes Treffen mit mir wollte. Bei dem Gedanken an das, was mich heute erwartete, konnte ich mir ein Stöhnen nicht verkneifen. Außerdem würde es ein Kampf werden, mir meine aufgewühlte Stimmung nicht anmerken zu lassen.

Während ich mich für den Tag zurecht machte, musste ich mich zusammennehmen, um den Schmerz wegen des Verlustes meiner Eltern nicht übermächtig werden zu lassen. Doch es fühlte sich wie eine Mammutaufgabe an, denn die blassgrünen Augen, die mich müde und schmerzverzerrt aus dem extravaganten Spiegel heraus anblickten, hätten auch die meines Vaters sein können. Ich stützte mich auf dem Waschtisch ab und ließ meinen Kopf hängen. Es tat zu weh, ihn vor mir zu sehen. Die letzten Wochen hatte ich mich tapfer geschlagen. Schließlich war es meine oberste Priorität gewesen, mich um Lamirah zu kümmern. Da hatte ich die sich in mir angestaute seelische Pein höchstens unter der Dusche in unserem klitzekleinen Bad oder still in der Nacht, wenn sie bereits tief und fest geschlafen hatte, freien Lauf lassen können. Es hatte sogar Momente gegeben, in denen ich mein Spiegelbild gern angeschaut hatte. Dass wir die gleiche herausstechende Augenfarbe teilten, hatte mir sogar Kraft gespendet, mir das Gefühl der inneren Verbundenheit vermittelt, die bis über den Tod hinaus ging. Doch gerade spürte ich sie nicht. Die Traurigkeit überschattete jegliche andere Gefühle in meiner Seele. Manchmal wurde sie so stark, dass ich fast davon überzeugt war, sie würde mir nie von der Seite weichen, mir keine Pause gönnen, sondern mich mit sich in ein bodenloses tiefschwarzes Loch reißen, dem ich nicht mehr entkommen konnte.

Ich raffte mich auf und versuchte, mich auf den heutigen Tag zu konzentrieren. *Ein Schritt nach dem anderen. Tag für Tag.* Diese beiden Sätze hatte mir Tabitha hoch- und runtergepredigt, als ich das Gefühl gehabt hatte, dass mich der Schmerz zerriss und die Angst, dass ich nicht mehr für Lamirah und mich sorgen konnte, übermächtig wurde.

Als ich mir kleidungstechnisch etwas ausgesucht hatte, das bei den Erfüllten kein Naserümpfen hervorrufen würde und mir einigermaßen gefiel, musterte ich mich in den großen Spiegeltüren.

Meine Haare fielen mir über locker über die Schultern. Mein Make-up hatte ich in hellen Erdtönen gehalten und mein Outfit bestand heute aus zwei zueinander passenden Teilen. Einem knielangen Rock und einem Spaghetti-Top in einem Mintgrün. Außerdem hatte ich mich für eine feine goldene Kette und das passende Armband entschieden. Recht zufrieden mit meinem Erscheinungsbild schaute ich kurz auf meinen Wochenplan, um mich zu vergewissern, dass ich auch die richtige Zeit im Kopf hatte. Vicdans Schönheitsklinik erwartete mich laut Lexians Nachricht um halb zehn, und die Brainwash-Stunde, wie Elspeth und Emina sie nannten, begann um elf Uhr. Zumindest wenn man dem Plan glauben wollte. Die zartglänzenden Zeiger der Wanduhr in meinem Raum standen auf neun. Also blieb mir noch genau eine halbe Stunde Zeit.

Strafstunden

Auf dem Weg nach unten machte ich Yessenia in dem Fitnessstudio mit Wischmopp und Eimer beim Putzen aus. Ich gab ihr gestikulierend zu verstehen, dass ich mir selbst etwas zum Frühstück machen würde und sie ihrer Hausarbeit weiter nachgehen konnte. Trotz ihres widerwilligen Blicks war sie mir nicht ins Erdgeschoss gefolgt.

Lexian musste wieder außer Haus sein, denn ich begegnete seinen vereinnahmenden Augen nirgends.

Nach einem schnellen Müsli mit frischen Heidelbeeren und kleinen grünen Früchten, die ich schon am Abend der Musterung gekostet hatte, sowie einem Krouzian-Tee verließ ich das Haus.

Aufgrund des Zeitmangels hatte ich mir schnell ein Taxi gerufen, das auf die Minute genau vorfuhr. Der mir unbekannte Fahrer wirkte aufgrund der grauen Schiebermütze auf irritierende Weise vertraut. Während ich mich von dem kräftigen Mann durch die Straßen kutschieren ließ, konnte es mein Kopf nicht lassen, über meinen Verdacht nachzudenken. Den Verdacht, dass die Erfüllten etwas mit dem Tod meiner Eltern zu tun hatten. Da mir aber weitere Ansatzpunkte fehlten, schob ich die grauenhafte Vorstellung nach einer Weile zur Seite und fokussierte mich gedanklich auf das bevorstehende Aufeinandertreffen mit dem Chirurgen. Nach wie vor war es mir ein Rätsel, weshalb er mich am Abend der Musterungen immer wieder angestarrt hatte. Dass

Lexians Strafe mit ihm zusammenhing, festigte meine Meinung, dass der obere Heerführer mich genauer im Auge behalten wollte. Aus diesem Grund auch diese für die Erfüllten so untypische Freundlichkeit von Vicdan. Zumal ich zugeben musste, dass der Chirurg sein Spiel gut beherrschte, seine Nettigkeit hatte alles andere als falsch gewirkt.

Als der Chauffeur vor einem meterhohen Gebäude hielt, dessen strahlend weiße Hochglanzfassade mich förmlich blendete, fing mein Herz leicht an zu pochen. Wie so oft fühlte ich mich wie ein Fremdkörper in dieser Welt. Bestimmt sechs verschiedene Klinikgebäude erstreckten sich um mich herum in die Höhe. Alle waren sie schneeweiß, perfekt poliert und unpersönlich. Ich atmete einmal tief durch und lief zielsicher auf das Gebäude zu. Zwei Erfüllte, die in fliederfarbene Anzüge gekleidet waren, kamen mir durch die gläserne Drehtür entgegen. Sie waren in ein Gespräch vertieft und schienen in der Klinik zu arbeiten.

«Allegra, schön, dass du gekommen bist», empfing mich Vicdan, der auf mich gewartet haben musste.

Es ist ja nicht so, als hätte ich eine Wahl gehabt.

«Danke, dass Sie mich hier unten abholen», sagte ich stattdessen höflich, aber distanziert.

«Natürlich. Du warst schließlich noch nie hier und es ist manchmal nicht ganz einfach, sich in diesem Gebäude zu orientieren», erwiderte er mit einem freundlichen Lächeln und bat mich, ihm zu dem Aufzug zu folgen, der sich links hinter dem futuristisch gestalteten Empfang versteckte.

Ich konnte meinen Blick nicht von der Rezeption abwenden. Die Theke war oval und erinnerte an die Form eines Schiffes. Am Boden war sie aus einem hellen Holz, das ab der Mitte, so wie die Fassade dieser Klinik, in ein glänzendes Weiß überging. Doch das, was mich am meisten faszinierte, war die lebensgroße parkähnliche Anlage, die sich hinter den Empfangsdamen erhob. Unzählige Grünpflanzen rankten vor sich hin und verbanden sich hier und da mit ihren

Nachbarn. Das Gesamtbild wirkte wie ein zum Leben erwecktes Kunstwerk.

«Schön, nicht wahr? Sie dienen der schnellen Genesung unserer Patienten», kommentierte Vicdan.

Wir standen vor dem Aufzug und warteten darauf, dass sich die großen Stahltüren vor uns auftaten.

«Was meinen Sie?»

«Die ganzen Grünpflanzen. Wir haben diesen Erholungsraum extra errichten lassen. Es ist bewiesen, dass die Natur einen positiven Effekt auf die Gesundheit hat, und das wollten wir uns hier zunutze machen. Viele Patienten, vor allem diejenigen, die frisch operiert sind, haben noch nicht die Kraft, an die frische Luft zu gehen. Wenn dann noch extreme Temperaturen herrschen, ist es auch einfach zu gefährlich, sie nach draußen zu lassen.»

Bevor ich etwas erwidern konnte, ertönte ein kurzes *Ping*, das die Ankunft des Aufzuges ankündigte.

Schnell fand ich heraus, dass das Gebäude siebenundzwanzig Stockwerke hatte, als Vicdan auf den Knopf drückte, der uns in die siebzehnte Etage bringen sollte.

«Man kann diese Art Garten betreten?», nahm ich den Faden unseres Gespräches wieder auf.

«Ja, natürlich. Man kann sich dort die Beine vertreten, wenn man möchte. Es gibt auch eine Bank, damit man die Natur ebenfalls genießen kann, wenn man sich noch nicht fit genug fühlt, um sich groß zu bewegen.»

An sich war ich begeistert von der Idee und der Kreativität, mit der dieses kleine grüne Fleckchen erschaffen worden war. Zur selben Zeit machte es mich allerdings auch wütend, denn den niederen Bürgern war so etwas ganz und gar nicht vergönnt. Außerhalb der Mauer konnte man froh sein, wenn man sich im Krankenhaus nicht den Hintern wund saß, weil man stundenlang auf einen Arzt warten musste.

Mir entwich ein Seufzen, woraufhin mich Vicdan mit seinen moosgrünen Augen aufmerksam musterte.

«Du kannst es jederzeit besuchen, wenn du möchtest. Und du brauchst keine Operation als Eintrittskarte. Sag am Empfang einfach deinen Namen und dass du von mir kommst.»

Ich nickte unmerklich und murmelte ein «Danke.» vor mich hin.

«Gern, Allegra. So, wir sind da. Folge mir bitte zu meinem Besprechungsraum. Dann können wir uns ein bisschen darüber unterhalten, wie du mich in der nächsten Zeit unterstützen kannst.»

Die wuchtigen Stahltüren des Aufzuges glitten auf und der groß gewachsene Mann betrat den siebzehnten Stock in seinem fliederfarbenen Outfit.

Ich folgte ihm wortlos und verschaffte mir dabei einen Überblick über meine Umgebung. Glänzender Marmorboden empfing mich und führte durch die gesamte Etage. Hätte ich tippen müssen, wie die Wände hier aussehen, dann hätte ich zu nackt und kahl tendiert. Stattdessen war ich erneut überrascht. Sie waren zwar weiß, aber trotzdem lebendig. Geziert von etlichen Grünpflanzen und Kunstwerken, die allesamt wunderschöne Naturszenarien zeigten. Wasserfälle, tiefgrüne Wälder und das endlose Meer. Ich dachte an den Ozean, der unsere Insel von dem Rest der Welt trennte. Mein Zuhause war Tausende von Meilen vom Festland entfernt und in mir machte sich mal wieder der Frust darüber breit, dass es keinen Ausweg gab. Keine Möglichkeit von dieser Insel zu verschwinden und der Welt der Erfüllten zu entfliehen.

«Wie du sehen kannst, zieht sich unsere natürliche Heilungsunterstützung durch das ganze Gebäude», sagte der überaus gepflegte Mann, als er vor einer der großen Türen im Gang stehen blieb.

Und dann fand ich mich auch schon in seinem Besprechungszimmer wieder. Ich staunte nicht schlecht, denn es war recht persönlich eingerichtet. Auf dem eleganten grauen Schreibtisch in der Mitte des Raumes zeigten sich mehrere Bilderrahmen mit Fotos, die den Schönheitschirurgen mit zwei Kindern und einer sympathisch lächelnden Frau zeigten.

Sie wirkten wie eine ganz normale Familie. Eine Familie, wie auch ich sie einst gehabt hatte.

Mit einem Kloß im Hals setzte ich mich auf den Stuhl, den Vicdan mir zuwies.

Der glatzköpfige Mann nahm ebenfalls Platz und schaute mich von seiner Sitzgelegenheit aus freundlich an. «Vorab möchte ich dir gleich sagen, dass du nichts machen musst, was du nicht möchtest. Ich dachte, dass du anfangs bei dem ein oder anderen Gespräch dabei bist, um eine Idee von unserer Arbeit hier zu bekommen. Was hältst du davon?»

Ich runzelte die Stirn und konnte mir einen Kommentar nicht verkneifen: «Bin ich nicht hier, weil ich für mein Verhalten am Abend der Musterungen bestraft werden soll?»

«Ich habe Lexian gesagt, dass du mir bei meiner Arbeit helfen wirst. Wie genau das aussieht, kann ich immer noch selbst bestimmen», erwiderte er und zwinkerte mir verschwörerisch zu.

Wenn der oberste Heerführer ihm tatsächlich aufgetragen hatte, mein Vertrauen zu gewinnen, dann machte Vicdan seine Sache überaus gut.

Die nächste halbe Stunde erzählte er mir, wie der Alltag in der Klinik aussah und wie sich der Ablauf der verschiedenen Schönheitsoperationen, inklusive Vor- und Nachsorge, gestaltete. Ich hörte ihm aufmerksam zu, sprach aber nicht viel. Ich konnte diesen Mann nicht einordnen und zog es vor, vorsichtig im Umgang mit ihm zu sein. Ich schaute zwischendurch immer mal wieder auf die verschiedenen Fotos, die nicht nur auf seinem Schreibtisch, sondern auch an den Wänden zu finden waren. Neben dem ein oder anderen Familienfoto entdeckte ich außerdem ein Bild von Vicdan und einem anderen Mann. Auf dem Bild war der Chirurg um einiges jünger. Er hatte seinen Arm freundschaftlich auf die

Schulter des anderen gelegt, der genauso wie er mit einem breiten Lächeln in die Kamera blickte. Ich fragte mich die ganze Zeit, weshalb mein Blick an dem anderen Mann hängen blieb, aber ich konnte es nicht genau sagen. Er war mir auf seltsame Art und Weise vertraut, obwohl ich ihn noch nie zuvor gesehen hatte.

«So, jetzt hast du mal einen groben Überblick, wie unsere Tage hier aussehen. Das nächste Mal sehen wir uns zu einem Vorgespräch für eine meiner nächsten Operationen. Ach, das habe ich ja ganz vergessen. Würdest du mir die Verschwiegenheitserklärung hier noch unterschreiben, bitte? Patienteninformationen werden bei uns selbstverständlich vertraulich behandelt.» Er reichte mir besagtes Formular und einen Stift.

Ich überflog den Text, konnte nichts Ungewöhnliches feststellen und setzte meine Unterschrift dann an die dafür vorgesehene Stelle.

Vicdan nahm mir das Papier aus der Hand und verabschiedete sich von mir.

Für heute war ich wohl entlassen. Ich bedankte mich bei ihm für seine Zeit und machte mich dann allein auf den Weg zurück zu den Aufzügen.

Mir bleiben genau dreißig Minuten bis zum Geschichtsunterricht, realisierte ich, als ich auf meinen Kommunikator schielte. Also konnte ich in entspanntem Tempo in Richtung des Hauptpalastes laufen. Den Limousinenservice nutzte ich nach wie vor nur widerwillig. Das kleine bisschen Selbstbestimmtheit, das mir geblieben war, wollte ich nicht auch noch aufgeben.

Der kleine Spaziergang hatte mir überdeutlich zu verstehen gegeben, wie überstrapaziert meine Muskelpartien nach dem Training mit Lexian waren, als ich knapp zwanzig Minuten später erschöpft vor dem riesigen Zuhause der Obigen ankam. Unterwegs war ich zwar einigen Erfüllten über den Weg gelaufen, aber da ich meine Augen hinter den dunklen Gläsern meiner Sonnenbrille versteckte, konnte glücklicherweise keiner von ihnen meine trübe Miene sehen. Es reichte schon, dass ich gleich meine perfekt sitzende Maske aufsetzen und meine innere Schutzmauer bis zum Anschlag hochfahren musste.

«Allegra», rief eine Stimme, die mir mittlerweile vertraut war.

Emina und Elspeth stiegen aus einer der edlen Karossen und kamen direkt auf mich zu.

Ich war überaus froh, die beiden zu sehen und meine Stimmung machte zumindest einen Schritt aus der Dunkelheit heraus.

Nach einer kurzen Runde Smalltalk und meiner knappen Zusammenfassung des Besuchs bei Vicdan liefen wir los. Nachdem wir die breiten Treppen und die königliche Eingangshalle durchmessen hatten, erreichten wir einen Raum, der nur ein paar Türen von dem Boudoir entfernt war, in dem wir vorgestern in unsere Bikinis geschlüpft waren.

Vor der geschlossenen Tür mit der goldenen Klinke warteten schon einige weitere Schülerinnen und Schüler auf den Beginn des Geschichtsunterrichts.

Neben Elspeth und Emina sowie mir hatten sich bestimmt fünfzehn neue Erfüllte mit uns in dem Gang eingefunden. Zu meinem Leidwesen war die Federfrau ebenfalls unter ihnen. Sie unterhielt sich angeregt mit der Frau, die bei der Musterung in Rostbraun gekleidet gewesen war.

Bevor ich die anderen meiner Mitschüler begutachten konnte, schwang die Tür auf und ein für sein Alter attraktiver Mann öffnete die Pforten.

Nach und nach traten wir in den weitläufigen Saal. Auch hier waren die Decken meterhoch. Ich ließ meinen Blick über die Einrichtung schweifen. Dies war der erste Raum, in dem ich mich auf Anhieb wohlfühlte, denn er war nicht einzig und allein prunkvoll gestaltet, sondern auch lebendig und fast schon wohnlich. Massive dunkle Regale säumten die Wände und waren mit unzähligen Büchern bestückt. Kleine goldene Leitern mit schmalen Sprossen lehnten an der linken und rechten Seite, damit man die Werke in den obersten Fächern erreichen konnte. Der Duft aus vergangen Zeiten drang mir in die Nase. Dieser Geruch, den ich so liebte, wenn ich zu einem alten Buch griff und fühlte, dass ich etwas Kostbares in den Händen hielt. Am liebsten hätte ich jetzt die Augen geschlossen, mich in eine Zeit geträumt, in der es noch keine Erfüllten, keinen Schönheitswahn und keine optimierenden Behandlungen gegeben hatte.

«Allegra, komm», riss mich Elspeths sanfte Stimme aus meinem Tagtraum.

Sofort war die bittere Realität wieder omnipräsent. Ich befand mich leider nicht in der alten Stadtbibliothek, die ich früher ab und an mit meiner Mutter besucht hatte.

Schnell schloss ich wieder zu meinen Verbündeten auf und begab mich mit ihnen und den anderen Neuen in Richtung der breiten Fensterfront der Bibliothek, vor der sich viele antike Stühle und kleine Pulte befanden.

Spätestens nach den ersten zehn Minuten verstand ich, warum Elspeth und Emina keine Fans des Unterrichts waren. Derenzo, mit diesem Namen hatte sich unser Geschichtslehrer vorgestellt, gestaltete die Brainwash-Stunde interaktiv und forderte uns ständig auf, unsere Meinung zu äußern. Wobei ihn das, was Elspeth, Emina und ich, dachten, bestimmt nicht interessierte. Wir spielten brav mit und antworteten stets das, was eine Erfüllte unserer Einschätzung nach von sich geben würde. Constantina beziehungsweise die Federfrau war überaus engagiert und genoss die Aufmerksamkeit unseres Geschichtslehrers in vollen Zügen. Nicht nur einmal verdrehte ich innerlich genervt die Augen über sie.

Das heutige Thema handelte vom Einstufungsprozess, den alle neuen Erfüllten durchlaufen mussten.

Derenzo erklärte uns, seit wann welche Anforderungen

gestellt wurden und wie die Auswahlprozesse in der Vergangenheit, vor Diegorus' und Esmerays Zeit, ausgesehen hatten.

«Musterungen, wie sie heute durchgeführt werden, haben Tedokis und Maraya, das waren die Eltern von Diegorus, falls Sie es noch nicht wussten, liebe neue Erfüllte, nicht veranstaltet. Die Aufnahmekriterien hatten damals noch einen anderen Fokus. Zwar hat die Optik zu ihrer Zeit die wichtigste Rolle gespielt, aber eine Eintrittskarte zu den Erfüllten gab es nur, wenn man auch genug Vermögen mitbringen konnte. Sie wollten eine Wohngegend für überdurchschnittlich schöne und gut betuchte Menschen schaffen, die sich alles leisten konnten, was ihr Herz begehrt. Sie haben die ersten Shoppingcenter, Wellnesstempel und Beautysalons errichten lassen, in denen sich die Erfüllten ihre Zeit vertreiben konnten.» Derenzo machte eine kleine Pause und schaute einen Moment gedankenverloren aus dem Fenster.

«Weiß jemand von Ihnen, wie es dazu kam, dass Diegorus, nun ja, ausgesprochen früh könnte man sagen, der Regierende dieses Landes wurde?» Unser Geschichtslehrer schenkte uns wieder seine Aufmerksamkeit und schaute interessiert in die Runde.

Wenig überraschend war es Constantina, deren Stimme erklang. «Es ist eine tragische Geschichte. Diegorus ist der ältere Sohn von Tedokis und Maraya. Aus diesem Grund war es auch vorgesehen, dass er in die Fußstapfen seiner Eltern tritt. Doch sein Bruder wollte die Rangfolge nicht akzeptieren. Er hat für Unruhe in den Reihen gesorgt und andere Erfüllte aufgestachelt. Er war so besessen von Neid und Missgunst, dass er seine Eltern ermordet hat.»

«Sehr gut», lobte Derenzo, «Sie haben sich im Vergleich zu vielen unserer anderen neuen Erfüllten offensichtlich schon intensiv mit der Herrschergeschichte auseinandergesetzt.»

Die Federfrau, die heute ein weißes Kleid und lange Perlenohrringe trug, nickte unserem Geschichtslehrer dankbar zu und konnte es nicht lassen, Emina einen überheblichen Blick zuzuwerfen.

Was für ein Problem hatte sie mit uns? Neid und Missgunst schienen ihr genauso wenig fern zu sein wie dem grausamen Bruder von Diegorus. Ich hörte von dieser Tat zum ersten Mal, und dass Diegorus einen Bruder hatte, war mir auch neu.

Gemurmel erfüllte den großen Saal. Während ich meinen Blick durch den Raum wandern ließ, entdeckte ich überraschenderweise einen Mitschüler, mit dem ich in diesem Unterricht nicht gerechnet hatte. Es war einer der Söhne der Obigen. Da sich die Zwillinge so ähnlich sahen, war ich nicht sicher, ob es sich um Cirack oder Casares handelte.

«Was macht der denn hier?», flüsterte ich Elspeth zu, die mir am nächsten saß. «War der letzte Woche auch schon im Unterricht?» Ich zeigte mit meinem Kinn in seine Richtung.

«Du meinst Cirack?»

Im Vergleich zu mir konnte sie die Brüder offensichtlich gut auseinanderhalten.

«Ja.»

«Ich habe ehrlich gesagt keine Ahnung. Letzte Woche war er nicht dabei.» Sie zuckte mit den Schultern.

Emina hatte unser Gespräch mitbekommen, denn sie schüttelte mit dem Kopf und gab mir zu verstehen, dass sie ebenfalls keinen blassen Schimmer hatte, was er hier zu suchen hatte.

Ich war irritiert. Warum sollte der Sohn der Herrscher dieser Welt am Geschichtsunterricht für Erfüllte teilnehmen? Das Ganze war überaus seltsam. Ich musterte ihn intensiver. Cirack trug heute zur Abwechslung mal nichts Elegantes. Er war sogar recht lässig gekleidet. Seine Beine steckten in einer sportlichen olivgrünen Hose und seinen Oberkörper hatte er in ein schwarzes T-Shirt gekleidet, das seinen makellosen Körper perfekt betonte. Da er zwei Reihen weiter vorn saß, konnte ich sein Gesicht nicht sehen, aber seine Rückseite war nicht weniger attraktiv, schaffte es ein unpassender Gedanke in meinen Geist, bevor ich mir mental direkt auf die Finger schlug.

Es war Eminas Schmunzeln, das meine Aufmerksamkeit auf sich zog. «Er ist schon heiß, oder?», sagte sie und zwinkerte mir zu.

Ich warf ihr einen Wie-kannst-du-nur-sowas-über-einen-Erfüllten-sagen-Blick zu, den sie mit einem Ich-weiß-dass-du-dasselbe-denkst-Blick quittierte.

«Zwar nicht so heiß wie Lexian, aber trotzdem sehr attraktiv», flüsterte sie.

Ich wollte etwas erwidern und ihr sagen, wie unpassend ihre Worte waren, als Elspeth mir zuvorkam.

«Emina, wenn uns jemand hört», sagte sie zwischen zusammengebissenen Zähnen. Ihre unverblümte Art schien ihr sichtlich unangenehm.

Emina rollte spaßig mit den Augen und animierte Elspeth mit einer leicht provokativen Geste dazu, etwas hinzuzufügen.

«Ja, Cirack und Lexian sind beide attraktiv, wenn du es so nennen magst, und trotzdem würde ich keinen von ihnen wollen, selbst wenn man sie mir auf den Bauch binden würde», erwiderte sie für ihre Verhältnisse eine Spur zu laut.

«Die Damen, würden Sie uns die Ehre erweisen und wieder am Unterricht teilnehmen?» Derenzo schlenderte an den anderen Tischen vorbei in unsere Richtung. «Ihre Männergespräche können Sie gern auf die Zeit nach der Stunde verschieben.»

Elspeth lief hochrot an und versank in ihrem Stuhl. «Entschuldigen Sie vielmals, das wird nicht mehr vorkommen», sagte sie beschämt.

Nicht nur Derenzo, sondern alle anderen Mitschüler hatten ihren Blick auf meine Freundin gerichtet.

Sie tat mir leid. Mit ihrer schüchternen Art war sie alles andere als der Mensch, der gern im Mittelpunkt stand. Die meisten Blicke waren herablassend, vor allem der von Constantina. Mit ihrer Art erinnerte sie mich immer mehr an

Camelia.

Ich schenkte der Federfrau einen vernichtenden Blick und registrierte kurz darauf, dass nicht alle Anwesenden im Raum ihre Augen auf Elspeth gerichtet hatten. Ein Augenpaar ruhte auf mir. Das von Diegorus' Sohn. Cirack betrachtete mein Gesicht aufmerksam. Zu meiner Überraschung hatte seine Begutachtungs-Aktion aber nichts Überhebliches oder Herablassendes. Er wirkte interessiert und … freundlich? Als er bemerkte, dass ich ihn anschaute, schlich sich ein angedeutetes Lächeln auf seine Lippen.

Derenzos Stimme holte mich aus dem seltsamen Moment.

«Dann wollen wir fortfahren. Hat jemand von Ihnen noch Fragen zu der tragischen Familiengeschichte von Diegorus?»

Es dauerte etwas, bis alle wieder den Blick zum Pult richteten, hinter das sich Derenzo gestellt hatte.

Der schmal gebaute Erfüllte, der direkt vor mir saß, meldete sich. «Was ist denn mit seinem Bruder passiert? Hat er seine gerechte Strafe erhalten?»

Ich war froh, dass der Fokus nicht mehr auf Elspeth lag und Cirack ebenfalls wieder zu unserem Geschichtslehrer schaute.

«Zakton fristet seine Tage in unserem Gefängnis. Sie müssen sich also keine Sorgen machen. Die anderen Verräter, die mit ihm unter einer Decke gesteckt haben, konnte Diegorus auch aus dem Verkehr ziehen.»

Eine Gänsehaut legte sich auf meine Unterarme. *Aus dem Verkehr ziehen.* Er hatte sie sicherlich umbringen lassen. Schließlich war das die Art der Bestrafung für solche Vergehen hier.

«Es war wahrlich eine grausame Tat. Doch Diegorus hat den Schmerz des Verrates genutzt, um unsere Welt noch besser zu gestalten. Während der Herrscherzeit seiner Eltern waren die Bewohner bereits so wohlhabend, dass sie mehr und mehr ihres Vermögens in ihre Schönheit investiert haben. Er hat dieses Konzept dann vor über zwanzig Jahren nach dem schrecklichen Mord ausgeweitet. Seitdem haben auch die armen Schönen eine Chance auf ein erfülltes Leben, denn er empfand es als nicht gerecht, nur den Reichen dieses Privileg einzuräumen.»

Ich schnalzte bemüht leise mit der Zunge. Zweifellos war der Verrat des Bruders grausam, aber Diegorus als sozialen Menschen hinzustellen, war die Übertreibung des Jahrhunderts.

«Deswegen gibt es auch strengere Musterungen, oder?», rief die Federfrau rein.

«Genau, so ist es. Das ist auch der Grund, weshalb bereits während der Musterungen untersucht wird, wie vielen Operationen sich die Anwärter nach der Aufnahme ungefähr unterziehen müssen. Wenn die Eingriffe aufwendig sind und das ...», er suchte nach den richtigen Worten, «das Kosten-Nutzen-Verhältnis, so nennen wir es jetzt einfach mal, nicht stimmt, dann fällt der Erfüllte in dieser Kategorie durch.»

Wenn das Kosten-Nutzen-Verhältnis nicht stimmt. Der Satz stieß mir auf. Für Derenzo schienen wir, wenig überraschend, ebenfalls nicht wertvoller als eine Ware zu sein, die unter keinen Umständen zu viele Macken aufweisen durfte.

Es wurde noch eine Weile über die verschiedenen Schönheitsoperationen diskutiert. Wir sollten erraten, welche Eingriffe am gängigsten waren und welche eher selten durchgeführt wurden. Ich erfuhr, dass Nasen- und Brust-OPs an der Tagesordnung waren. Offensichtlich war ich nur eine von vielen, die nicht mit dem opulentesten Vorbau gesegnet war. Unweigerlich drängte sich mir die Frage auf, wer in der Vergangenheit auf die *tolle* Idee gekommen war, dass man nur mit einem üppigen Dekolleté eine vollwertige Frau war.

Derenzo verlor noch ein paar Worte zu einigen anderen Einstufungen, bis wir zum Thema Fitness kamen. Er erwähnte mehrfach, wie wichtig ein makelloser, fettfreier Körper war. Die Erfüllten hatten erst vor Kurzem ein neues technisches Gerät entwickelt, mit welchem man die Kalorien, die wir am Tag zu uns nahmen, effektiv bestimmen konnte. Wir würden uns in Zukunft in eine Art Röhre stellen müssen, so zumindest hatte ich mir das Gerät bereits nach Elspeths Beschreibungen vorgestellt, da sie schon das Vergnügen gehabt hatte. Einer ihrer Ernährungsexperten höchstpersönlich überprüfte dann, ob wir uns in der jeweiligen Woche an unsere erlaubte Kalorienanzahl gehalten hatten. Wer regelmäßig zu viel zu sich nahm, bekam zur Bestrafung weniger pulcherische Kronen und Lebensmittel zur Verfügung gestellt.

Erschreckenderweise konnte mich diese Information nicht schockieren. All die entsetzlichen Dinge, die ich schon gesehen und gehört hatte, waren auch überaus schwer zu übertreffen.

Als die Stunde endlich ihr Ende fand und Derenzo sich von uns verabschiedete, machte sich unsere Gruppe wieder auf den Weg nach draußen.

Ich bekam nicht mit, dass die anderen die Bibliothek bereits verlassen hatten, denn ich hatte mich zwischen den Bücherregalen verloren. Ich war zu neugierig und wollte herausfinden, was für Werke die Erfüllten hier stehen hatten. Das System war leicht zu entschlüsseln, denn die Bücher waren schlicht und einfach nach Genre sortiert. Ich glitt mit meinen Augen über die verschiedenen Themen. Der Großteil war der Geschichte der Erfüllten gewidmet, aber ich entdeckte auch Unterhaltungsliteratur. Selbst Liebesromane und Thriller hatten hier einen kleinen eigenen Bereich. Einem Impuls folgend nahm ich eines der Bücher in die Hand und las den Klappentext. Wenn ich gehofft hatte, dass ich hier ein spannendes Werk entdeckte, das einen zumindest mental aus dieser Welt entführen würde, wurde ich nun enttäuscht. Der Krimi handelte von niederen Bürgern, die einen Angriff auf die Erfüllten ausübten. Genervt und verärgert darüber, dass sie das ärmere Volk auch noch als Inspiration für ihre Kriminalgeschichten nutzten und es damit wieder einmal in den Dreck zogen, stellte ich das Buch mit zusammengebissenen Zähnen zurück in das Regal. Ich wollte mich zu der anderen Bücherwand begeben, um mich dort mit den Genres vertraut zu machen, als neben mir ein Räuspern erklang.

«Allegra, das war doch Ihr Name?», sprach mich Derenzo direkt an.

Ich drehte mich zu ihm um und nickte zur Bestätigung.

«Atemberaubend nicht, wahr?», sagte er, während er den Blick über die hohen Regale wandern ließ.

«Ja, das stimmt», antwortete ich so unverfänglich wie möglich, darum bemüht, mir meinen Frust nicht anmerken zu lassen.

Der dunkelhaarige Mann lächelte. «Wenn Sie möchten, können Sie sich hier jederzeit ein Werk unserer talentierten Schriftsteller ausleihen. Es würde mich sehr freuen, wenn Sie sich mehr mit der Geschichte der Erfüllten auseinandersetzen. Schließlich mag es anfangs nicht ganz einfach sein, sich in unserer Welt zurechtzufinden. Sie mussten Ihr ganzes Leben wahrscheinlich mit der Armut kämpfen. Da kann es ganz schön überwältigend sein, sich an unsere Gepflogenheiten anzupassen.»

Hatte in seiner Stimme so etwas wie Verständnis mitgeschwungen? Verständnis dafür, dass man sogar die ein oder andere Regel brach? Wahrscheinlich war mir mein Ruf bereits vorausgeeilt ...

«Es ist in der Tat etwas ungewohnt. Vielen Dank für Ihr Angebot. Darauf werde ich bei Gelegenheit bestimmt zurückkommen.»

Wie aus dem Nichts ertönte ein Klingeln in dem sonst so stillen Saal. Ich blickte mich irritiert um, bis Derenzo mit seinem Kinn in Richtung meiner kleinen Umhängetasche zeigte. Es war mein Kommunikator, auf dem sich ein Anruf ankündigte. Vielleicht wollten Elspeth und Emina wissen, wo ich blieb.

«Nehmen Sie den Anruf ruhig an. Außer den Büchern stören Sie hier sonst niemanden», forderte mich der Geschichtslehrer auf.

Das Klingeln hörte nicht auf und es war mir mittlerweile unangenehm, dass ich für diesen Lärm verantwortlich war, weshalb ich es schnell aus der Tasche herauskramte und den Anruf direkt entgegennahm.

Mich traf der Schlag, als ich die Stimme am anderen Ende erkannte. Es waren weder Eminas und Elspeths noch Lexians Worte, die mein Herz zum Rasen brachten.

«Allegra, endlich. Ich habe heute Morgen schon versucht, dich zu erreichen», kam es von Morizo.

Es stimmte. Während ich mich für den Tag zurechtgemacht hatte, war nicht nur ein Anruf von ihm auf meinem Kommunikator eingetrudelt. Doch zum einen war ich nicht in der Stimmung gewesen, mit ihm zu sprechen, und zum anderen hatte ich nicht gewusst, was ich hätte sagen sollen. Im Laufe des Tages hatte ich es dann auch ganz gut geschafft, den Versuch der Kontaktaufnahme seinerseits in die Tiefen meines Bewusstseins zu verdrängen.

«Ich war beschäftigt, Morizo», erwiderte ich knapp. Ich bedeutete dem Geschichtslehrer, dass ich mich aus dem Raum begeben würde, da ich nicht in seiner Anwesenheit mit meinem Ex-Freund sprechen wollte.

Er nickte mir verstehend zu und widmete sich dann den Büchern.

«Allegra, ich kann verstehen, dass du nicht gut auf mich zu sprechen bist, aber meinst du nicht, dass es ein Zeichen ist, dass wir uns hier wiedersehen?»

Ich seufzte. Die Enttäuschung, dass er mich damals im Stich gelassen hatte, saß tief und ich wollte um jeden Preis vermeiden, dass er wieder mehr Platz in meinem Leben bekam.

Morizo entwich ein Stöhnen. «Gibst du mir wenigstens eine Chance, mich dir zu erklären? Ich möchte nur ein Treffen. Bitte, Allegra.»

Wieso klang er so verzweifelt? Er war doch derjenige gewesen, der uns den Rücken zugekehrt hatte. Auch Lamirah hatte Morizo immer gemocht. Er war ihr der große Bruder gewesen, den sie nie hatte.

«Ein Treffen. Das war's», ging ich widerwillig auf seinen Vorschlag ein.

Wahrscheinlich würde er mich nicht in Ruhe lassen und mich immer wieder belästigen. Dann konnte ich mir die ganzen Kontaktversuche seinerseits zumindest ersparen und das Gespräch mit ihm gleich hinter mich bringen.

«Wie wäre es mit Abendessen morgen?», schlug er direkt vor. Vermutlich hatte er Angst, dass ich es mir gleich wieder anders überlegen könnte.

«Von mir aus», erwiderte ich.

«Ich freue mich schon sehr. Ich schicke dir um achtzehn Uhr eine Limousine, in Ordnung?»

«Obwohl, es geht doch nicht, Morizo. Ich habe noch keinen Lohn. Lass uns lieber im Park spazieren gehen.»

«Allegra, mach dir um Geld keine Sorgen. Ich lade dich selbstverständlich ein.»

«Nein», entgegnete ich bestimmt. «Das möchte ich wirklich nicht. Entweder wir ...»

Er unterbrach mich direkt. «In Ordnung. Dann treffen wir uns im Park. Der Fahrer ist um sechs bei dir, ja?»

Ich wollte ihm widersprechen, aber dann fiel mir wieder ein, dass ich abends hohe Schuhe tragen musste. Also mit hohen Hacken durch die Grünanlage stöckeln. Ich konnte es kaum erwarten. «Okay. Bis morgen dann», verabschiedete ich mich und legte auf.

Ich war fast wieder in der Eingangshalle angekommen und konnte nicht fassen, dass ich mich gerade mit meinem Ex-Freund verabredet hatte. Mit dem Menschen, der alle meine Geheimnisse kannte, dem ich früher mein Leben anvertraut hätte und der offiziell und freiwillig den Erfüllten diente und mich einfach so allein gelassen hatte.

Als ich ins Freie trat und die Sonnenstrahlen auf mein Gesicht trafen, sog ich die frische Luft ein. Die anderen neuen Erfüllten waren nicht mehr zu sehen. Allerdings hatten

Elspeth und Emina auf mich gewartet. Sie winkten mir von der Parkanlage, die Lamirah und ich vor ein paar Tagen durch die Löcher in der Mauer gesehen hatten, auffordernd zu.

Ich winkte zurück und machte mich direkt auf den Weg zu ihnen. Doch ich kam nicht weit. Es war ein Haufen Bücher, der ohne Vorwarnung vor meinen Füßen landete und mich dazu zwang, abrupt stehen zu bleiben. Irritiert richtete ich den Blick nach oben, suchte denjenigen, der für dieses Chaos verantwortlich war. Ich wollte schon genervt losschimpfen, dass man gefälligst aufpassen sollte, als violette Sprenkel vor meinem Gesicht auftauchten.

Es war Cirack, der mich entschuldigend anlächelte und sich im nächsten Moment daran machte, die Bücher aufzuklauben. «Tut mir echt leid. Allegra, oder?»

Ich nickte zur Antwort.

«Ich bin wohl ein bisschen neben der Spur. Dieser düstere Teil meiner Familiengeschichte bringt mich immer etwas durcheinander», murmelte er vor sich hin.

Ich war so perplex, dass ich mich nicht dazu durchringen konnte, viel zu sagen. Also nuschelte ich nur etwas, das zumindest in etwa wie ein *Alles gut* klang und half ihm dabei, die letzten Bücher aufzuheben. Automatisch wanderte mein Blick zu den Titeln, die auf den Einbänden der Werke prangten. Ich stutzte. Wieso las Diegorus' Sohn so etwas? *Respektvoller Umgang mit dem Volk* und *Wie Sie ein gütiger Herrscher werden* waren zwei Büchernamen, die mir direkt ins Auge sprangen.

Cirack war meine Skepsis nicht entgangen, denn als ich ihm die beiden Werke in die Hand gedrückt hatte, räusperte er sich.

«Bist du gerade dabei, ein Urteil über meinen literarischen Geschmack zu fällen?», frage er mit einem schelmischen Grinsen.

«Ehrlich gesagt, habe ich mir bis jetzt keine Gedanken über Euer Lieblingsgenre gemacht.»

Cirack schmunzelte. «Nenn mich bitte einfach Cirack. Es reicht mir schon, dass ich mich in ferner Zukunft mit diesen ganzen Höflichkeitsfloskeln herumschlagen werden muss.»

«Okay, dann Cirack.»

Emina und Elspeth lenkten mich ab, denn aus dem Augenwinkel nahm ich wahr, wie sie irritiert zu uns hinüberblickten.

Wahrscheinlich dachte Diegorus' Sohn, dass ich ihm nicht ganz folgen konnte. Er wurde genauer und zwang mich so dazu, ihm wieder ins Gesicht zu schauen. «Es wird irgendwann einiges auf mich zukommen, wenn ich das Amt meines Vaters übernehme.»

«Deshalb auch die Bücher?», wollte ich wissen.

«Ja, genau. Man kann nie früh genug damit anfangen, sich für seine Zukunft zu rüsten. Und da meine Rolle als Herrscher einen großen Einfluss auf andere Menschen haben wird, finde ich es umso wichtiger, mich mit verschiedenen Führungsstilen auseinanderzusetzen.»

All die Fragezeichen in meinem Kopf feierten eine wilde Party. Seit wann interessierte es einen Erfüllten bitte, wie gut er zu seinem Volk war?

«Da bin ich ganz Eurer … Entschuldigt … Ähm, entschuldige, deiner Meinung», stockte ich. Das mit der Ansprache wollte noch nicht so gelingen, wie es sollte.

«Alles in Ordnung. Wenn du Lust hast, das mit dem Du zu üben, können wir uns gern zu einem Abendessen treffen. Was meinst du, Allegra? Darf ich dich ausführen?» Seine violetten Sprenkel hüpften aufgeregt umher.

Ich schätzte, dass dies keine Bitte, sondern eine Aufforderung war. Hatte Lexian nicht gesagt, dass die Anliegen der Obigen höchste Priorität hätten? Da Cirack der Sohn der Herrscher war, zählte eine Bitte von ihm garantiert dazu. Und da ich mein Glück nach der Brot-Aktion nicht weiter herausfordern wollte, sagte ich, ohne groß zu überlegen, zu.

«Gern, da kannst du mir gleich etwas über den Inhalt der Bücher erzählen. Die klingen nämlich ziemlich spannend.»

«Ich hatte schon so ein Gefühl, dass du ein Fan von Literatur bist, Allegra. Ich ruf dich an», sagte er geheimnisvoll. Dann drehte er sich um und lief in Richtung einer Limousine, die vor dem Palast vorgefahren war.

Ich blieb wiederum perplex zurück und fragte mich, wie ich innerhalb von fünf Minuten zu einem Date mit meinem verräterischen Ex-Freund und einem weiteren mit einem der einflussreichsten Erfüllten gekommen war.

Kopfschüttelnd überquerte ich den großen Platz und wurde sofort von Emina und Elspeth gelöchert.

Ich fasste unsere kurze Unterhaltung knapp zusammen und konnte meinen Worten selbst nicht glauben.

«Cirack hat dich zum Abendessen eingeladen?» Elspeths Augen waren ganz groß geworden.

«Wenn wir nicht bei den Erfüllten wären, wäre ich echt neidisch auf dich, Allegra. Du wohnst mit Lexian unter einem Dach und Cirack fragt dich nach einem Date», ergänzte Emina mit einer Prise Ironie.

Ich gab ein abfälliges Lachen von mir. «Das ist doch alles ein schlechter Scherz. Wieso ich?»

«Was ich noch unglaublicher finde, ist der Lesestoff, den er mit sich herumgetragen hat, und dass er so nett war. Da ist doch was faul», gab Emina zu bedenken.

«Ich habe keine Ahnung, ehrlich. Aber vielleicht finde ich es heraus. Ich werde wohl nicht um das Date herumkommen. Schließlich darf man den Erfüllten nicht widersprechen.» Genervt verdrehte ich die Augen.

Die beiden nickten einstimmig.

«Wie lautet noch mal der eine Titel? Du hattest etwas mit *gütig* gesagt, meine ich?», fragte Emina mich, nachdem wir ein paar Schritte gegangen waren.

«Ja, *Werden Sie ein gütiger Herrscher* oder so ähnlich, weshalb?»

«Das Ganze lässt mir einfach keine Ruhe.» Sie seufzte. «Ich finde, das klingt echt positiv und sozial, aber ich gehe davon aus, dass es darin nur um die Erfüllten geht. Das schließt die Bediensteten und die Niederen bestimmt nicht mit ein. Ich meine, er ist der Sohn von Diegorus. Wahrscheinlich kann der das Wort *Nächstenliebe* nicht einmal buchstabieren.»

«Ich finde es auch total seltsam und wahrscheinlich hast du recht. Er will sicher einfach nur dafür sorgen, dass ihm die Erfüllten, vor allem die neuen, vertrauen», stimmte ich ihr zu.

«Wenn das bedeutet, dass er humaner mit den Erfüllten umgehen will, als es sein Vater tut, ist es doch trotzdem ein Fortschritt, oder?», gab Elspeth zu bedenken.

«Das glaubst du doch nicht etwa? Wahrscheinlich stehen in den Büchern irgendwelche Manipulationstechniken», hielt Emina dagegen.

Ich gab ihr wohl oder übel recht. Die Obigen waren sicherlich mit allen Wassern gewaschen. Wir durften keinem von ihnen trauen. «Ja, denen ist einfach alles zuzutrauen. Ich werde ihn bei unserem *Date* nach dem Inhalt der Bücher fragen, mal sehen, was er dazu sagt.»

Bei dem Wort *Date* hatte ich Anführungszeichen in die Luft gemalt. Eine romantische Verabredung mit Cirack hatte mir gerade noch gefehlt. Ein weiterer Programmpunkt auf meiner Agenda, der erforderte, dass ich eine Maske aufsetzte und vorspielen musste, jemand zu sein, der ich nicht war.

Nachdem wir das Thema Cirack erst mal abgehakt hatten, fragte Elspeth mich, was mich davor so lange im Palast aufgehalten hatte.

«Wir dachten schon, du hast dich in der Bibliothek verirrt», ergänzte Emina mit einem Grinsen auf den Lippen.

«Irgendwie konnte ich mich nicht losreißen», gab ich zu. «Ich weiß nicht, in diesem Raum hatte ich das erste Mal das Gefühl, mich nicht in einem kalten Luxusbunker zu befinden. Die Bücher haben mich an unsere alte Stadtbibliothek erinnert.»

Elspeth entging mein wehmütiges Lächeln nicht. «Ich kann dich gut verstehen.» Sie nickte und schob sich eine wellige Strähne hinters Ohr, die sich aus ihrem Zopf gelöst hatte. «Als ich letzte Woche das erste Mal in der Bibliothek gewesen bin, ging es mir genauso.»

«Hast du denn wenigstens etwas Brauchbares in den Regalen entdeckt?»

Ihr gefrusteter Gesichtsausdruck sprach Bände.

«Sie ziehen selbst in ihren Büchern die normalen Bürger in den Dreck. Das ist einfach nicht zu fassen» Ich schüttelte bedrückt den Kopf. «Das kann doch nicht so weitergehen. Meint ihr nicht, dass es irgendeine Möglichkeit gibt, die Erfüllten wieder daran zu erinnern, wer sie einst gewesen sind?»

«Daran, dass sie mal ein Herz besessen haben?», hakte Emina nach.

«Ja, viele von ihnen hatten doch bestimmt mal eins.»

Wir liefen mittlerweile durch den wunderschönen Park. Mehrere Wege führten durch die große Anlage und wurden immer wieder von kleinen weißen Parkbänken unterbrochen, die von hohen Pflanzen und bunten Blütenköpfen umgeben waren. Die breiten Grünflächen, die sich über das gesamte Gelände erstreckten, beherbergten große Bäume, auf dessen Zweigen kleine Vögel von Ast zu Ast hüpften.

«Ich glaube kaum. Schau dir doch als Beispiel einfach nur mal Lexian an. Er wirkt wie eine ausgebildete Kampfmaschine. Ich kann mir schwer vorstellen, dass es etwas gibt, was ihn zu einem mitfühlenden Menschen machen würde», brachte Emina ein Paradebeispiel auf den Tisch, das meine Hoffnung im Keim erstickte.

Allerdings musste ich unwillkürlich daran denken, was mir mein Gefühl in seiner Nähe immer wieder suggerierte: Ja, er war eiskalt, aber irgendetwas war seit dem Abend der Musterung anders an ihm. Nur wusste ich immer noch nicht, was es war. Und genau deshalb behielt ich dieses diffuse

Gefühl erst mal für mich.

«Ich will einfach nicht glauben, dass unsere Welt verloren ist», antwortete ich stattdessen.

«Ich wünschte auch, es wäre anders, Allegra. Aber wir müssen irgendwie das Beste daraus machen. Hauptsache wir lassen uns nicht zu ihren Marionetten machen. Dann werden wir eben zu der äußerlich optimiertesten Version unserer selbst. Solange wir im Inneren die Personen bleiben, die wir sind, kann ich damit leben. Irgendwann können wir dann auch unsere Familie wiedersehen. Und das Wichtigste ist doch, dass immer gut für sie gesorgt ist», entgegnete Elspeth, in dem Versuch, unserer Situation etwas Positives abzugewinnen.

Ich konnte nicht behaupten, dass ich sie nicht verstand und doch fand ich die Vorstellung grauenhaft, dass sie oder Emina sich äußerlich in ihr eigenes Abziehbild verwandeln mussten. Und wer gab uns die Garantie, dass sie sich irgendwann nicht innerlich verändern würden, auch wenn sie es sich aktuell nicht vorstellen konnten? Doch es war mir bewusst, dass sie keine Wahl hatten. Sie mussten das Risiko eingehen. Eine Flucht war für sie keine Option.

«Ja, so sehe ich das auch. Die Erfüllten gibt es schon seit so vielen Jahren. Wenn sie ihre Menschlichkeit in der Zeit nicht wiederentdeckt haben, werden sie das bestimmt auch in den nächsten Jahrzehnten nicht.»

Ich nickte, weil sie vermutlich recht hatte.

Wir waren nun an der kleinen Straße angekommen, die das Ende des Parks markierte und links in das Zentrum und rechts in das Wohngebiet führte. Ich verabschiedete mich von meinen Freundinnen, die beide einen Termin für ihre nächste Optimierung hatten, und machte mich auf den Weg in Lexians Villa, um Yessenia bei den Hausarbeiten zu unterstützen.

Je weiter ich in die Wohnsiedlung eindrang, desto weniger Menschen begegnete ich. Dafür waren einige der schwarzen Schlitten unterwegs, die hier genauso zum Inventar gehörten wie das ganze Gold, das an fast jedem Gebäude in dieser Welt prangte. Ich trottete erschöpft über die Bürgersteige, als eine Erfüllte links aus einem Weg gelaufen kam und nur wenige Meter vor mir einscherte. Es überraschte mich, dass sie zu Fuß unterwegs war, denn in diesem Viertel war ich bis jetzt ausschließlich auf Hausmädchen in grauen Kostümen und Butler in Anzügen getroffen.

Die vermutlich schon relativ fortgeschrittene Erfüllte hatte einen grazilen Gang drauf und trug ein hautenges Kleid in Dunkellila, das einen elegant bestickten Saum aufwies. Die zarten Applikationen reflektierten das Sonnenlicht und ich konnte den Blick von dem funkelnden Schauspiel nicht abwenden. Erst nach einer Weile wanderten meine Augen zu dem goldenen Armband an ihrem rechten Handgelenk, dessen eckiger violetter Anhänger perfekt zu dem Outfit passte. Was war ...?

Ich blieb wie angewurzelt stehen. Konnte nicht glauben, was ich soeben gesehen hatte. Wie war das nur möglich? Das konnte nicht sein. Es musste sich um einen reinen Zufall handeln, und doch wusste mein Gehirn, was es gesehen hatte. Die gleiche Linienführung, haargenau die gleiche Stelle. Sie hatte exakt die Narbe, die auch auf der rechten Handinnenfläche meines Vaters zu finden gewesen war. Was hatte das zu bedeuten?

Ich kämpfte mental gegen das schmerzhafte Pochen meines Herzens und zwang mich dazu, weiterzugehen. Ich wollte sie von Nahem sehen. So schnell es mir möglich war, holte ich sie wieder ein und lief hinter ihr. Auch wenn der Anhänger ihres Armbands einen Teil des Zeichens verdeckte, es war unverkennbar die gleiche Narbe, die wie ein unförmiges W aussah.

Die hellblonde Erfüllte bog ab und stolzierte den Weg zu einem der Anwesen nach oben.

Ob sie hier lebte? Ich schaute ihr einen Moment nach und registrierte, dass sie vor der goldenen Eingangstür den Haustürschlüssel zückte und in der kleinen Villa verschwand.

Ich versuchte, mir das Gebäude genau einzuprägen. Der Vorgarten war hauptsächlich mit gelben Blumen aller möglichen Gattungen gestaltet. Nur ab und zu schaffte es ein oranger Blütenkopf, sich durch das sonnenfarbige Meer zu kämpfen. Abgesehen von der Botanik, die ich in meinem Kopf abspeicherte, konnte ich mir die Lage des Hauses gut merken, da Lexians Anwesen nur zwei Seitenstraßen entfernt war.

Verwirrt und verstört kam ich wenige Minuten später in meinem derzeitigen Zuhause an. Wie immer nickte ich den Wachen zu und schloss dann mit dem Schlüssel die ausladende Goldtür auf. Hoffentlich war Lexian nicht da.

Als das Tor hinter mir ins Schloss gefallen war, schaute ich mich argwöhnisch um. Doch es war still im Erdgeschoss. Genauso wie gestern Abend.

Ohne Vorwarnung schwang die Haustür bedrohlich schnell auf. Lexian stand im Raum und blickte mich so bitterböse an, dass meine Beine augenblicklich anfingen zu zittern.

«Allegra. Mir ist da gerade etwas zu Ohren gekommen.»

Er wusste es. Er wusste, dass ich dem kleinen Mädchen gestern etwas von seinem Brot abgegeben hatte. Dann war all die Mühe umsonst gewesen. Aber ich hatte auch irgendwie damit gerechnet. Ich war sogar davon ausgegangen, dass Camelia ihn gleich nach unserer Begegnung anrufen würde. Konnte ich nicht einfach mal Glück haben?

Ich lehnte seitlich an der Kücheninsel, da ich mit meinem Gleichgewicht zu kämpfen hatte. Würde er jetzt doch Maßnahmen ergreifen, wie Yessenia sie hatte zu spüren bekommen? Wieder erfüllte die nackte Angst um meine kleine Schwester jede noch so kleine Faser meines Körpers.

«Allegra, Allegra.» Lexian war immer nähergekommen und umrundete die Theke, während er mich eindringlich musterte. «Was soll ich nur mit dir machen? Wieso kannst du dich nicht einfach dem fügen, was von dir verlangt wird?»

Mein Atem ging schwer. Ich brachte es nicht über mich,

etwas zu erwidern, war wie in Schockstarre. Meine Stimme unfähig, sich zu artikulieren.

«Vielleicht muss ich doch das Ass in meinem Ärmel ausspielen, damit du mir endlich gehorchst», sagte er mit schneidender Stimme.

Mein Herz blieb stehen.

«Was meinst du? Du bist doch sonst so gesprächig, meine Schöne.»

Ich musste etwas sagen, mich verteidigen. «Wie soll ich wegschauen, wenn ein Kind hungert? Könnt Ihr das denn gar nicht verstehen?», sprach ich leise, bemüht, mich zu beherrschen. Ich durfte das Raubtier, das um mich herumschlich, nicht weiter reizen.

Lexian blieb direkt vor mir stehen. Er nahm mein Kinn in seine Hand und blickte mir, sich seiner Macht vollkommen bewusst, demonstrativ in die Augen. Seine andere Hand ruhte auf der Kücheninsel. Ob von ihm gewollt oder nicht, seine Finger berührten die meinen ganz leicht.

Das war eindeutig zu viel Körperkontakt. Meine Körperzellen zogen sich in sich zusammen.

«Ihr wart doch auch mal so jung. Könnt Ihr Euch nicht in diese kleinen Wesen hineinversetzen?», traute ich mich zu meiner eigenen Überraschung weiterzusprechen, auch wenn meine Stimme nicht so fest geklungen hatte wie gehofft.

Für eine Millisekunde schien sich sein Blick zu verändern. Doch nach dem nächsten Blinzeln blickte er mich wieder genauso erbarmungslos an wie zuvor. Ich unterbrach den Blickkontakt, war abgelenkt von dem Strahlen, das urplötzlich von seinem Brustkorb ausging. Wieder sah ich diesen zackigen glänzenden Stein. Was zum …? Und dann war er auch schon wieder verschwunden.

«Ja, das war ich und auch ich musste mich diesen Behandlungen unterziehen. Wie du siehst, hat es mir nicht geschadet», sagte er leise mit dunkler Stimme.

Es hatte ihm nicht geschadet? War das sein Ernst? Ich biss

mir auf die Unterlippe, durfte diesen Gedanken nicht aussprechen.

Doch Lexian schien meinen Blick richtig zu deuten, denn er sprach sogleich weiter. «Du magst das anders sehen. Noch. Irgendwann wirst du eine von uns sein und dich mit voller Hingabe für die Erfüllten einsetzen. Dafür werde ich höchstpersönlich sorgen.»

Ich wusste, dass dieses Gespräch nicht so glimpflich ausgehen würde wie unser Letztes. Wahrscheinlich war er bei meiner anderen Bestrafung wirklich noch gütig gewesen. Jetzt würde er härter durchgreifen, das war mir so klar wie das Amen in der Kirche.

«Du gehörst wohl zu den Menschen, die fühlen müssen, bevor sie lernen», sagte er und entließ mein Kinn aus seinem schraubstockartigen Griff. Dann kramte er seinen Kommunikator aus der Hosentasche und rief den Worten nach eine Limousine. «Du wirst in fünf Minuten abgeholt. Du kannst gern schon vor die Tür treten», wies er mich an und drehte mir daraufhin den Rücken zu, ohne mich eines weiteren Blickes zu würdigen.

«Was? Wo werde ich denn hingebracht? Zu einer der Kliniken, um dem Schönheitschirurgen zu helfen?», fragte ich ihn hoffnungsvoll.

Der oberste Heerführer hatte es sich auf dem Sofa bequem gemacht und schaute mich nicht an, während er sprach. «Du lernst deine Lektion offenbar nur, wenn ich dich härter bestrafe. Wenn du zurück bist, wirst du es wahrscheinlich schätzen, Vicdan helfen zu dürfen.»

O Gott, was passierte mit mir? Meine Gedanken rasten. Meine Augen wanderten rastlos durch den Raum. Als sie die Treppe erreichten, entdeckte ich Yessenia, die mich mit der Hand vor dem Mund schockiert anstarrte. Hatte sie nicht gesagt, dass Erfüllte nicht so schwer bestraft würden?

«Geh jetzt, Allegra. Und denk über meine Worte nach. Genug Zeit dafür wirst du haben.»

Ich spürte instinktiv, dass er mir nicht mehr verraten würde, und lief wie in Trance auf die Haustür zu. Mit meiner feuchten, wackeligen Hand drückte ich die Klinke herunter und wurde von einer Hitzewelle überrollt, die sich wie ein glühender Film auf meine Haut legte.

Die beiden Wachen, die sonst eher wie leblose Statuen wirkten, nahmen mich das erste Mal aufmerksam ins Visier.

Der Rechte von ihnen mit dem Vollbart sprach sogar direkt mit mir. «Komm ja nicht auf die Idee zu fliehen. Lexian hat uns beauftragt, dich im Auge zu behalten, bis du in das Transportfahrzeug gestiegen bist.»

Transportfahrzeug? Er würde mich doch nicht wirklich …

Ein großes Gefährt hielt mit quietschenden Reifen vor Lexians Villa. Diesmal war es keine Limousine, sondern ein Geländefahrzeug. Zwei in Rotschwarz gekleidete Männer stiegen aus und liefen zielsicher auf mich zu. Ihre schweren Schritte und ihre hünenhafte Erscheinung jagten mir eine Gänsehaut ein. Mein Herz sank mir in die Hose und ich kam mir vor wie eine Verbrecherin, die abgeführt wurde. Die beiden Männer nickten den Wachen knapp zu und wiesen mich ebenfalls mit einer Kopfbewegung dazu an, mich zum Auto zu begeben. Ich tat wie mir befohlen und spürte bei jedem Schritt den Atem der zwei Krieger in meinem Nacken, so nah liefen sie bei mir.

Der Kleinere der beiden öffnete mir die hintere Tür und machte so den Weg ins Innere frei. Als sie mit einem lauten Knall geschlossen wurde, zuckte ich zusammen. Meine Nervenzellen waren angespannt. Mein Körper in allerhöchster Alarmbereitschaft. Als sie die Türen verriegelten, war ich mir fast sicher, dass sie mich in den Knast brachten. Sie behandelten mich wie eine Kriminelle. Dabei hatte ich doch nur einem Kind geholfen. Mein Gehirn war überfordert, überreizt und unfassbar verwirrt. Ich hatte doch etwas Gutes getan. Wieso wurde ich dann bestraft? Mein Geist kam mit der Situation nicht zurecht. Wie auch? All die Werte, die mir meine Eltern vermittelt hatten und nach denen ich gelebt hatte, waren hier etwas Schlechtes, hatten keinen Platz in dieser Welt. Ich konnte sie nicht mehr zurückhalten. Die Tränen der Wut, der Verzweiflung und der absoluten Hilflosigkeit brachen sich Bahn. Lautlos liefen sie mir über die Wangen, bis ich die salzige Note auf meinen Lippen schmeckte. Was sie taten, war so unfair, so grausam und …

Die Tür wurde entriegelt und schwang auf. Ich hatte nicht mitbekommen, dass wir angehalten hatten.

Nicht ein Funken Erbarmen zeichnete sich auf den Gesichtern der beiden Männer ab, die mich hierhergebracht hatten.

Ich blinzelte die Tränen weg und fokussierte mich auf meine Umgebung. Um mich herum gab es nichts außer Wiesen. Obwohl, das stimmte nicht ganz. Mitten auf einer der Grünflächen stand ein großer Betonklotz, der mit seiner Optik so gar nicht zu den Erfüllten passen wollte. Das Zentrum konnte ich nur in der Ferne erkennen. Wir mussten uns einige Kilometer von ihm entfernt haben.

«Los», befahl der Fahrer ruppig und bedeutete mir, mich in die gegenüberliegende Richtung des Gebäudes zu bewegen.

Wohin denn?, wollte ich fragen, als ich eine quadratische, in den Boden eingelassene Metallplatte entdeckte.

Die beiden Krieger machten sich an ihr zu schaffen und im nächsten Moment klaffte ein metergroßes Loch in der Erde.

«Du gehst vor, damit du uns nicht abhaust.»

Die Angst schnürte mir die Kehle zu. Wo führte dieses Loch hin?

Wiedererkennen

Vorsichtig hangelte ich mich die leicht klammen, glänzenden Metallsprossen der geschätzt fünf Meter langen Leiter in die Tiefe. Ich konnte das Ende nur schemenhaft erkennen, da einzig und allein ein sanfter Lichtschein an meine Augen drang. Der unangenehm riechende Atem des breiter gebauten Mannes, der den Transportwagen gefahren war, begleitete mich genauso wie sein Ächzen. Der Kleinere der beiden war dicht hinter ihm. Immer wieder forderten sie mich barsch dazu auf, einen Zahn zuzulegen.

Meine Haare hingen mir klitschnass an Stirn und Wangen. Die Angst davor, was mich dort unten erwartete, hatte mich fest im Griff. Es kostete mich immense Kraft, mich auf die Schritte zu fokussieren, die meine geflochtenen Sandalen wie automatisiert machten. Ich ignorierte jegliche meiner von der Furcht beherrschten Körperreaktionen und begab mich tapfer immer weiter unter die Erde.

Eine kurze Erleichterung erfasste mich, als ich endlich wieder festen Boden unter den Füßen hatte, doch sie währte nicht lange. Nicht nur der Anblick des großen Bunkers schockierte mich. Auch der muffige Geruch löste Entsetzen in meiner Magengegend aus und trieb mir den Schweiß auf die Stirn.

«Ich weiß zwar nicht, was du angestellt hast, aber ich schätze mal, dass dein Aufenthalt dich hier zur Vernunft bringen wird», wandte sich der Fahrer mit einem hämischen

Grinsen an mich.

Er war leicht außer Atem von dem Abstieg. Die Geruchsfahne, die dadurch verstärkt in meine Richtung drang, vermischte sich mit dem abgestandenen, ekelerregenden Gestank dieses dunklen Gefängnisses. Ich konnte den Würgereiz nicht unterdrücken. Die Übelkeit war unerträglich. Doch ich musste mich glücklicherweise nicht übergeben, hatte meinen Körper so weit unter Kontrolle.

«Da sollte man doch meinen, dass du diesen Gestank von deinem Zuhause kennst.» Der kleinere Mann lachte spöttisch. *Ruhig Blut. Lass dich nicht provozieren.* Meine Gedanken trommelten kraftvoll gegen meine Schädeldecke. Es fiel mir unsagbar schwer, klar zu denken, denn neben der Angst und dem Ekel gesellte sich auch meine Wut zu dem Emotionscocktail.

Der größere Krieger hatte seinem Kollegen nach dem beleidigenden Spruch stolz auf die Schulter geklopft und war in ein Gelächter übergegangen, in das der andere einstimmte.

Um mich nicht von meinen Gefühlen übermannen zu lassen, beschloss ich, meine Umgebung genauer in Augenschein zu nehmen. Wir standen zu dritt mit dem Rücken zu einer dicken grauen Steinwand. Die Luft hier unten war feucht und warm. Links und rechts von uns führte jeweils ein langer Gang ab und direkt vor uns schälte sich eine Tür aus der Dunkelheit. Ich erblickte mehrere Gitterstäbe, hinter denen dunkle Gestalten zu sitzen schienen. Doch es war auch gut möglich, dass mein Geist mir einen Streich spielte, denn auf die Entfernung ließen sich ihre Silhouetten lediglich erahnen. Die vereinzelten Lichtquellen an den Decken flackerten und machten die Atmosphäre in diesem Kerker noch erdrückender als ohnehin schon.

Mit einem Mal spürte ich eine leichte Berührung an meinem rechten Zeh. Erschrocken zog ich den Fuß zurück und starrte auf den verdreckten Boden. Sofort bekam meine Übelkeit einen neuen Schub. Eine große Kakerlake huschte über den feuchten Untergrund. Meine Armhärchen stellten sich auf. Wie sollte ich es hier unten nur aushalten? Und wie lange würde ich hierbleiben müssen?

«Zarikus, ich muss mal schnell für kleine Jungs. Schaffst du es, die Kleine in ihre Zelle zu bringen?»

Der kleinere Krieger gab ein ironisches Lachen von sich. «Die hat ja selbst Angst vor Kakerlaken. Die wird mir schon keine Probleme machen», erwiderte er selbstsicher.

«Gut, dann sehen wir uns gleich», sagte sein Kollege, bevor er sich mit einem «Genieße deine Zeit hier.» an mich wandte und schnellen Schrittes durch die dunkle Tür verschwand.

«Dann bringe ich dich mal in dein neues Zuhause», kündigte Zarikus an und griff grob nach meiner Hand.

Ich versuchte, sie ihm zu entziehen, gab aber bereits nach kurzer Zeit auf. Gegen seine Kraft kam ich nicht an.

Er wollte mich gerade hinter sich her in den linken Zellentrakt ziehen, als er abrupt stehen blieb und innehielt. «Verdammt, was hat er noch mal gesagt? Siebte Zelle von links oder von rechts?» Er hob seine freie Hand an sein Kinn und schien scharf zu überlegen. «Ich glaube, er hat rechts gesagt. Vielleicht sollte ich einfach auf Lokarus warten? Nein, dann denkt der wieder, ich bin unfähig. Rechts war es, ich bin mir sicher.» Nachdem er seinen Monolog zu Ende geführt hatte, nickte er überzeugt und zog mich mit sich in die entsprechende Richtung.

Die Zellen der Erfüllten waren mit Abstand das Gegenteil von ihren Anwesen. Sie waren winzig und außer einer Matratze und einem von Metall umrundetem Loch im Boden, das höchstwahrscheinlich als Toilette diente, gab es keinerlei Ausstattung. Doch der Anblick dessen, wie die Menschen hier unten hausen mussten, war nicht das Schlimmste. Es waren die Gefangenen selbst, die mir das Blut in den Adern gefrieren ließen. Sie sahen so gebrochen, so verloren aus, dass mir der Atem stockte. In einer der Zellen saß ein ausgemergelter Mann auf seiner Matratze und starrte wie hypnotisiert auf den Boden zu seinen Füßen. Seine Haare reichten ihm bis zur Schulter und auch sein Bart hatte seit Ewigkeiten keinen Rasierer mehr gesehen. In der Zelle gegenüber von ihm saß eine abgemagerte Frau, die mich beim Vorbeigehen mit geweiteten Augen musterte. Ihre Angst war überdeutlich zu spüren und es fühlte sich so an, als würde sie auf die Ankunft des Henkers warten. Erst als ich diesen Satz zu Ende gedacht hatte, begriff ich, dass er möglicherweise nicht allzu weit hergeholt war. O Gott. Saß sie vielleicht auf der Schlachtbank und wurde bald ermordet? Wegen etwas, das in meinen Augen gar keiner Bestrafung bedurfte? Meine Gedanken fuhren Karussell. Verdiente es vielleicht keiner der Insassen, hier eingesperrt zu sein? Und doch mussten sie ihr Leben in diesem menschenunwürdigen Loch verbringen und schlimmstenfalls sogar mit ihrem Leben bezahlen? Ich hatte mich so in meinem Gedankennetz verfangen, dass ich die in einen dunklen Umhang gehüllte Gestalt in der nächsten Zelle nur wie in Trance wahrnahm. Sie stand in ihrem Verlies und lehnte abwesend an der Wand. Wer wusste schon, wie lange sie hier unten bereits ihr Dasein fristete? Ich wollte mir gar nicht ausmalen, was die Isolation in diesem dreckigen Bunker mit dem Geist eines Menschen machte.

Der Krieger, der mich hinter sich herzog, und ich waren schon fast an der nächsten Zelle angekommen, als die Augen der eingemummten Gestalt auf meine trafen. Bevor mein Verstand einen einzigen Gedanken fassen konnte, raste mein Herz in Überschallgeschwindigkeit durch meinen Brustkorb. Diese Augen … Sie erinnerten mich an jemanden. Sie waren klar und fixierten mich. Ich meinte, Überraschung in ihnen zu erkennen. War da nicht auch ein Funken des Wiedererkennens? Ich sah noch, wie der schwarze Umhang in der Luft wehte und dann war die Zelle mit der dunklen Gestalt außerhalb meines Blickfeldes. Nur mein schmerzhaft pochendes Herz war Zeuge dieser kurzen Begegnung.

«Zarikus!» Die Stimme des anderen Kriegers hallte laut

und wutentbrannt durch den Gang. Seine Schimpftirade begleitete seine schnellen Schritte, die ihn immer näher zu uns führten. «Wie blöd bist du verdammt noch mal? Lexian hat mehrfach betont, dass wir sie in den linken Zellentrakt bringen sollen. Du bekommst allein auch gar nichts gebacken.» Der stämmige Krieger war so wütend, dass sich seine Nasenlöcher aufblähten und sein Kopf hochrot anlief.

Ich war überaus irritiert von der heftigen Reaktion des Mannes, kam aber nicht dazu, mir weiter darüber den Kopf zu zerbrechen, denn ich wurde nun links und rechts von den Männern flankiert und mit strammen Schritten durch den Gang geführt.

Ich versuchte, erneut Blickkontakt zu der dunklen Gestalt aufzunehmen. Doch aufgrund des Tempos, mit dem die Krieger mich aus ihrem Sichtfeld zerrten, sah ich nichts weiter als das leuchtende Schimmern, das von ihren Augen ausging.

«Allegra, die pfirsichfarbene Rose. Wende dich an sie.»

Das war seine Stimme gewesen. Flehend und mit einem Funken Hoffnung. Das konnte nicht sein. Ich war wie paralysiert. Meine Gesichtszüge erstarrten und meine Beine kamen nur voran, weil die beiden Männer mich förmlich durch den Gang trugen. Er war es. Natürlich war er es. Diese Augen. Die Augen, die mich jeden Tag traurig und gezeichnet aus meinem Spiegelbild anblickten. Dieser blassgrüne Farbton, den ich sonst noch nie bei jemanden außer ihm und mir gesehen hatte.

Mein Vater lebte! Und die Erfüllten hielten ihn in ihrem Verlies gefangen. Mein Körper reagierte wie von selbst. Glücklicherweise war das Überraschungsmoment auf meiner Seite und ich schaffte es, mich von den Kriegern loszumachen und zu ihm zu hechten. Ich umklammerte die kühlen Gitterstäbe mit meinen feuchten Händen. Unsere Gesichter waren wenige Zentimeter voneinander entfernt.

«Du lebst», hauchte ich. «Wie kann das sein? Ich meine, der Brand. Ich dachte …»

Mein Vater strahlte mich an. Tränen liefen ihm über die verdreckten blassen Wangen. «Alles wird wieder gut, mein Kind. Denk an die pfirsichfarbene Rose. Ihr müsst die Seelen befreien, dann können wir sie erlösen», flüsterte er kryptisch, während er mir mit seinen Fingern über meine feuchtnasse Wange streichelte.

Ich konnte nichts mehr zu ihm sagen. Auch wenn ich so viele Fragen hatte. Wie war er hierhergekommen? Er hatte zwei Mal von einer pfirsichfarbenen Rose gesprochen. Damit konnte er nur Morizo meinen … Mein Vater wusste ganz genau, dass ich diese Erinnerung nie vergessen würde. Wie mein Ex-Freund die Blume damals für mich aufgetrieben hatte, war mir bis heute schleierhaft. Aber wieso vertraute er ihm, nachdem er uns alle im Stich gelassen hatte? Und wen sollten wir befreien? Wen erlösen? Meinte er, die Menschheit vor den Erfüllten retten? Mein Kopf drohte, zu explodieren.

«Was fällt dir ein?», schimpfte der klügere der beiden Krieger und riss so fest an meinem Arm, dass an dieser Stelle mit Sicherheit ein blauer Fleck zurückbleiben würde.

«Tu ihr nicht weh», grollte mein Vater aus seiner Zelle.

Wieder ertönte mir dieses mittlerweile bekannte höhnische Lachen von Lokarus. «Und wie willst du das verhindern, alter Mann?», fragte er meinen Vater und trat gefährlich nah an die Gitterstäbe.

Tenzin sagte nichts mehr, dafür versah er den Krieger mit einem bitterbösen Blick.

«Das dachte ich mir. Nur heiße Luft», spuckte Lokarus ihm entgegen und fuhr blitzschnell mit seinen Händen durch die Öffnungen zwischen den Metallstäben, um ihn tiefer in seine Zelle zu schubsen.

Da mein Vater offensichtlich nicht damit gerechnet hatte, geriet er augenblicklich ins Taumeln und fiel kurz darauf schmerzhaft auf seinen Rücken.

«Nein!», brüllte ich. «Lasst ihn in Ruhe.» Im Bann der Wut gefangen, schlug ich mit meinen Fäusten wie ein wildes Tier auf den Krieger ein. Tränen des Zorns liefen mir über das Gesicht. Ich hatte eben erst herausgefunden, dass mein Vater lebte ... Keiner durfte ihm wehtun.

Leider war Lokarus um einiges stärker als ich. «Du kommst jetzt sofort in deine Zelle. Wenn du dich nicht benimmst, werde ich Lexian von alldem unterrichten und wer weiß, was er sich dann für dich einfallen lässt», sagte er aufgebracht zu mir und wies seinen dümmlichen Kollegen dazu an, sich wieder an meiner rechten Seite zu positionieren.

Mit tränenverschleierter Sicht blickte ich mich ein letztes Mal um. Mein Vater hatte sich glücklicherweise aufgerappelt und auf die Matratze gehievt. Es war sein sanftes Lächeln, das mir die Zuversicht gab, dass es ihm bald wieder besser gehen würde.

Da die beiden Männer auf jegliche Losreißaktionen von mir gefasst sein mussten, blieb mir nichts anderes übrig, als mich von ihnen zu meiner Zelle bringen zu lassen. In die siebte Zelle auf der linken Seite.

Das ohrenbetäubende Zuknallen der Gittertür und das Geräusch des sich drehenden Schlosses ließen meine Ohren keine zwei Minuten später wissen, dass ich eine Gefangene der Erfüllten war. Mein Gesicht hatte ich in meinen Händen vergraben, während ich auf der ungemütlichen Matratze saß und darauf wartete, dass sich die beiden Männer von mir entfernten und mich endlich in Ruhe ließen. Eine Ewigkeit blieb ich so sitzen, ließ den Gefühlstornado über mich hinwegwehen und die Gedankenachterbahn ihre Loopings vollführen.

Mein Vater lebt! Das war irgendwann der erste Gedanke, den ich greifen konnte. Es war zu schön, um wahr zu sein. Hätte er mich nicht angesprochen, ich hätte ihn von Weitem nicht erkannt. Doch er war es. Mein Vater Tenzin in Fleisch und Blut. Wenn Lamirah das erfuhr. Ein anderer Gedanke schlich sich in meinen Kopf, der ein gemischtes Gefühl in meinem Inneren hinterließ. Wenn er hier war, hieß das, dass meine Mutter auch lebte? War sie ebenfalls irgendwo hier unten? Ich wollte keine Hoffnung in mir aufkommen lassen. Zu groß wäre die erneute Enttäuschung … Die ganzen Fragen türmten sich und formten sich bald zu einem Berg, den ich niemals allein erklimmen konnte.

Ich wusste nicht, wie lange ich in dieser Position verharrte. Ich war so in meinen Geist versunken, dass ich meine Gliedmaßen irgendwann nicht mehr spürte. Die Freude, dass er am Leben war, der Schmerz, was er hier unten durchgemacht haben musste, der Gedanke an meine Mutter und ob sie auch noch lebte. So viele Dinge verlangten zeitgleich meine Aufmerksamkeit und ich wurde ihrer nicht Herr.

Als mich die Erschöpfung packte und mein Körper sich lauthals mit stechenden Rückenschmerzen meldete, ließ ich mich mit meinem sündhaft teuren Outfit auf die heruntergekommene Matratze sinken und in den Schlaf entführen.

Ich wachte mehrfach auf und schlief mehrfach wieder ein. Mein Zeitgefühl hatte ich in dieser dunklen Zelle komplett verloren. Als ich dachte, dass ich erneut in einen abgedrehten Traum gerissen wurde, realisierte ich, dass ein Geräusch aus der realen Welt an mein Ohr drang. Meine Zellentür wurde mit einem Quietschen geöffnet. Doch ich blickte nicht auf. War zu abgekämpft, um meine Augen zu öffnen. Als direkt neben mir ein Räuspern erklang, mobilisierte ich meine letzten Kraftreserven und schlug die Lider doch auf.

Es war niemand anderes als Morizo, der mich bedauernd anblickte. «Allegra, was hast du nur angestellt?» Er seufzte.

Ich antwortete nicht.

«Hier, ich habe dir das Bestmögliche organisiert. Normalerweise bekommen die Gefangenen nur das obligatorische trockene Brot. Ich habe dir etwas von dem Reis aufgehoben, den ich vorhin gegessen habe», sagte er zaghaft und schob mir das Tablett mit dem warmen Essen und einem großen Glas Wasser direkt an die Matratze.

Ich schenkte ihm ein knappes Nicken und schaute ihn einfach nur weiter an. Seine blaugrauen Augen strahlten eine Sanftheit aus, die mir falsch vorkam. Er hatte mich hintergangen. Alles, was zwischen uns gewesen war, einfach weggeworfen. Ohne mit der Wimper zu zucken. Ich wendete den Kopf ab und rollte mich auf die andere Seite.

«Allegra, bitte sprich mit mir. Ich will dir doch nur helfen.» Zur Untermalung seiner Worte konnte er es nicht lassen, mich vorsichtig an der Schulter zu berühren.

Mein Atem beschleunigte sich.

Wieso muss ich mich auch noch mit Morizo auseinandersetzen?, dachte ich verzweifelt.

«Ich habe das alles doch nur für uns getan», sagte er mit einem Flehen in der Stimme.

Schnaubend setzte ich mich auf. «Du hast was nur für uns getan, Morizo?», pfefferte ich ihm wutentbrannt entgegen. «Du hast mich … Nein warte, uns einfach im Stich gelassen, um zu ihnen zu gehören.»

«Ich wollte doch nur das Beste für uns, Allegra. Es gab keinen Tag, seit ich hier bin, an dem ich nicht an dich gedacht habe. Du musst mir einfach glauben.» Sein Welpenblick versuchte, mich einzulullen.

Ich blinzelte ein paar Mal, bevor ich etwas erwiderte. «Wieso hast du uns für die Erfüllten verlassen?»

«Bitte vertrau mir einfach. Ich kann es dir …», sprach Morizo im Flüsterton und schaute sich vorsichtig um. Er schien sichergehen zu wollen, dass uns keiner belauschte. «… hier nicht sagen. Aber das werde ich bald. Sobald du wieder hier raus bist.»

«Wieso sollte ich dir vertrauen, Morizo?»

«Ich weiß, dass das viel verlangt ist», gab er zu, bevor sich der Kampfgeist in seine Augen schlich. «Habe ich dir in all den Jahren, in denen wir zusammen waren, jemals einen Grund gegeben, es nicht zu tun? Hattest du in dieser Zeit auch nur einmal das Gefühl, dass du mir nicht vertrauen kannst?» Er blickte mich abwartend an.

Ich biss mir angespannt auf die Unterlippe.

«Gib mir diese eine Chance, bitte.»

Konnte es wirklich sein, dass er einen guten Grund gehabt hatte, uns zurückzulassen? Einen Grund, den ich mir nicht vorstellen konnte, den es aber trotzdem gab? Den Worten meines Vaters nach sollte ich mit ihm sprechen. Konnte er mir tatsächlich irgendwie helfen?

Ich schaute ihm erneut in die Augen und verspürte den starken Drang *Ja* zu sagen. Ihm diese Chance einzuräumen und all den Schmerz zu vergessen. Mehr denn je brauchte ich jemanden zum Anlehnen, jemanden, der für mich da sein konnte.

Morizo musste das Bröckeln meiner Mauer bemerkt haben, denn er ließ sich neben mir auf der Matratze nieder und schloss mich fest in seine Arme.

Die Stimme der Enttäuschung, der Verletztheit und des Stolzes wollte ihn sofort wegdrücken, diese Umarmung nicht zulassen. Doch die andere, die Stimme der Hoffnung, der Vergebung und der Verbundenheit konnte es nicht und ließ die andere verstummen. Kurz gewann sie und ich verlor mich in der Illusion, dass zwischen uns alles gut war, dass er mich nie im Stich gelassen hatte, sondern immer noch der Mensch war, dem ich mein Leben anvertrauen würde.

«Morizo, ich kann nicht. Ich kann dir einfach nicht glauben», meldete sich dann die andere Stimme, die wieder die Kraft gesammelt hatte, die sie brauchte.

Auch wenn mein Vater ihm zu vertrauen schien, es ging nicht …

Mein Ex-Freund ließ nicht von mir ab. «Wir schaffen das. Du brauchst nur Zeit. Ich weiß, dass du einfach nur Zeit brauchst», murmelte er an mein Ohr.

Ich ertrug die Nähe zu ihm nicht länger. «Lass mich los!», fauchte ich.

Endlich! Ich war froh darüber, dass meine Lunge wieder atmen konnte. Doch zu meiner großen Überraschung hatte Morizo nicht freiwillig von mir abgelassen. Er hing einen halben Meter über dem Boden.

Ein großer starker Krieger hielt ihn an seinem roten Kragen und ließ ihn in der Luft baumeln.

Was machte er hier unten? Wollte er mich erneut bestrafen? Ich fing vor Angst an zu zittern, während ich die Situation wie angewurzelt beobachtete.

«Hast du sie nicht gehört? Sie hat gesagt, dass du sie loslassen sollst. Muss ich dir erst eine verpassen, damit du es verstehst?» Lexian blickte Morizo mit glühenden Augen an und schien kurz davor, ihn die Kraft seiner Muskeln spüren zu lassen.

«Er … Er wollte mir nichts tun», stammelte ich und versuchte die Panik, die immer weiterwuchs, wegzudrücken. Auch wenn Morizo mich zutiefst verletzt hatte, wollte ich nicht dabei zusehen, wie Lexian ihn zusammenschlug.

Der oberste Heerführer wollte nicht hören. Seine Faust bewegte sich bedrohlich näher in Richtung von Morizos vor Schreck verzerrtem Gesicht.

Ich dachte nicht weiter darüber nach und sprang auf. Meine Hände legten sich um Lexians angespannte Faust. «Lexian, bitte. Es … es war ein Missverständnis.»

Ich suchte den Blick des Erfüllten.

«Lexian, nein. Bitte nicht. Ich wollte nicht …», stammelte mein Ex-Freund zähneklappernd.

Der Krieger verharrte in der Bewegung und ich rechnete nicht damit, dass er auf mich hörte. Doch dann drehte er seinen Kopf überraschenderweise widerwillig zu mir. In seinen blauen Augen tanzten Blitze, die seine innere Zerrissenheit deutlich widerspiegelten. «Wie du meinst», sagte er gefährlich leise und entließ Morizo aus seinem Griff.

Dieser sackte in sich zusammen und keuchte, bevor er sich wieder aufrappelte und mit dem Rücken in Richtung der nackten Steinwand in meiner Zelle taumelte.

Lexian schaute abfällig zu ihm herüber, als wäre er ein störendes Insekt, das sich auf dem Rand seines Whiskyglases niedergelassen hatte. «Findest du es in Ordnung, Frauen zu bedrängen, die dein Verlangen nicht erwidern? Für solche Gelüste haben wir eine Einrichtung, wie du wissen solltest», maßregelte er Morizo, bevor er auf ihn zulief, ihn von der Wand wegzog und ihn dann vor sich herschob.

Die eiserne Tür fiel wieder ins Schloss. Während Lexian den Schlüssel umdrehte, bis es klickte, würdigte er mich keines weiteren Blickes mehr und war kurz darauf mit meinem Ex-Freund verschwunden. Lediglich ein «Iss was, Allegra.» war ihm über die Lippen gekommen und durch den spärlich beleuchteten Gang gehallt.

Als ich mich etwas gesammelt hatte, schlugen meine Gedanken erneut wilde Saltos. Hatte Morizo die Wahrheit gesprochen? War er aus einem anderen Grund, den nur mein Vater kannte, hier, als ich die ganze Zeit geglaubt hatte? Und wieso war Lexian hier aufgetaucht? Hatte er eigentlich ein anderes Ziel verfolgt und Morizos Anwesenheit hatte ihm einen Strich durch die Rechnung gemacht?

Während ich mir den Kopf zerbrach, ließ ich meinen Blick über das Tablett wandern, das mein Ex-Freund mit in die Zelle gebracht hatte. Ich hatte zwar keinen Appetit, aber meine Vernunft ließ mich wissen, dass ich unbedingt etwas zu mir nehmen musste. Und so nahm ich mir den Teller mit dem Reisgemüse auf den Schoß und führte mir nach und nach den kleinen Löffel zum Mund. Obwohl es schon relativ kühl war, schmeckte es. Nur die Umgebung, in der ich mich gegenwärtig befand, wollte so gar nicht zu der Exklusivität meines Festmahls passen.

Nachdem ich die halbe Portion heruntergewürgt hatte, trank ich das Wasser in einem Zug leer und ließ mich dann wieder auf der Matratze nieder. Mit offenen Augen starrte ich vor mich hin. Beim Anblick der provisorischen Toilette drehte sich mir der Magen um. Ich konnte mir beim besten Willen nicht vorstellen, wie ich mich in diesem Loch erleichtern sollte. Dazu kamen die wimmernden und kreischenden Laute der anderen Insassen, die immer wieder erklangen und einen in den Wahnsinn treiben konnten. Ich betete, dass Lexian mich nicht lange hier ausharren ließ. Ab jetzt würde ich mich an alle Regeln dieser Welt halten. Schließlich konnte ich allein so oder so nichts ändern, die Erfüllten nicht bekehren. Am Ende schadete ich nur mir selbst und schlimmstenfalls meiner Schwester. Die Verzweiflung wegen meiner Hilflosigkeit vermischte sich wieder mit der tiefen Erleichterung, dass mein Vater lebte. Ich musste ihn hier rausholen, ihn aus diesem grausamen Gefängnis befreien. Doch dieses Vorhaben passte so gar nicht zu meinem neu gefällten Vorsatz, mich Lexian zu fügen. Zu fliehen war vorerst ebenfalls vom Tisch. Ich würde meinen Vater hier unter keinen Umständen zurücklassen und ich musste unbedingt wissen, was mit meiner Mutter passiert war. Wenn sie noch lebte, würde ich jeden Stein umdrehen, um sie zu finden.

Ich grübelte und grübelte. *Ihr müsst die Seelen befreien.* Dieser Satz wollte mir nicht aus dem Kopf gehen. Mein Vater hatte die Worte so vehement ausgesprochen und mein Gefühl suggerierte mir, dass sie wichtig waren. Dass ich alles daransetzen musste, zu erfahren, was sie genau bedeuteten. Hatte er mir sagen wollen, dass ich den Menschen hier helfen sollte? Denen, die nicht hier sein wollten und unterdrückt wurden? Aber wie sollte ich das anstellen? Er wusste, dass ich jemand war, der Ungerechtigkeit hasste und sich für die Schwächeren einsetzte, aber wie sollte ich mich gegen ein ganzes Regime auflehnen?

Ich konnte nicht sagen, wie lange ich die feuchte Wand angestarrt und dabei meinen Geist gefordert hatte, seine Worte zu entschlüsseln. Am Ende blieb ich immer wieder bei der einzigen Lösung hängen, die ich hatte: Ich musste mit Morizo sprechen.

Irgendwann übermannte mich die Müdigkeit erneut und ich fand, gekrümmt wie ein Embryo, in einen unruhigen Schlaf. Genauso spielten sich die nächsten Stunden oder vielleicht auch Tage ab. Ich wachte immer wieder auf und grübelte, bis ich irgendwann wieder einschlief. Selbst die unmenschliche Toilette war mir mittlerweile vertraut.

Bis jetzt hatte ich neben Morizos Mahl zwei Tabletts an meinem Zelleneingang vorgefunden, zu denen ich kraftlos vorgerobbt war. Ich hatte keinen blassen Schimmer, wer sie abgestellt hatte. Wahrscheinlich war ich zu erschöpft gewesen und mein Unterbewusstsein hatte mich weiter schlummern lassen. Erst die dritte Ration trockenes Brot und Leitungswasser bekam ich bewusst mit.

Ein Krieger, der mich erschreckenderweise an den größeren der Männer erinnerte, die mich hierhergebracht hatten, schloss gerade die Gittertür auf und stellte das dunkelgraue Tablett am Boden ab. Sein Blick wirkte gierig, sein Schweißgeruch drang mir in jede Pore und er leckte sich mit seiner Zunge genüsslich über die Lippen.

Wieso war er in meine Zelle gekommen? Instinktiv setze ich mich auf und zog mir meinen Rock runter. Er musste mir beim Schlafen hochgerutscht sein, was die lüsterne Art des Kriegers erklärte, denn seine kleinen Augen, die bis eben auf der Höhe meiner Schenkel geruht hatten, waren nun in Richtung meines Dekolletés gewandert.

Ich verschränkte die Arme vor meiner Brust und schaute ihn mit einer Mischung aus Ekel, Angst und Kampfeslust ins Gesicht.

«Kann ich dir sonst noch etwas Gutes tun?», erklang seine von Lust geschwängerte Stimme.

«Nein, danke. Alles in Ordnung», sagte ich knapp und hoffte, dass er wieder verschwand.

«Du kannst doch bestimmt ein bisschen Gesellschaft gebrauchen.» Er ignorierte meine deutlich spürbare Ablehnung geflissentlich und kam langsam, und nicht ohne mich aus den Augen zu lassen, auf mich zu.

Das mulmige Gefühl in meinem Innersten nahm an Tempo auf. Ich rutschte immer weiter auf der Matratze zurück. Wenn er mir hier unten etwas antun wollte ...

Gab es hier noch andere Wachen, die mir zur Hilfe eilen könnten? Selbst wenn, wahrscheinlich würden sie einfach wegschauen. Ich konnte es nicht glauben, aber dies war der erste Moment, in dem ich mir wünschte, Lexian wäre hier.

Der Mann überwand im nächsten Moment blitzschnell den Abstand zwischen uns und drückte mich mit seinen dreckigen Händen direkt an seinen Oberkörper. Ich spürte seine körperliche Nähe überdeutlich.

«Lass mich los», schrie ich ihn an.

«Jetzt hab dich nicht so. Lass uns doch ein bisschen Spaß haben.» Der widerwärtige Kerl blickte mich an wie ein Wahnsinniger.

Ein ekelerregender Geruch drang in meine Nase. Eine üble Mischung aus Knoblauch und Alkohol. «Ich will aber nicht», brüllte ich und wehrte mich gleichzeitig mit meinen Händen. Doch ich hatte keine Chance, er fing sie direkt ab und presste sie gegen meinen Brustkorb. Seine Lippen wanderten immer näher in Richtung meines Halses. Und genau das war der Moment, in dem meine Panik mir den Adrenalinschub verlieh, den ich so dringend brauchte. Ich hob mein linkes Bein an und rammte es ihm mit voller Kraft in seinen Schritt. Wenig überraschend jaulte er auf und entließ mich aus seinem festen Griff. Ich wusste, dass ich diesen Moment nutzen musste, dass es um Sekunden ging. Wie von der Tarantel gestochen, hechtete ich los und rannte aus der Tür. Ich schmiss sie hinter mir zu und konnte mein Glück kaum fassen, als ich den steckenden Schlüssel entdeckte. Ich drehte ihn so weit wie möglich um und wurde von einer Welle der Erleichterung durchflutet, als das Klicken an meine Ohren drang. Das Klicken, das mir bestätigte, dass er in der Falle saß.

Ich zog den Schlüssel aus dem Schloss und warf einen

letzten Blick auf den am Boden zusammengesackten Krieger, der sich mit schmerzverzerrter Miene den Schritt hielt und mich bitterböse anfunkelte, bevor ich losputete. Nicht einen Moment dachte ich daran, aus diesem unterirdischen Bunker zu fliehen. Ich achtete nicht auf den leicht rutschigen Boden, sondern rannte durch den Gang, so als wäre jede Minute unsagbar kostbar. Als wäre jeder Moment, den ich nicht bei ihm war, verlorene Zeit.

Schwer atmend kam ich an den Gitterstäben an, hinter denen sich die Zelle meines Vaters verbarg. Auch wenn die Situation mit dem übergriffigen Krieger noch Adrenalin durch meinen Körper pumpte, war ich froh darüber, dass seine Lüsternheit es mir ermöglicht hatte, zu ihm zu hechten.

«Papa», rief ich.

Mein Vater saß mit dem Rücken zu mir auf der Matratze und die Kapuze, die bei meiner Ankunft über seinen Kopf gezogen gewesen war, ruhte auf seinen Schultern. Er schien mich nicht gehört zu haben.

«Papa, ich bin's. Allegra», sprach ich dieses Mal etwas lauter, während ich verzweifelt versuchte, seine Zelle mit dem Schlüssel zu öffnen. Ich ruckelte an ihm und drehte ihn, aber er wollte einfach nicht passen.

Bewegung kam in meinen Vater. Er drehte seinen Kopf zu mir um und stand keine Minute später direkt vor mir. «Allegra, wie bist du hierhergekommen? Und woher hast du den Schlüssel?», fragte er alarmiert.

«Das ist jetzt nicht wichtig», schnaufte ich. Ich wollte nicht aufgeben. Ich musste diese Zelle öffnen, um ihn zu befreien.

«Allegra», sprach dieser beruhigend auf mich ein. «Für jede Zelle gibt es einen anderen Schlüssel. Es bringt nichts.» Er legte seine Hand auf meine und zwang mich so dazu, innezuhalten.

Tränen sammelten sich in meinen Augen. Monatelang hatte ich geglaubt, dass ich ihn nie wieder sehen, geschweige denn, ihn noch einmal berühren würde.

Ein liebevolles Lächeln umspielte seine Lippen. Da war so viel Wärme in seinem Blick. «Wie kommt es, dass du hier bist?»

Ich musste mich zusammenreißen. Wer wusste schon, wie viel Zeit mir mit ihm blieb. «Ich konnte die Wache in meiner Zelle überwältigen.»

Die Überraschung, die sich auf seinem Gesicht abzeichnete, war nicht zu übersehen.

«Ich weiß nicht, wann sie mich finden, Papa. Was wolltest du mir vorhin sagen? Wie bist du hier gelandet und wo ist …» Den letzten Teil meines Satzes konnte ich nicht laut aussprechen. Zu groß war meine Angst vor der Wahrheit.

«Ich bin so froh, dich zu sehen, Allegra. Auch wenn ich gehofft habe, dass sie dich nie bekommen.»

Ich nickte ihm verstehend zu.

Seine Hand ruhte nun liebevoll auf meiner Wange.

«Wo ist Mama? Lebt sie auch?» Ich hatte es mir anders überlegt, brauchte einfach Gewissheit.

Die Traurigkeit, die sich in seine Augen stahl, war Antwort genug.

«Haben sie …» Ich kämpfte mit meiner Stimme. «Haben sie sie getötet?»

«Allegra», seufzte er gebrochen.

«Ich wusste es.» Meine eigenen Worte klangen unsagbar schrill und gleichzeitig dumpf in meinen Ohren. Als hätte sich ein Schleier zwischen mich und die Welt um mich herum gelegt.

«Allegra, hör mir zu.» Mein Vater versuchte, die Aufmerksamkeit wieder auf sich zu lenken, denn ich hatte ihm den Rücken zugedreht und mein Gesicht in meinen kalten Händen gebettet.

Ich ging wieder näher zu ihm und lehnte meine Stirn erschöpft und wie in Trance an die Gitterstäbe.

«Ich verspreche dir, dass ich dir alles erzählen werde, wenn wir hier rauskommen. Es tut mir so leid, deine Mutter hat es leider nicht …» Er presste die Lippen aufeinander und atmete tief ein. Sein Gesicht war von dem Schmerz über ihren Verlust gezeichnet. «Du musst jetzt stark sein, Allegra. Du kannst die Seelen befreien und dann haben die Erfüllten keine Macht mehr. Du darfst ihnen nur niemals trauen, hörst du? Versprich es mir», flehte er förmlich.

Ich hatte es längst gewusst. Schon lange hatte ich gewusst, dass sie tot war. Aber ich hatte nichts gegen das Fünkchen Hoffnung ausrichten können, das sich in mir breitgemacht hatte, seit ich wusste, dass er noch lebte. Nur war dieses Fünkchen nun für immer verglüht.

«Allegra? Kannst du es mir versprechen?»

Ich kämpfte gegen den zentnerschweren Stein in meiner Magengegend an, musste mich jetzt voll und ganz auf ihn konzentrieren. «Nur über meine Leiche würde ich diesem Volk trauen», antwortete ich bestimmt, während ich mich gleichzeitig fragte, wie er auch nur im Entferntesten daran denken konnte, dass ich auf diese Unmenschen hereinfallen würde.

Vermutlich hat er Angst vor der Gehirnwäsche, mit der sie versuchen, mich gefügig zu machen, erklärte ich mir seine Worte.

«Hier.» Mein Vater griff hastig in seine Manteltasche und holte einen kleinen Kristall daraus hervor, den er in meine Handfläche fallen ließ. Er wirkte gehetzt und seinem Blick nach schien er jemanden in dem Gang entdeckt zu haben.

«Welche Seelen befreien, Papa?», fragte ich ihn gehetzt, versuchte die letzten Sekunden, die uns blieben, weise zu nutzen.

«Du musst ihn auf unsere Seite ziehen. Dieser Kristall wird dir dabei helfen», flüsterte er fast unhörbar und wich mir allzu offensichtlich aus.

«Wen soll ich …?» Der Rest des Satzes blieb mir im Halse stecken. Zwei Arme packten mich ohne Vorwarnung. Ich umklammerte den Kristall so fest ich konnte und strampelte aus Leibeskräften. Ich wollte meinen Vater nicht verlassen.

Musste noch mit ihm sprechen. Konnte ihn nicht zurücklassen. Ich fluchte und schrie, aber es war vergebens. Lexian trug mich erbarmungslos aus dem Gang. Das Letzte, was mein Gehirn abspeicherte, war das ängstliche und gleichzeitig hoffnungsvolle Gesicht meines Vaters. *Sind seine Haare immer schon so schlohweiß gewesen?*, begleitete mich eine Frage, die bedeutungsloser nicht sein konnte, bis zu der Leiter, über die ich vor etlichen Stunden hier unten gelandet war.

Die zwei Arme, die mich gnadenlos geschnappt und hierhergebracht hatten, als wäre ich nicht schwerer als eine Feder, ließen von mir ab.

Als ich endlich wieder festen Boden unter den Füßen verspürte, blickte ich zu dem Krieger auf. Dem Krieger, den ich mir vor fünf Minuten noch hierher gewünscht hatte und dessen Ankunft ich nun zutiefst verfluchte.

«Diegorus will dich sehen», sagte er gleichgültig. Keine Spur des Zorns, mit dem ich felsenfest gerechnet hatte, lag in seiner Stimme. «Nach dir», sprach er und gab mir mit einer Handbewegung zu verstehen, dass ich die Leiter nach oben klettern sollte.

Den Kristall klemmte ich mir unmerklich in den Bund meines Rocks. Nicht dass Lexian ihn mir abnahm. Er musste eine wichtige Rolle spielen, denn sonst hätte mein Vater ihn mir nicht gegeben.

Grund zum Feiern!?

Ich wusste nicht, womit ich gerechnet hatte. Es hätte alles sein können. Früher Morgen, später Nachmittag oder mitten in der Nacht. Ich war dankbar, dass die Tageszeit mir die Chance gab, mich wieder an die oberirdischen Verhältnisse zu gewöhnen. Die Sonne stand bereits tief am Horizont. Schätzungsweise war es gegen neun Uhr abends. Lexian hatte gesagt, dass Diegorus mich sehen wollte. Sein Anliegen musste durchaus dringend sein, denn ich konnte mir nicht vorstellen, dass er unter normalen Umständen um diese Zeit noch Gespräche führte.

Ein in einen dunklen Anzug gekleideter Mann mit dunkelbraunen Haaren, die an vereinzelten Stellen schon graumeliert waren, schenkte Lexian und mir ein knappes Nicken, bevor er die Tür zu der großen schwarzen Limousine öffnete, mit welcher der Erfüllte hierher chauffiert worden sein musste.

«Danke, Bratin», sagte Lexian zu meiner Überraschung. Er ließ mir erneut den Vortritt und ich stieg, ohne zu zögern, in das Gefährt. Zwei Herzen schlugen in meiner Brust, als der Krieger sich zu mir gesellte und unsere schicke Kutsche der Nacht entgegenfuhr. Auf der einen Seite war ich überaus erleichtert, dass ich nicht mehr in dem dunklen Bunker gefangen war und auf der anderen konnte ich den Gedanken, dass mein Vater in einer Zelle saß, kaum ertragen.

Ich konnte es mir nicht verkneifen, Lexian verstohlen von

der Seite zu mustern, während wir uns der Zivilisation näherten. Dass er mir keinen Vortrag hielt und auch sonst gefasst wirkte, machte mich nervös. Nachdem ich mehrfach meine verstaubten Füße gemustert und mich gefragt hatte, wie ich so vor Diegorus treten sollte, versuchte ich ein Gespräch mit ihm anzufangen. Diese komische Anspannung war einfach nicht auszuhalten.

«Sind wir auf dem Weg zu meiner nächsten Bestrafung?», richtete ich eine Frage an Lexian.

Doch der oberste Heerführer beachtete mich gar nicht. Er saß mir gegenüber und sah dabei zu, wie die Gegend an uns vorbeizog. Seiner Kleidung nach zu deuten, war es nicht sein ursprünglicher Plan gewesen, mich heute aus dem Kerker zu holen. Wenn er im Einsatz beziehungsweise unterwegs war, trug er schließlich immer etwas Rotes. Er musste überhastet aufgebrochen sein, denn sein trainierter Körper steckte heute Abend in einer dunklen Hose und einem lockeren weißen Leinenhemd, bei dem er die oberen zwei Knöpfe offengelassen hatte. Durch den Kontakt zu mir hatte es allerdings ein paar Flecken abbekommen. Ich war überrascht, wie anders er in diesem Outfit wirkte. Wenn man es nicht besser wüsste, hätte man denken können, dass er ein normaler gutaussehender Mann war und nicht der gefürchtetste Krieger dieser Welt.

«Ich hatte nicht vor, aus meiner Zelle auszubrechen, wenn Ihr das denkt», sprach ich.

Diesmal erntete ich ein abfälliges Schnaufen auf meine Worte. «Wie würdest du es dann nennen?»

Lexian hatte den Blick von der Außenwelt abgewandt. Dafür nahmen seine Augen meine ins Visier. «Der Wachmann, der dir dein Essen bringen sollte, ist jetzt in deiner Zelle eingesperrt und du auf freiem Fuß. Wie würdest du die Situation erklären?», fragte er interessiert.

Gut, wenn man nur die Fakten betrachtete, schien es in der Tat so, als hätte ich den widerwärtigen Mann überwältigt, um zu fliehen. Indirekt war es auch so, aber eben nur indirekt.

«Eure Wache wollte mir zu nahekommen und da habe ich mich gewehrt. Das ist passiert», brachte ich das Geschehene auf den Punkt. In meinen eigenen Ohren klang die Wahrheit unglaubwürdig und viel zu sehr nach einer Ausrede. Ich bezweifelte, dass Lexian mir glaubte.

«So, so. Du willst mir also sagen, dass du den stämmigen Nurakis überwältigen konntest?» Aus seiner Stimme sprach Neugierde. Und war da nicht auch ein Funken Belustigung? Wahrscheinlich fand er die Vorstellung, dass ich zu so etwas fähig war, einfach nur lächerlich.

«Wie soll er denn sonst da reingekommen sein?» Ich verschränkte die Arme vor der Brust, wollte hören, was er wirklich dachte.

«Dann sind wir wieder bei demselben Punkt. Du bist offensichtlich aus deiner Zelle ausgebrochen.»

Ich stöhnte auf. Hatte ich mich mit meiner Notwehr erneut in eine Lage gebracht, die einer Bestrafung bedurfte? Das konnte doch nicht wahr sein!

Allerdings machte Lexian nicht den Eindruck, als wäre er wütend. Er verschwieg mir doch irgendetwas. Und dann wurden mir auch seine Worte von eben bewusst. Er hatte doch gerade gesagt, dass er *jetzt* in der Zelle saß. «Ihr habt gesagt, dass er festsitzt. Habt Ihr ihn denn nicht freigelassen?»

Er wandte den Blick ab und ließ ihn über die Wohngegend streifen, durch die wir kutschiert wurden. «Nein», ertönte es nach einer Weile deutlich.

«Aber ... wieso nicht?», hauchte ich ungläubig.

«Wieso?» Er fuhr mit seiner Hand langsam über die Lederfläche. «Weil er es verdient hat», hallte es kalt durch den Innenraum des Taxis.

Ich war komplett verwirrt. «Also glaubt Ihr mir? Aber woher ...?»

«Ich glaube das, was ich sehe.»

Ein bisschen mehr Kontext wäre nett, dachte ich. Hatte er die Situation doch mitbekommen? Aber da war doch niemand anderes gewesen …

«Ich spüre bis hierher, wie du dir den Kopf zermarterst.»

Ich schenkte ihm ein schiefes Grinsen. «Ein Gespräch mit Euch wäre deutlich einfacher, wenn Ihr nicht so wortkarg wärt», gab ich zu.

Lexian zog eine Augenbraue hoch, bevor er sich dazu entschloss, doch noch etwas zu erwidern. «Sagen wir mal so, ich werde mich darum kümmern, dass Nurakis seine gerechte Strafe bekommt.»

Ich war unsagbar froh, dass die unangenehme Situation im Kerker nicht auf mich zurückfiel. Weshalb war am Ende egal. Die Hauptsache war, dass er nicht auf die Idee kam, dass ich hatte fliehen oder sonst eine Regel brechen wollen. Von den Bestrafungen, die sich im Moment unglücklich aneinanderzureihen schienen, hatte ich vorerst genug. Aber wieso musste ich so dringend zu Diegorus und seit wann besaß Lexian so viel Ehrgefühl? Augenblicklich dachte ich wieder an Morizo und wie der Erfüllte ihn behandelt hatte. Mein zuständiger Erfüllter hatte mir am Abend nach der Musterung erzählt, dass er schwarze Schafe aus dem Verkehr zog, aber ich hätte nicht gedacht, dass das Bedrängen einer Frau auch dazuzählte. Sonst schien es ihn auch nicht zu interessieren, ob wir mit Respekt behandelt wurden. Emina, die ihre Oberweite fast hätte komplett vor allen entblößen müssen, war doch das perfekte Beispiel.

«Was habt Ihr eigentlich mit dem jungen Mann gemacht, den Ihr so unsanft aus meiner Zelle befördert habt?» Ich war zu neugierig, um ihn nicht danach zu fragen, was mit meinem Ex-Freund passiert war.

«Du meinst Morizo, deine große Liebe?», fragte er spöttisch, ohne eine Miene zu verziehen.

Ich sog scharf die Luft ein. Er wusste von uns? Von unserer Vergangenheit? Und dann dämmerte es mir. Natürlich. Morizo musste ihm brühwarm von unserer Zeit als Paar erzählt haben.

«Das war einmal», sagte ich leise, während ich die Arme um mich schlang.

Heute Abend war es überraschend kalt in dem schicken Schlitten.

Lexian warf mir daraufhin einen Blick zu, den ich nicht deuten konnte. «Hier», sprach er und reichte mir ein rotes Sakko. Er hatte es aus einer Nische hervorgezogen und gab mir mit einem auffordernden Nicken zu verstehen, dass ich mir seine Jacke überziehen sollte.

Widerwillig tat ich wie geheißen. Es widerstrebte mir, auf diese vermeintlich nette Geste einzugehen, aber ich hatte weder die Nerven noch die Lust dazu, mich mit ihm zu streiten.

«Das klang aus Morizos Mund aber ganz anders», kam er nach einer Weile wieder auf das ursprüngliche Thema zurück.

«Und was genau hat Morizo Euch erzählt?»

«Dass er dich nie verlassen wollte, dich aber auch nicht von der Lebensweise der Erfüllten überzeugen konnte und das einzig Richtige tun musste, auch wenn es ihm das Herz gebrochen hat.»

Mein Körper spannte sich augenblicklich an. Das zwischen Morizo und mir ging Lexian überhaupt nichts an. Wieso war mein Ex-Freund ihm gegenüber so offen gewesen? Außerdem bestätigte es mir wieder genau das, was ich die ganze Zeit gewusst hatte. Dass er sich von ihnen hatte blenden lassen.

«Hör zu, Allegra.» Lexian winkte ab, bevor ich irgendetwas erwidern konnte. «Es interessiert mich nicht, was da zwischen euch ist. Ich würde es aber in der Tat befürworten, wenn du mehr Zeit mit ihm verbringst. Vielleicht schafft er es ja, dir die Schönheit unserer Welt näherzubringen.»

Da war er wieder. Sein vereinnahmender Blick. Der Blick, der mir sagte, dass ich keine Wahl hatte. Dass mein Widerstand irgendwann bröckeln und ich eine Vollblut-Erfüllte sein würde.

«Niemals», murmelte ich zwischen zusammengebissen

Zähnen vor mich hin.

Es machte mich rasend, wie Lexian mich mit allen Mitteln zu kontrollieren versuchte, weshalb ich mich dazu entschied, vorsichtshalber das Thema zu wechseln. «Wieso muss ich so dringend zu Diegorus?»

«Das wird er dir gleich selbst erklären.»

«Aber ich kann doch schlecht so», ich zeigte an mir herunter, um Lexian auf den nicht ganz so frischen Zustand meiner Klamotten und meines Körpers hinzuweisen, «bei den Obigen auftauchen.»

«Mach dir deswegen mal keine Sorgen. Du wirst dich im Palast noch umziehen, bevor du mit ihm sprichst.»

Dann war ja alles paletti. Hier war für alles gesorgt. Das erste Mal dachte ich erfreut an die Annehmlichkeiten, die mir in den letzten Stunden alles andere als vergönnt gewesen waren. Was würde ich dafür geben, wenn ich in die heiße Wanne in meinem Badezimmer steigen könnte? Dann könnte ich mir nicht nur den Schmutz, sondern auch die in mir brodelnden Emotionen einfach den Abfluss hinunterspülen.

Noch mit meinen sich drehenden Gedanken beschäftigt, bekam ich nicht mit, wie der Taxifahrer anhielt. Zu allem Überfluss hatte ich den Blick, ohne es zu merken, auf Lexian gerichtet.

«Allegra, keine Zeit für Tagträume. Wir sind da», holte mich Lexians Stimme aus den Tiefen meines Bewusstseins.

Tagträume. Wahrscheinlich dachte er, dass ich in Gedanken bei Morizo gewesen war. Oder er war auf die abstruse Idee gekommen, dass es sich in meinem Kopf um ihn gedreht hatte.

Ich musste vor Schock eine Grimasse gezogen haben, denn das überhebliche Schmunzeln des Heerführers war nicht zu überhören.

Raus hier, dachte ich nur.

Ich brauchte eindeutig Abstand zu diesem selbstgefälligen Erfüllten. Allerdings hatte Lexian mich so abgelenkt, dass ich den Kristall, den mein Vater mir vorhin gereicht hatte, komplett vergessen hatte. Als ich es mir auf der Lederfläche der Limousine bequem gemacht hatte, war er unter meinem linken Oberschenkel verschwunden.

Ich hatte mich so schnell erhoben, dass der Stein auf den Boden fiel. Sein milchig-weißer Farbton hob sich deutlich von dem dunkelgrauen Teppich ab, mit dem unser Gefährt ausgekleidet war. Es war nun unmöglich, ihn aufzuheben, ohne dass der obere Heerführer es bemerken würde. In Gedanken verfluchte ich mich lautstark für meine Unachtsamkeit. Ich schaute interessiert und etwas nervös zu Lexian hinüber, der seine Augen bereits auf das kleine Stück gerichtet hatte.

Keiner von uns regte sich. Es war so still, dass man das Fallen einer Stecknadel hätte vernehmen können.

Mit pochendem Herzen wartete ich auf eine Reaktion, eine Anweisung, irgendetwas von Lexian. Doch er griff nur nach dem Stein, nahm ihn in die Hand und drehte ihn. Er schien sich jedes Detail genau anzuschauen, so akribisch wanderten seine Augen über das schimmernde Stück.

«Woher hast du ihn?», ließ er seine tiefe Stimme ertönen.

«Ähm … den hat mir jemand gegeben, der mir sehr nahesteht», antwortete ich so unverfänglich wie möglich und setzte mich wieder hin, da sich mein Rücken lautstark über die gekrümmte Haltung beschwerte.

Lexians Augen wurden wie auf Kommando schmaler. Der Anblick des Steins schien ihn zu irritieren. Da lag ein Erkennen in seinem Blick. Irgendetwas verband ihn mit diesem Kristall. Ich konnte es kaum glauben. Was für eine Bedeutung sollte dieses kleine mineralische Stück für den ehrfürchtigen Krieger haben? Doch was mich noch brennender interessierte war, weshalb mein Vater etwas besessen hatte, das dem obersten Heerführer offenkundig nicht unbekannt war. Schließlich war er ein Erfüllter und einer derjenigen, der in dieser Welt das ein oder andere zu sagen hatte.

Ich schaute mir den Stein ebenfalls das erste Mal genauer

an. Je länger ich ihn von Weitem betrachtete, desto mehr festigte sich ein Gefühl in mir. Ich konnte es am ehesten als Déjà-vu beschreiben. Dieser Stein ... Irgendwo hatte auch ich ihn schon einmal gesehen. Nur wo? Meine Gehirnzellen wollten es mir partout nicht verraten.

Länger darüber nachdenken konnte ich aber nicht, denn einige Krieger fanden sich nun vor dem Palast ein und zogen meine Aufmerksamkeit auf sich. Sie standen kurz darauf in einem ungeordneten Pulk am Treppenaufgang zu dem eleganten Gebäude. Meine erste instinktive Vermutung, dass hier ein Aufruhr in Gange war, wich schnell dem Bewusstsein, dass es sich der vorherrschenden Stimmung nach um ein freudiges Ereignis handelte, das die Männer hier versammelt hatte. Ob es meiner Ansicht nach ein freudiges Ereignis war, blieb allerdings fraglich.

Lexian war sofort im Oberster-Heerführer-Modus. Er ließ den Kristall in seiner Hose verschwinden und befahl mir, einen Moment in der Limousine zu bleiben.

Er konnte den Kristall doch nicht einfach wortlos einstecken. Hallo?

«Lexian, kann ich ihn bitte wieder haben?»

Der Krieger musterte mich. «Der bleibt vorerst bei mir, Allegra. Er ist nichts Besonderes, also denk nicht weiter darüber nach.»

Und das entschied er einfach mal so? Vielleicht hatte der Kristall ja eine Bedeutung für mich? Und für wie dumm hielt er mich überhaupt? Wenn der Stein so unwichtig wäre, wie er sagte, dann hätte er ihn doch auch nicht an sich genommen. Gefrustet biss ich die Zähne zusammen.

Doch bevor ich etwas erwidern konnte, wies er den Fahrer bereits dazu an, die schwere Tür zu öffnen. Kurz darauf stand er mit hoch erhobenem Haupt vor seinen Männern.

Eine der Wachen, die ich als den breit gebauten Mann ausmachte, der mich ins Gefängnis gebracht hatte, sprach den Krieger direkt an. Die anderen richteten ihren Blick gespannt

274

auf den attraktiven Erfüllten. Als der stämmige Kerl endlich aufhörte, wild mit seinen Armen zu gestikulieren, war es an Lexian, sich zu den Neuigkeiten zu äußern. Zu gern hätte ich gewusst, was die Männer so begeisterte, aber ich konnte zu meinem Leidwesen kein einziges Wort verstehen. Die Limousine hätte schalldichter nicht sein können.

Die Reaktion des obersten Heerführers war nicht zu erkennen. Er stand mit dem Rücken zu mir und schien ein paar Worte mit seinen Männern zu wechseln. Dann drehte er sich um und lief mit gerader Haltung zurück zu mir.

Er öffnete mir die Tür und forderte mich mit einer Handbewegung auf, auszusteigen. Ich setzte mich zu schnell in Bewegung, denn beim Heraustreten aus der Limousine streifte ich ihn unbeabsichtigt und berührte mit meinen Fingern die seinen. Mir klappte die Kinnlade nach unten. Lexians Brustkorb leuchtete hell auf und zeigte mir erneut diesen … Natürlich. Dort hatte ich ihn zuvor schon einmal gesehen. Wie hatte ich nicht darauf kommen können?

Vielleicht, weil der rational denkende Teil deines Gehirns dir eingeredet hat, dass du dir das alles nur einbildest?, meldete sich eine kleine Stimme in meinem Kopf.

Ich konnte es nicht fassen, geschweige denn, es mir plausibel erklären, wieso in Lexians Brustkorb das exakte Ebenbild des Kristallsteins schimmerte. Die Worte meines Vaters hallten wie zur Untermalung dieser abgedrehten Situation durch meinen Geist.

Du musst ihn auf unsere Seite ziehen.

Wie aus dem Nichts tauchte ein Bild vor meinem inneren Auge auf. Da war jetzt ein … ein kleiner Junge, der an einem Tisch mit etlichen unterschiedlich großen Kristallsteinen saß. Er strahlte über das ganze Gesicht und wirkte sehr glücklich. Er war selten glücklich, aber wenn er Zeit mit den Kristallen und seiner Mutter verbrachte, dann war alles anders.

Ich schüttelte den Kopf und blinzelte ein paar Mal. Was zum Teufel …?

«Alles in Ordnung, Allegra?» Lexians gerunzelte Stirn sprach dafür, dass er ebenfalls verwirrt war.

Anstatt brav *Ja* zu sagen, brachte ich nur ein Glucksen zu Stande. Was hatte ich da eben nur gesehen? Und wie sollte ich Lexian auf unsere Seite ziehen? Den gefürchtetsten Krieger dieser Welt? Was bedeutete das alles? Meine Gedanken schrien mich förmlich an. Sie wurden lauter und lauter, versuchten so, endlich das Logikzentrum meines Gehirns zu erreichen. Aber sie wollten nicht dort ankommen. Das Ganze war unmöglich. Nur gab es keinen Zweifel daran, dass es genau das war, was mein Vater mir hatte sagen wollen. War er aufgrund der Monate, die er schon im Gefängnis eingesperrt war, nicht mehr in der Lage, klar zu denken? Aber das machte keinen Sinn. Lexian hatte den Stein doch erkannt und …

«Allegra?» Die Stimme des obersten Heerführers holte mich mit einem Schlag aus meinem inneren Chaos.

«Ja, na…türlich», stammelte ich, bevor ich alles daransetzte, meine Stimme wieder fester klingen zu lassen. «Ich war nur überrascht, dass hier heute so ein großer Auflauf ist. Gibt es etwas zu feiern?», log ich, um von mir abzulenken.

«Das kommt ganz auf die Sichtweise an, würde ich sagen», erwiderte er, auch wenn sein Blick auf seltsame Art und Weise auf meinem Gesicht ruhte.

«Komm. Diegorus wartet nur ungern.»

Natürlich tat er das.

Die Männer, die Lexian unübersehbar hohen Respekt zollten, musterten mich, als wir an ihnen vorbei die Treppe nach oben stiegen. Einige von ihnen warfen mir argwöhnische Blicke zu. Andere betrachteten mich wiederum anerkennend. Sie dachten doch nicht etwa, dass Lexian und ich …

«Hier, die brauche ich drinnen sicher nicht mehr.» Ich nahm Lexians Jackett, das einen holzigen Duft versprühte, eilig von meinen Schultern.

«Die ziehst du dir schön wieder über. Falls wir jemandem

über den Weg laufen, lenkt sie zumindest ein bisschen von deinem, gelinde ausgedrückt, nicht ganz so akkuraten Äußeren ab», sagte er bestimmend.

Ich verdrehte die Augen, befolgte aber seinen Befehl.

Die Überlegung, was wohl der ein oder andere dachte, weil ich in ein Kleidungsstück des obersten Heerführers gehüllt war, verbannte ich in die letzte Ecke meines Bewusstseins.

Wir durchmaßen den gigantischen Eingangsbereich mit großen Schritten. Mein zuständiger Erfüllter schien es plötzlich überaus eilig zu haben. Nur mit Mühe konnte ich mit seinem Tempo mithalten. Mein Körper war nach der mangelnden Bewegung der letzten Stunden – oder waren es Tage gewesen? - noch nicht ganz der Alte und all die Aufregung, die ich durchlebt hatte, forderte ihren Tribut. Hoffentlich ging das Gespräch mit dem Obigen schnell über die Bühne.

Nachdem wir den Eingangsbereich hinter uns gelassen hatten, liefen wir den langen Gang entlang, von dem der große Saal, in dem sich der Geräuschkulisse nach mehrere Menschen eingefunden haben mussten, abzweigte. Doch ich konnte mich aufgrund unseres Lauftempos nicht auf die Stimmen konzentrieren. Es folgten etliche weitere Räume, die zum Großteil verschlossen waren, bis wir auf eine ausladende Treppe stießen, die Lexian sogleich emporstieg.

Ich folgte ihm schnaufend.

Einige Türen und das ein oder andere Kunstwerk später blieb der Heerführer vor einer breiten Flügeltür stehen. Zwei Wachen waren links und rechts von ihr postiert.

Auf Lexians Nicken hin klopfte einer von ihnen zwei Mal an, bis Diegorus' lautes «Ja.» ertönte.

Lexian gab mir mit einer unwirschen Handbewegung zu verstehen, dass ich draußen warten sollte, bevor er die massive Klinke nach unten drückte und zu dem Obigen in den Raum trat.

Während ich vor verschlossener Tür auf meine nächste

Anweisung wartete, ging ich nervös auf und ab. Was würde gleich auf mich zukommen? Was wollte Diegorus von mir? Und das um diese Zeit?

Ich war überaus erleichtert, dass der oberste Heerführer keine fünf Sekunden später wieder zu mir in den Gang trat und somit meine Gedankenschleife unterbrach.

«Dritter Raum von links. Dort wirst du schon erwartet», sagte der Krieger ohne Umschweife. «Danach begibst du dich gleich wieder zu Diegorus. Du verlässt dieses Stockwerk nicht auf eigene Faust, sondern wartest darauf, dass ich dich abhole.» Ohne eine Antwort von mir abzuwarten, eilte er augenblicklich wieder in Richtung Treppe.

Was auch immer er vorhatte, er schien keine Zeit verlieren zu wollen.

Sein Anliegen hat bestimmt etwas mit dem Auflauf vor dem Palast und dem Treiben im großen Saal zu tun, dachte ich über seinen schnellen Aufbruch nach, während ich mich in die andere Richtung auf den Weg zu dem dritten Zimmer von links machte.

Einen Augenblick später lugte ich in das Innere des Raumes. Die Tür stand offen und drei Frauen, bei denen es sich um Bedienstete handelte, sprangen direkt auf, als sie mich erblickten.

Die Kleinste von ihnen kam auf mich zu. Ihre roten Locken verliehen ihr in Kombination mit den feinen Sommersprossen eine außergewöhnliche, fast schon freche Ausstrahlung.

«Hallo, Miss Aaqur, ich bin Jusina.»

Ich begrüßte sie und die anderen beiden Frauen.

«Wir müssen uns beeilen.» Sie nickte den anderen Dienerinnen zu.

Spätestens jetzt war mir klar, dass sie das Oberhaupt der Gruppe war, denn die Frauen rannten sofort in unterschiedliche Richtungen und fanden sich kurz darauf mit einem rosaroten Kleid, einem Glätteisen und einer Kosmetiktasche in den Händen wieder in der Mitte des

Raumes ein. Dort stand ein großer weißer Sessel auf einem mit zarten Goldfäden versehenen Teppich.

«Setzen Sie sich, bitte», forderte mich Jusina reserviert auf.

Ich tat wie geheißen und ließ mich auf dem Sessel nieder. Ungewollt fingen meine Hände an zu zittern. *Das ist sicher nur der Stress, der jetzt abfällt, weil du nicht mehr im Gefängnis bist,* schlussfolgerte mein Gehirn, um mich zu beruhigen.

Jusina missinterpretierte meine körperliche Reaktion. «Sie müssen nicht nervös sein.» Ihre Gesichtszüge wurden weicher. «Wir zaubern gleich die schönste Erfüllte aus Ihnen, die Diegorus je gesehen hat», ergänzte sie.

Ich nickte und schenkte ihr ein knappes Lächeln.

Die anderen beiden Frauen gingen sogleich ans Werk. Eine von ihnen machte sich an meinen Haaren zu schaffen und die andere bat mich, die Augen zu schließen, damit sie mir mein Make-up auflegen konnte.

«Ähm», unterbrach ich die fleißigen Frauen bei ihrer Arbeit. «Sollte ich nicht erst duschen? Ich meine …» Ich roch an meinem Oberteil, das ich schon etliche Stunden trug, und rümpfte die Nase.

Jusina war diejenige, die mir antwortete. «Es tut mir leid, dafür haben wir keine Zeit. Ich weiß nicht, wieso, aber wir müssen uns auf das Nötigste beschränken. Machen Sie sich keine Sorgen, ich habe genau den richtigen Duft für Sie. Mit ein paar Spritzern werden Sie sich fühlen, als hätten Sie ein Schaumbad genommen.»

Auch wenn es mir widerstrebte, dass ich mich nicht frischmachen durfte, nickte ich ergeben. Hoffentlich hielt das Parfum das, was es versprach.

«Gibt es etwas zu feiern im Palast?», fragte ich in die Runde, während Potrana, deren Name das ein oder andere Mal gefallen war, jede meiner Haarsträhnen akribisch mit dem Glätteisen bearbeitete.

Ich wollte mich irgendwie ablenken, denn ich musste

unaufhörlich an meinen Vater denken. Was hatte er mir vermitteln wollen und was würde mit ihm passieren? Und der Kristall … Was hatte es mit ihm auf sich und wieso hatte Lexian ihn an sich genommen?

«Nicht dass ich wüsste», war es auch Potrana, die mir antwortete, «normalerweise ist hier im Palast nur so eine Unruhe, wenn besondere Gäste erwartet werden.»

«Oder wenn einer der Erfüllten Stufe zehn erreicht hat», warf die andere Frau ein, die ihre Schwester sein könnte.

«Stimmt, das auch, aber ich glaube, heute Abend hat es einen anderen Grund.»

«So», beendete Jusina unser Gespräch, «schlüpfen Sie jetzt bitte noch in das Kleid und die Schuhe hier und dann können Sie direkt zu Diegorus.»

Ich musterte das für meinen Geschmack zu pompöse Kleid, das auf einem Samtbügel hing, eingehend, ersparte mir aber jeglichen Kommentar. Letztlich war es mir egal, wie ich aussah. Ich wollte nur dieses Gespräch hinter mich bringen und dann endlich duschen.

Moment. Ein schrecklicher Gedanke bohrte sich urplötzlich in meinen Verstand. Musste ich danach wieder zurück ins Gefängnis? Oder war Lexian der Meinung, dass ich meine Lektion gelernt hatte? Vielleicht war es genau das, worüber Diegorus mit mir sprechen wollte. Hoffentlich warf er mich nicht erneut in den Knast. Zumindest nicht, bis ich wusste, wie ich meinem Vater helfen konnte.

Mit holperndem Herz und mehr stöckelnd als gehend lief ich die wenigen Schritte mit den spitzen silbernen Pumps zu dem Büro des Erfüllten. Vor der Tür angekommen, nahm ich einen tiefen Atemzug und gab den beiden Wachen zu verstehen, dass ich zu dem Herrscher unserer Insel wollte. Einer der Männer nickte und klopfte daraufhin einmal an.

Als die Stimme des Oberhaupts ertönte, drückte ich die Türklinke nach unten. Dabei stieg mir der blumige Duft in die

Nase, den mir die drei beim Hinausgehen großzügig aufgesprüht hatten. Er roch gar nicht mal so schlecht, aber sie hatten es mit der Menge ein wenig zu gut gemeint. Höchstwahrscheinlich war ich nicht die Einzige, die eine ausgiebige Dusche für überfällig hielt. Jetzt, da ich so darüber nachdachte, wäre es allerdings gar nicht mal so schlecht gewesen, Diegorus mit meinem Gefängnisduft gegenüberzusitzen. Seine schicken Anzüge hatten den menschenunwürdigen Bunker in seinem ganzen Leben bestimmt nicht einmal von außen gesehen.

«Allegra, wie schön, Sie zu sehen.» Wache graue Augen blickten mich aus einem faltenfreien Gesicht an. «Setzen Sie sich doch bitte.» Er zeigte auf den weißen Samtstuhl, der direkt vor dem schwarz glänzenden Tisch stand.

Möglichst langsam schritt ich darauf zu. Meine Beine waren etwas wackelig, was an den Strapazen der letzten Stunden liegen musste. Als ich mich gegenüber des Oberhaupts niedergelassen hatte, musterte es mich einen Moment lang intensiv und mit einem Gesichtsausdruck, den ich nicht deuten konnte. Dem Grau seiner Augen war keine Emotion abzulesen, da war keine Tiefe, nichts, was darauf hinwies, was in ihm vorging. Sein Pokerface saß perfekt.

Wahrscheinlich zuckte dieser Mann nicht einmal mit der Wimper, wenn er dabei zusah, wie auf seinen Befehl hin jemand ermordet wurde.

«Sie fragen sich bestimmt, warum ich Sie persönlich sehen wollte.» Er hatte sich erhoben und tigerte mit den Händen hinter dem Rücken durch den Raum. Die elegante schwarze Seidenhose passte wie angegossen zu seinem fließenden weißen Hemd. Beide Kleidungsstücke fügten sich wie gemalt in seine Büroeinrichtung ein.

«Worum geht es denn?», fragte ich bemüht freundlich. Ich hatte keine Lust auf ein oberflächliches Geplänkel.

«Ich schätze Ihr Selbstbewusstsein, Allegra. Das tue ich. Allerdings haben Sie», mit einer Handbewegung gab er mir zu verstehen, dass er nach den richtigen Worten suchte, «den Bogen doch etwas überspannt.» Während er sprach, strich er über den muskulösen Arm der goldenen Statue, die sich direkt vor mir auf dem Schreibtisch befand. Er würdigte mich keines Blickes, sondern fokussierte sich voll und ganz auf das Kunstwerk.

«Das hat mir Lexian schon zu verstehen gegeben, indem er mich ins Gefängnis werfen ließ», gab ich zurück.

Es dauerte einen Augenblick, bis sich das Oberhaupt der Erfüllten von dem goldenen Gebilde losriss und mir direkt in die Augen schaute. «Lexian tut nur, was er tun muss», sagte er kryptisch. «Sein Handeln mag ein wenig zu vorschnell gewesen sein. Doch er will nur das Beste für Sie, genauso wie ich.»

So etwas Unglaubwürdiges hatte ich in meinem ganzen Leben noch nicht gehört. Er und Lexian wollten das Beste für mich?

«Ich dachte, ich könne Sie besser darauf vorbereiten», sprach er weiter, «aber die Dinge haben sich geändert. Sie … oder du, das ist jetzt eindeutig passender, solltest es wissen.»

Jetzt verstand ich gar nichts mehr. Wovon sprach Diegorus bitte? Hatte er sich irgendeine verrückte Geschichte ausgedacht, um mich endlich zu einer bereitwilligen Anhängerin zu machen?

Bevor ich den mächtigsten Mann dieser Welt fragen konnte, wovon er sprach, öffnete er eine der schmalen Schubladen seines Schreibtischs und zog einen Bilderrahmen daraus hervor. Ich konnte lediglich die Rückseite und den oberen Teil des Rahmens sehen, denn Diegorus hatte die Front zu sich gedreht und musterte das eingerahmte Foto. Sein Blick ruhte konzentriert auf ihm. Es schien fast so, als würde das Oberhaupt der Erfüllten meine Anwesenheit ausblenden. Während ich mich fragte, warum er mir dieses Bild zeigen wollte, ließ ich meinen Blick über den eleganten Rahmen wandern, der von etlichen Bernstein-Mosaiken geschmückt war.

Ich überlegte, ob ich mit einem Räuspern auf mich aufmerksam machen sollte, als Diegorus die Vorderseite des Bilderrahmens zu mir drehte, mir das Schmuckstück in die Hände drückte und mein Gesicht interessiert und abwartend musterte.

Ein Mann, den ich auf Mitte zwanzig schätzte, war mit einer Frau und einem Baby auf einer Wiese zu sehen. Die beiden Erwachsenen strahlten bemüht fröhlich in die Kamera, während das Kind auf dem Schoß der dunkelhaarigen Frau saß. Das Bild musste vor vielen Jahren aufgenommen worden sein. Es handelte sich zweifellos um das Gebiet der Erfüllten, doch die hohen Klinikgebäude suchte man auf dieser Aufnahme vergeblich. Diegorus' Blick ruhte nach wie vor auf mir. Sollte ich diese Menschen kennen? Hatten sie etwas mit mir zu tun? Erneut schaute ich mir die drei an. Diesmal etwas genauer. Die Frau kam mir nicht bekannt vor. Ich war mir sicher, dass ich sie in meinem ganzen Leben noch nie gesehen hatte. Als ich den lockigen blonden Mann genauer betrachtete, kam ich nicht umhin zu bemerken, dass seine Augen in einem blassen Grünton schimmerten und meinen auffällig ähnelten. Doch das war sicher nur ein Zufall. Scheinbar gab es mehr Menschen mit meiner Augenfarbe, als ich bisher angenommen hatte. Verband mich etwas mit dieser mir fremden Person? Wieso sollte Diegorus sie mir sonst zeigen?

Wie aus dem Nichts erschien ein flimmerndes Bild vor meinen Augen.

Ich war mit Vicdan im Besprechungsraum des Chirurgen. Er erzählte mir, wie lange seine Patienten nach einer Brust-OP im Schnitt in der Klinik blieben, während ich den Blick auf das Foto gerichtet hielt, auf dem er mit genau dem Mann abgebildet war, der mich von Diegorus' Foto anblickte.

«Siehst du sie?» Die Stimme des Oberhaupts hallte förmlich durch den Raum. «Die Ähnlichkeit?»

Hatte er extra ein Bild von einem Menschen aufgetrieben,

dessen Augenfarbe meiner ähnelte, um mir irgendwelche Lügen aufzutischen?

Innerlich schüttelte ich den Kopf über seine Bemühungen. Äußerlich spielte ich mit. «Ihr meint die Augenfarbe des Mannes?», antwortete ich ihm.

«Nicht nur. Auch die des kleinen Mädchens.»

Ich nahm das Kind, das auf dem Bild nicht älter als zwei Jahre zu sein schien, genauer ins Visier. Er hatte recht. Seine grünen Augen waren das perfekte Ebenbild der Augen des Mannes, der den Arm um die hübsche Frau gelegt hatte.

Unweigerlich beschleunigte sich mein Puls. Das war nur ein Zufall. Alles andere war unmöglich. Bis auf die Augen entdeckte ich keine Ähnlichkeiten. Dieser Mann konnte kein Verwandter von mir sein. Das war es doch, was Diegorus mir weismachen wollte.

«Du warst schon immer eine von uns, Allegra», sprach der Obige wie ein Orakel.

Ein Satz, der lächerlicher und unglaubwürdiger nicht sein konnte.

Ich antwortete nicht, sondern fokussierte mich auf das Mädchen. Ich musste mir jedes Detail genau einprägen, damit keine einzige meiner Gehirnzellen auf die Idee kam zu zweifeln. Die blassgrünen Augen des Kindes wirkten wach und neugierig und die Nase relativ unauffällig. Es trug ein hellgrünes Kleid und war da nicht eine Kette? Ich kniff die Augen etwas zusammen, um das goldene Schmuckstück besser in Augenschein nehmen zu können …

Der Bilderrahmen fiel mir aus der Hand. Als hätte ich mich an einer heißen Herdplatte verbrannt. Klirrend traf er auf dem Boden auf.

Ein wissendes dunkles Lachen ertönte. Diegorus schien das Erkennen meinerseits zu genießen. «Glaubst du mir jetzt, Allegra? Oder sollte ich lieber Aliana sagen?», jagte seine Stimme durch meinen Geist.

Doch ich hörte sie nur wie aus meilenweiter Entfernung.

284

Das konnte nicht sein. Das war unmöglich. Mein Herz raste in Überschallgeschwindigkeit durch meine schmerzende Brust und in meinem Schädel hämmerte es wie in einem Bergwerk, in dem unablässig gearbeitet wurde. Wie ferngesteuert stand ich auf und steuerte auf die Tür zu. Ich musste aus diesem verdammten Gebäude. Musste hier weg. Mir war, als hätte sich eine Glaswand zwischen mich und meine Umgebung geschoben. Das war nicht meine Welt. Wieso zum Teufel hatte Diegorus ein Bild von mir? Und wieso kannte ich die Frau und den Mann auf dem Foto nicht? Wer waren sie? Und warum hatte er mich mit einem anderen Namen angesprochen? All die Fragen, die mich bombardierten, formten sich zu einem Feuerball, der mein Innerstes zu verbrennen drohte.

Im Flur angekommen, hechtete ich, so schnell es mir mit meinem hochhackigen Schuhwerk möglich war, wie in Trance in Richtung Treppe, um ins Erdgeschoss zu gelangen. Jede weitere Sekunde in diesem Palast schnürte mir die Kehle zu. Diese Kette. Die Kette auf dem Foto. Es war unverkennbar meine gewesen. Da gab es keinen Zweifel, denn die zwei filigranen Buchstaben, die für meine Initialen standen, hatte ich heute noch. Die geschwungene Form des As und des Ls war so außergewöhnlich, dass es sich nicht um einen Zufall handeln konnte.

Was hatte all das zu bedeuten? Ich konnte nicht hier geboren worden sein. Meine Eltern hätten mir doch davon erzählt.

Ich nahm zwei Stufen auf einmal. Wünschte mir in diesem Moment nichts sehnlicher, als davon zu fliegen. Flügel zu tragen, sie auszubreiten und diesen Ort für immer zu verlassen. Ganz weit weg. So weit, dass die Erfüllten nicht mehr als eine blasse Erinnerung wären. In ein weit entferntes Land, das nichts mit meiner Heimat, dieser Insel, gemein hatte.

Während ich im schnellstmöglichen Tempo durch das Gebäude hetzte, verfluchte ich die hohen Schuhe, die mich um einiges langsamer machten. Kurz entschlossen blieb ich stehen, streifte sie ab und rannte weiter.

Auf meinem Weg durch das Erdgeschoss liefen mir unzählige Bedienstete über den Weg, aber ich schaffte es zum Glück an ihnen vorbei, ohne für das ohrenbetäubende Klirren von zerbrochenem Geschirr zu sorgen.

Ich erntete viele irritierte Blick, was auch kein Wunder war. Hier rannte bestimmt nicht alle Tage eine junge Frau mit einer schicken Robe und nackten Füßen durch das Gebäude.

Gleich war ich auf der Höhe des großen Saals und musste nur noch durch die Eingangshalle. Es war mir unmöglich, an etwas anderes zu denken, als daran, dass ich hier wegwollte.

Dass ich allein sein musste, um gemeinsam mit meinem Gehirn auf irgendeine plausible Erklärung zu kommen, weshalb Diegorus ein Bild von mir als Baby besaß. In den Armen zweier Menschen, die ich noch nie gesehen hatte.

«Wir haben die Richtige, Esmeray. Ich habe mich mit meinen eigenen Augen davon überzeugt.»

War das nicht Lexians Stimme? Da ich nicht wusste, ob er gleich aus dem großen Saal treten würde, versteckte ich mich hinter einer breiteren Säule.

Die Tür zum Saal war nicht geschlossen und es dauerte nicht lange, bis im Minutentakt gut bestückte Tabletts in den luxuriösen Raum getragen wurden. Der Menge der kunstvollen Häppchen nach zu urteilen, befanden sich dort heute Abend mindestens ein Dutzend Menschen.

Sie haben jemanden, dachte ich über Lexians Worte nach. *Wahrscheinlich ist diese Person auch der Grund für die aufgeregte Stimmung im Palast*, zählte ich eins und eins zusammen.

«Ich wusste schon immer, dass Ihr für die Rolle des Heerführers geboren seid, Lexian», drang eine melodische und beherrschte Stimme aus dem Saal.

Es konnte nur Esmeray sein, die so sprach.

«Heute Abend gilt der Dank nicht mir, Esmeray. Horachus und Turuman haben sie an der Mauer gefunden und direkt hierhergebracht», antwortete Lexian förmlich. Ich sah seine stolze Körperhaltung deutlich vor meinem inneren Auge. «Ohne Euch und Euren Spürsinn wäre es trotzdem nicht möglich gewesen. Schließlich habt Ihr sie und ihre Schwester ausfindig gemacht. Ihr dürft das Kompliment gern annehmen», fuhr Esmeray fort und ich meinte ein Lächeln in ihrer Stimme hören zu können. «Horachus, Turuman. Ich danke Ihnen vielmals für Ihren Einsatz heute.»

Klackernde Absätze nahmen den großen Saal ein wie ein Echo und dann war es für einen Moment still. Entweder wurde leise gesprochen oder Esmeray gestikulierte, anstatt ihre Anerkennung weiterhin in Worte zu kleiden.

Das rege Treiben der Bediensteten ebbte ab und ich war mir sicher, dass sie die Tür gleich schließen würden. Dann konnte ich endlich weg hier und würde Lexian nicht in die Arme laufen. Was beziehungsweise wen Esmeray, Lexian und die anderen Anwesenden zelebrierten, konnte mich nicht weniger interessieren.

«Es ist uns ein Vergnügen, Euch Zaktons zweite Tochter zu bringen. Hocharus, hol sie rein», hörte ich die Stimme, die höchstwahrscheinlich zu einem der beiden Männer gehörte, die Lexian eben erwähnt hatte.

Zakton ... Das war doch der Name, den Derenzo im Geschichtsunterricht erwähnt hatte. Der Name von Diegorus' Bruder.

Seine Tochter.

Erneut erfüllte Stille den Saal.

Es war die Stimme eines Mädchens, die sie durchbrach. «Du hast mir versprochen, dass ich zu meiner Schwester darf. Wo ist sie?»

Meine Fußnägel bohrten sich in den eiskalten Boden. Nein! Nein! Nein! Das durfte nicht sein. Ich musste mich verhört haben.

Sie haben nur eine ähnliche Stimme, versuchte ich meinem

287

Kopf einzutrichtern, während jeder Millimeter meines Körpers wild prickelte. Unser Vater hieß nicht Zakton. Tenzin hieß er. Er hieß Tenzin.

«Du wirst deine Schwester ganz bald sehen.» Esmerays Stimme war nicht mehr als eine fast unsichtbare Nebelschwade, die durch meinen Geist waberte.

«Kann ich Allegra nicht jetzt sehen?»

Die Schuhe fielen mir aus den Händen. Ein vernichtender Schwindel packte mich. Lichtpunkte tanzten in gefährlicher Geschwindigkeit vor meinen Augen. Drehten sich wie in einem Kaleidoskop, dessen Muster in tausend Einzelteile zu zerbersten drohte. Ich taumelte leicht nach hinten, wollte mich an der Wand abstützen, um wieder Herr über meine Sinne zu werden. Doch bevor ich den nötigen Halt finden konnte, stolperte ich über die hohen Hacken und schlug rücklings auf dem Boden auf. Ein unaushaltbarer Schmerz explodierte in meinem Schädel. Ich wollte aufstehen, versuchte mich nach oben zu hieven, doch meine Gliedmaßen schienen wie festgefroren.

Sie haben Lamirah.

Das waren die letzten drei Worte, die ich fähig war zu denken, bevor ich ein letztes Mal in Richtung der sich schließenden großen Tür blickte und von einer tiefen Schwärze mitgerissen wurde.

Danksagung

Was für ein unbeschreiblich schönes Gefühl! Ja, ich habe wirklich meinen ersten Roman geschrieben und ihn auf die Reise geschickt, damit er in den Händen anderer Leser*innen (Klischee erfüllt. Ja, ich lese auch für mein Leben gern) landen kann. Es war eine wunderbare Erfahrung, mit vielen Höhen und Tiefen. Schließlich ist mein ganzes Herzblut in diese Geschichte geflossen, die mit diesem Band auch noch nicht aufhört.

Ich hoffe sehr, dass ich euch mit dieser Story genauso berühren konnte, wie es meine Protagonisten mit mir getan haben. Dass ihr ebenfalls emotional auf einer Welle durchs Meer geritten seid, mal stetig und ruhig und dann wiederum mit voller Kraft, denn Allegra ist ja nicht nur einmal an ihre Grenzen gekommen.

Die Erfüllten und vor allem die Message hinter dieser *wunderschönen* Welt wollten unbedingt erzählt werden und etwas thematisieren, das jeden von uns an etwas erinnern sollte: Wir sind schön, wenn wir wir selbst sind und nicht, wenn wir uns in ein Schema pressen lassen und uns verbiegen, um anderen zu gefallen.

Mein Dank gilt meiner Lektorin Leonie Ritz. Du hast mir viele Dinge aufgezeigt, die den Roman um einiges runder gemacht haben. Vielen Dank für deine wertvolle Arbeit!

Vor allem möchte ich mich aber auch bei meiner besten

Freundin und der wundervollen Autorin, Cali M. Green, bedanken. Du schreibst selbst nicht nur aufregende Geschichten, die einen sofort in ihren Bann ziehen, sondern hast auch das Talent, dich in meinen Schreibstil hineinzuversetzen. Ohne dich hätte ich es nicht geschafft! Du warst vom ersten getippten Wort bis zum letzten dabei, du hast mich aus den Tiefen des Schreibtals geholt, wenn ich mal wieder den nötigen Schub an Motivation gebraucht habe, und mir Vorschläge zur Story gemacht, wenn ich den Wald vor lauter Bäumen schon nicht mehr sehen konnte. Ich bin wahnsinnig dankbar für all deine Unterstützung! Und dank deiner letzten *Korrekturrunde* habe ich mich dann auch endlich bereit dazu gefühlt, mein allererstes Buch mit der Welt zu teilen.

Außerdem geht mein Dank auch an meine kleine Schwester, meine Mama und an meine gute Freundin Alex. Ihr habt mir nicht nur einige Tipps gegeben, sondern auch von Anfang an an mich geglaubt. Damit habt ihr mich bestärkt und mir Kraft gegeben. Vielen, vielen Dank!